文化名人书系

北方联合出版传媒（集团）股份有限公司
春风文艺出版社
·沈 阳·

胡世宗 著　我与魏巍

文化名人书系

图书在版编目（CIP）数据

我与魏巍 / 胡世宗著 . — 沈阳：春风文艺出版社，
2022.4（2024.1重印）
（文化名人）
ISBN 978 - 7 - 5313 - 6206 - 7

Ⅰ.①我… Ⅱ.①胡… Ⅲ.①随笔 — 作品集 — 中国 —
当代 Ⅳ.① I267.1

中国版本图书馆 CIP 数据核字（2022）第 037694 号

北方联合出版传媒（集团）股份有限公司
春风文艺出版社出版发行
沈阳市和平区十一纬路 25 号　邮编：110003
河北浩润印刷有限公司印刷

责任编辑：仪德明		助理编辑：余　丹	
责任校对：陈　杰		印制统筹：刘　成	
封面设计：杜凤宝		幅面尺寸：145mm × 210mm	
字　　数：400千字		印　　张：15.5	
版　　次：2022年4月第1版		印　　次：2024年1月第2次	
书　　号：ISBN　978-7-5313-6206-7			
定　　价：78.00元			

胡世宗 生于1943年，军旅作家、诗人，原沈阳军区政治部创作室副主任。1958年开始发表诗歌作品。1965年出席全国青年业余文学创作积极分子大会，受到周恩来、朱德等党和国家领导人的接见。1980年加入中国作家协会。已出版诗集、散文集、报告文学集、评论集等文学著作71部（其中含2006年、2016年春风文艺出版社出版的记录岁月长达55年的《胡世宗日记》，计972万字，共17卷）；主编、编选文学作品集44部。曾获解放军文艺奖、辽宁文学奖、中国人民解放军原总政治部文化部新作品奖一等奖。有作品被收入中小学语文课本。作词的歌曲《我把太阳迎进祖国》获2001年中宣部颁发的全国"五个一工程"奖。

文学长征　纪传典库

——序胡世宗"文化名人书系"

范咏戈

　　"文化名人书系"是世宗的一次"文学长征"。这套书的文字体量之大、图文并茂的珍贵，似乎不应由他一人完成，但又非他莫属。大著出版，嘱我这个老战友、老朋友写几句话，因此能先睹为快。读他的巨著，我想起近年来西方关于记忆和回忆的讨论、研究渐成一门"显学"，而我国近年来也陆续翻译、出版了扬·阿斯曼的《文化记忆》和皮埃尔·诺拉主编的《记忆之场》。重提记忆、回忆之重要，原因在于随着"亲历"历史的一代代人陆续逝去，人类的文化记忆不断受到挑战。记忆在消失，与过去发生勾连的事件、情感只残存于一些"场"中，人类必须应对这种文化劫难。

　　幸哉我国文学界有位胡世宗。近年来他为"记忆之场"不断奉上力作：继2006年、2016年由春风文艺出版社出版17大卷972万字的《胡世宗日记》之后，现在又有《我与刘白羽》《我与臧克家》《我与浩然》等陆续问世的"文化名人书系"大书出版，正在或即将动笔的尚有他与李瑛、袁鹰、魏巍、张光年、张志民、贺敬之、柯岩、刘征、雷抒雁以及辽宁的作家高玉宝、晓凡、刘镇、李松涛、阿红、刘文玉、张云晓等，有的是单人一本，有的是多人一册。这实在是我国文学界和出版界的一件盛事。文学界60年不辍笔的作家不多，世宗先生算得上一位，他太有回忆的资格了。几十年与文学前辈大咖的交往，尤其他的崇师重友和坚持记日记的习惯使他成为唯一能够写下这部当代文学"辅史"的作家。

契诃夫说"作家是上帝的选民"，那就是说作家在人格上应是出类拔萃的。《大英百科全书》"美学"条目也写道："一切诗（诗的广义及艺术）的根基是人格，而人格最后是在道德上完成，因此一切诗的根基是道德意识，这当然不是说艺术家必须是一个深刻的思想家或是敏锐的批评家，也不是说他必须是一个博学的模范或英雄，但他必须在思想与行动的世界里占一个份，这样才使他本身或是在旁人的眼中体验到人生的戏剧。"文学史上，许多作家都有很好的文学技能，但仍然不能成为大师或写不出大师级作品，原因之一在于创作主体缺少伟大人格，在内心的拼搏、眼界的较量和襟抱的展示中输了人格。世宗深谙此理。他笔下的刘白羽、臧克家、浩然等，首先都是"人格作家"。他的记忆首先是"人格记忆"。从中，读者可以感受刘白羽"首先是军人，其次才是作家"的风范，他亲率部队作家上前线，在前沿主峰上，把总政文化部人民解放军文化工作的担子交到接班的李瑛手上。读者可以了解臧克家如何把个人命运和民族命运紧密结合，比如他门上贴着自己写的对联"凌霄羽毛原无力，坠地金石自有声"，而关于这位诗翁与人民领袖毛泽东的"以诗会友"，世宗更有详细记述，诗翁一生尽做善事，他活到99岁，善良是使他身体健康的最丰盈的营养。对于浩然，大多数读者不会有像对刘白羽、臧克家、张光年、魏巍、柯岩、李瑛等那么多的了解，而世宗却与他交往甚多，《我与浩然》填补了浩然研究的一个空白，从书中走出一个坚持扎根人民土地的"大地作家"的身影。"春江水暖鸭先知"，浩然与农业、农村、农民有着广泛密切的联系，他知道天下变化的道理，农民朋友了解他、爱护他，使他在人生和创作遇到曲折时没有沉沦，仍努力写出受人们喜爱的作品。因此，世宗这些回忆有很高的格调，既是对历史的致敬，也剑指了当下，引发出许多关于作家人格的思考。

由于世宗本人便是一位著作等身的著名作家，因此他的回忆堪称"文学中的文学"。这套巨著能够做到体大思精又前目后凡，属辞比事又缘情体物，文字质朴但灵动，既衔华佩实又扬葩振藻，这种文学的记述让人拿起来就不忍释卷。世宗和一些大师、作家的交往，虽不直接评价他们的作品，但是通过以文会友的交往，人们对这些大师、作家的作品也获得一些理性的认识。这种质感和通透是读相对枯燥的文学史所无法获得的，可以称为"史中有诗"，是传记，是史料，更是学院派文学史不可或缺的补充。如刘白羽去萧红故居，到那里之后先不与一大帮领导打招呼，却从夫人手里拿过相机，旁若无人，紧走几步，为萧红塑像拍了几张照，原来他年轻时就同萧红有交往，在防空洞躲轰炸，萧红像照顾弟弟一样照顾过他；又如克家喜爱中国女排，不顾年高体弱熬夜看电视播出的女排比赛，与郎平竟成忘年交，世宗在克家家里曾巧遇郎平；世宗和诗人李瑛交往几十年，通信多多，十分赞同谢冕对他这位北大同学的评价：李瑛的诗影响了整整一代诗人。这套"历史的回忆"图文并茂，不仅对文学史来说具有文献的价值，也会引发读者对文学大师风范和文学流变的感受与思考，是有思想、有温度、有品质的文字。倘用一句流行的话来说就是，世宗这套书的独特价值是只有唯一，没有之二。老友嘱我写个"序"，谨以以上肤浅的读后感乞求教正。

2017年10月30日

范咏戈　山东青岛人。复旦大学中文系和莫斯科大学文艺学系毕业。1983年加入中国作家协会。曾任《解放军文艺》评论编辑，总政文化部干部，解放军文艺出版社副社长兼副总编辑，编审，大校军衔。曾任中国国门时报社和文艺报社社长、总编辑。享受国务院政府特殊津贴。现为中国作协影视文学委员会副主任，中国报纸副刊研究会副会长。著有《在戎谈文》《新时期军事文学发展概观》《蓝禾儿·红樱桃》《化蛹为蝶》《观荧点屏》等文艺评论集多部。作品曾获中宣部"五个一工程"奖。主编《见证与步履——〈文艺报〉（2002—2007）文选》《'08文学记忆》《茅盾文学奖（第1—7届）获奖作品评论集》等。担任多届中宣部"五个一工程"奖及"茅盾文学奖""鲁迅文学奖"评委及原国家广电总局"星光奖""飞天奖"评委。

自 序

　　魏巍这个名字，像雷霆一样轰响在中国当代文学的广阔天空里。但这个名字对于我，却是那样的鲜明、生动、亲切和难忘！

　　我为此生能与魏巍先生有颇多交往并凝结深厚的友情而自豪和骄傲。因为魏巍先生给我留下了十分难忘的深刻而美好的记忆。

　　少年时代我就熟知大文《谁是最可爱的人》，并仰慕写出这篇大文的著名作家魏巍；稍大些，我爱好写作，喜欢诗歌，买到并熟读魏巍的诗集《不断集》和他编选的《晋察冀诗抄》，这时，我才知道写出《谁是最可爱的人》的作家还是著名的诗人。

　　在漫长的战争年代，魏巍以"红杨树"为笔名，写出了那么多美好的昂扬的诗篇。《晋察冀诗抄》是魏巍先生编选的伟大的抗日战争期间，在晋察冀这块热土上众多战士诗人诗作的合集。这本诗集收入了陈辉、曼晴、方冰等多位诗人的作品，当然也有魏巍先生本人的多首佳作。我是携着这样一本诗抄在1962年夏天走进人民解放军军营的。这本书强化了我军人的精神筋骨，引导我自然而然地拿起笔，继承着晋察冀这样战斗的诗人的传统，歌唱我们这支人民军队以往的征程和现实的斗争，抒发革命战士宽广而美好的情怀。

还是在1977年，我在总政解放军文艺社帮助工作，我受命组织一批评论稿件，其中一篇指名约魏巍先生撰写。我赶到北京西山原北京军区宿舍大院去见魏巍先生。当时魏巍先生正在审阅自己的长篇小说《东方》最后的校样。我与魏巍先生一见如故，用魏巍先生的话说就是我们"交谈甚洽"。魏巍先生在1951年从抗美援朝战场归来，被任命为解放军文艺社副社长兼副总编辑。此时，我是替《解放军文艺》杂志来组稿，他自然极为重视和热情。

自此，我和魏巍先生的联系就频繁起来。他创作出版的书大都签赠于我，我写的小书也都寄去请他指正。魏巍先生总是奖掖后辈，曾为我的长征诗集《沉马》写过评论并发表在《解放军报》上。我们还有一层亲密的关系，就是我妹妹胡惠君的老公公张立达，是魏巍先生的入党介绍人。魏巍先生曾多次让我替他问候张立达，并对张立达的家人表示关怀和爱护之意。

这本书的体例与前面《我与刘白羽》《我与臧克家》《我与浩然》《我与李瑛》大体是一样的。"我心目中的魏巍"，是我在不同年代写出发表于军内外报刊上的关于魏巍的文章；"我日记中的魏巍"，是我摘取《胡世宗日记》中涉及魏巍先生的文字，有许多篇页里只是提到魏巍的大名，并没有写魏巍更多的内容，但我也全文或部分选择出来，只是可以看出与魏巍相关的时代背景、社会生活、文坛影像，有点"沾边就选"的意思。"魏巍致我信函"，是现在可以找得到的魏巍先生给我的信件及我的注解。"魏巍赠书"，是我手上保存的魏巍先生赠给我的他的著作，有的记忆中有，却无法找全。也有的是魏巍先生的孩子在魏巍先生离世后寄给我的。

我持续地感激好友范咏戈为这套"文化名人书系"撰写总序，感谢魏巍之子魏猛为此书撰文，感谢好友杜凤宝精美的装帧设计，感谢春风文艺出版社单瑛琪社长和编辑部余丹编辑的全力支持，感谢余丹编辑的审阅指导，感谢姿兰制版公司精心的制作。

《我与魏巍》出版之后，我将继续编撰"文化名人书系"的其他分册。

胡世宗

2022年2月22日于海南省琼海市博鳌金湾云墅

我父亲的朋友世宗叔叔

魏　猛

　　世宗叔叔是我父亲30多年的文友、诗友。今天，世宗叔叔把他和我父亲两个人几十年交往的时光岁月，浓缩到了这本书里，我看了非常感动，让我们理解了那一代人之间的友谊、情谊是怎样凝结和保存的。

　　世宗叔叔是部队的文艺工作者，是诗人，他热爱诗歌，成长在部队，写过很多反映部队生活的诗。这些经历和我父亲早年的创作生活都一样，只是参加革命时期的先后不同。

　　1937年抗战全面爆发，这一年夏，我父亲魏巍只身到山西参加八路军，后到抗大学习，毕业后到了晋察冀，在那里一直到抗战胜利。

　　抗战时期，晋察冀的诗歌运动是抗战文化的主要形式之一。根据地的文艺工作者、学生、战士、农民都以诗传单、街头诗的形式，发出民族不屈的声音，振奋着民族抗战精神。有的诗就一两句，印成红红绿绿的纸片贴在农村的墙上、树干上。活跃的抗战诗篇和中国人民的热血抗战终于赢来了最后的胜利。我父亲对诗歌的钟情是和他的革命经历分不开的。

这些经历使我父亲对部队的诗人格外关注并有亲近感。比如他最早认识的石祥，就是原北京军区基层部队展露出诗歌才华的青年，后来成为卓有艺术成就的全国著名诗人。

世宗叔叔也是这样，他在部队成长，他的很多著名诗作、诗集，如《北国兵歌》《鸟儿们的歌》《雕像》《战争与和平的咏叹调》，都是我父亲非常喜爱的作品。世宗叔叔的诗我也看过很多，如《沉马》，是反映红军长征的作品，给我很深的印象。这首诗，把红军长征过草地的艰难，艰难困境中的冲突，深刻地表现出来，读后心情难以平静。《沉马》是一首诗，也是世宗叔叔一本长征诗集的名字。世宗叔叔赠书后，我父亲把这本诗集放置床头，花了几个晚上看完。他很喜欢这本集子。为此，他给世宗叔叔写信称赞诗集并探讨诗与现实的创作问题，后来两个人的通信在《解放军报》上发表，形成了诗歌创作观念的大讨论。

我父亲说，有的时候，诗这种文学形式，让所有文学体裁相形见绌。他说的就是诗的战斗性！他说这些话时，是在1976年。那时，他的处境并不好，可是还是去广场看诗，还把他写的悼念周总理的诗让我姐姐贴在人民悼念总理的诗墙上。回想起来，那时，诗的力量是多么大啊！

初次见到世宗叔叔是1985年，我刚结婚，去沈阳老丈人家。父亲让我探望他的好朋友、诗人胡世宗。世宗叔叔给我的印象很和蔼谦逊，一点没有大诗人的架子。后来的岁月里，我特别感动的是，近年来有很多媒体想让我们找过去的老同志来撰写纪念我父亲的文章。这件事现在真有点难。时光流逝，有过交往、熟悉我父亲的人越来越少了。能写回忆文章、纪念文章的人就更少了。每到这个时候，我首先想到的就是世宗叔叔。有时心里还很矛盾，毕竟，世宗叔叔也有 70 多岁了。但是，世宗叔叔每次都一口答应下来，然后以最快速度成稿，《为大时代吹响号角的人》就是这样写出来的。

世宗叔叔人品高洁，不但重情义，还是一个勤奋的人，每年都有佳作出版。今年出版的《一路向南》送给了我和我的夫人曼曼，世宗叔叔这本书看起来是旅游游记，实际是旅途中的文化漫忆合集。其中一篇文章里，居然看到他在旅途中还背诵我父亲访问希腊的组诗中的《登雅典卫城》。看到这里，我非常非常感动，心底的东西被拨动了，这组诗是我少年时代喜爱和熟读的啊！我好像有了一种理解，世宗叔叔和我父亲的感情，是诗人与诗人之间的那种纯粹的感情，是心灵相通，永恒不灭，是精神上的长相知啊！

2021 年 2 月 23 日于北京

魏猛　1974 至 1984 年在中国人民解放军炮兵、通信兵部队服役，在部队院校学习。1984 至 1986 年就读中国人民大学新闻系，硕士研究生。1986 至 2015 年任人民日报社记者、干部。1987 至 1989 年为聂荣臻传记组成员。

魏巍生平

魏巍（1920年3月6日—2008年8月24日），河南郑州人，生于一城市贫民家庭，原名鸿杰，曾用笔名红杨树，当代诗人，著名散文作家、小说家。童年及少年时期曾就读于"平民小学"及简易乡村师范，开始接触文学作品并产生浓厚阅读兴趣，1937年抗战爆发后，即赴山西前线参加八路军，后转至延安，入抗日军政大学，毕业后至晋察冀边区，在部队中做宣传工作，曾任宣传干事、宣传科长、团政委等职。新中国成立后亦未脱离部队生活，曾任《解放军文艺》副总编辑、解放军总政治部创作室副主任、总政治部文艺处副处长、北京军区宣传部副部长、北京军区政治部文化部部长、政治部顾问等职。从1939年至1949年，主要从事诗歌创作，曾先后写作发表了《蝈蝈，你喊起他们吧》《好夫妻歌》及《黎明风景》《寄张家口》《开上前线》等诗歌作品，其中1942年创作的长诗《黎明风景》因成功地表现了抗日斗争的生活而获晋察冀边区文学艺术界联合会颁发的"鲁迅文艺奖金"。新中国成立后专事散文及小说的创作，曾在1950年至1958年间三次赴朝鲜，写下了奠定其文学地位的散文《谁是最可爱的人》及《战士和祖国》《在汉江南岸的日日夜夜》《年轻人，让你的青春更美丽吧》《依依惜别的深情》等作品，1952年与白艾共同创作出版中篇小说《长空怒风》，1956年又与钱小惠合作写出电影小说《红色风暴》。1963年参加大型音乐舞蹈史诗《东方红》的解说词编写工作。从1959年始至1978年，历时22年创作了著名的长篇小说《东方》，以史诗般的笔触，热情而又深远开阔的思想，表现了壮烈的抗美援朝的战争生活，因而荣获1982年中国首届茅盾文学奖（长篇小说创作奖）。他的反映红军长征的长篇小说《地球的红飘带》是首部描写红军长征全景式的文学作品，获得解放军文艺奖。

目 录

我心目中的魏巍

关于《东方》致魏巍的信

敬爱的魏部长：

我刚刚从哈尔滨回来，去了解当年抗联的斗争事迹，特别是深入了解女英雄赵一曼的不朽事迹。这次出差，我把您寄赠的《东方》做了一次认真的阅读和学习，真是受益匪浅！此前，我曾读过这部书的校样，读这遍时仍受到那么强烈的吸引……我们同室住着工程兵一位去边境检查战备工作的参谋，他集中了四天时间把《东方》一口气读完了，也是极为称赞。

我在全部重读完毕的当时，激动地写下一首诗。我觉得我写这首诗完全是真情实感，被感动之后的自然流露。

我读《东方》的主要感受已写在诗中，我觉得六部之中前三部和第六部更好一些。我觉得精彩的章节有：《山雨》中的故乡、柳笛、母亲、大妈、金丝、惊梦、分别；《火光》中的开进、军中便宴、小鬼班；《风雪》中的月儿圆时、课本、闸门三章、在爱人心里、琴声、雪夜；《江声》中的孤儿、来凤、金妈妈、浪滔滔、城市、送别；《长城》中的枫叶红时、钢铁战士、布谷声里；《凯歌》中的战友、春初、硝烟红花、金谷里、新起点、路、归故乡。塑造得最好的人物是郭祥、杨军、陆希荣、邓军。我喜欢《东方》的开头，更喜欢它的结尾，叶落归根，结束

1972年魏巍在医院续写《东方》，是时精神最差，身体尚未恢复

在寓有无数条情节及深刻思想意义的杨大妈家中，比一般作品煞尾时在一个胜利的大场面的手法要高明得多。另外，我觉得坏人栽赃诬陷杨大妈的情节好是好，但给人以独到的新鲜感不足，书中有一句写干部的话，什么"埋头拉车"和"抬头看路"，我觉得这样写容易破坏精心创造出的当年的时代气氛，给人顺手贴上的感觉。有的字不规范，时而简化，时而又不简化，一会儿是"孤另另"，一会儿是"孤零零"，校对不细心。

以上所谈意见，全系未深思之，不避俗陋地写给了您，仅供您参考，并恳望赐教。

关于照片，我冲洗出来就会寄去。

上次在沈谈到的《晋察冀诗抄》，您手头还有吗？出版社能重印一次吗？

胡世宗

1978年11月11日于大连

属于东方的魏巍

魏巍最初给我的印象是一个魁梧的汉子，他有着典型的北方人的大块头和红脸膛，说话的声音也很洪亮。他很像我们在部队常见的那种比较高级的指挥员，只是那副度数很高的近视镜和那待人谦和的作风，让人相信他是个作家。几乎没有人不知道魏巍的《谁是最可爱的人》，这篇1950年冬采写自战火纷飞、硝烟弥漫的朝鲜战场的文艺通讯或者说报告文学，给魏巍带来了巨大的声誉。他以火炽般热烈、海洋般深沉的情感，讴歌了志愿军战士的爱国主义、无产阶级国际主义和革命英雄主义的高贵品质。

赴朝前，魏巍是中国人民解放军总政治部学校教育科副科长。从1939年19岁在西安《国风日报》上发表长诗《黄河行》起，魏巍一直从事诗歌创作，他写于抗日烽火中的《高粱长起来吧》《游击队部的

15岁摄于郑州

夜》《谁敢再来讨伐"扫荡"》等抒情诗、街头诗和在解放战争中
写出的《黎明风景》《好夫妻歌》等诗作，都在民族解放和人民
解放斗争中发挥了启迪、激励和教育作用。中国人民刚刚站起
来，鸭绿江边就燃起了战火，诗情满怀的魏巍坐不住了，他随手
写下一些街头诗：

> 你，听到炮声了吗？
> 青年人！
> 不要光知道幸福
> 不知道仇恨。
> ——《你》

> 当一只得寸进尺的野兽
> 向你扑来的时候，
> 人们哟，
> 只有它自己的血，
> 才能够教训它自己。
> ——《只有》

> 去吧，
> 穿上英雄的戎装，
> 朝鲜人
> 将流着欢喜的热泪
> 来拥抱你！
> ——《去》

1950年12月第一次入朝

这些诗是在他赴朝采访前约20天写出来的，他写给广大的青年朋友，也写给他自己。确切地说，他是1950年12月上了朝鲜前线的，主要任务是熟悉和了解美军情况，以便开展政治攻势。到了朝鲜，他采访了志愿军司令部有关领导，"提审"了美军俘虏。他问一个大个子美国兵："你能告诉我，你们为什么要侵略朝鲜吗？""侵略？"对方否认，"我们是执行联合国的警察行动，是为了防御共产主义的威胁，麦克阿瑟一开始就对我们讲了的。""你相信这样的话吗？""至少到现在为止，我相信这样的话。""你不知道美国距离朝鲜多远？""也许是5000英里吧。""我问你，5000英里以外的朝鲜，怎么会威胁到你们美国呢？"对方耸耸肩，回答不出来。

汉江前线的日日夜夜，战斗激烈而又艰苦，魏巍看到战士们一个个嘴唇干裂、眼睛熬红、耳朵震聋，他们一口炒面一口雪，坚持斗争，想的是祖国人民的安居乐业，想的是解救战火中的朝鲜人民。一个想了很久的问题反复跳动在他的脑海里："谁是最可爱的人？"他从朝鲜前线回到祖国的首都北京，便被任命为解放军文艺社的副主编，他匆匆报了到，在一间小平房里，点灯熬

1952年，魏巍（右）在朝鲜三登野战医院访问志愿军模范护士罗克贤。新华社发

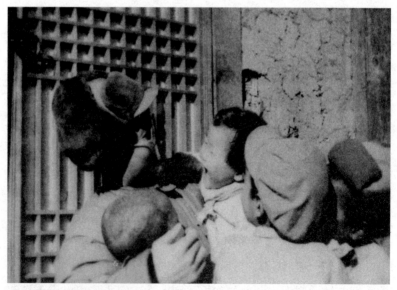

1952年与朝鲜儿童

1952年夏第二次赴朝与战斗英雄合影（自左至右：刘光子、王永章、魏巍、郭恩志、李蕤〔著名记者〕、李满）

油地完成了《谁是最可爱的人》一文。解放军文艺社社长宋之的看了，非常赞赏，由他交给了《人民日报》。《人民日报》在头版往常发表社论的位置发表了这篇文章，文章感动了千千万万的读者，魏巍的名字传遍了全国，也震动了文坛。作家丁玲撰文予以高度的评价。人民日报社社长邓拓主持召开了座谈会，当场朗诵这篇文章时眼角含满了泪花。魏巍在会上说："'谁是最可爱的人'这个主题，是我很久以来就在脑子里翻腾的一个主题。也就是说，是我内心感情的长期积累。我在部队里时间比较长，对战士有这样一种感情，觉得我们的战士是最可爱的人。每当我和他们坐在一起，不知道为什么，我就觉得满心眼儿地高兴。"接着，魏巍接受邀请去做报告、演讲，讲朝鲜见闻，讲"最可爱的人"的故事。《谁是最可爱的人》传遍整个朝鲜战场，战士们的

1952年在朝鲜，与志愿军后勤一分部模范护理员于桂芝（左四）等人合影（左一音乐家杨浪，右一魏巍）

心沸腾了。在1998年的抗洪抢险斗争中，人民群众无比热爱和感激人民解放军指战员，又一次响亮地喊出了"最可爱的人"这个最高的称谓。

从1959年到1979年魏巍创作的获首届茅盾文学奖的长达75万字的3卷本长篇小说《东方》，应该说这部长篇是《谁是最可爱的人》宏大的续篇。魏巍不满足于《谁是最可爱的人》的成功，他认为，与抗美援朝伟大战争相应的应该是一部长篇巨作。1952年的春天，当他重访朝鲜时，写一部长篇小说的念头就在心中强烈地鼓胀着。他在朝鲜战地生活了9个月，回国后，又一头扎到长辛店二七机车车辆厂，在那个厂里代职一个车间的党支部副书记，因为写长篇必然要把前方后方广阔的生活包容进去。在二七厂体验生活时，认识了作家钱小惠，他们合作把二七大罢工的素材写成了电影小说《红色风暴》。接着又受革命烈士邓中夏夫人夏明的盛情重托，与钱小惠在南方采访半年，完成了一部《邓中夏传》。这时，魏巍还是没有急于写他的《东方》，他觉得写出一部好的长篇来，必须深入研究这个时代，必须拓宽生活领域。

这样，在1953年初冬，魏巍和在农村土生土长的夫人刘秋华重返无比亲切的冀中大地。魏巍心细，带回了一辆旧自行车，为了这村那村跑着方便。魏巍原本就和这里的乡亲们熟悉，这次来，就混得更加亲热了。小青年们觉得他这"魏巍"的名字，叫起来和逗老鹰时喊的"喂喂"差不多，见了他的面竟叫他"喂老鹰"，他听了这称呼觉得很舒坦。

1958年他第三次入朝采写志愿军回国的情形，写出了《依依惜别的深情》这篇深挚动人、脍炙人口的文艺通讯。这一切都是为了写他的长篇所做的铺垫。1959年2月的一天晚上，魏巍正式开始往稿纸上落笔写这部长篇。万事开头难啊，这一晚上，他在《东方》的大标题下，只写出600字，但总算开了头。在这年年底，他受命撰写"华北战史"而不得不中断已写了10章草稿的《东方》。这中间，他访问希腊，访问越南，又经历了一场持续10年的"文革"。那是无处讲

1952年，魏巍在朝鲜战场和朝鲜儿童在一起（罗工柳摄）

理的 10 年，他的《谁是最可爱的人》也被批成"大毒草"。他文章中的"我在这里吃雪，正是为了我们祖国的人民不吃雪。他们可以坐在豁亮的屋子里，泡上一壶茶，守住个小火炉子，想吃点什么，就做点什么"，竟被批成"明目张胆地宣扬享乐主义"！

　　时隔 9 年，魏巍又动笔续写《东方》。我记得 1977 年底，我在《解放军文艺》评论组帮助工作，协助组织驻京部队部分文艺工作者座谈，批判"文艺黑线专政"论，我乘车去北京西山魏巍家，请他写一篇批判稿件并到会发言，那时他正在伏案写《东方》的结尾呢，我有幸翻看了他写字台上厚厚的手稿。这部长篇由人民文学出版社 1978 年出版，给他带来了新的荣耀——1982年颁发的首届茅盾文学奖。

　　"胸中自有青松气，尽瘁不唱夕阳残。"这是魏巍 65 岁生日时《自题》诗中的两句，也是诗人魏巍发自心底的吟哦。

　　在创作的长途上，魏巍真是马不停蹄啊，这许是因为他在进军大西北时当过骑兵团的政委，对不止息的马蹄声有特殊的感情。这些年，他一本一本地出书：散文集、杂文集、诗集，还有小说。这里面，《地球的红飘带》和《火凤凰》两部长篇小说再一次引起强烈反响。前者是我国第一部描写红军两万五千里长征的具有史诗性的长篇小说，人物鲜明，气魄宏大，内涵丰厚；后者以如椽之笔勾画了我抗日根据地广大军民前仆后继、浴血奋战的壮丽图景，表现了敌后人民战争的广阔画面。这两部长篇加上《东方》，共同构成中国革命战争三部曲，排列应是《地球的红飘带》《火凤凰》《东方》。

　　为写《地球的红飘带》，魏巍在长征路上采访走到天川一畦稻田边上，光顾与人说话，竟把脚扭伤了，不能继续走了，后来又重走一次，走下来了。为写《火凤凰》，了解日本侵略军的一些情况，有一年，他从嫩江平原半夜到沈阳，我去车站接他和他的夫人，第二天原说先休息的，他急着去抚顺战犯管理所参观采访，我要了个车，陪同他们早早就从沈阳出发去抚顺。他在战犯管理所里细心地问，看，记，那专心致志的劲儿真是让人钦佩。

写完《火凤凰》，魏巍因身体不大好，基本上就休息了，但是他也没有完全休息。1998年7月，还慕名参观了河南临颍县的一个村庄，他在那里流连了四天，写出了充满感情色彩的散文作品；他还为一位从未写过小说的老战友的长篇遗作《潜龙人》撰写了序言。尽管他已经是78岁高龄了，可是他要做的事还很多呢！

去年底，我和诗友、曾写过魏巍传记《走向燃烧的土地》的作者峭岩一同去看望魏巍。在同他的闲谈中得知，一家出版社慨然答应出版他的文集。这文集大约350万字，计10卷，前5卷是长篇小说（中国革命战争三部曲）；诗和杂文各1卷，其他是传记文学和散文卷。我还看到了臧克家和贺敬之为魏巍文集出版的题诗。克家口占的四句是："军旅文苑半生过/巍乎辉煌人与文/风风雨雨见清标/堂堂十卷见精神。"敬之书写的是："群山巍巍耸群峰，魏巍矗立势峥嵘。百年人民文学史，君在亿万民心中。太行红杨上甘松，东方破晓击晨钟。世纪问答谁可爱？笔绘地球飘带红。清流几见浊流涌，夕阳翻作朝阳升。我访三门遥致敬，中流砥柱思君容。"这是魏巍的朋友、广大读者，也是时代和历史对他的人与文亲切的勉励和公允的评价。

我从北京回来，收到魏巍亲自封寄来的一个条幅，上面写着能够表达他的心迹和对我的期望的四句诗："寒梅无媚骨/喜报春消息/众乐郑卫声/琴不改心曲。"他的真诚、执着，真是令人感动。

魏巍，像一株颗粒饱满的红高粱，在秋天的阳光下，静默而挺拔地站立着，他属于东方，属于我们这片黑油油的沃土！

1999年1月8日写于沈阳

原载1999年1月20日《沈阳日报》

史诗式的小说《东方》

在我的记忆中，著名作家魏巍是最具诗人气质的。他曾在抗美援朝前线写出轰动全国的感人通讯《谁是最可爱的人》，他在后来写出多部中国革命历史题材的长篇小说，其中有获得首届茅盾文学奖的3卷本的描写中国人民志愿军参加抗美援朝战争的全景宏观立体的史诗式文学作品《东方》。

但魏巍仍是一位诗人。那年是他而立之年。他的胸中涌动着不能平息的潮水，因为那时五星红旗刚刚升起在天安门广场，中国人民刚刚站起来，战火就烧到了鸭绿江边，魏巍心思澎湃，随手写下了一些类似在晋察冀边区写的抗战街头诗那样的短章：

> 你，听到炮声了吗?
> 青年人!
> 不要光知道幸福，
> 不知道仇恨。
> ——《你》

> 当一只得寸进尺的野兽，
> 向你扑来的时候，

> 人们哟，
>
> 只有它自己的血，
>
> 才能够教训它自己。
>
> ——《只有》

这些鼓动性极大的短诗，发表于1950年12月3日《人民日报》，作者是写给全国青年人的，更是写给他本人的。这组诗发表后20天，魏巍本人就奔赴了朝鲜前线。

赴朝前，魏巍是中国人民解放军总政治部学校教育科副科长。这位副科级的部队干部在前线的主要工作，是熟悉和了解美军情况，以便开展政治攻势。在前线，他采访了志愿军司令部有关领导，"提审"了美军俘虏，深入阵地前沿。汉江前线的日日夜夜，战斗激烈而又艰苦，魏巍看到战士们一个个嘴唇干裂，眼

在江汉右油学院，为学生签字

睛熬红，耳朵震聋，他们一口炒面一口雪，坚持斗争，想的是祖国人民的安居乐业，想的是解救战火中的朝鲜人民。一个想了很久的问题反复跳动在他的脑海里：谁是最可爱的人？谁是最可爱的人？他从朝鲜前线回到祖国的首都北京，便被任命为解放军文艺社的副主编，他匆匆地报了到，在一间小平房里，点灯熬油地完成了《谁是最可爱的人》这篇作品。他以火炽般热烈、海洋般深沉的感情，讴歌志愿军战士爱国主义、无产阶级国际主义和革命英雄主义的高贵品质。解放军文艺社社长宋之的看了，非常赞赏，便转给了《人民日报》。《人民日报》在头版通常发表社论的位置发表了这篇作品。

《谁是最可爱的人》感动了千千万万读者，魏巍的大名传遍了全国，他接受邀请演讲，做报告，讲最可爱的人的故事。

在1998年抗洪抢险中，在2008年汶川抗震救灾中，人民群众无比热爱和感激人民子弟兵，在洪水激溅的大堤上，在震后的废墟旁，再一次喊响了这5个字："最可爱的人。"

从1959年到1979年，在长达20年的时间里，魏巍写出了75万字3卷本的长篇小说《东方》，应该说，这是《谁是最可爱的人》的宏大续篇。1977年12月的一天，解放军文艺社张文苑副社长让我去魏巍家约写一篇评论文章，我在魏巍位于北京西山的家里见到桌案上摆的正是首版《东方》的校样。他说，与抗美援朝伟大战争相应的应该是一部鸿篇巨制，仅仅写出《谁是最可爱的人》远远不够。写一部长篇的念头，1953年春天他二次赴朝时就在胸中产生了。这次他在朝鲜战地生活了9个月，回国后，又一头扎到长辛店二七机车车辆厂，在那个厂里代职一个车间的党支部副书记。他清楚，写长篇必然要把前方后方广阔的生活包容进去。他和工人一起上下班，胳肢窝里夹着饭盒，与工人一起排队买饭，工余时间和工人们玩扑克、下象棋。老工人去世了，他去参加葬礼；小青年结婚了，他也赶去贺喜。在二七厂体验生活时，和作家钱小惠合作，把著名的二七大罢工的素材写成电影小说《红色风暴》；接着又受革命烈士邓中夏夫人夏明的重托，与钱小惠在南方采访半年，完成了一部《邓中夏传》。这时，魏巍仍未急着动笔写《东方》，他觉得写出一部好的长篇来，必须深入研究这个时代，必须拓宽生活领域。

这样，在1953年秋冬，他和在农村土生土长的夫人刘秋华重返无比亲切的冀中大地。魏巍心细，带回了一辆旧自行车，为了这村那村地跑着方便。他原本就与这里的乡亲们熟悉，这次来，就混得更亲热了。1958年，魏巍第三次入朝采写志愿军回国的情形，写出了《依依惜别的深情》这篇深挚动人、脍炙人口的文艺通讯。这一切，都是他为写长篇《东方》所做的铺垫。

1959年2月，魏巍躲到河北邢台驻军的一个师部驻地正式开写《东方》。这年年底，魏巍受命撰写"华北战史"而不得不中断已写出10章草稿的《东方》。这中间，他出访希腊，还受周恩来总理之命，与巴金等人出访越南。时隔9年，魏巍又动笔写《东方》了。他在广阔的视野

1959年魏巍在京郊莲花池。

1984年魏巍为创作《地球的红飘带》重走长征路时所摄，背后是四川阿坝州小金县境内的四姑娘山。

里，探索和表现我们的战士和我们的人民那伟大的心灵世界，从纵的方面写了朝鲜战争的全过程，从横的方面围绕朝鲜和祖国前后方两条线展开了波澜壮阔的历史画卷，前线主要落笔写一个团，更集中写一个连；后方主要写冀中平原的一个村庄——凤凰堡。小说中的主人公及一些干部战士就是这里的人，这就使交错发展的故事线索和情节得到呼应和统一。他总是着眼战争的全局进行构思，在广阔的时代背景上描绘战争，深刻揭示战争胜利的源泉。作品非常生动和精彩地塑造了志愿军英雄群像和其他各色人物，真实再现了抗美援朝、保家卫国的全部历史进程。反映了中国人民在崭新的五星红旗下为保卫东方和平、保卫新生的共和国，勇于奉献牺牲，支援朝鲜反侵略战争和向社会主义奋进的沸腾现实。

魏巍曾自己解释使用简洁而雄壮的书名"东方"的含义：自

从中国革命突破了帝国主义的东方战线之后，今日之东方已非昔日的东方，人民在这里站起来了，他们显示了自己的力量，并还有未显示出的潜在力量，这个力量无穷之大。"东方"这个命名与史诗性的内容是相称的。1999年1月，我应一家报纸编辑之约写了一篇专访《属于东方的魏巍》，我把打印稿给魏巍审看，他立即用笔划掉了标题中的"东方"二字，写上了"人民"二字。在他的心中，人民的位置永远无比高大，他是属于人民的，他的《东方》是人民的颂歌。

1978年9月，《东方》由人民文学出版社出版。我手上的3卷本《东方》，魏巍签赠落款的时间是"1978年11月"。这部作品出版后引起了强烈的反响，许多买不到书的读者就天天听小说广播。丁玲说，"《东方》是一部史诗式的小说""表现了一个时代的最精粹、最本质的东西。"2008年以攻占武汉进军湖南的解放战争为题材获第三届茅盾文学奖的长篇小说《第二个太阳》的作者、我军文化工作的领导者刘白羽说："《东方》为我国当代军事文学的创作打开了崭新的局面。"小说让人们看到这个九死一生从苦难中站立起来的东方巨人那种力挽狂澜、勇扭乾坤的大无畏气概，作者通过艺术的彩笔，让我们和我们的子子孙孙都要铭记这一段不该忘却的历史。

魏巍在他有生之年，从未停止过深入生活和求新求变的创作。在创作的长途上，魏巍真的是马不停蹄啊，在他家卧室的门框上，我看到一块奔马的图匾，这许是他在进军大西北时当过骑兵团的政委，对不止息的马蹄声有着特殊的感情吧。他曾两次到红军长征路上采访，1988年他写出长篇小说《地球的红飘带》，由人民文学出版社出版，很快签赠给我，而我写长征的诗集《沉马》由解放军出版社出版后赠他，他立即写了评论发在《解放军报》上。1991年魏巍到东北搜集素材，半夜两点钟赶到沈阳，我去车站接他并陪他去抚顺战犯管理所采访日本战犯在中国改造的经过。1997年，在他77岁时，描写抗战题材的小说《火凤凰》由人民文学出版社出版。

站立东方的魏巍，如今成了一尊人们记忆中的高大的雕像，他胸中曾涌动的澎湃的诗情和流淌出的燃烧的文字，将成为一笔韵味深长的文化财富，激励着我军广大指战员为强军的目标而奋勇前进。

（原载2019年4月6日《解放军报》）

经典何以动人

一部优秀的文学作品，特别是被奉为经典的作品，其能量到底有多大？有时候会完全超出人们也包括作者本人的想象。

魏巍的《谁是最可爱的人》，就是这样一部作品。这篇作品1951年4月11日在《人民日报》发表，至今已近70年了，人们仍念念不忘这篇作品，时常会提及这篇作品，而当时作者给奋战在抗美援朝前线的人民志愿军战士的定位——最可爱的人，不仅用红漆喷印在中国人民赴朝慰问团带给战斗在那里的英雄的指战员的白瓷缸上，用鲜红的铅字印在赠送给前线将士的纪念册上，而且一直响亮地称颂到今天。在1998年抗洪前线，人民给半个身子浸泡在水中传送沙袋战胜管涌的战士们赠送一面插到大堤上的红旗，上面飘动着的金色大字就

1963年魏巍到河北农村了解四清运动

同江汉石油学院的学生们在一起（中，摄影丁炳才）

是"最可爱的人"；在2008年汶川抗震前线，战士们日夜奋战抢救被压埋在废墟下面的人民群众的新战场，被抢救出的孩子用笔在双手展开的纸上，歪歪扭扭地写着"解放军叔叔是最可爱的人"……

写出这篇大文的魏巍当年仅有30岁。这位从晋察冀抗日前线走来的、曾任过骑兵团政委的年轻的军旅诗人，曾是我军一个普通的政工干部。

大的时代背景是这样的：1950年6月25日，美帝国主义悍然发动了大规模的侵朝战争，并妄图以朝鲜作为跳板，进犯我新生的人民共和国。侵略战争的毒焰烧遍了朝鲜全境，直烧到我国的大门口。在这紧要关头，中国共产党和毛泽东主席向全国人民发出了"抗美援朝，保家卫国"的战斗号令，迅速组成中国人民志愿军，于1950年10月25日跨过了鸭绿江，与朝鲜人民并肩抗击凶恶的侵略者。

在这个时刻，魏巍以年轻诗人的家国情怀，很快写出了类似在晋察冀边区写的那种街头鼓动诗，发表在《人民日报》上，号召青年人积极参与到抗美援朝的战斗行列之中。而他本人，经热烈申请和领导指派，在这些诗作发表后的20天，就到了抗美援朝第一线。我们这支军队的"笔杆子"，在国家和人民需要的最关键的时刻，总是这样冲锋在前的。

魏巍在前线，不仅采访到大量我军将士，而且采访到英雄的朝鲜军民，还通过翻译审问了美军俘虏。后来魏巍归纳写出这篇大文的最基本的原因，"是我们的战士的英雄气魄、英雄事迹，是这样的伟大，这样的感人。而这一切，把我完全感动了"。是啊，只有感动了作者，才有可能通过作者的笔感动读者。在朝鲜战争中，虽然面临艰巨的任务、艰苦的作战环境，但战士的英勇，比起魏巍经历过的抗日战争和解放战争中所看到的，有着更高的发展。比如有一个步兵团，在第三次战役结束之前，随队作战的伤员比送到医院休养的数目还要大。魏巍说，这恐怕在世界战争史上都是一种奇迹！

一个优秀的作家，不仅要有满腔正义的爱憎，要有深入采访的功力，更要有凝聚时代主题的敏锐之思。魏巍想，我来朝鲜采写通讯，要告诉祖国人民什么呢？写我们的战士英勇啊，不怕死啊，这毫无疑问是正确的，那么这种英雄的气概从何而来？魏巍和战士们在坑道里、在防空洞里休息时，一口炒面一口雪，聊着天，战士说："我在这里吃雪，正是为了我们祖国的人民不吃雪。他们可以坐在豁亮的屋子里，泡上一壶茶，守住个小火炉子，想吃点什么，就做点什么。"一种无比高尚的情怀，就是这样用生活化的语言平易地表达了出来。魏巍深情地写道："朋友们，用不着烦琐地举例，你已经可以了解到我们的战士是怎样一种人，这种人是什么一种品质，他们的灵魂是多么美丽和宽广。他们是历史上、世界上第一流的战士，第一流的人！他们是世界上一切善良人民的优秀之花！是我们值得骄傲的祖国之花！我们以我们的祖国有这样的英雄而骄傲，我们以生长在这个英雄的国度而自豪！"

从1977年起，我与魏巍有几十年的深交，他是我的良师益友。我曾多次到他家拜访，他也曾和夫人一起到我家做客。我曾就写《谁是最可爱的人》这篇大文的题义与他进行面对面的交流。他说，最开始写这篇东西，曾写了20多个特别生动的例子，哪一个也舍不得删掉。后来反复比较斟酌，只用了5个例子，定稿时又狠点心"砍"去了两个。事实证明，用适当的、能说明本质的、能代表一般的典型的例子，可以一当十，是最能打动人心的。

面对穷凶极恶而又色厉内荏的敌人，战士们无比英勇顽强，敌人汽油弹的火焰把阵地都"烧红了"，激战整整8个小时，最后那与敌人"摔""扑""抱"、与敌人格杀争斗的壮烈场景，真的是惊天地泣鬼神啊！

那个从烈火中抢救朝鲜儿童的战士马玉祥，冒着滚滚的浓烟、呼呼的火苗，扑进燃烧的房屋，脸烫得像刀割一样，把朝鲜人民当成自己的亲人，表现出了国际主义精神和革命人性的光辉，他不是罗盛教，却也是罗盛教！

魏巍曾跟我说，总理逝世后，邓颖超大姐还专门把有总理评语的文集托人转送给魏巍一本呢。

1977年12月我曾在北京西山魏巍家里亲见他审阅人民文学出版社要出版的长篇小说《东方》的校样；1978年11月，我曾陪魏巍访问沈阳六中周恩来总理少年读书旧址；1986年，我曾在深夜两点到火车站接魏巍及夫人从北大荒农场来沈阳，并陪同他到抚顺战犯管理所，了解当年关押日本战犯的情形，为他后来创作出版反映抗日战争时期生活的长篇小说《火凤凰》搜集素材；1986年我第二次重走长征路到达遵义时，在遵义军分区招待所住的那个房间，就是魏巍为写长篇小说《地球的红飘带》在长征路上采访时住过的，这是我颇感荣幸的一种缘分！

从《谁是最可爱的人》开始，魏巍的创作日益丰厚和深邃，长篇一部接一部地出，他说他一直没有累的感觉。这让我想起他在为我题签过的诗集《黎明风景》的后记中说的："一颗年轻的

和石油学院学生在一起

心，真真被一件他认为重要的事情所吸引，那就不知道疲倦了。"魏巍生前，始终被他认为重要的事情所吸引。

"最可爱的人"，是魏巍发自内心深处对我们英勇无畏的志愿军战士的评价，这也是历史和时代对我们这支人民军队隆重的"授称"。

在中朝边境城市丹东的抗美援朝纪念馆门前，耸立着一块铭文碑墙，上面镌刻着《谁是最可爱的人》，共2982个字，是魏巍应邀手书的全文。

2020年是抗美援朝战争胜利70周年，也是魏巍100周年诞辰，这样一个有双重纪念意义的年份，我们重读《谁是最可爱的人》，仍然会激起内心双重的感动，我们的军队要在这样一个崭新的时代里，继续不负人民的期待和厚望，承担起党和国家对军队的重托，在前所未有的国际斗争复杂百变的环境里，保持高度战备警惕，随时奔赴党和人民指向的战场，继续做"最可爱的人"；我们的政府和人民群众要更加信赖和爱护我们的子弟兵，让"最可爱的人"为国家的主权和人民群众的生命财产的安危冲锋陷阵、前赴后继时无后顾之忧。

让最可爱的人，永远是最可爱的！

（原载2020年8月30日《解放军报》）

生活的课本

——重读茅盾文学奖获奖作品、魏巍长篇小说《东方》

像举着一杯酿造多年的美酒，
不住地品味，一口接着一口；
像走进一座香气弥漫的花房，
缓缓挪步，一盆挨一盆细瞅……

三大本一千页的《东方》啊，
如千里云霞在日出处飘游；
啊，多么深刻的心灵冲击！
啊，多么美好的艺术享受！

诗的意境，戏剧的结构，
散文的语言，电影的镜头……
艺术的技巧是那么和谐、纯熟，
生活的气息又是那么强烈、浓厚！

在大学中文系那红色的高楼，
师生们乐于潜心地把它研究；

在每个家庭的收音机旁，
老人孩子听了也赞不绝口。

多少英雄啊挺身而立，
他们一个个全都有血有肉！
只要你同他们打过照面，
就不能不分担他们的欣喜和哀愁！

好比那奔腾万里的河流，
有时也会经过狭小的山沟；
好比那广阔无垠的大海，
有时也漂浮一点碎屑和污垢……

英雄是活生生的人啊，
岂能如同一根放倒的木头？！
他们尽管有难免的过错，
读者依然对他们爱之不够！

他们不愧为"最可爱的人"，
他们为人民而生活、战斗，
即使打断了一条腿，
也要在革命的大道上奔走！

他们的感情似乎十分单纯，
实际上他们的感情最为富有！

魏巍与晋察冀老战友夏兰（右）

他们是在人类感情的最高峰，
俯瞰地球，环视宇宙！

他们把生命看得很重，很重，
当他们看到尚未全歼吃人的野兽；
他们又把生命看得很轻，很轻，
当人民的利益需要的时候！

这真是生活的课本啊，
甚至只要自修，不必函授！
它使我们见识那烽火的前线，
不仅有英雄，也有小丑！

1945年，抗战胜利河北饶阳解放，于饶阳城内拍摄（左二平陵，左三魏巍，此照片为平陵保存）

1948年夏参加华北第二兵团参观团赴东北参观（第四排右）

1948年新年（后排右一）

1949年任十九兵团骑兵第六师
第十六骑兵团政委

为了卑鄙地征服"爱情"，
甚至对同志狠下毒手；
为了逃出炮火连天的战场，
竟偷偷用枪口对准自己的肩头……

杨雪是多么好的姑娘啊，
像一朵鲜艳的花儿开在枝头，
她纯洁、热情、勇敢、美丽，
青春的热血滚滚奔流……

郭祥多么喜欢她，
那爱情的甜汁儿一直酿在心头；
面对敌机挺身拼打的人，
竟不能把衷情倾心吐露！

而陆希荣只具备无限的浅薄，
可他却动员了上下左右，
为了满足可耻的私欲，
他能用各种"战术"拼命追求！

杨雪为朝鲜孩子献出了生命，
郭祥的怀念是那样长久，
回国前，他拖着残疾之身，
也要把一束花献在战友坟前！

陆希荣——应叫作无耻的蛀虫，
杨雪从未在他心上停留，
他走的完全是另一条路，
此刻他早有新欢在手……

郭祥是我们生活的主流，
陆希荣也并非绝无仅有！
有的人一生都奋发向上，
有的人却甘愿灵魂枯朽！

这是一部形象的历史文献啊，
记述了当年世界的气候，
"五面包围"就是一个缩影，
中朝人民面临严重的关头。

然而，正义的战争必定胜利，
这金铸的真理万世不锈！
任何强盗的猖獗都将惨败，
当弱小的民族合成一个拳头！

凤凰村的炕头啊，
金谷里的洞口，
连接着敌我的态势，
决定着时代的潮流！

究竟谁是东方的主人？
谁能在这世界上主宰春秋？
不是那貌似强大的霸权者，
而是人民，是这历史的火车头！

我把《东方》捧在手中，
好像端一大杯醇香的美酒；
我一行行、一页页地细读啊，
真如同在芬芳的花房里行走……

浪花是怎样改变礁石？
请去询问那低飞的海鸥……
当我掩卷凝神《东方》的封面，
一首诗海鸥一般飞出我的胸口！

（原载 2020 年 11 月 2 日《中国国防报》）

40年前魏巍到沈阳六中

　　1978年11月，刘白羽来沈阳召开沈阳和北京两大军区文化工作座谈会，参加会议的是两大军区文艺创作骨干、剧团编导、主要演职人员和文化部及文工团的领导干部。北京军区是其文化部部长、著名作家魏巍带队，有十来位同志参会。

　　一日会议人员去参观北陵和故宫，魏巍部长没有去，他让我和总政文化部的张澄寰处长和他一起乘坐一辆吉普车去看周恩来总理少年时读书旧址，即沈阳市第六中学。届时六中正在兴工修建，沙土、青砖摆了满院子。巧的是，六中一位女老师一眼就认出了魏巍，她说她一个同学的爸爸与魏巍合过影，这张合影给她印象太深了。听说魏巍到了六中，校方上下都异常兴奋。安兴亚校长把我们迎进休息室，当大家知道了来访客人的身份——魏巍是《谁是最可爱的人》的作者，张澄寰是郭沫若的女婿之后，格外热情，因为两块大理石上刻写的"沈阳市第六中学""周恩来同志少年读书旧址"均为郭沫若题写。安兴亚打电话请来时为和平区委宣传组干事的蔡友专为活动拍照。安兴亚介绍说，周恩来1910年秋到1913年夏，即12岁到14岁在这儿读书。那时这个学校叫"东关模范学堂"，周恩来从这儿考入了天津南开中学。

　　魏巍是功成名就的大作家，他用《解放军报》的一个蓝皮采

1961年与妻子刘秋华在上海

访本，边看边听边记，看得认真，问得周到，记得很多。他是那样细致，不轻易放过任何一个细节。这让我感动，从他身上我看到了自己的不足。

（原载2019年1月6日《沈阳晚报》）

魏巍：为大时代吹响号角的人

近期，重读获茅盾文学奖的长篇小说《东方》，心灵又一次被震撼，不由得缅怀我熟悉的诗人、散文家、小说家，长期从事部队文化行政工作的领导者魏巍先生。

魏巍临终在病榻上，念着两个人的名字，一个是写他传记《走向燃烧的土地》的峭岩，另一个是我。这是最后时刻守在他

1938年夏，毛泽东主席与抗大三期十队毕业同学合影（三排右四为魏巍）

身边的诗人石祥亲口告诉我的。

魏巍最初给我的印象是一个魁梧的汉子，他有着典型的北方人的大块头和红脸膛，说话的声音也很洪亮。他很像我们在部队常见的那种比较高级的指挥员，只是那副度数很深的近视镜和那待人谦和的做派，让人相信他是个作家。

1939年，西安的《国风日报》上连载6天的长诗《黄河行》，是19岁的魏巍的处女作，从此开启了他漫长的诗歌创作旅程。他写于抗日烽火中的《高粱长起来吧》《游击队部的夜》《谁敢再来讨伐"扫荡"》《好夫妻歌》等诗作，在民族解放和人民解放斗争中，发挥了启迪、激励和教育作用。这些诗作多收入到诗集《黎明风景》里，在这部诗集的"后记"中，魏巍把自己的诗比作"小司号员年轻的号音"，而当我们把魏巍一生时

断时续的号音接续起来听的时候，会听到一个时代的宏伟乐章。沿着魏巍自谦的比喻，我们似可给这位在抗战炮火中，像北方红高粱一样成长起来的军旅作家一个平凡的称谓：大时代的"司号员"。这柄闪亮的铜号，曾发出多么响亮的、震撼人心的时代强音啊!

中国人民刚刚站起来，战火就烧到了鸭绿江边，而立之年的魏巍随手写下一些类似在晋察冀边区写的抗战街头诗那样的短章：

你，听到炮声了吗?
青年人!
不要光知道幸福,
不知道仇恨。
——《你》

当一只得寸进尺的野兽,
向你扑来的时候,
人们哟,
只有它自己的血,
才能够教训它自己。
——《只有》

去吧,
穿上英雄的戎装;
朝鲜人,
将流着欢喜的热泪,

来拥抱你！
——《去吧》

这些鼓动性极大的短诗，发表于1950年12月3日《人民日报》，是写给全国青年人的，也是写给他自己的。这组诗发表后20天，魏巍本人就到了朝鲜前线。赴朝前，魏巍是中国人民解放军总政治部学校教育科副科长。他在前线的主要工作是熟悉和了解美军情况，以便开展政治攻势。在前线，他采访了志愿军司令部有关领导，"提审"了美军俘虏。他问一个大个子美国兵："你能告诉我，你们为什么要侵略朝鲜吗？""侵略？"对方否认，"我们是执行联合国的警察行动，是为了防御共产主义的威胁，麦克阿瑟一开始就对我们讲了的。""你相信这些话吗？""至少到现在为止，我相信这样的话。""你不知道美国距离朝鲜多远？""也许是5000英里吧？""我问你，5000英里以外的朝鲜，怎么会威胁到你们美国呢？"对方耸耸肩，回答不上来。

汉江前线的日日夜夜，战斗激烈而又艰苦，魏巍看到战士们一个个嘴唇干裂，眼睛熬红，耳朵震聋，他们一口炒面一口雪，坚持斗争，想的是祖国人民的安居乐业，想的是解救战火中的朝鲜人民。一个想了很久的问题反复跳动在他的脑海里：谁是最可爱的人？他从朝鲜前线回到祖国的首都北京，便被任命为解放军文艺社的副主编，他匆匆地报了到，在一间小平房里，点灯熬油地完成了《谁是最可爱的人》这篇作品。他以火炽般热烈、海洋般深沉的感情，讴歌了志愿军战士爱国主义、无产阶级国际主义和革命英雄主义的高贵品质。解放军文艺社社长宋之的看了，非常赞赏，由他转给了《人民日报》。《人民日报》在头版通常发表社论的位置发表了这篇作品。

《谁是最可爱的人》感动了千千万万的读者，魏巍的大名传遍了全国，也震惊了文坛。作家丁玲撰文给予了高度评价。人民日报社社长邓拓主持召开了座谈会，当场朗诵这篇大文时眼角含满了泪花。接着，魏巍接受邀请演讲，做报告，讲最可爱的人的故事。这篇作品传遍了整个朝鲜战场，战士们的心沸腾了。

在1998年抗洪抢险中，在2008汶川抗震救灾中，人民群众无比热爱和感激人民子弟兵，在洪水激溅的大堤上，在震后的废墟旁，再一次喊响了这5个字："最可爱的人。"

从1959年到1979年，魏巍写出了75万字3卷本的长篇小说《东方》，应该说是《谁是最可爱的人》的宏大续篇。1977年12月的一天，解放军文艺社张文苑副社长让我去魏巍家约写一篇评

1953年在舟山群岛与战士合影

论文章，我在魏巍位于北京西山的家里见到桌案上摆的正是首版《东方》的校样。他说，与抗美援朝伟大战争相应的应该是一部鸿篇巨制，仅仅写出《谁是最可爱的人》远远不够。写一部长篇的念头，在他1953年春天二次赴朝时就在胸中强烈地鼓胀着了。这次他在朝鲜战地生活了9个月，回国后，又一头扎到长辛店二七机车车辆厂，在那个厂里代职一个车间的党支部副书记。他清楚，写长篇必然要把前方后方广阔的生活包容进去，他和工人一起上下班，胳肢窝里夹着饭盒，与工人一起排队买饭，工余时间和工人们玩扑克、下象棋。老工人去世了，他去参加葬礼；小青年结婚了，他也赶去贺喜。在二七厂体验生活时，他写出了短篇小说《老烟筒》，还认识了作家钱小惠，他们合作把著名的二七大罢工的素材写成电影小说《红色风暴》，接着又受革命烈士邓中夏夫人夏明的重托，与钱小惠在南方采访半年，完成了一部《邓中夏传》。这时，魏巍仍未急着动笔写他的《东方》，他觉得写出一部好的长篇来，必须深入研究这个时代，必须拓宽生活领域。这样，在1953年秋冬，他和在农村土生土长的夫人刘秋华重返无比亲切的冀中大地。魏巍心细，带回了一辆旧自行车，为了这村那村地跑着方便。他原本就与这里的乡亲们熟悉，这次来，就混得更亲热了。小青年们觉得他的名字"魏巍"叫起来和当地逗老鹰时喊的"喂喂"差不多，见了他时就叫他"喂老鹰"，他听了这称呼觉得很舒坦。他们落脚在抗战时就很熟识的拥军模范"官大妈"家里，在滹沱河两岸走访了许多村庄，还与全国知名的农村人物耿长锁成了好朋友。1958年，魏巍第三次入朝采写志愿军回国的情形，写出了《依依惜别的深情》这篇深挚动人、脍炙人口的文艺通讯。这一切，都是为写长篇所做的铺垫。

1959年2月，魏巍来到河北邢台驻军的一个师部驻地，正式在稿纸上落笔这部长篇："平原9月，要算最好的季节……现在一辆花轱辘马车，就正行在秋天的田野上。老远就听见它那有韵的车声，细小的铜铃声也很清脆……"万事开头难啊，那个晚上他在《东方》大标题下，只写出600字。但总算开了头。这年年底，魏巍受命撰写"华北战史"而不得不中断已写出10章草稿的《东方》。这中间，他出访希腊，还受周恩来总理之命，与巴金等人出访越南，又经历了持续10年的"文革"。在那无处讲理的10年里，他的《谁是最可爱的人》也被批成"大毒草"。他文章中的"我在这里吃雪，正是为了我们祖国的人民不吃雪。他们可以坐在豁亮的屋子里，泡上一壶茶，守住个小火炉子，想吃点什么，就吃点什么"，竟被批成"明目张胆地宣扬享乐主义"！

时隔9年，魏巍又动笔写《东方》了。他在广阔的视野里，探索和表现我们的战士和我们的人民伟大的心灵世界，从纵的方面写了朝鲜战争的全过程，从横的方面围绕朝鲜和祖国前后方两条线展开了波澜壮阔的历史画卷，前线主要落笔写一个团，更集中写一个连，后方主要写冀中平原的一个村庄——凤凰堡。小说中的主人公及一些干部战士就是这里的人，这就使交错发展的故事线索和情节得到呼应和统一。他总是着眼战争的全局进行构思，在广阔的时代背景上描绘战争，深刻揭示胜利的源泉。作品非常生动和精彩地塑造了志愿军英雄群像和其他各色人物，真实再现了抗美援朝、保家卫国的全部历史进程，反映了中国人民在崭新的五星红旗下为保卫东方和平、保卫新生的祖国，勇于奉献牺牲，支援朝鲜反侵略战争和向社会主义奋进的沸腾现实，堪称一部新中国的英雄史诗。

魏巍曾解释使用简洁而雄壮的书名"东方"的含义：自从中国革命突破了帝国主义的东方战线之后，今日之东方已非昔日的东方，人民在这里站起来了，他们显示了自己的力量，并还有未显示出的潜在力量，这个力量无穷之大。"东方"这个命名与史诗性的内容是相称的。1999年1月，我应报纸编辑之约写了一篇专访《属于东方的魏巍》，我把打印稿给魏巍审看，他立即用笔划掉了"东方"二字，写上了"人民"二字。在他的心中，人民的位置永远无比高大，他是属于人民的。他的《东方》是人民的颂歌。

1978年9月，《东方》由人民文学出版社出版。我手上的3卷本《东方》，魏巍签赠落款的时间是"1978年11月"。这部作品出版后引起了强烈的反响，许多买不到书的读者就天天听小说广播。丁玲说，"《东方》是一部史诗式的小说，它是写中国人民志愿军在抗美援朝战争中创造的宏伟业绩的史册，是一幅绚丽多彩的画卷，是一座雕塑了各种不同形象的英雄人物的丰碑""表现了一个时代的最精粹、最本质的东西"。刘白羽说："《东方》为我国当代军事文学的创作打开了崭新的局面。"小说让人们看到这个九死一生从苦难中站立起来的东方巨人那种力挽狂澜、勇扭乾坤的大无畏气概，作者通过艺术的彩笔，让我们和我们的子子孙孙都要铭记这一段不该忘却的历史。

1982年，《东方》荣获首届茅盾文学奖，是理所应当、众望之果、实至名归。

魏巍在他有生之年，没有停止过深入生活和求新的创作。"胸中自有青松气，尽瘁不唱夕阳残。"这是魏巍65岁生日时《自

1982年8月15日，与著名作家姚雪垠（右）同获首届茅盾文学奖，这是参加授奖大会时的合影。

题》诗中的两句，也是他发自心底的吟哦。在创作的长途上，魏巍真的是马不停蹄啊，在他家卧室的门框上，我看到置放着一块奔马的图匾，这许是他在进军大西北时当过骑兵团的政委，对不止息的马蹄声有着特殊的感情。他一本一本地出书，诗集、散文集、杂文集，还有小说。他曾两次到红军长征路上采访，我重走长征路时，在遵义军分区，就住在他住过的那个房间。1988年他写长征的长篇小说《地球的红飘带》由人民文学出版社出版，很快签赠给我，而我写长征的诗集《沉马》由解放军出版社出版后赠他，他立即写了评论发在《解放军报》上。1991年魏巍搜集素材到东北，深夜两点钟赶到沈阳，我接他并陪他去抚顺战犯管理所采访日本战犯在中国改造的经过。1997年，在他77岁时，描写抗战题材的小说《火凤凰》由人民文学出版社出版。

1999年广东教育出版社出版了10卷本《魏巍文集》，魏巍亲自打电话告诉我，我恰好到北京办事，就去他家把文集取了来。我在他家看到了臧克家为他口占的四句诗："军旅文苑半生过/巍乎辉煌人与文/风风雨雨见清标/堂堂十卷见精神。"贺敬之为他书写的是："群山巍巍耸群峰，魏巍矗立势峥嵘。百年人民文学史，君在亿万同心中。太行红杨上甘松，东方破晓击晨钟。世纪问答谁可爱？笔绘地球飘带红。清流几见浊流涌，夕阳翻作朝阳升。我访三门遥致敬，中流砥柱思君容。"这是魏巍的朋友、广大读者，也是时代和历史对他的人与文亲切的勉励和公允的评价。而他给我写的条幅上的四句诗"寒梅无媚骨/喜报春消息/众乐郑卫声/琴不改心曲"，则表达的是他那令人感动的、让人永远缅怀的、一贯的正直、真诚、热情和执着！

2019年1月2日于海南省琼海市博鳌金湾蔚蓝海岸

原载2019年2月25日《文艺报》

怀念诗人魏巍

近日翻阅尊师好友的信件，其中找出著名作家魏巍给我的十几封信，抚简思人，又陷入对魏巍的怀念的绵绵不绝的感情波流中。

我很小的时候就读他的作品，曾全文背诵过他的《谁是最可爱的人》，还有他的许多诗作。我是带着他编选的《晋察冀诗抄》来到部队的。这一本诗，我在学生时代就熟读过了，它们给我思想的营养，给我新鲜的诗歌血浆。

第一次单独与魏巍接触，是1977年我在解放军文艺社帮助工作，曾到魏巍家组稿，那时他住在北京军区西山19号楼的一楼，正在修改后来获茅盾文学奖的长篇小说《东方》的校样。他放下手里的工作，热情地把我让到客厅的沙发上，给我倒了杯茶水。他聊到1938年入党时的介绍人、我二妹惠君的老公公张立达（原名张绍闵），谈到延安时朱德总司令晚饭后爱打篮球。我告辞时，他戴上帽子把我送出门，与我热烈握手，还非常周到地与司机握手。

1978的10月，总政召开沈阳、北京两军区文化工作会议，魏巍作为北京军区文化部部长随总政文化部部长刘白羽同来沈阳，我是沈阳军区一名工作人员，与魏巍有亲密的交往，我把我多年保存的他的《黎明风景》等诗集拿来请他题签，早晚常陪他在院子散步，有时还走到老道口大铁桥处，他打听皇姑屯车站在哪儿，与我说起张作霖等历史人物。我背诵他的许多诗，如《最美好的晚餐》《登雅典卫城》《好夫妻歌》，他与我谈到怎样才能把诗写好的问题，谈到他是怎样参军的，怎样到延安的，谈了郭小川及他与郭小川的亲密友谊。会议组织参观故宫那天，他没有去，他要去看看沈阳六中。我和总政文化部的张澄寰陪着魏巍乘一辆吉普车去沈阳市第六中学周恩来总理读书旧址参观。有一位女教师看到过魏巍的相片，她一个同学的爸爸与魏巍合过影，她一眼就认出了魏巍，接待人员把我们热情地让到了休息室。当他们得知魏巍的名字和张澄寰的身份（其时张是郭沫若的女婿）时都惊喜万分，加倍热情。接待室的桌子上，放着两块黑色大理石，上面刻有"沈阳市第六中学"和"周恩来同志少年读书旧址"，均为郭老题写。参与接待的安兴亚校长曾在六中工作15年，他说总理1910年秋到1913年夏在这儿读了3年书，恰好是12岁到14岁。当晚，辽宁的作家马加、方冰来看望魏巍，我陪着一起说话，他们说到在延安和晋察冀的许多趣事。在1979年1月全国诗歌创作座谈会、1979年9月解放军文艺社召开的文学创作座谈会、1982年全国军事题材文学创作会议等会议上，我多次见到魏巍。

一次他为写抗日战争时期的长篇小说《火凤凰》，从黑龙江和吉林那边半夜路过沈阳，我去沈阳站接站，并在第二天要了一个车陪他去抚顺参观战犯管理所，他在战犯管理所里问得很细，有许多资料，他都一字一字记录下来。中午饭后，本来需要休息，我的几个抚顺诗友过来看我，他们要见见久仰的魏巍，魏巍立即答应，并应他们要求，为他们创办的《琥珀诗报》题了词。

1988年《解放军报》发表了我和魏巍关于某些诗人疏远时代、远离人民的通信《到底谁疏远了谁》，引发了诗歌界和读者的大讨论，连诗坛泰斗臧克家都写了回应文章。

我的书柜中有魏巍题赠的他创作出版的几十本书，包括《东方》《地球的红飘带》《魏巍诗选》《魏巍散文集》《魏巍杂文集》《话说毛泽东》《新语丝》……其中最珍贵的一套，是10卷精装本的《魏巍文集》。

2005年作家出版社出版了《人民作家人民爱——魏巍的故事及对他的评说》，其中收入了我写魏巍的两篇文章《大时代的"司号员"》和《属于人民的魏巍》，寄我这书时，魏巍还附一信，信上说："新书已出，今寄上。编者有两处竟把你的大名搞错，实在是大不敬，请谅。"这是在目录栏里，把我的名字中间

1990年，在书房（王孝摄）

的"世"字，印成了"士"，他竟这样认真细致。

魏巍的儿子魏猛和儿媳王曼曼结婚时，魏巍写了信让他们到我家做客。

魏巍夫妇来沈阳时曾到我家做客，我陪他们去看望他们的亲家——我熟悉的军区话剧团的一位老同志王龙江，还陪他们去看望病重在医大治疗的魏巍的入党介绍人张立达。

魏巍与人民群众有血肉联系，他为人民写作，为人民歌唱。那年，我应《沈阳日报》之约，写一系列文坛名人的长文，写魏巍这一篇，原标题为"属于东方的魏巍"，这是因为魏巍写出了获茅盾文学奖的长篇小说《东方》，人人皆知。我觉得标题上就有诗味儿。可是我把草稿寄给他，请他审阅时，他却把"东方"两字删掉，换上了"人民"两个字，坚持把标题改为"属于人民的魏巍"。我赶紧找编辑想把标题改过来，可是文章已经见报了。为了弥补这个过失，我在另一个刊物上重新发表这篇文章时，标题改了过来。

魏巍是从写诗开始文学生涯的。他早年的诗都非常精致，特别是战争年代写的诗，还有为抗美援朝写的街头诗，都给人巨大的鼓舞力量。这些诗都是我熟读的。

我在网上看到有人对魏巍等一些老同志批评某电影大片的言论发表了激烈的驳斥。我认为在艺术上甚至在政治上有不同声音并非坏事，千篇一律并不一定就是好现象。一个人，他不可能在任何事情上的看法都是对的，大家有不同意见是很正常的。我认为公正、宽容、理解、和谐，才是大家所期望的氛围。

魏巍最后给我的一封信是2008年4月22日，此前魏巍曾给我寄来两本书《新语丝》和《四行日记》，我给他写了信告诉他我

2002年冬与夫人刘秋华在八大处

收到了。他回信说，知道收到了书就放心了，他说他还在301医院，在康复中。他在信中又一次说到，还要把这两本书寄给曾任沈阳军区文化部部长的张云晓，他联系不上，让我帮助联系。没有想到，四个月过去，他人就不在了……

我急急赶到北京，参加在八宝山革命公墓举办的魏巍的隆重葬礼，有太多的亲友、读者来为他送别。想起来，前几年，我来参加诗人张志民的葬礼，在这儿与他相遇，诗人峭岩还给我们照了合影呢！

魏巍和他的作品将永远活在我的心中！

永生的魏巍

　　我历来认为，对一位已故作家的最好纪念方式，是读他的作品。作品，是一个作家赖以存在于世的资本，也是人虽已逝，却获得永生的象征。

　　从闻知魏巍去世的那一刻起，在我心中浮现出了一幕幕我与魏巍交往的情景，包括30年前陪他去沈阳六中、去沈阳玉器厂的情形，去看望他的老领导、老战友的情景，包括后来陪他去抚顺战犯管理所参观的情景，陪他在沈阳会他亲家的情景。就在他去世前不久的4月22号，我还收到魏巍从解放军总医院寄给我的信，他说他正在康复中。这才几个月啊，他已离开人世了！

　　在魏巍去世后的那几天，一早一晚，我在院子里散步的时候，总是默默地背诵或高声地朗诵魏巍的诗，这些诗都是我在学校读书时就喜欢读并背诵下来的。有一首《登雅典卫城》，我小时候，听家乡的朗诵大家牟崇民在全市纪念毛泽东《在延安文艺座谈会上的讲话》发表20周年的诗歌朗诵会上朗诵过，印象极深；我找到了这首诗，自己也把它背诵下来了，几十年没有忘记。还有我喜欢的《最美好的晚餐》《高粱长起来吧》《好夫妻歌》《抗美援朝街头诗》……

　　魏巍是一个细心的人。2005年中秋他寄给我一本作家出版社

1999年，在八大处家中

出版的《人民作家人民爱——魏巍的故事及对他的评说》一书，37万字。我回信告诉他，这本书编得好，只是我写的两篇并没收入。他不信，一翻，真的漏掉了。立即嘱三位主编，把我写的《大时代的"司号员"》和《属于人民的魏巍》补收进来，并很快再版了这本书，而且很快把重印的书给我寄了来。这让我异常感动。

我床头放着魏巍寄赠我的他的两部新著《新语丝》《四行日记》，这两部书是作为10卷本的《魏巍文集》的续集出版的。厚厚的《四行日记》，收入了作者1952年二次赴朝鲜战场、1965年赴越南战场、1983年和1984年重走长征路及1990年深入石油战线采访的日记。魏巍在朝鲜战场写出了感动全国人民的《谁是最可爱的人》，待他二次赴朝时，已是一位名声大震的作家了，我读他二次赴朝的日记，他是那样谦逊、朴实，他是那样细致地深入地采访，让人觉得他写出反映时代、撼动人心的作品是理所当然的。任何一个成功的作家，没有哪一个不是勤勉的。魏巍的三部革命战争长篇小说，以反映的时代背景先后排列为《地球的红飘带》《火凤凰》《东方》（三卷），魏巍赠我的这几部长篇和《魏巍诗选》就放在我的枕边，我时而读这一本，时而翻那一本，特别是读我喜爱的《东方》，记得当年读完《东方》，曾一口气写了首长诗，那是因为太激动了，写评论已觉得不足以表现我澎湃的激情，才写了诗。

这几天，放在床头的还有我的诗友、战友峭岩写的一本书《走向燃烧的土地——魏巍》，这是峭岩1988年出版的一部魏巍的传记。这也是我熟读的一本书，它不仅写出了魏巍的生平经历，更写出了一个时代的变迁。它的卷头语是四句诗：

> 他不是伟人，
> 他是黄河的一粒元素；
> 他的歌唱红了东方，
> 他是一个无愧的"我"。

峭岩兄的"后记"中的一段话很是精辟，正是我此时此刻想说的："一个人沿路撒下的种子，也许本人并不留意，可是，它在后来人的身上生根、开花、结果了，正如他的前人影响他一样，鲁迅、郭沫若、托尔斯泰、普希金……如今，他的影响也同前人一样，在下一代人身上萌生着这样那样的希望，成熟着大大小小的果实。"

（原载2011年1月白山出版社出版的散文集《岁月漫忆》）

我日记中的魏巍

1962年5月27日

到北陵公园游园。幸亏天公作美，没有雨，也没阴。晴朗的天气和我们开阔的心境一样。

整个上午都是集体活动，高校长讲话，大家唱歌跳舞，我校师生的欢乐气氛引来无数游人观赏，其中还有一位古巴外宾，是一位黑脸大胡子的中年人，他为我们的节目拍了几张照片，其中有王广林的笛子独奏。

为了赶赴诗歌朗诵会，我急急忙忙地搭车到太原街，直奔文化宫。正门前人山人海，吵嚷声浪阵阵高，都是没票的。我也没票啊！一个声音在叫我，从人群里挤出王庆祥来，他手里拿着一张入场券，是文化馆给他的。我们俩钻进人群，在人海里费力地钻到收票的门口，林金水和另两位同志把门，没票无论如何是不让进的。林金水说："我让你进去，里面收票，还一样进不去。"我不管这些，就是要进。这时看见了晓凡，握手后便谈票。他说他的两张票送人了，连他自己也难说能进去。今天把门

1942年，在河北省易县狼牙山岭东村

把得尤其严。上了三楼，真的有一群人在文化厅门前闹哄哄的，都是闯过了楼下那道门的关，被卡在这儿。纪凯也在这儿。他说文联老万说别的区都去领票了，唯有咱铁西区文化馆没人取票，真糟，现在票全发出去了。徐光荣来了，他满怀信心地进里面找林金水，但几次到门口，满脸苦笑地向我们摇头，示意不可能了。于路来了，我如见救星，向他扑过去，他很懊悔，本来他到文联领了两张票，其中给我代领一张，在家等我好半天，我没去；到了文化宫，在门前又没见到我的人影，怕白白浪费一张票，想给人，刚掏出来，两个人抢，把票撕碎了，他万没想到我会在楼上受憋，后悔也晚了。关维国来了，他的票给人了，自己拿着市作协给他厂党委为他参加朗诵会请假的信，没料想这信不管用。最后是路地把他领进来了。岸冈作为作者兼朗诵者为我们焦急，但他没票也是入不了场啊！急得他为我们楼上楼下地折腾，最后郎恩才来了，说姚秀义没票正在楼下犯愁，连大门都不让进，他把楼上负责把门的文化宫文学组的老范领到楼下带上来了，连同姚秀义，我也进来了。

屋里满满的人，热气腾腾，一个空座也没有了。连站着的地方，如果不费力气的话，也看不到舞台上的表演者。

晓凡和刘镇坐在最后一排。林金水、路地坐在舞台左侧的门里。文联的王珏、老万都领着小孩儿在后面站着。于路、关维国、郎恩才、姚秀义和我靠墙站着，正对中间，把舞台上的一切都看得十分清楚，包括演员的眼神、手势。郎恩才买了冰果让大家吃。这个朗诵活动是沈阳市作家协会、沈阳文联、沈阳群众艺术馆、沈阳人民广播电台和市文化宫联合主办的。节目有沈阳音乐学院王亚南演唱的毛主席的《蝶恋花》，沈阳四中陈永芳朗诵

的毛主席的《长征》及陈毅
元帅的《诗四首》，辽艺李
默然朗诵的郭沫若的《地
球，我的母亲》，张然朗诵
的田间的《假如我们不去打
仗》，贾华朗诵的李季的
《王贵与李香香》，辽宁儿童
剧院杨桂华演唱的方冰、李
劫夫的《歌唱二小放牛
郎》，抗敌话剧团舒爽朗诵
的严辰的《暂别》，王守全
朗诵的未央的《把枪交给我
吧》，辽宁人艺王秋颖朗诵
的郭小川的《鞍钢一瞥》，

1943年，抗战中在晋察冀根据地慰问遭
受日寇大扫荡的受难百姓，怀抱的孩子被日
兵用刺刀刺伤，右立者魏巍

抗敌话剧团吕冰朗诵的贺敬之的《放声歌唱》，孙良焉朗诵的闻捷
的《苹果树下》，芮丽容朗诵的阮章竞的《黄河渡口》，刘菲朗诵
的张志民的《每当我从这儿走过》，沈阳市话剧团赤云朗诵的纳·
赛音朝克图的《我们握着毛主席的手》，铁西教师进修学院牟崇明
朗诵的魏巍的《登雅典卫城》，辽宁儿童剧院许春华朗诵的顾工的
《小小侦察兵》，沈阳市话剧团周玉明朗诵的柯兰的《朝露》，铁西
区教师进修学院李传伦朗诵的刘异云的《读杜甫诗》，巴牧朗诵自
己的长诗《千军万马下江南》中《强渡》一章，沈阳市话剧团王庶
朗诵的刘镇的《满天飞霞》，沈阳铁路中学周英麟朗诵的晓凡的
《颂歌》，农民诗人霍满生朗诵自己的长诗《铁牛传》中《庙会》一
节，沈阳市话剧团于沙朗诵的刘文玉的《大路上响起自行车铃》，

1982 年，为创作《地球的红飘带》重走长征路，在四川天全县因下雨路滑不慎右腿骨折。腿伤未愈，继续在宝兴县采访。宝兴县文化馆馆长杨文成（右）在介绍红军走过的栈道（左举望远镜者为宝兴武装部曲永昌故委）

铁西区教育局岸冈朗诵自己的《玉米棒》等。

诗人自己朗诵自己的作品如巴牧，效果没有演员朗诵得生动。有的吟旧体诗，只能引起大家的尊敬和羡慕，却不能让人在现场理解和欣赏。郎恩才告诉我，许春华已是两个孩子的母亲，在台上戴着红领巾，朗诵得一片稚气，如同一个小姑娘。吕冰朗诵《放声歌唱》片段，有误处，把"那无数美妙的诗章"读成"文章"了。《苹果树下》的演员把听众带入了诗的情境之中，很成功。牟崇明朗诵的《登雅典卫城》博得了更多的掌声。掌声不息，他不得不又朗诵了一首马雅可夫斯基的《开会迷》。王秋颖的《鞍钢一瞥》十分迷人，如我在矿石收音机的耳机里听过他朗诵的《别煤都》一样，只是在此照本宣科，稍有逊色，但大家的热烈掌声仍让他返场，又朗诵了未央的《祖国，我回来了》。又是不息的暴风雨般的掌声，使他再次加演了郭小川的《带着孩子去示威》（告诉我的孩子……）。岸冈的儿歌给大家增添了颜色。开场演唱的《蝶恋花》和中间的《歌唱二小放牛郎》也十分美妙。

朗诵会结束时，中共辽宁省委宣传部副部长安波以普通听众的身份讲了话，他很风趣，也没有稿子，时不时地逗大家笑声四起。

散场时，文化宫留"创造社"的成员开会。关维国借病为由拒会，同我游玩中山公园。他告诉我，前几天在省作协开了3天会，讨论了新诗发展道路问题，如何与民歌、古典诗词结合，以刘镇、晓凡、李代生3位作者的作品为例。会中为庆祝农民诗人霍满生六十大寿，作协宰了羊，弄了8个菜，招待与会者。在公园里，他把他新写的《我们的早晨》《欢欢乐乐地下工了》等作品给我看。他说《文艺红旗》路地有决心改好发表，作者当然更有信心了。在公园里也没有心思看动物，我疲惫不堪，身上发烧。遇中文五班的陈德君和金蕙两位同学，他们也是从北陵学校活动散了以后自行决定来玩的。

1962年6月6日

今天是端午节，是屈原的纪念日。

想起小时候，五月节吃粽子的晚上，孩子们围在饭桌旁，听老人讲屈原的故事。那时候往往只顾听故事，忘记了吃粽子。眼睛里噙着泪水，泪汪汪地望着大人，幼小的心灵里翻滚着一连串的问号："为什么会这样？""为什么会这样？""为什么……"小眼睛激动得了不得。每当这时候，大人便笑微微地止住了故事，用筷子点了点盛粽子的罐子说："吃吧，吃吧，一会儿凉了，趁热。

1982年，在大渡河边听老船工帅士高讲红军强渡时的情形

063

噢，这儿有白糖，多蘸啊!"尽管这样，心里仍然别不过弯儿来，那些问号直到今天才用智慧的小锤砸直了，砸成了叹号。我写下：

> 肃杀的阴风啊，
> 霜一样寒冷，
> 那是——
> 南妃的恶心啊，
> 怀王的暴政!

> 重重的灰雾啊，
> 沉沉的乌云，
> 那是——
> 楚天的脸色呵，
> 汨罗江的面孔!

> 混浊的湿天啊，
> 墨一样的漆黑，
> 那是——
> 楚民的眼睛，
> 怀王的罪!

> 千万条雨丝啊，
> 流不断的水，
> 那是——
> 怀王的昏庸，

　　楚民的泪！

　　风吹树更绿，
　　雨打草更青，
　　那是——
　　屈子的生命，
　　屈子的灵！

　　一弯明月啊，
　　拨云撩雾奔走，
　　那是——
　　屈子的人格，
　　在黑暗里游！

　　妈妈从托儿所给我打来电话，收发室董大爷转告我：要我回家一趟。董大爷神秘地对我说："回家吃好嚼裹儿吧，过节了，妈妈想儿子了！"我谢谢大爷，同郭志治到太原街书店，狠狠心借了钱买了一本已从图书馆借阅过的、感觉非常好的、魏巍编选的《晋察冀诗抄》。

1963年3月10日

　　雷锋的事迹轰动了全国，毛主席为他题了词："向雷锋同志学习。"这题词成为伟大的号召，继而党和国家领导人都为雷锋题了词。

　　为什么一个极普通的青年战士，做出的事迹并不惊天动地，

1944年4月28日摄于龙华县小兰村 整风四班开思想鉴定会以后，全班合影（前右一魏巍）

然而会得到如此崇高的荣誉呢？这就是因为雷锋把自己有限的生命放在无限的为人民服务之中了。我要像雷锋那样，从一点一滴做起。

明天部队就要开拔了。连里分配我们班出三个人协助饲养员王东山赶猪，这九头猪是要在山上吃掉的。连长说得有趣："它们是肉包子打狗，一去不回来了！"班长、姚茂玉和我担负了这个任务。

一早到宣传股告别。罗干事独自一人坐在办公室里，准备发《从三个战士的进步，看连长孙志军的思想工作》的稿子。他热情地招呼我坐下，阳光铺在桌面上。罗干事亲切的目光在他那略有苍白的脸上炯炯有神。他干燥的厚嘴唇狠吸着香烟，那淡蓝的烟雾绢丝般地飘过脸庞。我们谈到部队的生活和写作，谈到知识分子的思想感情的变化，谈到他参军的年代的艰苦行军生活，谈到我入伍后的思想、写作的进步。他说："机关首长很满意你，要防止骄傲，要谨慎。"我对罗干事说："我不会自满的，因为我的每一个微小的进步都满含着党的慈爱、首长的辛勤和战友们的热情。再则，我是高标准要求自己的，我是常以自己粗糙的习作与贺敬之、郭小川、陈辉、魏巍相比……啊，相差十万八千里呢！发愤地追吧！趁着年纪轻轻，就是与李瑛、顾工、张永枚、梁上泉、周纲等诗人对照，也是望尘莫及的，有什么值得骄傲的呢？至于连队——我的家，首长虽然文化不高，但他们百折不回的革命韧性、丰富动人的斗争经验，是我永远也学习不完的。我念的这几天书，不就是他们扛枪打天下才给予我的吗？战友们，每个人都有自己的独特的长处，都在勤勤恳恳地为党工作。副排长张海志，服役六年如一日，排里长年没有排长，他自觉地担负起排里的工作，不计较军衔、职位。许多工农出身的战友，平时像姑娘似的羞涩、腼腆，工作时却是生龙活虎。正是他们在工厂和农村辛勤的劳动，创造出物质和精神财富，才给了我在教室里读书的安逸。我有什么值得骄傲的呢？没有，一丁一点也没有。有的只是空虚的胸怀和永远也装不满、填不够的胸怀……"

在大楼的走廊里遇到牛德林，他让我跟他到图书室去挑选几本书。我很感激他的支援。挑了半天，选中了普希金的《青铜骑士》。遵嘱赠他这个摄影师一首诗："什么是战斗？什么是丰收？就是用你那火热的心、敏锐的眼睛、灵巧的手，多拍下几张，饱含革命激情、富有生活色彩的镜头！"他嘱咐我与他多通信，特别是要常寄给他诗读。

下午两点钟，饲养员领我们去唤猪。三头大白猪在圈里歇着，五头上中等黑猪闷睡在外边的干草堆里。只有一头小花猪不见了。饲养员说这头小家伙最调皮。"咯喽喽喽！""咯喽喽喽！"我们满院子吆喝，才好不容易地把它召唤回来了。看着它在槽子里吃食，另外几头猪也让它们过来吃些，可它们一个个懒洋洋地走不动，到了槽子边，理也不理会，大概是上午给它们喂得太饱了。

我们准备出发。姚茂玉还在排里理发，几个"高明"的理发师：柳金泉、梁家骥、左常利、曾凡山……一会儿这个剪几刀，一会儿那个推几下，一边逗趣，一边琢磨样式，反正小姚的脑袋够倒霉的了。

急急忙忙背上背包，各自找了一根长长的活柳条，赶着这黑白参差的蠢东西上路。副指导员和另一个饲养员送我们。这个饲养员伤感地说："这几口大猪再也见不到面了，再也喂不着它们了！"小姚逗他说："好家伙，原来你送的不是人，是猪哇！"他没有反驳。

班长背着自动步枪、手榴弹，小姚背着自动步枪、弹夹和一支骑枪，王东山和我背着行李卷儿。我们边走边吆喝边说笑。几个小孩子欢呼起来，因为我们在九头猪的身上，都刷上了一条绿颜色记号。

一路上，从镇里回队的社员们迎着我们，赞口不绝地夸这几头猪，甚至把那六头肥猪误认为是母猪了。出发前的担心没有了，这几头猪很温顺地服从命令，在东丰镇人马杂乱的大街上也没有一个敢"开小差"的。

天气很热，班长换上了单帽子，我多亏穿着解放鞋，若不，早就拔不动腿了。跟着这群慢吞吞的东西走路，要比急行军更累。在离车站300米的地方，歇息下来。我坐下看普希金的《青铜骑士》。二机连的两个同志赶着五头猪和我们"会师"了。他们的猪很难看，因为用剪子剪去几处毛作为记号，像胡乱推了几推子的人头。原来他们见其他连队的猪，有的涂了红颜色，有的涂了绿颜色，有的涂了蓝颜色，觉得颜色用尽了，干脆剪它几剪子吧！就把挺好的猪弄成了这个模样。

到了车站，把猪放到旷地里休息，撒了几十把苞米粒子。正是日头落山时辰，那西天边在白铅色的幕上像用硬毛刷子苍劲地甩了几笔灰钨色。在这暗淡的颜色底下，是一团浓烈的蔓延着的火，明亮而雄浑，衬托着远处高大的岩石陡峭的山峰。山的颜色呈浓茶色、深褐色、淡墨色。

再看东山，湛蓝湛蓝的夜空中，刚刚升起一轮米黄色的圆月，又大又清晰的轮廓显得美丽大方。然而，很快地，不知是被雾气还是被什么物体把她含融了，轮廓模糊起来，颜色像是清湖中的一块铜盘。过了一会儿，她已升上高空，变得小些了，但

1944年春，在易县玉皇坨下参加开荒（左一魏巍）

069

1944年冬，晋察冀根据地群英大会，与子弟兵母亲戎冠秀（后排右一魏巍）

1944年在冀中与战友平陵（左）合影

却十分清楚，默默地扬洒着她那银色的光辉。

我们企图把猪赶进圈，一来免得它们受冻，二来我们可以放心歇歇。可是这些家伙到了圈口，一个个傻呵呵、笨呆呆地矗立着，任凭你怎么"咯喽喽喽"也无济于事。硬赶吧，它们又闹事，没法子，只好为它们找了一个较舒适的"旅馆"——向老百姓借了一间空房子，可是它们还是那个蠢劲儿，没有一个听话的，气得我恨不得踹它们一脚。真是没办法了，只好把它们赶回铁轨边的旷地，挨冻去吧！可我们又不忍心，给它们搭了个窝，抱了不少的干草，这才把这些"老爷们儿"安顿下来。

我们用行李搭了一个堡垒式的屋子，上面盖上黑板、面板、磨台板……总之利用了一切可能利用的东西，我们在这里边睡下了。从"天棚"缝隙可以窥视广阔的蓝天，月色皎洁，月光洒了我一脸。冷风中我仍然有一个香甜的梦。我们时而照顾一下外面的一群，恐怕它们冻醒了，悄悄溜掉。

往来的列车并不频繁，但那铿锵的音响，总是要惊破我的梦境。小姚说西南角有一个家屋。有开水，有电灯，又暖和。其他连的同志在那里借了宿，我们推辞了半天，小姚和我去那里休息。这时已过了午夜，此屋炕上满满地挤着困倒的战友们。我喝了一碗开水，碗底子有一层锈锈的水垢。我没有睡，在小外屋的灯光下，坐在一把椅子上写下了这篇日记……

1963年4月30日

上午站岗。

收到罗丛林干事从东丰寄来的信，他告诉我，4月20日《辽源市报》用了我的一首诗。5月份，他爱人临产，他将回沈照料。问我有什么事情要办。我回信托他从沈阳回来时把我在家的"毛选"四卷和魏巍编选的《晋察冀诗抄》捎来。

二连吴志坤寄来一首诗和一封信，他让我帮他改改诗稿。

晚上，在食堂召开学雷锋先进同志座谈会，军、师、团都有人参加。指导员和副指导员都到会了。战士有何群富、何明贵、申江河和我。

1964年5月21日

读魏巍的诗集《黎明风景》，深深地被感染了。魏巍在艰苦的抗日战争年代，"在夜行军中思索，在拂晓宿营中记下"，那种饱满的政治热情，永远是我的奋斗方向。

魏巍在1942年写的《诗，游击去吧》："诗啊，游击去吧，永远不要叛变；游击去吧，诗啊，时时刻刻想着，怎样去报答人民。……报答人民，记清楚：人民不仅养育了你的诗，人民在饥饿里也养育了你；记清楚：在这苦战的年代，你应当把智慧也用于战争，把战争也当成诗。"这首诗引起了我强烈的共鸣。我虽然不是生活在战争的年月，但我是向往战争年月的，这并不是因为我"热爱战争"，而是我清楚地知道，如果没有艰苦的战争年月，也就不会有今天的和平建设的年月。我们反对非正义的反革命的战争，但支持和参加正义的革命的战争。我要做一名革命战争的战士，做一名革命战争的歌手，我觉得这是无上光荣的。

1965年12月27日

蹩手蹩脚地在炊事班忙碌一天，当"厨房值班员"，晚饭吃肉包子，忙得不亦乐乎，再加上厨房灯线混了，一片漆黑，忙字

1945年春，与"冀中子弟兵母亲"李杏阁合影，后排左二为李杏阁外甥女刘秋华，后排中为魏巍。

上又加上一个乱！

晚上开读书会，我选读了一篇好文章，是发表在12月25日《人民日报》上魏巍访问越南的通讯《人民战争花最红》之一：《飞机也怕民兵》。这是一篇充满了革命激情的人民战争的颂歌，是越南英雄的颂歌，是毛泽东思想的颂歌。尽管长一点，但读起来，并不觉得长，振奋人心，长革命人民的志气，灭侵略者的威风，生动地证明了毛主席关于"战争的伟力之最深厚的根源，存在于民众之中"的英明论断。

1977年11月18日

昨晚在黄寺观看电影《保尔·柯察金》，影片还是禁得住看的。

上午给魏巍、刘伍、秦牧、峻青、沈西蒙、沈亚威、丁毅发出了约稿信。

改二校清样。

1977年12月1日

从昨天开始，在总政文化部会议室召开部队作家批判"黑线专政论"的座谈会，胡奇社长主持，刘白羽部长讲了话，到会的有时乐濛、丁毅、魏巍、杜烽、严寄洲、陆柱国、黄宗江、黎明、唐诃、钱树榕等，解放军文艺社内部的有李瑛、田光参加，都发言了，张文苑副社长到会。总政文化部文艺处王传洪副处长和张澄寰等写批判文章的同志也出席了，会议让我做记录。我同陆柱国谈到军里一些情况。他曾到我们军红九连所在团代职。

1977年12月13日

看一月号刊物的清样。

收到吉林师大郭玉新的稿子和王大明的信。

下午乘车分别给八一厂的严寄洲，海军的石国仕，总政宣传队的时乐濛，北京军区的魏巍、唐诃、杜烽，北京装甲兵的刘革文，总政话剧队的丁毅，北影招待所住着的陆柱国等人送样子，请他们审阅。

魏巍住在北京军区西山19号楼1单元101房间，他正在家里改他的长篇小说《东方》校样。他把我让到客厅的沙发上，给我倒了杯茶水，我们唠了一会儿，谈到他在1938年入党时的介绍人、我妹妹惠君的老公公张立达（原名张绍闵），谈到朱德总司令晚饭后打篮球。我告辞时，他戴上帽子，把我送出门，还同司机迟黎昕握了手。

1954年9月中华人民共和国全国人民代表大会第一次会议河南代表组合影(第二排右一魏巍)

　　我到唐河家时他还没回来，他夫人热情招待我，我留下字条便告辞了。

1978年10月24日

　　从沈阳站分别接到刘白羽、魏巍及总政、北京军区文化部门的同志，下午3点，军区首长李德生、甘渭汉、张午、傅奎清等到宾馆会见了客人。会见时，军区文化部张云晓部长、李英华副部长等在座。

　　刘白羽部长介绍了这次来沈阳的宗旨。他说，全军政工会后，要开全军的宣传工作、文化工作会议。后来宣传会议推迟了，韦国清主任和梁必业副主任指示，先开文化工作会议，分期分批开，有个抓新中国成立30周年文艺献礼问题。李德生司令说：早早抓！刘白羽部长说，要研究新的历史条件下文化工作对象和内容。还要批"文艺黑线专政论"。用抓献礼带动文化工作。还要征求文化工作规划意见，讨论一下。临来总政机关副部长以上干部学了邓副主席的讲话。李德生说：我们保证物质条件给你们。

身为北京军区文化部部长的魏巍说，向老大哥部队学习。与李司令员好几年没见面了。李德生说，你们那里很活跃。魏巍问李司令身体怎么样，李司令说，没有什么大毛病，可以熬夜。刘白羽说，听说您到沈阳来，还没有进过医院。李司令说，你现在身体还可以吧？刘白羽说，可以跑一跑。李德生感慨地说，20多年没见了！刘白羽说，刚出来，有人挂棍儿。魏巍说，白羽部长的通讯《光明照耀着沈阳》，当时得到主席的称赞。刘白羽说，发在11月3号的报纸上，沈阳刚刚解放。李德生称赞地说，火线上的文艺工作者。刘白羽说，我们是描写者，主要的是战争胜利的创造者。李德生说，魏巍，你是国内外有名啊，在火车上看画报还看到了你。魏巍谦逊地说，鼓励吧！李德生问，你们那个部的人比这里多一点吧？魏巍说，一样，都是15个。

李德生回忆他在

1954年，在河北容城大清河北拥军模范刘大娟家。刘大娟是《东方》中人物大妈生活中的原型　（左一魏巍）

总政当主任时的情形，他说，《解放军画报》《解放军文艺》，八一厂，仅八一厂就1000多人。刘白羽说，1800人，文工团编制800人，现在不满。甘渭汉说，我们这里超。刘白羽说，正好支援我们。张午说，支援不了，水平不够啊。甘渭汉说，人数是超了。李德生说，杂技去柬埔寨，深入部队也比其他团多。刘白羽说，它轻便，不需要几卡车东西。李英华说，曲艺队下两次边防。李德生说，每年春节，都到哨所和战士一块儿过。刘白羽说，今后文工团队都下去，掀起高潮。

李德生说，边防比较苦，没有人烟，眼看的是对方军队，瞭望台对瞭望台，对着的。刘白羽问，离居民点远吧？李德生说，人烟少。刘白羽说，我到新疆哨卡看了看，也是一样。我来之前，梁副主任说，什么时候总政文工团派个团到东北前线。李德生说，那欢迎啊！去年都搞会演去了，从准备会演到会演，会演回来还汇报，这个东西要适当。不可不搞，不可多搞，搞多了脱离群众，到不了基层。刘白羽说，看起来到前线，到前哨，也只是小分队。李德生说，能大能小，能前能后，没舞台、道具也能演，一般都自己发电。刘白羽说，十几个人可以吧？李德生说，可以。傅奎清说，到前线只有小的。李德生说，边防比较需要。刘白羽说，到边防对文工团也是个教育。李德生说，那是。本身是个锻炼。傅奎清说，小咬咬一身包，1973年我去过一趟。李德生说，小牛虻，小蠓蠓，大的也有，有的戴口罩，冬天边防又冷得很，零下30摄氏度，有时零下40摄氏度还多。9月份就下雪了，大兴安岭有的战士冻坏了。夏天夜晚三个小时就亮天，夜里12点钟还打球，一场电影就醒了，中国的北极。刘白羽诗意地说，战士枕着太阳睡觉。李德生说，那是，买了一批荷兰的半导体。刘白羽说，军用的熊猫牌还算好的。李德生说，连队一般有个放映机，有个片子供应问题。李英华说，一个片子问题，一个经费问题。李德生说，我们部队的片子订得少，多搞点才行。刘白羽说，好。边海防生活太艰苦。李德生说，打开收音机就是苏联的，眼睛里看的也是苏联的，车子来，车子去，红红绿绿，我们边防和新疆军区、北京军区边防不一样。他们远东边防驻得多。我们战士的文化生活应改善一点。文化生活比以前好一点，以前没有电影，广大农村也需要、边防也需要小型的放映机，方便，轻便。刘白羽问，这种小型的，几个人弄得走？李英华回答，一个人。李德生说，这个问题国家并不难，好解决。刘白羽问，什么问题？李德生说，拷贝太少了，应分两种，一种城市的，一种边防与农村的。越是边防少数民族越多，在这个问题上不要卡得太死了。光靠文工团哪有那么多。多拍点片子，容易嘛。刘白羽说，看起来，电影最需要，文工团你多少时候去一次。李德生说：不光边防，还有群众。几十里路他也来，有的坐马车，有的什么车，零下几十度，因电影和群众引起的矛盾很多，无论城市，无论农村。刘白羽说，过去部队放电影，让群众看，现在不让看。李德生说，军队去不了多少地方。刘白羽说：新疆也提出这个问题，部队在房子里放电影，群众在外头看。李德生说，几起打群架，拦也拦不住。魏巍说，国务院有文件。刘白羽说，规定很严，不准给群众看。因为地方电影部门要收费，部队不收费，部队放映完了，地方再来放，没有人看了。李德生说，最近我们走访地方，一部分三支两军人员犯错误，再就是部队和群众打架。因为什么打架？就是看电影。有的地方不让看，群众要看，你拦不了，就打架。刘白羽说，城市里也有？李德生说，少一点。农村不能在房子里边演，城市不能在露天演。李英华说，在房子里演，玻璃都给你打坏了。刘白羽噢了一声说，这个问题得解决。他发文件主要考虑收入问题。来新片

1954年，在长辛店二七机车辆厂体验生活，与二七大罢工老工人左士俊（中）、钱小惠左一合影

先给地方，后给部队，他卡着我们。傅奎清说，大队拿钱。李英华说，大队拿钱，地方来了，部队也看；部队来了，地方也看，解决得好一点。李德生说，现在搞战备，遍地山沟都是仓库、医院，照顾不到。刘白羽说，起码前线、边海防要特殊，可以一起看，否则发生摩擦，影响战备。李德生说，你们明天开会吧，我们条件可不好，不像你们北京军区条件好，北京西山比这儿好。西山又叫八大处，很好啊，我还不知道啊？魏巍说，地方开会也借，北京军区招待所紧张得很，是全国性会议的一个点。李德生说，怎么样？我们就是看望大家一下，我们就是做后勤保障工作。刘白羽说，我个人是学习，离开军队时间太长了！李德生说，有老传统嘛！

1978年10月25日

上午开会，首先是白羽部长讲话，他讲了会议的由来，他讲到邓小平副主席听国务院文化部负责同志汇报后，指示要求大力发展文艺创作，满足群众的需要。邓副主席说，现在文艺生活很

　　1961年，为撰写《邓中夏传》，魏巍（前排左二）、钱小惠（前排左一）与邓中夏夫人夏明（前排右一）在南京雨花台寻访邓中夏烈士殉难处（二排右二刘秋华）

贫乏，大家上班前、下班后缺少文艺生活，电影不够，读物也少。我这个书架上看"文化革命"后和"文化革命"期间出的小说，思想性、艺术性都谈不上，看了头就知道尾，题材单调，看了令人讨厌，电影镜头，手法单调，有的还不如香港的。题材很狭窄，不敢写恋爱。恋爱为什么不能写？只要不写成低级、黄色的就行。白羽部长讲到关于相声、关于漫画：现在有些同志还心有余悸，哎呀，这个东西又来了！甚至有人说讽刺"四人帮"的相声是"暴露文学"。魏巍说，我们的《闹而优则仕》，有人说不要拿出去了。白羽说，我们来沈阳前，看了工会九大的文艺晚会，掌声最热烈的是侯宝林的相声，反映了亿万群众对"四人帮"的憎恨。魏巍说，毛主席在延安就讲了，不一般地废除讽刺，只是废除讽刺的滥用。白羽说，邓副主席问到文化队伍时说，文化队伍不是太大，而是太小，要实现四化，需要庞大的文艺队伍，要培养新的作家、艺术家，现在许多作家、艺术家老了，画家老了还可以画画，至于作家老了，写长篇小说的精力就不那么够了。邓副主席对《李自成》的创作是鼓励的，他让下面同志看了《李自成》，《李自成》第二卷写得还好，但不如第一卷，年纪大了，精力就差些。现在各个协会都成立了，特别要调动创作人员的积极性。我们部队不叫协会，要靠文化部门调动积极性。邓副主席还说，有些国际活动要让一些文艺界的同志多出面。邓副主席指示，文化部门要搞个规划。我到新疆去，星期天，一个战士几十里跑到县城书店去买书，结果扑空，买不到。我们做文化工作，搞创作，不考虑部队广大指战员的需要是不行的，一年之后、三年、十年之后会是什么样子，要考虑到，在座的都是干这个"服务行业"的。邓副主席对理论问题也做了指示，现在有些理论问题已涉及文化部门了，你们考虑没有？有两篇好文章，一是《实践是检验真理的唯一标准》，再一篇是《贯彻按劳分配的社会主义原则》。现在这个问题讨论很热烈，特别是"唯一标准"，我在报纸上看到李司令员也讲了这个问题。到了下面，这个问题既是理论问题，又是实践问题。实事求是恢复党的传统最大、最根本的问题。

1978年10月27日

我与兆林早上陪魏巍部长在院内院外散步，魏巍披着个棉军大衣，我们走到宾馆外的老道口大铁桥，魏部长问皇姑屯火车站在哪儿，说到张作霖等历史人物。我把《黎明风景》等以前买到的魏巍的书拿给他，请他题签。

1978年10月28日

　　早上我陪魏巍部长在院内散步，我背诵了他的《登雅典卫城》和《最美好的晚餐》，他很兴奋。我问到他写的《好夫妻歌》，他说这是在易县张官铺反"扫荡"时写的，写这首诗时23岁。我真羡慕他那么年轻就写出这么好的诗。他说是时势造成的。

1978年10月30日

　　晚5点40分，在谈到小说《伤痕》时，刘白羽部长说，我觉得，我们部队不要写那样的作品，调子比较低，好像100年后也解决不了，遗恨终生。女儿可以对母亲那样子！运动高潮时可以

1962年，与河南省汝南王集大队支书余老闷

理解。"文化大革命"后期，我们的儿女还相信"四人帮"那一套吗？不相信了。拖那么久，那么多年！特别是写信告诉了她，组织上有了结论，她还不相信，简直不是现实主义的。我的女儿听到我有了结论，解放了，飞一样地回来了！那时我们

一家人分四下。我女儿14岁，只是在日记上写：我爸爸是好爸爸，我妈妈是好妈妈。我们孩子跟了我们那么多年，难道还不了解自己的爸爸妈妈？最后妈妈死掉了，那个女孩子还可爱吗？不可爱了。倒是应该那样子，时间缩短，结论收到赶紧往回赶，赶到了，母亲死了，好像还可以。开始不相信，有了结论，还不相信，这就涉及"四人帮"的创伤，我们党能否愈好？回答是：党中央领导，我们能够医好创伤。一种回答不是愈好，遗恨万年，那还行？有一点，伤痕还是伤痕，这是很深的。在总政就有一种人，那个灵魂，和他面对面坐着，不能不愤恨！灵魂是那么丑！那些人，在艺术上就要"枪毙"（指不要写他转变过来）。如果有一个作家敢写老一点的出卖灵魂，我还是拥护！

晚饭后，与魏巍部长在院里散步，谈到诗怎么样才能写好的问题，他谈到他怎样参军，怎样到延安等经历；谈了郭小川及他与郭小川的亲密友谊。辽宁作家思基、韶华来，又一起谈到9点多，谈到"文艺黑线专政论"的由来。后来，朱光斗、王德英在走廊里见到送客归来的魏巍部长，又到大会议室交谈，到10点半才散。

1978年10月31日

中午，朱文斌、刘兆林和我忙着下午合影事，30人，前面是15张椅子，先摆好，并用红纸条子写好名字贴在椅子上。合影后，会议人员分乘两辆小轿车和一辆大客车去北陵和故宫参观。我和张澄寰陪同魏巍部长乘一辆北京吉普去沈阳市第六中学周总理少年读书旧址参观。六中在兴工修建，沙土、青砖摆了满院子。一位女教师说在相片上看过魏部长，她的一个同学的爸爸曾

1964年狼牙山（西山北镇）给战士签字

与魏部长合过影，是在同学家里见的。魏部长问她同学爸爸的名字，她说不上来。

接待人员把我们热情地让到了休息室，当他们得知魏巍部长的名字和张澄寰的身份（郭沫若的女婿）时都惊喜万分，加倍热情。是张澄寰首先介绍了"这是《谁是最可爱的人》的作者魏巍"。接待室的桌子上，放着两块黑色大理石，上面刻有"沈阳市第六中学"和"周恩来同志少年读书旧址"，均为郭老题写。

六中同志说，这是郭老病重期间题写的。张澄寰说，郭老对周总理的感情太深了！

我们参观过程中，六中老师请来了区委宣传组的蔡友，照了一些相。魏巍部长十分随和，对学校工作人员十分亲切，让合影就合影。

回来路上，车拐到省政法干校，魏部长见他一位老同志，曾杀1000个反革命最后被打成"反革命"，任过13年高级法院院长，后被"专政"7年，现为政法干校顾问的王敏求。他们40年没见面了，王住在一间教室里，老伴儿冠心病，在床上躺着。书桌上有《剑南诗笺》，正摊开，是一本线装书。老人今年77岁，身体非常之好，每天打"八段锦"，用热水洗脚，坚持了40年，连行军打仗都坚持。他上午看《资本论》，下午读诗。他有许多书，我看到桌上有《诗韵新编》和《海涅诗选》。在老人房里，他问魏巍挨整没有，魏巍笑笑，没有多说什么。魏部长坚持把老人拉回招待所，在路上与老人热情交谈。

晚饭后，辽宁作协的方冰、石光在前，思基、韶华在后，他们来看望刘白羽部长，我到大门口把他们迎进来，领到刘部长房间。我到魏巍部长的房间，告诉他，方冰同志来了，请他到刘部长房间去坐坐。他让我要了一个车送他的客人。下楼时，魏部长要搀王敏求，王说，你别搀，一搀我就不得劲了。他乐观地说，我还准备活20年、30年，我要看看四个现代化！

1978年11月3日

上午，刘白羽部长对座谈会做了总结。

下午3点，白羽部长等总政同志在张云晓部长、李英华副部长陪同下，到军区歌剧团检查工作，到了演员的宿舍和乐手的琴房，同大家见面。

晚上在政治部餐厅，由军区傅奎清副政委、成泽民副主任及政治部党委委员一起宴请了总政和北京军区的客人。菜肴丰盛，前所未见。

宴会后，我陪刘部长回招待所，一位新疆大学的杨先觉老师在那儿等候着。他曾是刘部长的部下。他穿一身深色呢制服，敲门而入。他戴着眼镜，坐在刘部长的一个沙发上，诚恳地讲了会议同志们要见刘部长这个要求。他汇报了讨论的不同意见：17年对不对？"文革"中对不对？白羽微笑着听着。杨先觉说，我是从部队来的，四野一次会演，我写了一个剧本，得了二等奖，由此调出搞创作，当创作员。他郑重地从上衣右口袋里掏出一个小红本本，说，刘部长，这就是你那时发给我们的，至今我保存着。这就是我工作的珍宝。我到他跟前看了看，是一本一盒烟大小的红漆布皮小书，封面落款是"中国人民解放军第四野战军政治部文化部制"，里边是竖排小字，纸页已十分发黄。扉页上还有四野一个单位盖章发给某某创作员杨先觉的款头。杨先觉几次请刘部长到会讲讲。刘部长几次说，不讲。后来端起眼镜盒说，我到会上看看，不讲。后来又说不去了。杨先觉再三说还是去看看。刘部长让我叫一下张澄寰，张澄寰来了。刘白羽说，你来客人留下吧，让小胡跟我去一趟。张澄寰坚持要去。

辽宁大学中文系我熟悉的老师也曾给我打电话，他们听说刘白羽部长来沈阳了，想请他去一下，说最近由东北九所大专院校出头召开了一个全国性的文艺问题讨论会，主要讨论文艺的真实

1964年在狼牙山西北镇与学校老师和学生

性和典型性问题。现在已近尾声，多数同志回去了，留下的是编写教材的同志，想请白羽给讲一讲。我也和刘部长说了。我和张澄寰陪着刘部长赶到辽宁大厦，在六楼会议室，见到有50多位各校的中文系的老师。首先由辽大中文系张教授开场讲了一下，辽大党委书记陈北辰非常客气和诚恳地说向刘部长求教，请刘部长给上个"夜校"！

张澄寰借我的笔，从我本子上撕下一张纸，写了几句话，请刘部长考虑，可按在新疆讲的文艺为四化服务问题讲一下。刘部长按此讲了，你打你的，我打我的。没回答所谓真实性、典型性等问题。

刘部长说，你们是教员，我是学生。我从来没做过教员。部队开会，我来看看大家，有言在先，不讲话，只见面。我一不搞创作，二不研究创作，目前全国争论的作品，我一篇也没看过。地方的事，我只是挂名，恢复作协副主席。我们的"真实性"就是打仗，真理的标准，是打仗要打胜。

张教授介绍说，这个会是学术讨论会，中心议题是艺术的真实性和典型性问题。来了60个单位的90多人，讨论了10天。编一本马列主义文艺理论教材，想把"四人帮"搞乱的问题弄清。说到真实性的概念、地位、作用，与政治性关系、歌颂与暴露无遗、以光明为主等问题。赖应棠老师说到关于典型的概念、典型的共性、典型的共鸣问题。他们恳切地请刘白羽部长给他们讲一讲。

刘白羽说，同志们是搞理论研究的，我不是，因此对许多概念，我搞不清楚。他说，一次开会，曹禺坐在我身边，一个搞理论的同志讲文学艺术一些概念。我问曹禺，你听得懂吗？我听不懂。曹禺说，我也不懂。我们是搞形象思维的，不是搞理论的。你们这个会提出的一些问题，我没有调查，没有研究，我只能交白卷，但不是张铁生式的白卷。同志们对现实生活中提出的问题进行理论研究，我很拥护，但我没有发言权。接着，刘白羽讲了文学工作怎样为四化服务的问题，讲到解放思想，打碎精神枷锁的问题。他说，让我讲什么"性"，这个概念那个概念的关系，我脑子里没有。我们做工作总要从实际出发。毛主席的延安讲话，不是从定义出发，而是从实际出发。这个讲话，并不是要发一篇文章，而是要解决当时在延安文艺界存在的一些实际问题，解决好了，才能为抗日战争服务。刘白羽在讲话中批驳了"主题先行"论。再三强调要研究服务对象。他说，历史在前进，事物在发展，不能停滞，没有一个现成的公式。我们文学工作者是搞形象思维的。文学不可能离开实际而存在。一个文学创作者，我就不相信，把他放在真空的容器里，能写出作品。不接触生活，你创作什么？形象存在哪儿？形象在生活之中。文学对作家的最大考验是你的作品形象从哪里来。唯心主义者也能写出作品来，但不能写出感奋人、鼓舞人前进的作品。粉碎"四人帮"两年了，"四人帮"残痕还有没有？我看是有的。邓副主席说文化也是一个服务行业。这话说透了。脱离了人民，人民就不要你了。你不写任丘，任丘也在打井出油。你写了，可能使之干劲更大了。刘白羽深情地说，理论家们，你们要站到前面来，你们做这个工作，推动文艺创作，砸碎"四人帮"给的框框，为新的一代开辟道路，在这个道路上，写出适应四化要求的英雄人物，鼓舞我们的人民前进！

回来的车上，刘白羽部长仍在兴奋中。他说不讲不讲还是讲了，他问讲得怎样。我和张澄寰都说讲得很好。在路上，还说了30年前刘部长进沈阳，写了战地通讯《光明照耀着沈阳》。30年后，又来沈阳。张澄寰鼓动刘部长写一点东西，沈阳第一次解放，来了，写了东西；这里沈阳第二次解放，又来了，也写一点吧！刘部长今天的兴致很高。回到招待所上楼时，笑着问："那边电影完了没有？"我马上打电话问电影发行站，电话还没打完，张云晓部长、魏巍部长等已从大门进来了，原来电影已放映

1965年中国作家代表团访问越南，越南作家欢送巴金（右侧戴钢盔者）、魏巍（左三）赴前方访问

完了。我到209房间告诉刘部长电影演完了。刘部长见随同进屋的张云晓部长，说："噢，都回来啦？"张部长说："刘部长忙得电影都没看上。刘部长该休息了。"刘部长笑着说："整理整理东西。"他把《马恩列斯论文艺》交给我说："今天我讲话引的语录都在这里，你查一查吧。"接着他对张部长说："你们要下决心培养新生力量，年轻人脑子反应快，能深入生活。50多岁深入生活就有困难了。"

张澄寰的姐姐张秀荣和姐夫刘光远从黎明厂赶来看望，带来一些吃的。他们登车前来的，我们从辽宁大厦回来，他们仍在204房间等着。我也同他们唠了唠。非常抱歉的是，他们走时，张部长领着开会，没能派车送送。

1978年11月3日

临时决定联系参观，北京军区的同志们今天要候机。我先打电话给羽毛厂，羽毛厂说停工，无法参观。他们介绍到玉器厂。玉器厂的李书记立即答应。然后又想到省里正举办的美术展览。我给王文里打电话，请他开个去玉器厂参观的介绍信。队伍到玉器厂，果然受到了热烈的欢迎。厂人武部王部长给大家介绍了工厂的历史和生产、产品销售情况。然后到各个车间参观，这是半机械化的生产流程，手刻、脚蹬，用电带动。魏巍看得很细，时常俯身相问。生产玉器工艺品，在中国已有2000多年的历史了，玉佛、天女散花、嫦娥奔月、各种花鸟兽、花瓶等。原料是岫岩玉，出国叫新山玉。由国家外贸收购，在广州交易会展销，一年生产价值300多万元。去欧洲较多，亚洲有一部分，现在非洲也有了。

从玉器厂，到省工业展览馆，观看了辽宁省新长征美术展览和摄影展览。其中有一幅周总理和邓大姐并肩行走在梅花丛中的国画作品特别吸引人的目光。

归来的路上，在中山广场停车，大家下车参观了雄伟的群雕。

下午，我根据录音和笔记整理刘白羽部长的讲话。

晚上，马加、方冰来看望魏巍，我陪着在一起说话，他们说到在延安、在晋察冀的许多趣事。

1978年11月4日

一早去东塔机场送魏巍等一行人回北京，回来继续整理刘部长的讲话。

1965年周总理委派巴金为团长、魏巍为副团长的中国作家代表团赴越南访问，受到胡志明主席接见（左四巴金，左三魏巍）

1965年赴越访问，与越南飞行员合影

1965年在越南同越南儿童合影

1965年赴越访问，与越南作家座谈（右二魏巍，右六巴金）

1965年在越南访问与越共中央委员顺同志（是南方党的领导人之一，坐过南越的监狱）

1978年11月7日

乘202次快车到大连。旅大警备区杨旭等人到车站接我，住黑石礁5号楼。欣喜地读《于无声处》。

晚在小饭堂观看电影《借年》和严凤英主演的黄梅戏《女驸马》。

杨旭给我讲他被"触"的经历，十分生动。他拿出三十里铺九园的苹果招待大家。

1979年1月13日

一早到西苑旅社报到，王燕生、李小雨接待。与73岁老诗人冈夫还有松涛同住689号房间。严辰、柯岩、邵燕祥等到房间看望。刘章、徐刚等也到房间小坐。

晚上开预备会，严辰主持，柯岩、冯牧分别传达了中央领导的几次重要讲话。会后，叶文福、徐刚、邵燕祥、黄声笑、师日新等到房间闲聊，到深夜11点多。

会议将开一周，发下来一个与会者分组名单，一组有赵朴初、严辰、贺敬之、朱子奇、刘岚山、程光锐、金近、丁力、叶文福、雁翼、孙静轩、陆棨、梁上泉、贺星寒、唐大同、晓雪、周良沛、张昆华、李发模、廖公弦、师日新、玉杲、白渔、赵福顺、张往、肖川；二组有艾青、林林、张光年、柯岩、李季、朔望、魏巍、冰心、雷抒雁、徐迟、白桦、黄声笑、管用和、芦芒、王宁宇、景晓东、鲁兵、肖岗、金瑞华、未央、李元洛、苏金伞、刘镇、胡昭、公木；三组有臧克家、克里木·霍加、邹荻帆、李舟生、徐刚、张僖、卞之琳、韩瀚、柴德森、田间、刘

1967年在山西大寨参观（第三排左一魏巍）

章、布林贝赫、贾漫、鲁歌、冈夫、满锐、李世昌、苗得雨、丁庆友、沙白、孙友田、李松涛和我，还有一位是"五四"诗社的代表；四组有冯至、冯牧、张志民、阮章竞、袁鹰、李瑛、葛洛、韩忆萍、邵燕祥、李先辉、韦其麟、于力、蔡其矫、公刘、刘祖慈、姜秀珍、张万舒、铁依甫江、郑兴富、洪三泰、周艳炀、韦丘、柯原、郭兆甄、赵春华。共计100人。

1979年9月20日

出席解放军文艺社在军事博物馆第二会议室召开的文学创作座谈会，到会的人员有刘白羽、胡可、魏巍、陆柱国、蓝曼、赵羽、张澄寰、王愿坚、王世阁、张雨生、冯复加、金江、顾工、麦辛、陈定兴、张俊南、杨肇林、穆静等，文艺社到会的有张文苑、吴之南、韩瑞亭、王中才、王耀武，总政文化部评论组到会的有王传洪、黄建中、段海燕。

张文苑副社长说，胡奇社长因身体不好，委托他主持这个会，说去年全军政工会上，邓副主席讲了实事求是和真理标准的问题，三中全会高度评价了真理标准的讨论和对两个"凡是"的批判，要把部队的思想统一到三中全会精神上来。这个会着重讨论部队文学工作者如何补好真理标准讨论的课，肃清《林彪委托江青召开的部队文艺工作座谈会纪要》的流毒，贯彻双百方针，搞好军事题材文学创作，尤其是提高短篇小说创作的质量。讨论的问题是：当前部队文学作者的思想状况，如何补好真理标准讨论这一课？如何进一步肃清《纪要》的流毒和影响？部队的文学创作如何适应党的工作着重点的转移的形势，反映我军向革命化、现代化进军的现实生活需要解决哪些问题？部队文学创作如何正确解决好歌颂与暴露、政治性与真实性统一的问题？怎样表现部队生活中的矛盾，处理好内容的真实

1972年春，与夫人刘秋华在八大处19楼南桃园

1973年在河北围场草原采访（右二魏巍）

性与描写的准确性的关系……

　　魏巍首先发言，他说北京军区最近开了一个会，文化部、创作组和文工团的领导同志联系李剑的《歌德与缺德》这篇文章，解决部队创作问题。怎么写啊？歌颂与暴露怎么办啊？对立面写什么人啊？借这个文章，讨论一个创作思想问题，深入学习三中全会的精神。他说，讲得对不对很难说，现在哪有一讲就对的。他讲到文艺形势主流是好的，问题也很多，成堆。文艺工作者应该更加积极、更加热情地支持党中央，渡过当前的难关。我们的文艺如何配合四化？一个是振奋士气，一个是扫除障碍。他说到解放思想有一个很好的比喻，一个笼子打开了，鸟儿在笼子里待时间长了，不往外飞，转了两圈又飞回到笼子里了。他回忆和陆柱国同是《解放军文艺》创始时的工作人员，回顾一下战争时期，歌颂与暴露没这个框子，抗日战争、解放战争时期，脑子里，什么可写，什么不可写，没个框子，讽刺部队简单粗暴的作风，包括《李国瑞》对落后分子的改造，要耐心、细致，杜烽同志写的，发表时，报纸还发了社论。《不要杀他》写战士违反纪律，要处死，由于人民提出了不要杀他，没有杀。反映了军民深厚的感情。外国剧本《前线》，这些东西的出现，无人非难，没人说是"暴露文学"了，写"阴暗面"了，都没有非难，第一领导没有，第二群众没有，第三作者没有，没这个观念。后来怎么产生的呢？新中国成立初期没有。胡可插话：反对开小差，反对掉队，反对军阀主义。魏巍说，刘白羽同志提出写英雄，大家感到很新鲜，提到"英雄高度"，提出来，有个鲜明目标，起到很好作用。后来个别领导同志提出反对从落后到先进转变的公式主义。客观、历史地回顾总结经验，这也有它积极的一面，它的功绩就是让大家破除这个公式，还是前进的。但正如列宁说的，真理不能往前跨进一步，跨进一步就成了谬误了。对写人物的要求，一入伍就得是好的，不好怎么能入伍呢？本质是好的嘛！绝对化了。当时文艺批评简单粗暴，对白刃和碧野的小说展开批判，如对《我们的力量是无敌的》的批判，从应该怎样出发，要求作品，后来连外号也不能写了，有的外号不完全是庸俗化的，有的是亲切的，群众喜爱。文艺评论一出去，影响很大，我们国家是革命国家，谁都是革命的，小资产阶级众多啊，一个正确的东西都容易弄成错误的，何况不正确的东西了，影响很大。一个作品没什么问题，也全否定。这又反映到作者的头脑里，慢慢就形成了一个绳子，要解脱就难了。当时对《文艺报》一个文章提出批评，有句话"英雄也有5分钟的动摇"，部队把冯雪峰请来，提出来，冯雪峰赶快认错。以后在《文艺报》上展开辩论，持续相当长的时间，地方和部队同志都参加了，背景是苏联的"无冲突论"。"无冲突论"不承认社会主义社会的矛盾，只有好和更

1979年在天津部队

1979年在天津部队同战士在一起

好。提出我们要写生活本质、英雄、进步、光明。除了这个就不是本质了，事物是两方面构成的，矛盾两方面组成本质……争论不了了之。接着，有人提出创作"三件宝"：英雄、乐观、党领导。部队四人文章对当时文艺工作提出一些意见，同时对王蒙、邓友梅的小说组织围攻。主席讲，当前北京啊发生了围攻，部队上几个将军参加了，我说的不是武的将军，是文艺上的将军啊！张文苑插话，当时苏联《真理报》转载了四人文章，他们认为我们的双百方针是搞自由化。魏巍说，当时台湾转载了《电影的锣鼓》这篇文章，我与文章的主要执笔者面对面讨论过，我对他说，你这个重大题材和儿女情、家务事对立起来了，《红楼梦》写的是儿女情、家务事，但它整个概括了封建社会，是封建社会的挽歌，意义很大。你再大再重的题材，你没揭示出它所包含的生活意义，你这个重大题材也不重大，带有相对的东西。写英雄人物能不能写他的缺点？搞创作的和搞评论的不一样。他写一个英雄，很果断，很可能另一方面是主观武断，写他很细致，另一方面很可能是优柔寡断。这是一个性格的两个方面，如果不允许，很可能导致绝对化和概念化。我写了一篇关于本质论的文章，成了急就的压轴戏，"文革"中挨了批。英雄人物写不写缺点，最多是学术问题，《纪要》把它扯到政治问题上。在主席的著作里，从来没提过"重大题材"，鲁迅讲得很清楚，从喷泉里喷出的都是水，从血管里流出的都是血，各种题材都可以写，关键是作家的世界观，对这一点大家很熟悉。非把它弄成绝对化，经过实践检验，有的口号听起来很"革命"，一实践不行了。

接着，魏巍从哲学、社会生活和文艺的任务三个方面谈了歌颂与暴露的问题，还谈到写英雄和写重大题材的问题。

张文苑副社长鼓励大家敞开思想，畅所欲言，向魏巍部长看齐。

王愿坚在发言中强调了重新肯定创作从生活出发的重要性。他说，回顾一下，三年来，我思想解放很慢。小说集《普通劳动者》，其中有一篇《亲人》，气氛好时就说好，又编入教材，又上广播；气氛紧张时，就挨批。几次编入，几次拿下，最后还是拿掉了，大专院校编写教材的老师把我"斗"了一盘，说你这个人思想不解放。最近看了一些作品，发现在解放思想上我的差距很大，有些作品我不敢写。这些年，木匠斧子一边砍，砍变形了，走了样了。我希望部队作者能把真理标准的讨论深入下去，现在的问题是坚持的不是原来的原则了，而是真理跨过一步变成谬误了。《纪要》里的东西，当时我是信的，真信的，如"重大题材""火药味"，我是信的，"渲染战争苦难"，我信了，批我时，随着小黑牌、小铁丝挂在我脖子上时，这些思想也挂到我脖子上了。从感情上，我厌恶这些东西，我都体验过了，离婚也签了字了。曾信过，曾不信，后来又被迫信了。需要做一些细致的探讨，每个创作人员都该抛弃该抛弃的，坚持该坚持的，重新学习、补课才能解放思想。在"四人帮"时有卖儿卖女的，有讨饭的，我不能写。《长江文艺》上一篇写到了，使我受到教育和感动，一个女人把自己卖了，一个生产队长买了。村头有一个烈士纪念碑，当年牺牲的烈士们"看到"年轻的媳妇把自己卖了。这是林彪和"四人帮"的罪过。我认为写得好，我写不写是另一回事，但作为一个创作人员，我敬仰这个作者。三年来，许多人走过的道路和成绩令我羡慕。这个不能靠神仙皇帝，要靠自己，靠肃清《纪要》的流毒。他说，军装可以整齐划一，军队文艺不该

1980年，北京军区根据中共中央书记处和中央军委命令成立聂荣臻传记组，魏巍任组长，图为聂荣臻元帅接见传记组全体成员（前排中为聂荣臻元帅，前排右二魏巍，右一彭正谟，左一张桂文 左二张侠 后排左起 赵延章、张赞廷、刘绳、周均伦〔聂帅秘书，传记组副组长〕、陈克勤〔聂帅秘书〕）

1980年聂荣臻传记组成立后，听聂帅回忆过去岁月

一律化。我觉得《柳堡的故事》和《亲人》还是应该放出来，应该相信部队的文艺队伍和它固有的坚强的革命传统。我认为《乔厂长上任记》是很好的作品，是十几年甚至30年来的好作品，好作品中的好作品。他说，我们的实际是在"左"的棒子底下打了二三十年，我们一些作者写了些好作品，不要夸大，不能缩小，受了灾，再抗灾、救灾，更有成果。

张文苑说下午4点钟要参加邵荃麟同志的追悼会，邵荃麟同志对部队小说创作很关心，给予过热情的指导。下午的会提前结束。

在下午的会上，王世阁、陈定兴、张雨生、杨肇林发了言。

晚上在军博小礼堂，观看了电影《彼得大帝》上下集。

1981年6月10日

上午和晓凡一起陪陆明友去看浩然。浩然早早就到大门口等我们了，他领我们进去，不必办手续。

浩然谈到农村题材的创作问题。他说写农民要让农民看得懂。他说"五四"以来，鲁迅和茅盾，在文坛不写农民的情况下写了农民，是伟大的。但他们是用半文半白的笔调写的，农民看不大懂。《春蚕》写一个农民的破产，但农民读不懂。到了赵树理、柳青，农民才看得懂，喜欢读。现在有人写农民的作品，没想到让农民看懂的问题。

浩然最近读了大量的短篇新作，他认为短篇创作有了大的飞跃，令人折服。

晓凡带了相机，周良沛给他的彩卷，我们在平台上拍了两张合影。

陆明友走后，浩然与我们谈起《残迹》的构思。这是一部有深刻社会意义的长篇，写一个农村妇女的一生。我觉得比《山水情》好得多。晓凡也有同感。浩然拿出他的结构提纲给我们看。他在一个32开的小薄本子上，密密麻麻地写满了小字，浩然现在又想把一直想写的《生产队长》放一放，先写这个《残迹》。

谈到中午11点半，浩然领我们俩到小食堂就餐：大米饭，炒豆腐。

浩然已与黎明公司的同志搞得很熟了，8日黎明公司开运动会，请他参加，他不想去。后来，厂党委书记、宣传部部长、组织部部长等来请，就去了。还在运动会上做了宣布，回应了一片掌声。

浩然让我和晓凡在他的房间午睡，他在隔壁房间里休息。

午睡前，我读了浩然的两篇草稿《两个小蝌蚪》和《路，没有走错》。前一篇写得好，是可以超越时间、空间而存在的；后一篇，是通过一个孩子找姥姥家，反映共产党和社会主义给农村带来的变化，给农民带来的好处。我说，也是对李凖自我否定写《不能走那条路》的旁敲侧击，浩然笑了。晓凡也称赞了《两个小蝌蚪》。

浩然还拿出《金光大道》第四部的校样剪贴本，一大捆子，很有重量。

两点多钟，我们乘车到中山公园，在沈阳书市的最后一天，参观了一下。几处书柜正在收摊儿。浩然在四处书店买了六七本书。有的他家里有，有的朋友写的，会送给他的，但他急于在这儿翻看，就买下了。在沈河区书店要买何为的《临窗集》，一位打扮入时的青年女售书员态度过于不好，就没有买。在书市巧遇

1984年，在四川若尔盖文化馆了解包座战役情况

杨大群。这位关东大汉，穿着黑绸布小衫，谈起他《关东演义》的遭遇，有两份内参，还有一份政治局委员传阅件。他赌气发着牢骚，说这件事让他老了10年！

从书市出来，又看了看花市，几个公园在联合展销。一盆君子兰要80元。

从中山公园东大门出来，步行到马路湾，在民航局我给陈广生科长打了电话，他说李英华副部长等待多时了。我们急着乘10路电车到大西边门，下车后，步行到政治部干部大院，一路上谈得特默契，谈话中心是浩然先写哪一篇为好。

陈广生夫妇迎出家门，泸州特曲为等浩然做客等了一年！董靖上灶，炒了十几个菜。今天浩然兴致格外好，谈话格外多。其中谈到孙成武，谈到魏巍在军报上发表的纪念"5·23"的文章。至晚8点半，浩然回去太晚进不了大门。李副部长从车队要了一辆"华沙"，我把浩然送到黎明，又把晓凡送回家。

1982年4月18日

我们都是来出席全国军事题材创作座谈会的。杨大群是空军代表，晓凡和李云德是辽宁作协的代表，我们沈阳军区除我外，有李占恒、孙俊然和杨闯。

会议全是小车接站。住京西宾馆。我在308号房间，同室的有《人民日报》的缪俊杰和解放军文艺社的张俊南。

把东西放下后，打电话得知浩然在通县，我乘车赶到他那里，见面时感到他的激动。他的《姑娘大了要出嫁》出单行本，他参与了文学创作经验丛书10人谈。中午，瑞林、春水做了10个菜，备了洋河大曲和北京啤。走时，浩然让我捎给魏巍一本书和一封信。

回到京西宾馆，见到刘白羽、李瑛、纪鹏、黄浪华、白桦、彭荆风、朱宝棻、李大我、张忠等。

1984年，沿红军长征路线采访，在卓木雕与藏族老人共饮青稞酒

晚饭后，魏巍约我在院子里散步，他问及张立达的病情，我详述之。又谈诗，谈到他的工作，任北京军区政治部顾问，仍协助聂帅写回忆录。还谈到浩然。他说，我知道他的，正

道，是想干事业、搞写作
的人，不是把文学当敲门
砖的人。我们还谈到我从
读书时代就喜欢的他编的
《晋察冀诗抄》。天黑尽，
我们上楼，大楼里灯火通
明。我看望了河北的李丰
祝，看望了高深、王世阁
和元辉。

1952年抗美援朝期间第二次赴朝，在前线坑道里与战士打扑克（此坑道距美军阵地200米）

开预备会，白羽主
持，张光年到会。朱子奇
和胡可讲了些有关事宜。
会上我还见到了孟伟哉、
穆静、王颖等人。

回到房间，与缪俊杰
长谈。我在《人民日报》
文艺部帮助工作时，他还

1984年，沿红军长征路线采访，在大渡河边的栗子坪同彝族老人苟达之子（他当年见过红军）和彝族女干部

没到文艺部。我们谈到文艺部一些人人事事。

1982年4月19日

今天，军事题材文学创作座谈会开幕了，出席会的有来自全国各地的军内外142位老中青作家、文学工作者和编辑工作者。我看见了在主席台上的贺敬之、张光年、刘白羽、丁玲、冯牧等人。光年同志主持会，巴金的书面发言由冯牧宣读，他让大家把笔当作火，当作剑，歌颂真善美。白羽做长篇发言。

　　看了一下参会的名单，我知其名的有马识途、雷加、敖德斯尔、金敬迈、柯岗、李存葆、李斌奎、李钧龙、王世阁、张志民、峻青、刘白羽、魏巍、张光年、徐怀中、肖玉、鲍昌、王蒙、王愿坚、白桦、李心田、刘祖培、曾克、葛洛、林雨、简嘉、王石祥、叶楠、曲波、吴强、李瑛、李英儒、严阵、黎汝清、徐光耀、梁上泉、雁翼、饶阶巴桑、丁宁、云照光、王海鸰、刘真、知侠、朱苏进、沈西蒙、陈登科、陆柱国、茹志鹃、胡可、韩瑞亭、彭荆风等。

　　与李瑛交谈。他说访瑞士写的12首诗，瑞士都翻译了。没有多写，那个国家的人太富了。二三百年没打仗。吃的、穿的太好了，只想着享受了。牵狗，看报，登山，不关心别人，更不关心世界上其他国家了。李瑛说，如果我去美国，我要骂一骂他们的种族主义，骂一骂他们贫富悬殊的社会道德。马雅可夫斯基去美国骂过他们。爱伦堡也去过。我说，高尔基去美国回来写了一本书。

　　同严阵谈，他正在上海改长篇，我们谈到他的《江南曲》，我说我喜欢《竹矛》那样的诗。

　　晚饭同曲波、李英儒、黎汝清、茹志鹃同桌。李英儒对我说，自己已经年迈，不知是否还会有创作生涯的野火春风。他说他原在总后，现在编制在八一厂。曲波与我说到他曾在我爱人所在的沈阳机车车辆厂工作过。

　　晚饭后同梁上泉进行了长时间的交谈。他建议成立诗歌出版社，可出版古今中外的诗。还要搞一个诗歌月报。

　　观看电影《西安事变》和《钢铁长城》。

　　杨星火大姐谈到她从来没看过海，有一个看海的愿望。

1960年访问希腊与工会会员在一起（后立者前排右二魏巍）

夜餐时，李瑛、纪鹏、柯原和我边吃细面条，边说军事题材诗歌的现状。

1982年4月21日

小组会我担任记录。

同杨星火大姐交谈，得知她有许多不凡的经历。她收养了一个藏族的孤儿，一直供养其上学，成为家庭融洽的一个成员。不简单，令人敬佩。

杨大群发言时，总政文化部张少庭副部长一再说："他资料掌握得多！"

下午，陈冰夷介绍外国军事文学，着重介绍了苏联军事文学，欧洲的"抵抗运动"文学，最后介绍了美国的军事文学。陈是中国作协书记处书记、社会科学院外国文学研究所副所长。

晚上我没有去看纪录片《空军知识》和《现代启示录》，去苗地家，遇雨。

回宾馆后，去魏巍房间，他正在起草发言稿。

与缪俊杰去吃夜餐，同桌的有陈登科、白桦、阎纲、王群生、张祖慰等，没想到阎纲这么清瘦，体质较弱。白桦谈到中缅边境上的一些趣事。满桌是醪糟，阎纲要酸牛奶，我要面条。口味是不同的。上电梯时发生了故障，灯也不亮，上不去，下不来。以为停机休息了，亏得陈登科的打火机，照明见到故障电话号，打过去了。很快灯就亮了。

1982年4月22日

上午小组发言，我发言时谈了五条希望。一是业余创作不可忽视，二是对保留业余作者有相应的措施，三是要有专门的业余创作评奖，四是青年作者需要老同志的传帮带，五是希望组织地方作家到部队采访写作。

部队作家陈立德发言有偏激的话，他说党爱护作家爱护到是非不分的地步了！不敢提文艺为政治服务，还点了乔木、光年、冯牧的名字，他表示不信任中国作协。张祖慰对他的发言予以回击。总政文化部张少庭副部长代表领导小组对陈立德的发言表了态，认为他的发言是极为错误的，祖慰同志是总政请来的客人，他点人家名不尊重地方作家，不利于团结，与会议宗旨不相吻合；而且苏策同志发言批评他，他会议中间退场，更是不对的。

下午大会发言，陈沂、魏巍、陈登科和苏策分别讲了讲。陈沂建议宁可少养几个兵，也要多养几个作家。

晚看电影《飞向太平洋》和《啊，海军》，回到房间同朱春雨、缪俊杰、何启治、晓凡深谈。朱春雨谈到刘真、曲波、吴强、丁玲等人的情况。他可以模仿每个人的声调和说话的语气，像得很。他说，只有预感到艺术生命快要完结的人，才频频回首，留恋以往；对自己前景充满信心的人，是要全力向前拼的。

1982年4月27日

三四组合并开会，吴强宣读了有关地方作家到部队采访、生活和写作的文件。会毕，一些诗人，梁上泉、王石祥、杨星火、纪鹏、程步涛和我，在一起畅谈一番。石祥说写诗有什么意思啊？他要转到小说上。梁上泉说他对诗是"死不改悔"啊。我认为自己诗还没写好，还能写得比现在好些，不想中断。

中午，到张志民的房间里拜望了他。

下午1点半，严格凭会议证入场。胡乔木同志和周扬同志到会并讲了话。乔木同志的演讲，平易近人，博学强记，令人震惊！他说无论军队的生活有什么样的特点，它也是不可能同人民的生活割断的。所以为了写好军事题材的作品，不能不要求作家有广阔的视野。有了这种广阔的视野，才能使读者真正懂得战争的意义，战争对于人民，对于国家、民族、社会的意义，懂得我们的军队在人民中占据的重要的地位。他说，有些作家感受外界事物的能力比较强，但无论怎样强，都不能说所谓走马观花的方法能够写出了不得的作品，这是不可能的！坐在我身边的缪俊杰说，乔木同志给《人民日报》寄诗稿来，直接附信，不走特殊渠道，不要特殊处理，不让放在显著位置，要求名字和诗的字号要

1984年8月19日进入草地前在藏区若尔盖班佑寺院前

与一般作者相同。几次改稿几次来信，从不靠秘书，都是自己写信来。

　　大会散时，留下诗人们合影，参加合影的有魏巍、张志民、李瑛、梁上泉、柯原、杨星火、晓凡、王群生、雷铎、孟伟哉、张澄寰、纪鹏、王石祥和我，张澄寰把总政华楠副主任和刘白羽部长、胡可副部长，还有来向华楠副主任请示工作的《解放军报》副总编姚远方留下一起合影。李瑛几次说有事情，不照了，要走，我请他留下来了。晚饭后，李瑛把我叫到他身旁，同桌的有刘白羽、华楠等领导同志。

　　杨星火今天给我讲了她家小三的情况，小三母亲双目失明，不知丈夫是谁。怀了孩子并把孩子拉扯到3岁就去世了。小三吃糌粑拌渠水，上山摘野果，吃了一肚子蛔虫，脸也肿了。巴桑书记怕他死了，给杨星火收养。小三在母亲去世前问母亲："你死了我怎么办？"母亲说："我死了你就跟共产党、解放军！"不少贫苦的翻身农奴把孩子送到内地去学习。巴桑骑马去看，孩子抱着巴桑的腿哭。巴桑问他："你妈妈死了，你怎么办？"小三说："我找解放军！"巴桑认得杨星火这个部队女干部，就在八一军民联欢会上把孩子交给了她。她给爱人拍了个电报："准备带一个藏族儿子回来，同意否，速回电！"没接到回电，就带回家了。她小儿子说："妈妈采访了一个弟弟回来！"小三很聪明，与家人感情很好，他叫雪兵。杨星火是新中国成立前一天参军的，可以办离休。

中午，纪鹏和程步涛到我房间，看了我的长诗《雕像》。

晚上在宾馆礼堂观看了电影《少林寺》《墨菲的战争》，与李斌奎、祖慰左右邻座。

夜里赶抄苏策借给我的一份昆明军区政治部的打印材料《韦建勇烈士情况介绍》。我觉得这位牺牲了的爱好文学创作的勇士，可以与抗战时的诗人武工队长陈辉相比。

1982年6月11日

昨晚登车来京。松涛和晓桦到车站接我。住总政西直门招待所3号楼405号房间。

去赵堂子胡同看望克家。保姆认出我，说克家刚好一点，这是恢复健康的第二天，嘱我少说几句。我进到客厅里，克家很高兴，双手攥住我的两只手，很有劲，很有精神，不像大病一场的样子。他穿着白衬衫，让我坐下，我说只看一眼，请他休息。他不答应。我看见他的餐桌上有两只小碗，一只里有三片炸馒头片，一只里有一点点小菜，即几块豆腐泡和几片青菜叶，他还没吃东西。他说到他的《诗与生活》，香港《大公报》发了文章，说是"农民诗人臧克家的自述"，介绍了这本书，评价很高，他找出这篇文章给我念。他谈到在一个座谈会上，他写了发言稿，他虽不是党员，但他说党员作家首先应是党员，要想到党的事业和10亿人民的事业。他说他看不惯一些党员作家的行为。

克家告诉我，他昨天刚刚好，刚起了床，严辰、邹荻帆来看望过。他指着台历上记着的两件事，给我写了信，并题了字。他说晚上看电视上的球赛，看到10点半，太兴奋，今天又有些不好，疲劳了，脉搏有时不正常，停跳。我按他的脉，不停了，苍劲有力。他说，前些天，他爱人、儿子、儿媳、女儿，都请假守着他，耽误了工作。正说着，电话铃响了，他去接，是女儿打来的，不放心他。克家满脸痛苦的笑容，右手不住地从上往下抹着胸部，可能这样好受些。

说到艾青，克家说编《中国新诗选》时，他选了艾青7首，选自己4首。

老舍夫人请他为老舍诗选写序，河北出，现就放在他的床上，他家墙壁上有老舍题写的"健康为要"4个字。床头还有一堆信件，其中有些是约稿信。我拿出我珍藏的1947年版的《生命的零度》和《中国新诗选》，请他题签，他用钢笔写了，并盖了印。他说这印是中国第一金石家钱君匋所制。

我嘱他多多保重，千万不要过劳。他步出客厅，在院子里高扬手为我送别。

赶到月坛看浩然，他不在，他姐姐——一个农村妇女和红野、秋川、大海在。下午我赶到通县浩然的家。他显得异常高兴，唠起近况。《北京日报》是今年纪念"5·23"唯一约他写文章的报纸。他写了《永远追随的旗帜》，1000多字，种种原因没发出来。他去报社，田藏申出面说他的题太大了，发表有难处，请他给一篇作品发一下。《长城》将发他的《能人楚世杰》，《当代》将发他的《老人和树》，宝文堂出版他的《姑娘大了要出嫁》。谈到他主编的10人谈创作，出版社要拿掉晓凡和刘厚明。说到我下步的工作，他说千方百计到创作组，不能再犹豫了。

我与浩然到通县街上买菜，换啤酒，春水回来做菜，瑞林也回来了。

晚饭后和浩然到县委办公室，与人说麦收的事。

回到家里，浩然给我拿出一顶凉席，还蘸湿毛巾一点点擦，给我铺床，给我拿出一沓子信，其中有魏巍和秦兆阳的。魏巍信

1984年8月24日，四川毛尔盖索花喇嘛寺与一位见过红军的喇嘛（右二）交谈（右三魏巍、右四兰州军区骆强、右五刘秋华）

中说:"现在来往于西山与解放饭店之间,去看你很方便,你回来时,可打个电话,我即去看你。"秦兆阳信中说:"大约起码有两年不见面了。有时从各地出版的刊物上看到你的作品目录,可惜事情太多,未能找来拜读。不过总算知道你一直在努力写作,这对我是个鞭策。最近从张志民同志处知道你常去通县等地生活,你北京地区熟,如鱼得水,令我羡慕。我有一年多极少管文学出版社和《当代》的事,但我还是要再一次恳切向你致意,希望你的作品在《当代》发表。只要你心里有这个事,迟早都可以。这是《当代》全体同志的希望。编辑部几乎每次谈到组稿的事都提到你。"

1983年2月9日

铁西区文化馆的王传章带着刘振明来家访问,传章带来了书法家徐炽赠我的一幅字画,并已裱好。

今收到魏巍寄赠的他的散文集一册。

晚上观看我们军区抗敌话剧团演出的《高山下的花环》,我认为缺少艺术匠心,思想表现得十分肤浅,主要是本子太差,本子不过关,把好演员坑了!我直言不讳地谈了我的看法,李新华与我探讨争辩,我认为辽艺的本子更接近李存葆的原著。

1983年8月3日

收到克家寄来的《臧克家散文小说集》。

解放军文艺出版社刘成华给我寄来两部书:《刘白羽研究专集》和《魏巍研究专集》,这两本书都是我所喜爱的。

1983年10月23日

一早松涛约我出去散步，他对到会几位同志的评论很是准确，他是有见地的。

上午大会，前排桌子上摆着三角白纸，写着一个个人名。中国作协、总政文化部、解放军文艺社、解放军报社等到会的有朱子奇、李瑛、魏巍、姚远方、柯岩、王传洪、蓝曼、吴之南、张澄寰、周鹤、元辉、纪鹏等。

朱子奇说他是来看老战友和新战友的，来听取批评意见的，他说诗歌方面的话，由柯岩同志讲。他说，中央决定要宣传我们的旗帜。郭老是中国新诗的奠基人，在20年代，他的《女神》《凤凰涅槃》《地球，我的母亲》等，郭老之后，代表人物是艾青，他的《大堰河——我的保姆》《太阳》《火把》《在那楼梯的边上》等，是时代意义不朽的作品。有人要打倒他，要送他去火葬场。乔木写信给耀邦，诺贝尔文学奖如何给我们，是哪个？巴金？艾青？人家友好地问我们。巴金已有很多荣誉了。我们倾向大诗人艾青。中央同意了。中央的意见，最早提茅盾，茅公去世后是巴金。夏志清的文章出来影响大，说沈从文是中国最伟大的作家，甚至比巴金更伟大。有人认为沈从文了不起，巴金不行，更革命的更不行。我们说，沈从文写了些作品，一分为二，有积极的，有消极的。比较起来，巴金影响大。有人说贺敬之和李季把民歌迫害了，胡说八道。他们把民歌运用到诗中。世界上哪一个大诗人不是学习民歌的？

柯岩发言说到有人要把艾青送到火葬场去。艾青说，火葬场总是要去的了，但总要有人送的喽，不让你送的喽，让喜欢我的诗的人送喽！柯岩说，臧克家是一个党外人士，他提出三保卫：

1983年6月30日宝兴至跷碛途中红军走过的栈道

1983年6月30日在宝兴至跷碛的锅巴崖（汉白玉山）时合影（左至右魏巍、刘秋华、曲永昌政委，还有赵延章等人）

1983年6月30日在夹金山下跷碛藏族公社社部开座谈会。老人为77岁的杨清和，挨着老人的为乡苏维埃主席的儿子梁和清，对面魏巍、刘秋华

1983 年参加石油部思想政治工作会议（右八魏巍、右七陈鸿潘）

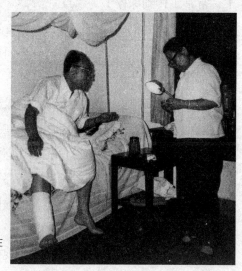

1983 年寻访长征路受伤后在天全县养伤

一保卫"五四"以来的战斗文学，二保卫左翼文学，三保卫党的领导。她说，不想当将军的士兵不是好士兵，那么不想当大诗人的人也不是好诗人。写了几千行诗，被人忘记，是很悲哀的。大诗人都是为祖国为人民而写作的，他代表了一个时代先进的思想。她说，我们不是郭小川太多了，而是太少了！她疾呼：不要捡外国的垃圾做假洋鬼子吓人，多研究一点民族的历史文化。不要生产唬牌产品，人是唬不住的。柯岩说，一部文学史犹如一个战场，不要以为一个时代只有几个名字，只是少数的胜利者。还有许许多多的阵亡者呢！谁也打不倒谁，只有自己把自己打倒。

下午，李瑛讲了几个问题。他说这个会是个动员会，动员我们为新的时代歌唱。几天的会，规模不大，新中国成立几十年没开过。他说自己充其量是一个业余诗作者，没有认真思考诗歌这个门类的问题。王传洪说，李瑛同志当部长后，业余时间也没有了，常常工作到深夜十一二点。

李瑛说，我们的同志们时刻要装着这样一个问题，把大的时代装到头脑中去。他说，是不是每个同志都十分明确诗人的职责呢？如果说"四人帮"时代爱情是禁区，现在成了闹区了，有些作品把爱情糟蹋了，色情、下流、低级趣味。抽象谈"人"成为时髦。他说，去年在美国开会，10月在纽约已穿上毛衣了，但那里的穷人没有毛衣穿，狗的商店里陈列着坎肩、马甲、金的扣环。穷人就在狗的商店的台阶上冻在那里。这就是美国的人的价值。人的尊严在哪里？人不如狗。美国讲女权运动，家庭的结构解体，同性恋，吸毒，把曾有的马克·吐温、惠特曼都丢掉了，混乱不堪。现代派已经没落了。我同现代派的头子谈，他们谈如何搞同性恋，如何吸毒。法国萨特的存在主义，新起的学派叫结构主义，新实证主义。有些年轻的同志不了解，以为都是好东西。李瑛说，文学家是灵魂的工程师，称呼是高尚的。诗人桂冠很多。列宁把鲍狄埃称为以歌为工具的伟大宣传家。要尊重诗歌，尊重读者的感情，也尊重自己。歌德说过：一个诗人只表现自己的感情不能成为诗人。一个19世纪的诗人能说出这样的话，反而我们有的人模糊不清。说到深入火热的生活，他说，我们要永远保持火热的激情。他说，我总觉得生活在召唤我，但我没那个条件，甚至几年都没几天的时间。他最后说，明年是红军长征胜利50周年，中央决定要大纪念。希望同志们拿出一点像样的作品来。我们总要通过创造性劳动，把好的东西献给我们的人民，我们的时代！

王传洪在李瑛之后讲了话。李瑛又说，我们想在解放军艺术学院成立一个文学系，希望到这个文学系读书，两年，也发证书，培养部队作家，研究军事文学，还想办一个刊物《解放军艺术》。他强调地说，学一点哲学，枯燥一点，很有用，你钻进去就会发现，它会使你幸福，使你聪明起来，告诉你应该怎样生活。狗在叫，我们走我们的路。

晚饭前后，李瑛和元辉在宾馆楼下同我谈起借调黄国柱的事，总政文化部要借，军报也要借。元辉说他们那儿急等着用人。我说我回去向领导汇报，尽力办成。李瑛还问到话剧团的《决战雄关外》的戏。

看电影《蓝盾保险箱》，一个浅片子。

与松涛、晓桦、喻晓谈到舒婷的诗。

1984年5月19日

跑了500多公里路,早晨到沈阳,这里竟然还不如佳木斯亮得早,也不如佳木斯暖和。

外出办创作学习班两个月,今天一早4点钟回到沈阳,见到久别的亲人,舒坦极了!

晚上举行家宴,招待参加学习班到沈转车的海军宋树根、空军伍保祥,还有我们军区的刘英学和于利华。

收到一大堆信件。其中有李瑛的信:

世宗同志:

来信及赠书收到,谢谢!

知你们正在北国办创作学习班,极好!盼能既出人才,又出作品。不久前,我们刚讨论了军艺开创文学系事,希望在当前国内各条战线都形势大好的情况下,部队文艺创作也能有较大进步。

任慊同志已离开出版社,曾有信来。他现在可能研究条件更好些了吧?这是一位十分憨厚、诚恳的同志,是可以写出更多文章的。

《美国之旅》,今年初才把稿交出版社,那篇小小的后记,是去年12月31日夜匆匆赶写的,《人民文学》发表之后,收到几位国外作家、教授来信索书,想来国外还是有人关注我们的诗坛的。此书稿交出之后,迄今还不知道是否已经安排发厂。我们国家的书籍出版,时间特长,往往使人吃惊,比如我的《春的笑容》,即是一例,此书编辑部是重视的,工厂则反之,因为赚钱不如别的畅销书,而编辑部不能左右工厂，这本书还不知道到什么时候才能出来，尽管出版社的负责人已经向我道歉三次。好在我平日工作忙，无暇顾及此事，只是偶尔闲中，或才偶然想到，不便催促，也就算了。

文艺社出诗集，看来远比地方更难。我在社时，倡议出的几辑中青年部队诗人的小册子，本早已定妥，一套套地出，但我离开后，至今已经整整一年半了，未见出来一本。据说今年到年底也出不了几本。我多次催询过，无能为力！说是还有诗人的选集（据说魏巍一本，已交稿两年，尚无发稿确息，魏向我催问，我无言以对），偶见有出版消息，说是还有我一本，但迄今无人向我谈过此事，也未见有人向我约稿，怪不?!（即使来约，怕我也无暇顾此），此中有何奥秘，不得而知。我离开社后，过问他们的事不多，丛书，未见出几本有点影响的书。你的诗集事，我几次同纪鹏谈及，他是支持的，你如得便，可给他一信。做什么事，都要从党的事业考虑，万不可以经商的眼光来定标准，何况出版诗集也不一定就赔钱。

我到部里工作后，你看，很少给文艺社写稿发表，也很怕别人说闲话；同时也不愿多说什么，以免有说三道四、指责之嫌。

你的诗歌是有很大进步的，我想还可以多写一点，你是有条件和可能的，而且肯定还会写得更好些。我则全无此条件了，今年来只写了3首诗，平均起来，每月1首，其中还有1首只有10行！我自己也不知今后还是否可能再写下去。主要是时间。没有时间！

现在正在整党，下月对照检查，是高潮；6月底才能结束。匆匆

问候你！

李瑛

3.25

有袁鹰一信：

世宗同志：

你好！信和稿件（胡注：稿件为《请品一品〈京华小品〉》。）均收到，你对我实在过奖了，我除感谢你的鼓励外，十分不安。我衷心地希望你多指出些毛病和不足，千万要去掉那些溢美之词。此外，关于《车队……》一文的例子最好不用，赵丹同志去世前在报上发的那篇文章，反应不一，有的同志还常提到它，余波至今未息。

我不好替你转稿，那就要出洋相了。还是你自己安排吧。

匆复，即祝

近好！

钟洛

3.24

收到臧克家的信：

世宗同志：

文章三份收到，已粗看一遍，你写的有真情，也颇细。

有些字句需要修改一下，日内即将修改的一份挂号寄还你，请你斟酌决定。或投《八小时以外》？

我大好，也甚好。

好！

克家

4.5 日

郑曼问候

臧克家还有同一天的另一封信：

世宗同志：

文稿，我仔细地读了，并为之润色了一下，你看这么可以吗？我好。大忙！忙于编六卷"文集"。

郑曼已离休，但还担任一点工作。今早已发函。

好！

克家

4.5 日

收到雷抒雁的信：

世宗：

您好！

接您上封信，正举棋不定，不知寄往何处，又收到第二封信了。

我以为这篇稿，可寄给你们辽宁的《当代作家评论》一类，不知他们是否需要。稿子中新鲜的东西还是不少的。当然，还是由您定夺。

我今日下午去南京、合肥，估计月中可返。

您何时可回沈阳？我的《父母之河》已出，本想寄您，想到中才可能会返沈，索性让他带上。如何？

握手！

抒雁

1984.5.3

还有李瑛一信：

世宗同志：

寄来的《世界抒情诗选》收到，谢谢。

来信提出关于如何培养业余作者问题，我已请文艺处研究，如能有一二具体措施，就可以把工作向前推进一步。你们那里对于这方面的工作就做得不错。

印诗集事，我又催了文艺社，我对印一些人的选集倒不大注意，主要想多印几本中青年作者的新作，今年能出一套，当然还要编新的一套（你的诗集还是可以准备的）。我想如每套10至12本，有3套，大体就够了。这30多位诗作者中将来会有更大成就的大诗人出现的。我们要下些力量，特别当前地方上出部队诗作者的书不多的情况下。哈尔滨要出《诗林》是好消息，但愿它能够有自己的特色。

我们这里正忙整党的对照检查，部党委和我个人都正在紧张地准备。整党结束后也许时间会比现在稍好些。

祝健康！

李瑛

1984.5.4

收到重庆梁上泉的信：

世宗同志：

信、稿均已收到。

您在那样紧张的时间里，竟写出了6000字的长文，想必是十分艰苦的。

文章有些事实，我还要做些订正，因当初我没讲述清楚，致使您那样写了。如喀喇昆仑"神仙湾"哨所，我是在山下访问了换防的连队，而未获准上山，这就得以我上帕米尔高原哨所的事来取代它了。

好在我7日即赴成都，将找李友欣同志谈谈，并将改处改于原稿上。这里就不赘言了。如决定用，并要照片，我也将直接给他。

…………

遵嘱写了《山泉》条幅两帧。我的字见不得世面，就放着作为纪念吧！

我这次是到乐山参加诗歌讨论会，会后拟走访一月返渝。

遥祝

体笔两健

梁上泉

1984.5.4

1984年7月7日

雨日。同时收到李瑛的信和刘成华的信。

李瑛的信：

世宗同志：

收到你的信，今天也看了文艺处送来的你写的你区如何培养业余作者的长文，拟刊《部队文艺通讯》，我并嘱文艺处，要做点研究，如有好做法应当推广。也可考虑向外介绍。

文艺社前不久出来了几本诗，总算出来了！十分不易。听说他们最近还发了一位老诗人的集子，是魏巍同志的（此稿已在此压了两年多了。）他们说老诗人的书，一年印一本。我劝他们把青年诗人的诗集一定编下去，这很必要；我主张编三套。一套十本，每年一套，第二年可以有喻晓、步涛、曾凡华和你等等同志的。不知文艺社能否听进去。

我搞上行政工作，诗写得很少了。今年只写了三首：一是《一束早开的花》，是献给路易·艾黎的；二是《中国农民的起飞》；三是《树根礼赞》。随写随被人索走发用。有许多东西想写，都苦于无暇思考。《美国之旅》也许年底可以出来？此书"后记"在《人民日报》上发表后，未想到引来数封美国人的来信，有的要译成英文，有的想研究中国作家笔下的美国，这本书本来还有些东西可写，可惜没时间，作罢了。

我来总政文化部工作已近两年了。我觉得工作倒没什

1984年8月18日过岷山（魏猛摄）

么，完全可以拿得起；只是人事关系难处。原来部里留下的
干部，有的人不合适，但难以调走，直属单位太多，有人作
风腐败；有人专钻上层，十分庸俗卑劣，过于嗜好吹拍的一
套，使人感到可悲又可气。我很想等整党之后看看，我本不
是想做官的人，对这种种，极为反感。我现在主要是想，如
何更有价值地度过余年。当然，文化工作究竟应占什么位
置，也应认真研究。

我身体尚好，勿念。

李瑛

7.3

刘成华是和我1975年一块到人民日报社文艺部学习并帮助工

作的战友，他原是北京军区卫戍区某团政治处的干事，后来调至解放军文艺社工作。他的信写得较长，给我颇多鼓舞，令我十分感动：

世宗兄：

打开《春风》，您的大作《弹洞前村壁，今朝更好看》赫然在目，细看副题——近年来军事题材中、短篇小说创作散论，更增添了急欲求教的拜读兴趣。一口气读来，不禁为老兄独到的见解、生花的文笔、广博的阅识而叫好。近年来，这样的纵横评论军事题材的中短篇小说创作的文章不甚多见，我觉得这也可以说是"春风又一枝"了，以弟之见，此文长短显见，不妨斗胆冒昧一谈。

近些年，我对评论文章越来越兴趣索然，主要是评论家的文风日渐不遂意，他们随意批评者有之，违心吹捧者有之，刻板枯燥的宏论者有之，无物空谈者有之，应景附和者有之……总觉得评论家和作家非知音挚友相交，难中肯切磋而谈，故越来越失去了拜读的欲望，尤其军事题材作品的评论又寥寥无几，读得就更少。您的大作拜读之后，似一股"春风"扑面，别有一番感受。首先，您纵向谈来，横向谈去，综述近年军事文学创作的发展概况，介绍当前有代表性的力作，可谓"窥一斑而知全豹"，使我收到用时不多，所得匪少的阅读效果。我喜欢您开头洋洋洒洒从古典文学与军事文学关系谈起，说到十七年军事文学的发展变化，《西线轶事》的问世，《高山下的花环》的诞生，短短几千字，把军事文学发展的脉络清晰地勾勒出来，由此再向横的"多极化发展"的繁重局面谈开去,综述这支可观的文学新军的代表新作,评其特点,论其风格,叙其为人,诉之衷情……读后大有宏观全局、微析作者的收益。我佩服您对诸多作者的了解和对其作品的理解。在行文的字里行间足以看出您与他们亲密的过往,开诚的交流,挚诚的讨论,您以文会友、善为情交的美德。我总认为评论家若和作者不是朋友,不了解他们、不理解他们,单从他们作品的铅字中去阐发自己的文艺思想,那样的文章不如不写。您的"散论"虽"散"却"活",是活生生的、动情的趣文。您注重了由文及人,评作叙人;谈的是作品的特点,论的是作者的性格;信手拈来很多生动的生活逸闻趣事,糅在评论之中,使文章显得介绍多于"评",叙述多于"论",拜读中,感到自然流畅,生动有趣,使读者能识其人其事,观其文知其行,了解一个活生生的作者。您文章的这两个长处我不无夸张地说,是开了"论坛"的新风;也可以算作《春风论坛》上的一枝新花。

但恕弟直言,此文之"短"也甚鲜明。平心而论,综述近年军事文学创作这样一个偌大的题目,您能这样言简意赅地勾出其发展概貌,又能如此横生妙趣地成文纵谈,都已不易,但毕竟还显得浮光掠影,浅显匪深;对待军事文学发展阶段的划分也不甚科学,缺乏针砭之论。我是赞同您之"歌德",但也不能只赞"升平"而忽视了对作者的中肯提醒,当然这是要做大文章的。我期望您利用对作者的熟悉,和对他们作品、生活的了解,写一些"专论",较系统地、深刻地论述他们的长短,那将对军事文学创作的繁荣和发展大有裨益。为此,盼望更多研究他们的长短得失的专文。

行前匆匆，随便几句，请兄考虑。

祝您这枝"花"在论坛长青！

成华

1984.7.2

1985年1月21日

我会合了沈后一分部的组织科长王耀光，并请了总政文化部陆文虎干事，我们一早一起到木樨地22号楼9层丁玲的住所。据说这幢楼是国家部长们的公寓。事先我们在电话里说好了，丁玲和陈明都在家。丁玲戴着眼镜，她说自己是白内障，这是一副遮光的眼镜。

坐下后，我说我和王科长代表军区首长、机关和指战员感谢丁玲同志对我们一个战士的关心和爱护。我们带来一点小礼物，说着把两件军大衣、人参、鹿茸等，还有军区作家画家书法家的作品一一拿出来了，丁玲再三说她没做什么，部队同志太热情了！她把军区作家的书翻看了一会儿，又让我们展开朱寿友的字，她对李秉刚的画最感兴趣，那幅题名为"苏醒"的油画，林间冰雪，一条小溪，刚解冻的水中有两条鱼在游，她说这正好是他们俩，指陈明和她，历经"文革"而未死，仍活着。

我们说起张文龙，她似乎比我们还熟悉，说到送学，提干，道道关卡，她说，成才并不是很顺利的，提干也很晚很晚了。她说，障碍是一个过程，也磨炼了他。说到那个非让他复员不可的头头，丁玲说，这就是鲁迅先生说过的国民劣根性。

因为编《中国》这本创刊的文学刊物，一期的理论文章有

1985年中国作家协会第四次代表大会上（魏巍、艾青、曹禺、丁玲，峭岩摄）

了，诗歌和小说站得住，虽不是大名家，但生活味道比较浓。总的看，还缺点什么，主要是时代感不够。正好团中央、教育部等单位召集青年改革家、厂长、自学成才者、经济学家开会，很多作家都去了。舒群抱病也到了。丁玲给团中央写了信，要求与会的典型留京的介绍一二位来，丁玲自己要亲自写。星期六找团中央书记处，马上联系了北京团市委。下午，北京市团委宣传部部长就到家来了，星期天就派人到一个青年经理家王晓辉家采访，写了六七千字的报告文学。这种新的气息，闻风而动、说干就干的新的作风，很久没有了。

在那个会议上认识了张文龙，第二天约张文龙到家里来，本来丁玲要亲自写张文龙的，因为身体情况不佳，加上主编刊物太忙，就请了她晚辈朋友冯夏熊来，与张文龙谈了半天，晚上接着谈，第二天早上又谈，写出了12000字的报告文学《创造世界上还没有的》。交谈中发现张文龙口干舌燥，身体虚弱，丁玲就送他一笔钱，让他补养身子，张文龙不收，丁玲说，就算我对你事业的支持吧！丁玲再三说，张文龙的爱人也了不得，真正太难得了！

回到距木樨地最近的军博招待所，我用军线给军区政治部机关有关领导汇报了到丁玲家拜访的情况。首长很满意，首长提出，春节前后，军区将开一个有关人才的大会，让我代表军区请丁玲夫妇光临，往返的一切由军区安排。届时也请丁玲与更多的成才战士见面。

今天上午，我又一次来到丁玲家。我发现，那幅油画《苏醒》已挂在很显眼的位置上，丁玲、陈明，还有司机小傅都夸这幅油画清新细腻，寓意深刻。

1985年4月20日在石油部召开五五届石油地质勘探学校学生为祖国服务三十周年纪念会，邀请魏巍参加（穿军装者魏巍）

把军区的意思向丁玲夫妇报告了。丁玲首先感谢军区首长的美意，但她说自己身体状况可能不允许，届时去不了。她说她要表达对这个会的祝贺之意。我说，若不去，写一句话我带回去？她说好。陈明很快铺开了宣纸，摆放好了笔墨。丁玲很从容地写着，她发现自己的字笔画细了，陈明说，女同志的纤细嘛！陈明还嘱她把"丁玲"两个字拉开，盖印章时要盖那个小的。丁玲写了"人才可贵"四个大字。她写着写着腰就不行了，陈明就给她捏腰，丁玲两手扶着大桌子的边沿儿，陈明在一边按摩似的给她捏着腰。接着，丁玲为我写了一幅草书"水滴石穿"；陈明给我写了一幅隶书"更上一层楼"。丁玲看着陈明的字，笑着说："陈明的字高我一筹，也就一筹。"她和终生的老伴儿开着玩笑。陈明是精明的，他一边接舒群打来的电话，一边眼看着丁玲写字，"'丁玲'两个字拉开些！""落款字要小些！"他不断地叮嘱着，舒群以为和他讲话，陈明忙纠正。舒群说身体不好，正发烧，陈明不让他过来了。

写完字，我要告辞，丁玲和陈明热情地挽留我多坐一会儿。陈明给我倒了一杯茶，我们坐下来聊天。说到《高山下的花环》，丁玲说，"小北京"和他的父亲彼此衬托。在长篇小说座谈会上，她说，我可是没有哭啊，我已经没有眼泪了。她对李存葆说，《高山下的花环》的电影我哭了三次，读小说我没哭。但这不一定说电影比小说好。我觉得小说更为感人。她说，看"祥林嫂"你会哭吗？不会。但印象永远存在。旧时代的中国妇女就是这个样子。哭，不是文艺作品质量高低的唯一标准。

丁玲说到对新人新作要鼓励，但不要乱捧。气球老这么吹，气球会大起来的，大到一定程度就会破的。有一个当过兵的青年作家来谈，他说他对《高山下的花环》不"感冒"，他说不就是写了走"后门"，不叫儿子上前线的老太太的一点点部队问题吗？丁玲不同意这个说法。她说，作家的作品不是抒发个人怨恨的东西，要替人民说话。她说，真话不一定就是真理。作家要代表更广泛的人民群众。说到"创作自由"，丁玲说，自由不能没有边，打排球，踢足球，就那么大的球场，在四条线里，没有边线，怎么打，怎么踢？当然，创作自由的范围会大一些，但不能没有边线。说到如何获得创作自由，丁玲说，有两个方面，一是领导要宽松，二是作家自己思想不解放，或不了解人民的生活，没有正确的判断，他不可能是自由的。丁玲说，不是只有创作的自由，而没有批评的自由。

说到这儿，丁玲深深地自叹了一句：去日苦多，慨当以慷。她说，我80岁了，处于改革的年代，人生仍是灿烂。老迈的只是年龄的老，在人生征途上，都是在起点上头，都要继续往前走，和年轻人一样。

我为她这以80岁为起点的精神所震撼。

说到老作家与年轻的作家中间是否有"代沟"的问题，丁玲说，"代沟"两个字不好，没有什么"沟"，是一条战壕里的战友嘛！我说，老年人与青年人接触少，互相缺乏了解，老同志应该多到青年中间去。丁玲立即反驳我：不对！无论年轻同志还是老同志，都应该到人民群众中间去！说完她又补充一句：力量的活源在那里。她说得那样肯定、有力、果断，令我感到她是那样的敏锐。她说，小平同志80岁了，他与18岁的同志一样，在领导岗位上，很是英明。下面这句话我听了十分震惊，她说，只是与敌人之间有"沟"。她说，老作家与年轻的作家只是经验不一样，对新事物感受不一样。一个青年作家出来，谁都高兴，我们老同志不高兴？才不会呢，他成才了，我们因此又多了一个战友，为什么不高兴？说到这儿，她问她的司机傅力智：你说说，你是年轻人。小傅笑笑。丁玲说，看打球，青年人喜欢，他们的紧张还要影响我。有些事情是年轻人和老年人都喜欢的。年轻人爱看电影，老年人一是有无时间，二是身体是否坚持得了，考虑之后才决定去还是不去。相对地说，是有的老一点的同志迟钝了，保守一点。老同志要服老，很多地方是心有余而力不足了，写东西有迟钝的感觉。多到群众中去，去了感觉就不一样了。共青团的会，我们去了，我写《一代天骄》，写20多岁的工人。多接触一些人，很有益处。我是不赞成20多岁就当专业作家的，生活经历太少了。她说，魏巍在老区有生活积累，他写篇散文也比

1985年在故乡郑州寻访原来上学的地方（原简易乡村师范旧址，左为同学崔景元）

1985年清明在黄河边邙山

1985年石油地质勘探学校五五届学生将大庆会战标兵奖章赠送魏巍

1985 年为抗美援朝
三十五周年题词

1985 年春，魏巍到河北省容城小先王庄就看望老房东拥军模范刘大娟（左一儿子魏猛、右一儿媳王曼曼）

别人好。年轻作家有的基本功不够，语言都不通顺。说到1982年的一篇小说得奖，就并不那么好。相反地，有的小说很好，不被人注意，有一篇《心祭》，没有得奖，很遗憾，小说写了封建的东西细微地存在，孤单的老人要再婚，儿女们有的还有头有脸的认为给他们丢脸了，阻拦，直到老人去世。小说写得非常动人。

丁玲说，东北部队有人才啊，大东北，大风雪，能产生力量感强的作品。她问我：军区有无刊物？我说有一个小刊物《前进文艺》。她说到军人，想起李又然的两句话：要让人们在危险面前想到军人，不要让人们在军人面前想到危险。

丁玲兴致很好，她领着我在她的客厅和卧室参观了一下。一边走她一边讲哪幅字、哪幅画是谁写的谁作的，为什么那样写、那样画。有两幅画是画丁玲头像的，一幅是刘宇一画的，一幅是艾轩画的。丁玲说，刘宇一比艾轩画得人头更像我，但神态艾轩画得好，他画了我的一生。屋角有一少女托腮静思的大石膏像，这是女雕塑家张得蒂的作品，雕塑的是20世纪20年代的丁玲。雕塑家读了丁玲的作品，所有的照片都找去了，塑了三个，从1982年到1984年用了两年时间，风吹拂着头发，眼神里蔑视，显出了主人的性格。丁玲说，对这个雕塑她非常满意，睡觉前和醒来后，在被窝里也要端详一下这个雕像。有一幅漫画家胡考的作品，是胡考的爱人送来的。胡考说，丁玲会理解这幅画的。画面上是雀子，有枝可栖，准备再飞。丁玲说，这可以是他，也可以是我。当年都是被打成右派了的。有一幅叶圣陶1979年5月写给丁玲的字，有些字我认不准，大体是："启关狂喜难记何年，别相看，旧时容态执手无言，说塞北西久旅所患惟消渴不须愁绝。兔毫在握，赓续前书，尚心热，回思时越半纪，一语弥深切。那日文字因缘注定今生辙。更忆钱塘午夜，共赏潮头雪景，云投辖。当时儿女今亦盈，颠见华发六幺令。丁玲同志惠顾倾谈喜极作此奉赠。"

这时，陈明接一电话，交给丁玲，来电话者询问一个会议的名单，丁玲说了一串，恐怕有漏，又找纸单来。说到"冯至""吴祖缃"，对方说，要有名的。他们要省略几个，如冯至、吴祖缃。丁玲说不能省略，他们都很有名。丁玲放下电话，说怎么电台的编辑还有不知冯至、吴祖缃的。陈明说，不是文艺部的，是其他部的吧？丁玲说，正是文艺部的，其他部的编辑也不该不知道冯至、吴祖缃啊！陈明说，现在的年轻人读书不多。丁玲说，知道张洁、张贤亮是对的，但不该不知道冯至、吴祖缃啊！

1985年1月23日

在赵堂子胡同，见到克家精神很好，郑曼大姐和苏伊也在。克家紧紧握着我的手，谈起山东七单位发起开克家研讨会的事，邀请的人，克家开列了60位，山东主办单位开列了100位，要求到会的人很多。

克家说，电话特多，来访的人也多。这时，《湖南日报》一个小伙子来送照片。我怕打扰克家太多，起身要走，郑曼大姐和苏伊都说没事，克家也挽留地拉我的手。我还是告辞了。郑曼大姐和苏伊代克家送我到大门口。

中午到人民日报社，见到李希凡、张世英、叶幼琴等同志。

下午应邀到李晓桦家吃饭，还有中才和抒雁。我们边吃边聊，还一起去看望了张文苑、王传洪和刘成华。

晚上与魏巍通电话，他说他要到招待所来看我。我说那说什么也不行。他就邀请我明天上午如果方便到他家去，问我是否方便，我说我一定去。

在电话里，葛洛告诉我，他后天乘飞机去福州，约我去他家做客。

1985年1月24日

转了几个车，到达位于苹果园附近的北京军区宿舍大院。魏巍住19号楼1单元101室。

魏巍给我沏了一杯热茶，他说茶叶是从井冈山带回来的。他于去年的7月到10月重走了红军长征路，他要写红军长征的长篇。

这一个上午，魏巍与我从容地谈了他漫长的创作生涯。他最早写诗时15岁，那是抗战前夕。他17岁也就是1937年冬天参军，参军前写的诗，只保留了一首，是少年时代的一位诗友周启祥在北京图书馆查资料查到的，那是一首500行的抒情诗《黄河行》。署名"魏巍"。这首诗是他参军前写的，1939年临离延安前，寄给了周启祥，周当时在西安，是周把这首诗发表在1939年山西的《秦风日报》上的。后来他与周一直没联系上，也没找到报纸。去年刚找到，也是发表后作者第一次见到。这首诗连续在报上登了7天才登完，一天登一段。找到的报纸缺7月23日这一天的，因而诗中间缺了75行。回想当年，抗战兴起，日本人占领了平津，向南打了，保定以北也被日军占了，石家庄是否也占了，不清楚了。作为一个17岁的青年人，他的家距黄河有40多华里，他在黄河大堤上走，望着北方，热泪滚滚。灵感触动，他连着三个晚上在黄河边一个小镇写成了这首诗。写完这首诗以后

没多久，不超过半个月，就参加了革命，背着包离开了家乡到抗
大。这首诗纯粹是诗人的少年之作，诗中写道：

　　黄河，黄河，
　　你这人民的江河！
　　而今，
　　你像那暮年忧郁的苍龙，
　　愤怒地向长空
　　吐出万里浊波。

　　黄河，黄河，
　　你这人民的江河！

12月27日朱子奇搬家亚运村，请诸朋友贺乔迁之喜（左起，马蠢伯、陆璀、刘
白羽、魏巍、贺敬之、朱子奇、徐飞光；后，李正忠）

你是想吞没这
存在着夜色的地球,
吐出那
人民心上的日月?

黄河啊,
你是在呐喊,
全世界
人民的队伍,
在今夜
到你的身边来会合?

黄河啊,
看你
载来塞上的风云,
阴沉沉
是想冲破东方的天角

黄河啊,
你是替
中国的人民
诉说饥饿,
要他们
走向世界的行列,
齐奔向一个角落?

黄河哟，
你的奔流，
挟着浊黄，
你是想吐尽
人民心上的
白色的忧伤？

黄河哟，
你这暮色忧郁的苍龙，
是想叫醒
中国的弟兄，
去开拓东方的黎明？

…………

黄河哟，黄河，
你正负着盈身的炮火。
敌人的风帆，
将从你的身上划过；
敌人的刀剑，
将刻进你的心窝。
黄河哟，
你发出
愤怒的吼声，

有谁听了不为激动，
你声声震撼着
四万万五千万的心灵！

黄河哟，
快快地唱起吧，
唱起那解放之歌！
快将那
奴隶解放的血泪
一齐唱落！

…………

啊，黄河，
我怅望着你的北岸，
在天际，
那黑色的林莽啊，
那隐约的一线。
只是
细微微的一线啊，
却像焦红的火炭，
烧得我
热泪滚滚，
通身打战。

…………

黄河啊，我们的母亲，
你的儿女们，
也要像你那样
勇猛前进，
迎着搏击的刀剑，
终有一日，
会使那黑沉沉的河岸，
出现红通通的曙天！

…………

去吧，黄河哟，
趁这大堤上的劲风，
载着我们，
快快出征。

去！
捣毁监牢，
烧毁屠场，
解救一切受苦的弟兄！

…………

魏巍（右一）与艾青、田间合影

　　参军时，魏巍是背着这首诗，还有在家乡写的纪念鲁迅的几首诗一起到了西安，在西安住了半个月到延安去的。这些诗在八路军总司令部随营学校时，发表在墙报上。1938年，《黄河行》的手稿曾给任鲁艺教员的何其芳看过。何其芳看得很认真，他称赞了这首诗，认为"黄河，黄河，人民的江河"用得太多了一点。何其芳的小楷字写得工整、秀气。可惜这信没能保存下来。鲁迅1936年逝世时，魏巍写过几首诗，用"魏大"的名字发表过。

　　魏巍到延安抗大，是由一位失去了关系的共产党员、无名作家黄正甫介绍的。黄写小说也写诗，他的笔名是黄虎，当了一辈子无名作家，他很有学问。他认识沈从文，还认识编《大公报》的肖喜。他是大革命时期的共产党员，在汉口农民运动讲习所入的党，曾在郑州做过青年团的工作。魏巍认识他是因为爱好文学。黄正甫听说魏巍要去延安，就主动写了两封信，魏巍这时才知道他是共产党员。信没有发生作用。到了西安八路军办事处，说刚考过了，人刚送走，没办法单独送他一个人。魏巍在办事处边上看到一广告，是——五师军政干部学校招生，学校就在山西前线。这样，魏巍就没有等抗大下一批的考试，自己到了潼关，到了山西前线。先到八路军——五师驻地马牧村。当时王敏求，笔名方炽，是办公室主任，支个摊子招生。魏巍第一个进行了口试，问了他三个问题，他答得都很好。这样他就入伍了。八路军总司令部随营学校是随营行动的培养连排干部的学校，类似抗大，——五师军政干部学校就合并到这个学校里。韦国清是这个学校的校长。1937年打太原，打霍县，兆城是前线，距敌八九十里地。在那里，魏巍见到过任弼时。他的班长是张治民即张立达，张文化高，是平津流亡学生，从山西入伍。他们都穿着系带的没有扣子的阎锡山发的国民党的衣服，生活紧张，魏巍没有写东西。

敌寇占领了太原，稍停顿一下，随营学校决定到延安，与抗大合并。过了黄河，在路上走了个把月，才到延安。整个随营学校在抗大编成一个大队。队里文化高些的抽出来。经过行军考验，张立达介绍魏巍入党。

魏巍在延安认识了柯仲平。柯仲平是文协主席。魏巍最近写了一篇纪念柯仲平逝世20周年的散文。柯仲平的文集共5卷，已出两卷了。魏巍记得柯仲平戴个鸭舌帽，披着个棉衣，逢开大会，或报告会，大家都欢迎他朗诵诗。他写的《边区自卫战》朗诵效果特好，毛主席批的，在两期党刊上连载完。大家觉得他的诗新鲜。魏巍说，我1938年到延安才18岁，想找谁就找谁，没什么顾虑。文协开会，我去了就坐下，不考虑合适不合适。柯仲平、林杉等人成立战歌社，搞革命，很热情，很纯洁，写诗，开座谈会、朗诵会、讨论会等。卞之琳也到了延安，也常参加会。还有黄药眠、高敏夫。还有个写歌谣体的诗人，他写过对前方向往的诗并朗诵了，反映很好。魏巍说，我常到柯老那儿去，他很热情，具有诗人气质，直率，豪爽。他是云南人，他母亲是少数民族，唱民歌的，所以他的民歌素养很深，也特别喜欢民歌。他成立个战歌社，魏巍在他们大队成立了个战歌分社，属他们领导。战歌社还有朱子奇、胡征、冯塞伟、周洁夫等。魏巍在他们大队不定期地出《战歌墙报》，当时叫胡秋平的胡征，把报纸涂墨，贴上稿纸，稿纸显得十分醒目，也很美观。

当时延安的文艺工作很活跃。丁玲领导的西北战地服务团从山西前线回来，他们是上华北前线的第一个文艺团体，在西安停留了一下回到延安。田间、邵子南、曼晴、史轮等人的诗社叫战地社。以前魏巍读过田间的诗，还曾到西北旅社访问他。那时人的关系很简单、很纯洁，没那么多别的东西。大家一见面很热乎。田间把他在山西写的准备出书的诗稿《呈在大风沙中奔走的岗卫们》给魏巍看。田间的字，这里一扭，那里一扭，很花哨。邵子南也把他的诗歌剪报本给了魏巍。他们都是在研究、切磋、探讨诗艺中间相识的。

8月7日，战歌社和战地社结合，搞街头诗运动日。那一天，街上挂红布条，写着"街头诗运动"，还发表了宣言，人们把诗贴得满满的，红红绿绿的诗传单到处飘洒，很是壮观。这以后，魏巍参加第三期政治队，第四期军事队——上级号召党员学军事，临离延安时，把《黄河行》寄给了周启祥。魏巍走了一个多月，到了处于火热斗争中的晋察冀。这是一块国民党南逃丢弃的土地，是我们党开辟和创立的一块敌后抗日根据地，是由一支背着斗笠、穿着草鞋的队伍从日寇手中重新夺回的土地。

魏巍曾编选过一本《晋察冀诗抄》，这是我在学校读书时最喜爱的诗选中的一本。入伍时我把它背进了军营。其中许多诗我都背诵过。当年诗为什么那么红火？魏巍说，因为处在新的世界新的生活，无论年轻还是年老的，都没经历过，感到非常新鲜。儿童持红缨枪站岗、查路条，老大嫂纺线，妇女打着裹腿、揣着手榴弹开会。不仅是因为抗战，而且人民过上了民主的生活，第一次尝到了民主的果实。在斗争中，涌现了新的感情，过去是一盘散沙嘛！这新的生活景象给诗人带来了灵感，诗写得多，根本原因就在这上面。当年，诗人本身也充满朝气，他本身就在生活中间，是生活的一员，还有同志间、战友间的关怀。在那战斗的土地上，连桌子板凳也能咬人，连山药萝卜也会爆炸……谁见过这样的战争啊？这是名副其实的人民战争！当时的油印诗刊有好几种，有《诗》《边区诗歌》《新世纪诗歌》等，出版时间最长，发表作品最多的是《诗建设》，田间、邵子南、方冰先后任主编，方冰刻钢版，一周一本，周刊，油印得很漂亮，很清楚。后来又变成了16开本，跟铅印的差不多。魏巍的《黎明风景》就是发表在这本刊物上的。发诗也发诗评论。一个人写出诗，大家鼓励，写评论，没有嫉妒和打棍子，但也不是相互吹捧，充满了友爱，互相关心。魏巍回忆这一段红火的诗歌运动日子说，生活是肥沃的土壤，同志之间、诗友之间的关系是充分的阳光和空气，领导重视，当时纸张那么紧张、困难，没领导支持和重视能出吗？这几个条件就使当时当地的诗歌创作很繁荣了。有个钱丹辉编了个《诗战线》，后来魏巍也参加了。从诗和诗刊物的繁荣，看出人民与文艺与革命文化相结合的状况，穷乡僻壤，不知民国，以为还是清朝，很多政权达不到的地方，一个小山沟，两三户人家，我们也到了，诗也到了，文化也到了。1944年在冀中，动员青年参军，宣传抗战主张，许多街头诗不是诗人写的，匕首一般短小犀利，写在路边岩石上和乡村的墙上。在敌占区、国统区和解放区，解放区诗歌发展得最好，最活跃，道理很简单，这里出现了新生活，政治上民主，党领导关心，人们没有条条框框。国统区文人受压迫，不敢说真话，没有与群众结合的机会，没出现激动人心的生活，穷人没办法。在敌占区也出杂志，也有作家诗人，但消沉的东西多，甚至有许多黄色下流的东西。还有专门的黄色的报纸。

解放战争中，一天走很多路，这期间，也没间断写诗，数量不够多，《两年》这个集子是在京郊海淀写的，想在形式上得到一个解决，究竟怎么解决，受到当时追求形式的影响。1949年10月，新中国成立后，魏巍到一个骑兵团当政委，进军大西北，消灭胡宗南，解放甘肃和宁夏。魏巍参加了剿匪，住宁夏灵武城，每天绕着全城骑马转一回。当时他有两匹马，一匹驮行李，一匹是坐骑。

魏巍从1941年发表诗就用"红杨树"的笔名，抗美援朝的街头诗在《人民日报》上发表时，也用的是"红杨树"这个名，第一本诗集出版时也用了"红杨树"。在朝鲜战场上在自己的记录本上写了许多诗，但没有拿出发表。新中国成立后的诗，大都收入《不断集》中了。他说写诗要激动、感动，不激动不感动他不写诗。

魏巍很长时间不写诗了，或说写得很少。魏巍说，我也是很想"捡"起来，这个事情，那个事情，一忙，没能"捡"起来。写过《东方》的魏巍说，诗比较轻便，写小说，尤其是写长篇小说，是很累人的。协助撰写聂帅的回忆录就进行了4年。到过朝鲜、越南，写过几篇报告文学。到苏联、希腊、罗马尼亚访问，想写诗，当时不抓紧，过后就写不出来了。

在魏巍家客厅，我坐着的对面有四幅竹子的画屏，客厅兼写作间的门上，有一幅油画：《冰雪之原》。墙上有魏巍手书的主席那首"人生易老天难老"词《重阳》，是他书赠老伴儿刘秋华的。墙上挂着一件单棉军大衣，圆桌上有一个大雕塑铜马，还有一个圆盘，上面复制着徐悲鸿1929年画的赠静文的马。这大概与主人当过骑兵团政委的经历有关吧。

到了饭点，魏巍夫妇热情地留我吃午饭，我欲告辞，魏巍说什么不让我走，他拉住我的手说，随便一起吃完饭派个车送你。我执意走了，他匆忙戴上帽子送我出门，我给他敬了个军礼，转身大步迅速地离开了他……

电话里，浩然让我转告金河，除他的《大车店一夜》外，自己还喜欢哪一篇农村题材的作品，浩然编书用。

1985年3月3日

与惠君等到医大干诊科看望在那里住院的张立达和张奋老两口儿。张立达是魏巍的入党介绍人。我把他的病情用电话向魏巍报告了。魏巍嘱我代他向张立达慰问。

1985年6月18日

连续收到几封信，第一封是谢冕的信：

世宗：

你的信及诗稿剪报均收到。

我已完成《当代作家评论》关于军旅诗的文章，另一篇是应解放军文艺之约谈"战友诗丛"的。在前一篇文章，引用了你提供的材料，应该感谢你的支持。

上月辽报及作协请我去，但我走不开，婉谢了，不然，可以看到你们了。材料今日挂号奉还。

匆祝

好！

谢冕
1985.6.6

一封是魏巍的信：

世宗同志：

信及稿均收到。

对稿子没有意见，十分感谢你的热情鼓励。只在时间、地点、人名上做了些校正。

我看不必再增加什么了，就这样吧。

如果作为朋友谈心，我倒觉得在新中国成立之后的拙作中，1956年的《写给同志也写给自己》和1962年的《井冈山漫游》，比我其他的诗重要些。前者是对我们党的命运进行过深思的诗，对后来的事是不幸而言中了。虽则我并不愿这样。后者则是在党所遭遇的严重困难和挫折中写的，是对这段历史的回答。但是，你写的是"印象"，而不是具体作品的评论，因此无须增加了。这只是为了我们友朋间的相互理解。

有便时，是否写点关于《晋察冀诗抄》的消息和短评，在你熟悉的刊物上发表。这是晋察冀那些人的愿望。

请代同立达同志夫妇好。

你们全家好。

此致

敬礼！

魏巍

1985.6.14

我已搬家，仍在院内，信可寄北京军区政治部。

1985年7月19日

魏巍之子魏猛和他的爱人王曼曼晚上来访。他们将去大连、鞍山和长白山。他们去长白山的事，我给王开余政委打了电话。

魏猛带来魏巍的信：

世宗同志：

你好。

《沈阳日报》的文章已经看到，谢谢你对《晋察冀诗抄》的热情鼓励。

今有我的小儿子魏猛和他的爱人王曼曼结婚旅行经沈阳，我要他前去看望你和张立达两家。他们在东北宜游览一些什么地方，也烦请你介绍一些熟人，给以指点和帮助。

　　此致

敬礼!

魏巍

7月15日

收到臧克家的信:

世宗同志:

　　好久未见到,也无消息,十分怀念!

　　今天得手书,知你的书已出版,我极高兴!

　　我这些时,身体尚可对付,头晕,而杂事却甚多!

　　10月后在济南召开的"会",希望一定参加,我们可以在泉城晤面,并盼你带篇文章去。

　　郑曼离休后,还担任一点工作,一切顺利,苏伊也甚好,前些天曾去北戴河休息了6天,由"作协"团组织组织的。我,不动。

　　好!

克家

1985.7.14

1985年9月22日

　　上午去辽艺原香斋参加解明之子解晓慧和孙崇荣的婚宴,在那儿见到久不相见的诗兄毕增光、佟明光、徐光荣、高东昶、王占喜、乔魁才等人,特别高兴。

　　晚上,靳洪、中才分别来家谈创作组近况。

收到云南诗兄晓雪的信：

世宗同志：

收到大作，十分高兴。

诗人为诗人剪影，诗友替诗友素描，知人知面更知心，有新颖的角度，独到的理解和真挚的深情，这就是你这部《当代诗人剪影》受欢迎的原因。祝你不断写出更多优美诗篇的同时，把这一有意义的工作做下去。毫无疑问，这对当代诗坛是一个贡献。诗人、诗评家和文学史家以及大中小学的文科教师们，都会很感兴趣并感谢你的。

握手！

晓雪

1985年9月6日

收到魏巍的信：

世宗同志：

《当代作家评论》所发的稿子没有改也无大碍，就留到结集时改吧。你辛辛苦苦，一片热忱，又是行政，又是写作，还要弄点评论，够累的了。再不必为此事分心。不知此次整编，你的工作有变动否？猛子和曼曼已归来。他们说，你照顾他们好极了，热情极了，只是费去你不少精力。特寄上我诚挚的谢意。

《当代诗人剪影》已收到，还未来得及细看，暂时还提不出意见；但你对新诗、对诗人们的热情则完全应该肯定。

热情，是诗人最可宝贵的品质。

　　祝

秋安

魏巍

1985年9月9日

收到黄国柱的信：

胡处长：

　　您好！离开沈阳，离开您已经四五天了。听说您因皮肤病住院了，不知近况如何，十分惦念。相处4年共同工作，其情其景常在眼前，您对我的关心、爱护、培养、帮助，使我终生难忘。离别了，才知道在一起的日月之可贵，虽说这里的领导和同志都是熟人，但毕竟在沈阳，同您一起工作大不相同啊！茫然，迷惘，落后，惆怅，常常袭上心来，真恨不能还回到我们相对而坐的办公室桌旁，那里虽然有繁忙的工作，但是更有诚挚的友情和火热的心肠，给我以温暖和力量，是的，如果没有您，我相信我绝不会是现在这个样子。然而，过去的无法追回了，即令再艰难，也要面对现实。工作虽然没有开始，但我已经预感到担子的沉重：一切都要从头开始，一切都要从头学起，一切都要从头做起，而且还要碰到一些过去碰不到的复杂的问题。真有点望而生畏！

　　也许是又走到了一个人生岔路口了吧？这几天不知为什么又常常想到了活着的意义，越想越觉得反而模糊了，常产生一种类似一叶小舟漂浮在大海上的感觉。我觉得您在人生的追求上是为我树立了榜样的，那篇文章确实也是有感而发做基础的，我从来没有像写你的作家评论那样感到轻松。您的执着、诚恳、坚韧不拔，到现在仍给我以深深的启迪。希望您在今后的路途中继续给我以指导和帮助……

此祝

创作丰收！

国柱

1985.9.10

1985年10月26日

中国作协租了一辆车，拉我们到武夷山下访蛇园。这是一个蛇研所，花园一个样。作家们想象力丰富，随手就把刚听到的一个个蛇的名字安到了同行者的身上。

蛇园主任兼蛇研所所长张震今年55岁，他开板就说蛇是几千年一大冤案，至今没解决。我们在给它"平反"。传说蛇就是龙啊，我们龙的传人就是蛇的传人嘛！他说，蛇的养殖，世界上没有成功的，我们有所进展，引起国外养蛇人想尽办法盗窃资料。新中国成立前这里有38种蛇，如今有62种。这里的紫楠木几千年不烂。他说武夷山一是绿色的宝库，二是昆虫的世界，三是蛇的王国，四是鸟类的天堂，五是野兽的乐园。

张震已成为这方土地的著名蛇医，一传十，十传百，都知他能医蛇伤。他说，咬人的蛇只是千分之三，但这里蛇多为害，每年死于蛇咬者3到5人，残疾几个，有的断腿。他说，在动物界，蛇比较讲理，它从不无缘无故咬人。你打了公蛇，母蛇会报仇的。他说他被蛇咬过七八次。他为百姓医治蛇伤，从蛇本身提取药材治疗胆、肺、妇科病和血管硬化等症。蛇蛋比鸡蛋营养价值高，胆固醇还低。蛇皮很贵，五张可炒一小盘，卖一百元一盘，名为"炒龙袍"。用蛇肉包的饺子叫"戏水蛟龙"。蛇骨含钙，炒蛇骨加醋，名为"醉龙排"。市场上假蛇胆多，用鸡胆和鸭胆伪制的，真的蛇胆可清肝明目。冒充他家的蛇酒的有20多家。赵紫阳总理来参观时跟他谈话，鼓励他为国争光。邓力群题写了"造福于人"，方毅题写了"蛇王"二字。方毅来，没有随从，坐大面包车，四菜两汤，张震给加了个菜。张震说，副总理平易近人，下面有些小官凶得很。他说在武夷山乱捕蛇是不行的，两广、江浙来捕蛇的人很多。他说他看见过青蛙吞蛇，那是小蛇刚孵出来，青蛙误认为是蚯蚓了。有的人不是被蛇咬死，而是被吓死的，吓休克了，脑细胞死亡，并非中了蛇毒。蛇药有期限的，过了期的蛇药就坑人了。传说蛇会飞，有一种金花蛇，滑下时，从这树到那树，人称"过山龙"，实际上过不了山。接着，张震讲述了各种蛇的功过。我们漫步蛇园，树上，草丛里，石坑里，到处有蛇，我们好奇又有一点胆战心惊！

中午就餐于蛇园，有蛇鸡混合的"龙凤汤"，喝蛇胆酒。黎明团长出现了身体不适。

晚上到达武夷山九曲宾馆，"两三星斗胸前落，十万峰峦脚底轻"！这是一个幽静优美的所在，外面是泥草小屋，里面全部是最现代化的生活装备，大衣挂是弯曲的树干，台灯底是自然的奇石。

我没有去看录像，与王石祥谈到深夜。

石祥的老家在河北清河县杜家村，这个杜家村都姓杜，只他们一家姓王。他家三代贫农，房无一间，地无一亩。他是1939年出生，1957年初中毕业后，教了两年书，1959年带几十个学生入伍，有的学生比他年纪还大。他的家乡临河县孟家庄是晋察冀交界处，属老革命根据地，归过山东也归过河北，在运河边上，臧克家在这儿教过书，陈谢大军在这儿驻扎过。武训在这儿办过义学。土地爷庙边上是武训庙。江青带人来这儿考察过。当年就是因家穷，父亲带三个妹妹到姥姥家杜家村落户来了。父亲学了十几年制革，做大轮车的长套、短套、大绕等，舅舅是掌柜的，父亲给他干手艺，至30岁才结婚。土改分得二亩地，因父亲不会种地而破产。石祥从小学到初中学习成绩好，几乎都是第一名。上初中要走9公里路，背干粮窝头。一个月交两角水钱，把黄豆炒了磨成面儿，掺点盐，吃干粮时，用筷子蘸点盐水当菜。三天一回家取窝头，天热时窝头就长毛。1957年反右，按比例定，一个中学出了三四个右派，学校无法开张，石祥上学有困难，就教了一年书。1958年10月入党。他从小想当记者，初中语文老师爱好文学，每天早上背古诗，石祥受其影响，背了一二百首古诗词。在县中学办板报，当《青春》《火炬》的主编。家里卖籽棉给他交学费，平时知节省，用纸从来用两面，咬牙学习，根本不玩，点豆油灯，把鼻子都熏黑了。

小时听村谣，听唱本，这些口头文学对他影响大。什么《大八义》《小八义》《武松》《彭公案》《施公案》《三侠剑》……说书艺人头戴毡帽，肩搭褡裢，有的乞丐手拿骨头铃铛："叫掌柜，你发财，今天无事我不来……"不给钱，刀割额头，血滴在你家东西上。大红拳小红拳，年节时比武。爷爷是耍流球好手，有贼在墙上，他抛球，啪，准打上了。一步三拳，八方锤，左膀扛杆子的小武艺也会两手。民谣，说书人，讨饭人，卖针卖剪子的，都唱韵文。还有儿歌："小白菜，心里黄，两三岁，没有娘……""小板凳，一栽歪，我到河南做买卖……"他听得入迷。"大小八义"，他能从头说到尾，讲三天三夜，虽诗意不浓，但朗朗上口。他还接触到四轮弦、河南坠子和评书一些曲艺。这些对他日后的诗创作起到了潜移默化的作用。

在中学读书时，石祥曾在《中国青年报》上发表过一篇稿子，那是烟盒大一块小通讯，写县中学旁边一个康庄成立合作社，用缝纫组剩的布头给孩子们做玩具。在那教书的一年里，石祥在邢台地区的《先进报》上发表了九篇稿，报道冒雨插秧、学校支援农业等。那时，他迷恋读郭沫若、阮章竞、田间、何其芳等人的诗和马铁丁的杂文。

入伍前，石祥久居穷乡僻壤，连汽车都没见过。他走上文学之路是因为幸运地遇到几个好人。他入伍到邢台驻军一个红军连队，战争年代曾出了子弟兵英雄邓仕钧和"子弟兵的母亲"戎冠秀。石祥入伍前是教员、党员，上级想把他留在机关，军务股想叫他当打字员，最后到了团直高射机枪连。他所在师的政委周树青爱好文学，认得作家魏巍和柳杞，也爱才。石祥刚入伍就在《先进报》上发了两首诗：《走，报名去》《临走栽棵石榴树》。魏巍来这个部队写《东方》，听说有个列兵会写诗，就让人把他叫来见见。团长于洪信就把他带去见魏巍。魏巍对他们领导说："这个人，你把他放到连队去！"周树青政委把他安排到红二连，当战士、班长、排长、代理指导员。和他一起入伍他带来的学生有的已经当了副军长了。在部队他写新鲜感受："刚当兵不会走路，站起来挺不住，多想叫哥哥、妈妈扶一扶，部队是个大熔炉！"发表在《蜜蜂》月刊上。一个报道干事董为碧帮助他把写的诗寄给军内外报刊。训练间隙，他就读诗，把李瑛的《海防前线的诗》塞到弹夹里。还有韩笑、张永枚的诗。他自己写了《瞄星星》《知了》等反映火热的连队生活的诗。军里有个写诗的峭石，有机会就找他。他一个列兵竟出席了1960年的全国第三次文代会，报到后的第一顿饭是在纪鹏家吃的。师政委周树青大校到团里就看看他，他顶着训练艰苦，瘦得只有90斤了。团里连里看师政委这样看重他，也很关照他，有苦事时，常常让他留家搞板报。1963年他在《解放军报》上发表《战鼓集》，师里打印一个小册子，印了20份，后来叫《兵之歌》，送给了诗人田间。田间在北戴河养病期间，从中选了几十首，写了《给王石祥的一封信》，发在《河北文学》首页上，河北花山文艺出版社陈茂欣、陈玉刚当责编给他出了一本诗集。这一年石祥23岁。同时出诗集的还有刘章。田间自费给刘章订了两年的《诗刊》。周树青为了培养石祥，调他在坦克团、榴炮团、团直干过步兵、炮兵、侦察兵、工兵、通信兵等20多个不同种类的工作，当过文书、广播员、图书员、报道员等，户口始终在一个连。1964年代理指导员不长时间就调到军区搞专业创作了。他当班长时的班两个班长，班务会上常提出："把石祥写的诗拿来念念、评评！"他就把小本拿出来念几首给战友听，让大家在班务会上评评他的诗。他是师投弹能手，过了60米大关。当列兵时给全师团以上干部上几何、代数、三角课。年年被评为五好战士，几次立三等功。部队所在邢台地区诗歌创作活跃，尧山壁、王洪涛、浪波、村野等很知名。

1963年石祥被提为排长，有时到省里开创作会，河北文化馆的尤熹鼓励他写点歌词。他第一首歌词就是《我爱我的飞毛腿》，陈印鑫谱曲，发表在《解放军歌曲》上："我爱我的飞毛腿，走起路来快如飞，长江头，黄河尾，千里行军不知累……"到北京军区开会，见到了洪源、唐诃等。1964年5月23日调入北京军区文工团。开始部队藏起他，不愿给，后来藏不住了。在文工团，他遇到刘薇、晨耕、生茂等大他一二十岁的一批善良的老同志。他开始在《人民日报》《诗刊》《人民文学》《延河》《火花》等报刊发作品。他写的《行军小唱》，杨振邦改词谱了曲，他的《托砖》，李劫夫作了曲。有约洪源、刘薇写东西的任务，他们就交给石祥，他们给修改，给作曲家谱曲，发表时，只署石祥一个人的名字。刘薇大姐成为他的忘年交，给他找了十几个对象。刘薇眼睛不行，石祥给她读报，一起合作。

石祥说写诗的写歌词，像骑自行车的学骑杂技团的单轮车，看似简单，其实不一样。他和刘薇等合作的《一壶水》《一路行军一路歌》《老房东查铺》《打靶歌》《投弹歌》等，都很快流行起来。文工团挺适合写诗的，因为一年用不上几个歌词，不上班，有很多时间写诗。

石祥写诗分几个阶段：在连队，骆驼，草原，视野开阔，乌盟、巴盟、锡盟都去过，骑马骑骆驼，见识几百种花、草。"文革"中，知江青不得人心，1964年搞《东方红》歌舞史诗时见过周总理。1976年1月8日，总理逝世，石祥戴一个大口罩，穿个大衣，到天安门广场去，从北到南细看，他写了一首100多行的诗贴在广场。后来查，有一首是他写的，说攻击毛主席，追到解放军文艺社，公安局三个骑摩托的，说笔迹像石祥的。粉碎"四人帮"后，团里欢庆伟大胜利的文艺晚会，举了三张画像，一是毛主席，二是周总理，三是华国锋。当周总理的像被举起时，连外国人都起立鼓掌，可见人心。石祥受此启发，写了《怀念敬爱的周总理》和《周总理办公室的灯光》。后一首是12月大冬天，在地震棚里干了一宿写出来的。在北京饭店，给邓颖超大姐和王震朗诵，他们从头哭到尾。在晚会上朗诵，被100多次掌声打断。这首诗，香港的《大公报》发表了，美国和墨西哥的报纸也转载了。因此，军区选石祥为全国人大代表。近年写诗不多，写歌词多些，1974年重走一次长征路，写了《井冈山组歌》《灯塔颂》等。1982年华北军事演习和阅兵，他为《钢铁长城》电视纪录片撰稿，这一年他还出版了诗集《骆驼草》。

做人做事，特别是对文坛、诗坛，石祥说要用加法，艾青加上臧克家，田间、刘章加上舒婷、顾城……这才是全的，他不主张用减法。我觉得他这个说法很新鲜。

1982年，石祥参加《中国革命之歌》的创作，一干就是3年，与乔羽在一起，因为朝鲜有这种大型舞蹈史诗，到朝鲜去了一下。脚本十几万字；五次易稿，抄抄写写。这段生活弄通了中国近代史，哪年哪月有什么大事件，准保回答正确。与地方艺术家接触，学了不少好东西，感到整个诗与歌在变化。与乔羽学美学，对艺术美的认识有新的启发。鲁迅说诗有两种：看的和唱的。公木给张藜书作序说，分诵诗与歌诗两种。这段生活与王颖合写了20万字的报告文学。

去年4月，《解放军歌曲》组织人到某军写合成军，田光带队，石祥请假去了一周，他听到战士唱《在那桃花盛开的地方》，就问战士，为什么唱这首歌？战士说，想家。他又问，为什么想家就唱这个？战士说，歌里没有直接唱想家的，唱家乡缓冲一下。他们在部队开座谈会，问战士，连队到底喜欢什么歌？

战士站起来说，总政推荐的歌曲里有"战士上战场，什么也不想……"这不对，也不真实。起码还想保存自己，消灭敌人吧？一个指导员也是业余作者叫胡邦明，他爱人在县城，自己感冒了往外爬，背上驮两个孩子。他说应该写写军人的妻子，战争年代要掉脑袋，和平时期，感情上的牺牲也很大。石祥想到1972年他采访的某守备师参谋长邱金凯，他的新娘过了门，家在农村，一进门，一边公公，一边婆婆，怀抱一个，背上背一个，手拎一个。二位老人要喂水喂饭、熬药、端屎端尿，老人吵架还要劝架，侍奉几年，老人去世她要发送老人。把邱金凯的弟弟抚养大，盖三间房，给他娶媳妇到家，还要把邱金凯的妹妹从14岁抚养到18岁，说了婆家，陪送出门。这些活生生的军嫂形象，令他感动，他写了一首《献给军人妻子的歌》，怎么看也是概念的。后来，他写了月亮，把前线与后方连在一起，写出了《十五的月亮》的歌词，铁源、徐锡宜第二天就谱出来了。这个歌曲创作班共写了70首歌，唯这首歌传唱开了。

在南疆前线，广西壮族侦察英雄覃显凡孤胆斗敌在森林中两天两夜，他一直哼唱《十五的月亮》。天津有一个妇女，她的丈夫是东北边防部队的干部，她说，我不是不爱他，实在熬不下去了，两个孩子，六七亩地，还有老人，自己又有病，想离婚，摆脱一些。听了《十五的月亮》，边听边落泪，对丈夫理解了。向石祥要了张歌片，给丈夫寄去。洛阳一个女教师，来信说，你这个军功章一个人一半，我丈夫是烈士，他那一半拿走了，我这一半没法拿。我并没有封建观念，我只20多岁，想再婚，我门上的"光荣烈属"的匾，是政府过节时慰问给的，再婚不好开口。我不能玷污了他的荣誉。他活着我守活寡，他死了我守死寡，要守几十年。这首歌唱出了我的心情。北疆一个连长来信，说唱了这个歌，他休假在家一个月，包了做饭带孩子和洗衣服，让妻子轻松轻松。一时出现"月亮"热。姜昆每周六集合全家唱这首歌。那么多女孩儿写信给《解放军报》，表示把自己的青春和爱献给军人，献给因打仗而伤残的人。

说到这首歌为什么流行，石祥说，"月亮"本身不会发光，它来自"太阳"。一个艺术作品的成功，与国家形势和人民群众的愿望是分不开的。中国现实社会的主体是家庭组成的。这首歌既唱了军队，也唱了老百姓。

说到艺术风格，石祥说，你卖你的香蕉，我卖我的臭豆腐。群众喜欢吃就行。

在武夷山，最大的感觉是寂静，老乡说这是能生出妖魔鬼怪的地方。有四个字：万虑消融。

1985年11月15日

从北京回来，惠娟接我。

收到一堆信件。

收到贺东久的信：

世宗：近好！

方全林休假未回，信尚未交。为快速计，我代表他欢迎兄与松涛、周涛来宁小游，吾当陪侍左右，作长夜饮，莫愁欢也。11月中旬我一定在宁等你们，你一定说服他俩南来。住宿我亦可解决。只需全林派车即可。待全林归。我即告他！他近日将回矣！

往福建一定会愉快，一定会出佳作。也一定辛苦。但诸友一起游，天大乐事也。可惜我无此缘。在外望写信来，告我确切南来日期，我好早做准备。

近来一切好，勿念。见面只怕谈不够呢。

紧握！

东久

1985.10.3

收到魏巍给我的一信，他在信中让我转达给张立达和张奋一封信，信中细说了对老战友的关切和怀念，还有亲切的安慰，这是人间最宝贵的：

张奋同志：

猛子从东北回来带回你的信，也谈到你们两口子的情况，使我心里很难受。你们两人一起病倒，更是增加了困难，在这种情况下，也只有把心放宽一点，用共产党人的精神来克服了。

你在信上谈到的首都医院的张选才，我到首都医院去打听了一下，他们说，有个张连山，没有张选才，当时没有见到本人。我回家后给他写了一封信，蒙他答复，说他在这个领域并无此专长。不知你看报时是否看错了，或者是其他医院。如果需要找，你写清楚，我还可以再去打听。有什么需要我们办，你只管说。

人之一生有多少困难要克服啊！晚年也是这样。望采取乐观态度，积极探寻治疗方法，还要有适当的生活方式（听听音乐，看点东西），人体本身的战斗能力也有时会出现奇迹的。

　　此致
敬礼！

魏巍

1985.10.13

　　立达同此。

收到李瑛两封信：

胡世宗同志：

　　《战争与和平的咏叹调》序写完了，整个占用了我国庆节的三天假日。我总觉得自己太笨。如是别人，恐怕很快就写完了。我不行。尽管费了不少劲，还不知是否写到了点子上。我在这三天里，从头看了你写的几本诗集，而这一本《战争》我看了三遍。这篇序，你看看，可以修改。原稿我已交叶鹏同志，以便和诗稿一起发厂，这份复印稿，请你看后，有什么意见告诉我。（此稿，我有第一遍的极零乱的底稿，已看不清，所以请人代抄后，把第一遍草稿就扔掉了。）请勿丢失。我发现我写作太慢，写此文就更证明了我是很笨的。

　　祝
好！

李瑛

1985.10.5

世宗同志：

"序"已写就，昨请叶鹏寄你，我已复印一份交他。

寄我的材料，用罢现送还。

请收。

礼！

李瑛
10.7

1986年1月27日

上午，亚南找我研究文化部奖励名单。

收到魏巍的信：

世宗同志：

早想给你写幅字，一时又未有好辞，故老是拖延下来。这次给你写了两句，仍是借用别人的，不过表示的仍是我自己的意思。权且做春节贺礼吧。

我的诗选已出，但尚未到手，随后奉上。

《诗潮》已收到，你热情介绍《诗抄》（胡注：《晋察冀诗抄》），许多同志都会感谢你。

祝春节好。

魏巍
1986年1月23日

收到湖北武汉华中工学院中文系潘大华的信，告知我的《椰子树像什么》一诗收入他们编的《当代哲理短诗选》。

1986年于河北容城小先王庄探望战争年代拥军模范刘大娟（人称官"大妈"，意为大家的大妈），当年作家杨沫、周立波都住过她家

收到上海大学文学院的信，邀填"当代青年诗人调查表"。

1986年1月29日

给魏巍、戚积广和孙胜利写信。

起草给中才晋级的报告。

1986年3月11日

上午出席解放军文艺社召开的诗歌座谈会，也是对"战友诗丛"出版的小结，还是对李瑛、周涛诗集获奖的祝贺。韩瑞亭主持，凌行正社长致开幕词，到会的有李瑛、程步涛、峭岩、杜志民、贺东久、马合省、陈云其、纪鹏、周涛、纪学、尚方，还有王颖、叶鹏,《文艺报》的高洪波,《解放军报》的黄国柱。我想这样一个会,虽不是以长征为主题的,但对我马上要走长征路写长征诗极有启发。周涛谈到他《神山》的写作,说昆仑山空气稀薄,但很壮阔,车走一天一夜不见一个人,群山起伏,俯瞰世界,整个世界漆黑一片,有几颗星星和灯分不清,到这儿,繁华世界与你一下子脱开了。山上的战士下山,看到一棵树会流泪,山上连棵树都不长。人的正常生活很幸福,不上山你感受不到。你认为的那些烦恼,山上的人连有这烦恼也感到幸福。高洪波说,诗歌本质上是青年的。诗的两大板块是校园和军营。这两个群落出现一大批人才。军队诗人居于军营一角,目光应开放四射,与中国政治、经济发生紧密的联系。作为总政文化部部长的诗人李瑛深情地说:"《解放军文艺》是我的摇篮,我参加过这本刊物创办的讨论。1955年乔林同志刚刚逝世,他死得很突然,看完电影骑自行车在前门被拉粪的车轧死了。刊物无诗歌编辑,我不愿做机关行政工作,1955年底就来到文艺社。别人告诉我,乔林有一本长诗在抽屉里,写两三年了。不给人看。我收拾他的办公桌,发现乔林的诗稿非常好,帮他做了调整修改,我建议刊物要连载。开明的主编接受了我的建议,发表后反应很好,外面出版社要出书,这就是人民文学出版社出的《白兰花》。这是我到文艺社做的第一件事。后来就做了27年编辑,1982年离开。1981年部队同志建议说,过去出版过魏巍、张长石、纪鹏等同志的诗集,20多年出了十几本,这样从1981年开始编这套《战友诗丛》。纪鹏同志很热心,积极组稿。这套书从头到尾我看了,对我来说是学习,我感激诗歌战友们的创造性的劳动,对文艺社过去、现在的领导的支持。我个人的生命是在这个社生长起来的。我不是因为自己喜欢诗这种形式，就格外地给这种形式以厚望和支持，不是的。在诺贝尔获奖文学作品中，诗的数量之大，超乎想象。苏联列宁文学奖，诗几乎占了一半。现在年轻人喜欢诗的占大多数，自己写，自己不写但喜欢读、听，反映自己的心声、愿望、志趣。爱诗就是爱生活，爱美。写诗的同志应以发现和创造美为自己的职责。社会应给诗应有的地位和位置。"在谈到风格时，李瑛说："一个诗人稳定风格的形成，标志着一个诗人的成熟。我们可以从一组诗看出他的向往，他的追求，他的思考——军人的思考，时代的思考。在多声部的合唱中，形成自己独立的声音。每个人都应有自己的特色，就像大草原上的花，各种颜色，有名无名，都在晨风中摇曳；就像星空中闪烁的那些星辰，都有自己的位置、自己的光芒。强烈的时代意识，浓郁的生活气息，质朴的文笔和真实的感情，都是诗人不可少的。我不喜欢没有时代感情的或表面上光怪陆离的让人看不懂的东西。"李瑛还说："有三点不能忘记，一是不能忘记时代，二是不能忘记生活，三是不能忘记读者。我们在时代的太阳照耀下生活，我们是这时代生活十亿中的一个，小小的成分。要忠于这个时代，是社会主义时代，不是资本主义时代，不是封建时代，也不是红军时代。不能忘记生活就是不能忘记人民。我们只不过用自己的笔表现人民生活的一点一滴，我们所理解和表现的实在是太少太少了。我们要非常尊重所表现的对象，恭恭敬敬地当小学生。我们所付出的劳动会在人民的赞赏那里得到补偿。我们是为他们服务的。这里包含很多问题：历史感，使命感。我们不能停留在已取得的成就上。一个作家，一个诗人，停留在多少年前，这不行。要和生活一起前进。每个同志不同程度地存在自己的弱点，要不断发现自己，总结自己。我不太同意有的人对传统一般化地否定或淡漠；但要从新的观念来研究，研究新的审美和表现手段、方法，要接受新事物，不是皮毛式的接受，生吞活剥，那种失落感、孤独感、忧郁感，不可取。我到外国去，美国、瑞士，他们对中国古代的东西有研究，视若珍宝，而我们有的人却完全排斥。"李瑛对在座的同志寄予厚望，他说："希望部队年轻的诗人多读书，写的东西内容深一些，形式新一些、美一些，希望部队诗歌有自己的'群落'，或叫其他什么，应有自己独特的风格，因我们生活在战士之中，深沉表现战士的内心世界，要熟悉他们，否则就不能表现他们。部队有出现好作品的土壤。周涛得奖是红杏一枝出墙来，希望有更多的好花开放。"

座谈会，我挨着周涛坐着，我在我的小本子上写一句话："你心目中和想象中的长征该是什么？"他写道："——沼泽。"我不满足，又写："再多写几句。"他写下一段话："王愿坚同志的短篇小说《七根火柴》的氛围，织成我想象中的草地。后来，我读了《悲壮的历程》，听了一位老红军的故事，才感到长征路上的英雄业绩，是以惊人的恐怖和苦难为代价的。"他还在括号里写上了他的名字。

中午，大家在北太平庄餐厅就餐。席间，李瑛知道我们就要去走长征路，他很高兴，说："我一听说谁出去，就羡慕。"餐桌上最后一道菜是汽锅鸡，大家给李瑛一个鸡腿，另一个给了尚方。尚方给了周涛，周涛推让，尚方说："你们两个得奖的一人一只腿，"大家赞同。尚方说："我吃鸡膀子。"王颖说："尚方要起飞。"接着他说："给胡世宗鸡爪子，他要走长征路。"大家都笑了。

下午，总政余秋里主任和周文元副主任接见去长征路采访的我们"长征笔会"的同志和中央电视台的《今日长征路》摄制组的同志，总政文化部的领导李瑛、徐怀中和解放军文艺社社长凌行正及编辑们都在座。我坐在与余秋里正对面第一排，只有两米远。余秋里是参加过长征的老干部，曾在抓大庆建设上立过不朽功勋，"文革"中遭难，"文革"后重新站起，这位白发将军只有一只右手，左手臂已在长征战斗中丧失，是一位传奇式的人物。他讲到亲身经历的长征，小宣传员把鼓皮旋下，火一烧，凉水一泡，温水一放，切成块，吃到肚子里。他说经过了长征，伙夫都是战略家，他有战略和战术头脑，几千里路丰富了他的判断力，吃饭吃得快，提前几个小时。有的红军战士雪山上一坐就去世了，缺氧啊！打个瞌睡就把"革命"打掉了！你们到长征路上走一走看一看，可以说是进一次学校，社会科学的学校，上一次红军大学吧！长征路是最丰富的教材，路上的老乡都是你们的老师。他给总政同志说："告诉各个军区，多提供点汽车，多用点汽油，是划得来的。过草地，汽油消耗大。宝贵财富嘛，这个钱要舍得花。不仅告诉兰州军区，还要告诉成都军区。索尔兹伯里写了长征，但你们是红军的后代，革命军人，一定会感受得更深，没有语言障碍，也熟悉我们的传统，一定能写出更好的作品。"他讲话时不时站起来，左臂的袖筒半只是空的，讲到激动处，空着的左臂和右手同时挥动，像一只动作刚健、振翅欲飞的仙鹤。周文元几次给他倒水、划火柴点烟，因他只有一只胳膊不方便。余秋里把眼镜摘下放在一边，把冒着烟的香烟放在另一边的烟缸里。烟缸里烟雾袅袅，衬托着余秋里将军洪亮的声音，打动在座的每一个人。

回来太晚，食堂开过饭了。我们直去杜志民家，他热情地款待了我们。

1986年4月3日

昨夜雨。

正是清明前夕，我们拜谒了此地的剿匪烈士陵园。我很快就找到了我们师的一些烈士的坟墓，这些烈士有一三九团的梁敬喜、宋常志、张焕明、马玉英、昌继成、赵忠烈、罗义和、郑少成、路三荣、蔡明德、李伯林、张大全、万成平、王德友、王友全、苟云龙，有一四一团的唐忠信……我一入伍就为团演出队创作节目，其中就有写贵州剿匪的大合唱《肖国宝颂》："斗篷冲，斗篷冲，硝烟浓，战火红……"我们一四〇团二连的肖国宝是用胸膛堵住敌人机枪眼的马特洛索夫式的英雄，也牺牲在贵州这片红土地上。我向烈士们默默致哀。陵园的坊牌左右各写着："把残匪猛打穷追为巩固革命政权而牺牲是伟大的人民战士""将革命进行到底为实现共产主义而战斗是光荣的革命英雄"。

中午赶到鸭溪，吃了碗馄饨后，参观鸭溪酒厂，这个厂出品鸭溪窖酒、鸭溪大曲、鸭溪曲酒，我看到八一电影制片厂《今日长征路》摄制组给这个酒厂的赠言："鸭溪美酒惹人爱，更上一层夺金牌。"30岁的贵州省工学院毕业的方金忠是这个厂的厂长，他介绍了厂里的生产销售情况和他们的雄心。

回到遵义，晚饭后，去诗人李发模家，来遵义一回，临走了，不见他有点遗憾，他若知道我来了没看他也会怪罪。我们只知他是遵义文联主席，却不知他住哪儿，决定散步打听文联地址。刚出军分区大门，第一个邻居大门是地委大院，马合省到地委传达室问老师傅，文联在什么地方，找李发模家怎么走？老师傅很热情，说李发模家就沿这条路向上走，走到头，黄楼，后头的二层12号。我们走了一会儿，见一推自行车的小伙子，随便问一句："知道有个李发模住在哪儿吗？"小伙子很爽快地回答："知道有个李发模，诗人，不知道住哪儿。"我们又向前走，走到黄楼，黄楼附近有几栋红楼，我们又迷惑了。这时有两个十一二岁的小女孩儿下坡，我们问："知道李发模住在哪儿吗？"两个女孩儿没反应过来，说不知道。我们正往前走，两个女孩儿走了几步又回过头来喊："李发模住在这栋的二层！"去年，我和李松涛在韩作荣家看见过李发模，王燕生也在。李发模1947年生，很小的样子，却有4个孩子。他给我们几个看手相，弄得一个个好紧张。没想到他在家乡这么有名气，路人皆知。敲开了发模家门，他的女儿喊："我爸在家！"又向屋里喊："爸，来客人了！"发模正在书案上劳作，有一堆刊物、报纸的约稿信，还有一个友人写他叙事诗的评论文章。玻璃板底下，压着几大张很精致的外国邮票。他患着感冒，还未痊愈。他是个热心人，也是麻利人。让我们小坐会儿，就把市委宣传部一位老部长找来了，我们和这位老部长没说上几句，他又把文联的丰田车司机小黄找来了。我们完全由他"摆布"好了。他也不与我们商量，拉我们到一个地方，接了文化局创作室负责人和文联办公室负责人，还有摄影师。一起去市长家，市长还没回来，把车调头又去《遵义报》一个领导家，领导不在，又去另一个负责人家，也不在，他请负责人老伴儿派人把人找回来，很痛快地商定了由文联、报社、宣传部几家明天开个座谈会。又安排了明天去红军山活动的新闻报道。回来又到市长家，市长仍未归。发模他在这儿等市长，让车送我们回招待所。其中一位同志告诉我，我住的房间，就是魏巍来时住的那个房间。

今天发走了一个载诗明信片：

鸭溪，鸭溪，
场镇西有个汪家屋基，
红军长征留下丰碑，
曾在这儿召开过重要的会议。

鸭溪，鸭溪，
到处飘散着浓郁的香气，
"鸭溪窖酒"名扬八方，
给人民生活带来了醉人的甜蜜！

1986年4月30日

昨晚司机小刘去他在此地的对象家，大家等他近11时才回来。他26岁了，在此地未婚年龄显大了。路比昨天好走，没有险山，草地中间开出一条公路，两边是水沟，栽的红柳。山坡，平原，树枝，公路，全铺上了白雪，充满了诗意。路过一户叫丁巴的牧民帐篷，我们访问了这户人家。女主人21岁，两个娃，一个娃赤着下身在雪地里站着，我们和他们一家人照了许多像。路上还遇到两个赶牦牛的小姑娘，可惜她们一句汉语也听不懂，我们又不懂藏语。只知道她们一个叫德格金，十四五岁。公路被一辆拉生猪的大柴油车堵住了，这个车的司机很想倒车让我们的车过去，但他倒不回来。越嘎悠车轮陷得越深。司机小刘徒步寻找了一条路，在山坡下越过了这个大卡车。中午才到若尔盖。若尔盖与红原的街道差不多，水泥大道光滑笔直。道上有骑马的牧民父女跳下来，在水泥柱上拴马，时有"飞鸽""凤凰""永久"新自行车驰过。街上人不多，有些藏族老人在民族商店的台阶上闲坐。

明天是五一国际劳动节100周年纪念日。邮电局提前下班。我们到书店，也已关门。我们绕到后面进去，3个工作人员正在扫地结账，很热情地欢迎我们挑选图书。我买了一本牛汉的《温泉》。进文化馆，在阅览室翻看全国报刊，看《辽宁日报》上关于张立达去世的讣告和省委宣传部部长刘异云为他写的一首诗，有"生前实践辩证法，升天去见马恩列"的句子。张立达是延安老革命，是魏巍的入党介绍人，是我妹妹惠君的老公公。

我和云其走错了路，竟意外发现了一座名叫达扎寺的宏伟的大寺院，100多个身穿紫红色长袍的喇嘛在里面念经。我们不便进去打搅，与两个16岁左右的小喇嘛唠了唠，并合了影。一头绵羊很美，我属羊，云其要给我和羊拍张合影，羊吓跑了，没拍成。正这时，100多个喇嘛念完了经，从几个门出来，他们的靴子全脱在外面廊下，纷纷穿靴戴帽。他们都住在这里，门全是紫色的。我们遇到从重庆来的一个美术学院的学生在画喇嘛家屋的水彩画，围着一群穿紫红长袍的青年喇嘛——当代文化与古老宗教组合在一个镜头里。

天气晴和，坡上的白塔默默无语，雪山还在远处闪耀着它银色的光芒。

我们住的县人武部招待所的房间里，地板上放有一个大电炉子，电阻丝烧得通红，似比昨天烧木头还暖和。一个从四川乐山入伍的小战士姓费，朴实而热诚，打水，喊饭，他极盼望能改转职工留在此地。尽管家乡比这里山水天气都好，但那里是农村户口啊。

寄一载诗明信片：

> 我们深入探查草地的秘密，
>
> 竟在一天里度过了四季：
>
> 清早如春，晌午似夏，
>
> 午后落秋雨，傍晚大雪铺地……
>
> 夜里，我们守着火炉，披着大衣，
>
> 依然感到周身袭满寒气。
>
> 可以想象当年露宿的红军，
>
> 草地上过一个月，简直像过了一个世纪！

晚上讨论今后路标，他俩主张去兰州，我主张从岷县直去天水，到了岷县再说。

1988年1月7日

上午到海泉所在的沈阳四十八中学，看望二师老同学李桂荣和海泉的语文老师冯陆坪，谈到海泉对文学创作的爱好。

海英和海泉都加紧复习功课，准备考试。

晚去未凡家，谈我的《关于诗的书简》有无可能出版的问题。

收到魏巍的信：

世宗同志：

年前寄来的新诗集《沉马》及那封来信均收到。诗集置于床头，每晚读几首，甚高兴。你对长征如此情深使我感动。我一定要读完并思考之。

《地球的红飘带》清样已校过，也许春节时可出。出时即当奉上，请你多提意见。人民文学出版社向我透露，他们想同部队建立联系，例如从红飘带开始，能推销一定数量时可提供一点报酬，预订的书先付款者可打九五折。如建立了这种关系，其他的书也采用类似办法。他们想到各军区跑一下。此事不知是否行得通，如不好做就不必去了。

《作家生活报》约稿事，待我找出好照片时，即可寄上。他们的约稿信我已收到。

这是今年写的第一封信，谨祝你在新的一年中取得更大的成绩！

祝全家新年好。

魏巍

1988年1月3日

1988年1月16日

收到魏巍的信：

世宗同志：

你好。

在你来信之后，《作家生活报》的二版编辑刘佳同志来了一封信，要一篇去年创作和生活的稿子，供二版用。故照她的意思写了千余字。另附一张照片。这张照片是送你的，让她用后还给你吧。

我这人太粗心，你写自西直门招待所的信，我竟未看清楚，是后来回信时才看出来的。我颇以未去看你为憾。

祝

冬安

魏巍

1988.1.11

今天请沈阳音乐学院的常老师来调钢琴，每次调琴30元。

1988年2月8日

创作室开会，由宫魁斌和聂义斌分别介绍老山和日本之行。

收到魏巍的信：

世宗同志：

你的诗集《沉马》收到了。我置于床头，每晚读几首。现在已经通读了一遍。应该说，这是一本优美动人、感情深沉和有一定思想深度的诗集。我实在为你的成就感到高兴。也许这是你的第五本诗集吧，从中看到你走的道路是正确的，你的步子是扎实的，你正沿着台阶一步一步地向高峰攀登。

首先，我觉得长征这组诗，写得真是不错。其中，《打捞》《沉马》《听老红军唱〈国际歌〉》《寡妇村》《落叶》等篇，尤其写得好。《沉马》宛如一幅油画，典型地表现了长征途中的艰难，结尾处"萧萧晚风/吹亮了远方的篝火/天边残留着/一片马血样/鲜淋淋的晚霞"，益发使人感到悲壮凄艳，长留心头。《落叶》写的是将军还乡，把古朴的乡俗，革命干部与乡亲之间的关系写得相当动人。这些写在长征路上的诗所以这样出色，关键是作者的感情。这点，我们可以从《打捞》诸诗中找到答案。作者到长征路上去跋涉探胜，是为了去"打捞那些/金箔都无法与之相比的/亮闪闪的碎片/让这些碎片/和甲午海战的沉船/一齐陈列在/历史博物馆/对当代和后代的中华儿女/对未来的世纪/对整个空间/做长久的/无声的/却是强悍的/发言……"可见作者是怀着对长征这样的认识和感情踏上了长征之路的，并不是为了猎奇。怀着猎奇自然也可以写点文章，那就不是这样的诗了。我在《听老红军唱〈国际歌〉》这首诗中，认识到作者对革命前辈的崇敬和谦逊。诗篇说："这支歌/我唱得肯定会比这位老人/更标准、更动听/但我唱这支歌/却不如他痴迷/不如他赤诚——让自己每一次脉搏的跳动都汇入这浩荡的歌声/把这支歌的每个字、每个音符/都化为自己的生命……"看到这里，《沉马》中的长征诗为什么这样好，已经完全明白。现在仿佛有一种离开马克思主义愈远就愈时髦的现象，而作者却要把《国际歌》的"每个字、每个音符都化为自己的生命"，这确实是太难能可贵了！

《金色的黄昏》这组诗也写得很好。其中《她依然是雇农的女儿》《"这老头行善"……》我最喜欢。这是歌颂老干部的。老干部绝大部分是好的，这个论断应该说没有疑问。

但是有些事违背常理。"文革"中打击的目标是老干部，粉碎"四人帮"，老干部时兴了一阵，为时不久，老干部又不行了，在文学作品中常常成为被贬斥的对象。现在，在众多的不正之风中，还有"势利眼"这种旧社会的常见病，发展得也够瞧的了。你写的这些诗，对这些没有功劳也有苦劳的人，许会添几分温暖吧！

其他两组是写南海和边疆的，也都写得不错。其中我最喜欢的是《珊瑚岛有多美》《老兵留影》《一只水鸟》诸篇。《珊瑚岛有多美》这首写得精练，诗味足。《老兵留影》以士兵的口吻对摄影师说，"请您把景取大些，再大些，别顾虑把我照得太小"，因为"我本来就在祖国宽广的怀抱"！这既是崇高的爱国主义的情感，又流露了战士的谦逊。《一只水鸟》最后说："水鸟把一切交给了大海／风涛声是它听不完的乐章！"这都是地道的战士情感。

现在报刊上诗的数量不少，但可读的佳作仍然比较少。一些诗离人民的命运愈来愈远了，感情愈来愈窄，人民也就很自然地同它疏远了。而另一方面，对诗的各种各样的议论却很多。在这种情况下，我看诗作者特别需要清醒的头脑，对一切议论都要仔细鉴别，不要轻信；因为议论者本身是不负责的。你在本书《后记》中说："我也希望不断打破自己创作上的自我感觉良好状态，任似乎可以自慰的以往沉没消遁，重新书写自己的篇页。"这话不知应当怎样理解，如果理解为要创新，要前进，要更上一层楼，这自然是对的。一个作者只要活着，就不能满足已经取得的成就，而要无休止地攀登、革新、向完美祸福无门之境突进。但是这种突进，绝不是让"可以自慰的以往沉没消遁"。因为事实上它也不可能"沉没消遁"。除非你换成一个人重新生活，或者实行不分是非的毫无原则的所谓"观念更新"。我觉得正确的办法，应当是冷静分析艺术实践的经验，肯定自己正确的东西，继续发扬光大之，而对自己的缺点和不足则设法改正和弥补。

以上意见不知是否正确，仅供你做个参考吧！

新春将到，谨祝你取得更大的成就。

魏巍

1988年1月31日

世宗同志：

此信写了些对诗集的读后感，如你感到可发表即发表。因你比较了解诗界情况，发何处也由你处理。有些句子如感不妥也可改动。

祝

春节好。

魏巍

1988年1月31日

上次寄你转的给《作家生活报》的稿子收到否？

1988年2月10日

恰好黄国柱约我写诗观文章，我把魏巍的信和我给魏老的回信一并寄给了国柱。

把白羽的信复印了一下，寄给了缪俊杰同志。

今天在政治部礼堂观看政治部系统业余歌手大奖赛，我和铁源、胡宏伟等人当评委。在对话剧团一个演员演唱打分时遇到问题。有人认为他是专业的，有人认为他是业余的，因为他的专业是演话剧，唱歌对他是业余。一些纯业余歌手不服。

1988年2月26日

收到《解放军报》国柱寄来的我与魏巍关于谈诗的通信的校样，让我审看一下，是否有改动。

1988年3月2日

继续在七六七库，写出流沙河印象。

《解放军报》今天刊登出了我与魏巍的通信，总标题为《是谁疏远了谁》，是诗人疏远了读者，还是读者疏远了诗?

1988年3月21日

收到臧克家的信：

世宗同志：

前天收到你的信，今日收到了《解放军报》，拜读了魏巍你们二位谈诗的文章，一字不漏，读得甚为认真。认为你二位对诗的看法，完全对，发自真知。我是你们的诗友，也是战友。人格，性格，诗格，息息相通。

我年纪越大，事情越多，朋友们的赠书甚多，实在无力拜读了。诗评奖送来十几本，还放在枕边待读。

纪宇同志昨天来访，长谈了诗坛情况，感慨甚多。他的近作，得到读者热烈欢迎（特别是青年），几个月来收到从全国各地的信1万多封，捆在一起一个人拿不动！可是有些同志却认为"不深刻"！现在不少同志，对所谓"深刻"，似乎理解得有点不够正确。认为，字句一眼看不透，为深。认为，意思凝练是深。后者有道理，但也不全面。其中题材问题，个人感受问题……前者的看法，似是而非。潮流所趋，也似是受到"现代派"的一点影响；诗坛情况大致如此。

我觉得，深浅不能只看外表，现在有些新诗，令人看懂的少而看不懂、似懂非懂的多，读新诗比读古诗更难，因此遭到非议，为群众所不喜爱。可是，有的诗人，有的诗论家，却以此为是。这么说，古代诗圣杜甫、诗仙李白、诗句老妪能懂的白居易……这些大诗人的作品，不是太浅易了吗？想到这些，我心里就不好过。多少年来，我写过不少文章，谈这些问题，一片好心，但引起一些同志的不快。因为，说了白费力，近来我多谈古不谈今了。纪宇同志的"浅"，"浅"得近时代，近人民，近读者，那些"深"的诗，真正受到群众欣赏未必多。

我大忙，就不多谈了。

好。

克家

1988年3月15日下午

收到张长弓的信：

世宗兄：

您好！问候阖府平安吉庆！我的病大体好了，勿念。

沈阳我很想去一趟，会会朋友，参观一番，有利于养病也。您如见到祝乃杰兄跟他说说，让他给我来封信，就说有个小中篇需修改，让去一趟。

我手里倒也真有个小中篇需改。

当然，他们相中了就要，相不中拉倒。这只是借口出来一趟而已。

随信寄上两幅字，请正之。

此请

撰安！

长弓

匆匆 3 月 12 日

收到《人民日报》文艺部刘梦岚的信，约我写张光年短文。

中午，以国内特快专递寄《关于诗的书简》给解放军出版社的马成翼。

收到流沙河一信。

1988 年 4 月 30 日

把王文杰书序写好了，标题是"从记者到作家的路上"。我是从魏巍和刘白羽都曾经在军队里当过记者，都写过战地通讯和特写想到的这个标题，寄希望年轻的文杰凭自己的才华、信心和勇气，不仅在新闻战线上做出一番令人羡慕的成绩，而且在酷爱的文学创作上也达到一个理想的境界。

文杰约我和惠娟到八一剧场跳舞、游艺。

1988年5月11日

张云晓老部长寄来了魏巍给他的诗集写的序，在信中邀我写个跋。

收到张光年的信：

世宗同志：

　　你3月10日寄来的信并"印象"文稿，我今天才得细读一遍，很对不起！三四月间，我到南方读活书去了。以20天时间，在海南岛环行一圈，随后又到广州、深圳及珠江三角洲几个县镇访问一个月，所见所闻，一片兴旺气象。外面跑很高兴，不觉得累，回家后松弛下来，顿觉腰酸背疼眼涩，不能干活儿，疲劳缓解后，面对桌头积压的一些信件，拣急迫的先行函复，你这篇稿子，可算是不急之务，但怕你着急了，就赶忙函复吧。

　　对于你的一片美意，我有什么可说呢？我只在个别地方引证事实，年月不够准确处（如《五月》后来考证出是1936年5月写的，有文证之）有勾改，也有个别字句觉得可删者，随手删去了，现随信寄还，请收。

　　这次南行，接触不少新鲜事物，有不少可写的，但除了旅途中被逼出几首急就的旧体短诗外，归来半月，迄今一句也未写出，真有点着急啊！

　　今年夏天何处去，尚未考虑，去年夏天在烟台文艺之家，居然出活不少，今年可能还去那里，你的诗艺日有精

1988年5月采访紫荆关群众

进，笔下勤奋，多写点吧。祝你诸事顺遂！

光年

1988年5月6日

1988年8月25日

魏巍夫妇从北边采访归来，深夜两点到沈阳，我到车站迎接并安排住宿。

魏巍为写抗日战争题材的作品，来东北采访。

1988年8月26日

魏巍、刘秋华夫妇到家做客，我陪着他们到军区话剧团，他们的亲家是话剧团老同志王龙江。话剧团宿舍王龙江家无人，在李新华家小憩，新华夫人陈勤热情接待。话剧团宴请魏巍夫妇，亚南和中才赶了过来，在座的还有王龙江夫妇。

1988年8月27日

魏巍想到抚顺战犯管理所了解日本战犯在这里关押期间的一些情况，我与有关部门联系好了，并找到了抚顺某炮旅中午接待一下。海英今天没课，也和我一起要了一个蓝箭车，陪魏巍夫妇去抚顺。

在战犯管理所，魏巍详细地询问了许多事情，并细阅了一些日本战犯回国后的来信，他在小本上记录了许多东西。

中午，到炮旅休息，那里准备了丰盛的午餐，只是旅领导都不在家，只有我们几个"客人"自餐。

我打电话给抚顺的诗友，关键等人赶来见魏巍，并请魏巍为他们办的《琥珀诗报》题了词。

回到沈阳，在我家坐了一会儿，惠娟和海泉都在家，说说话，我又陪魏巍夫妇去张立达家看望，并在那里吃饭。张立达是魏巍当兵时一个班的战友，还是他的入党介绍人。

1988年8月28日

下午送魏巍去内蒙古通辽。事先我给那边打了电话接待。

收到李瑛的信：

世宗同志：

收到你寄我的海味，谢谢！

离职以来已经两月，一切均好，《黄土地情思》组诗，大体写完，共十五六首；《日本之旅》共17首，各报刊陆续

191

刊用；还准备把手下急于完成的各地来信所要办的事办完，然后准备读点书。两月来，应邀到美术馆去了3次，看画展，颇获教益。

天气也许不会太热了，那就有效地抓紧将要来临的好季节吧。

祝

安好！

李瑛

1988年8月25日

1988年9月25日

收到李松涛寄赠的《萤灯》和《坠果》两本书及信：

世宗兄：

小破书不好意思当面给你，故请邮差转上。

什么也没写，心情出奇的坏。这一段最乐的事，是我们雨夜打扑克。昨日赵进来，他今日去北京，我约他归来后专程来玩一天扑克，到时候找你，我们再来乐一乐，我还和你一伙，因为你是"最安全"的。

握手

松涛

21日

收到邵燕祥的信：

世宗同志：

信悉。寄上黑白照片一张供用。

舍下地址是（略）不易记忆，如蒙赐函，寄虎坊路《诗刊》社转即可。盖《诗刊》虽已迁，在此仍保留了一个收发室也。

《华夏诗报》野曼同志甚周到，样报必已寄出，如作为印刷品寄，有时从广州到北京尚须一个多月，沈阳也许邮程更长了，容我向野曼同志一询。

匆此不尽。握手

燕祥

9月18日

收到臧克家的信：

世宗：

好久没见面，也没通信了，但心中是在怀念着的！

我，太忙，终天劳累不堪。今天见报，你荣获上校军衔，极为高兴，写信向你祝贺！

这几年，你跑路远，写作多，我甚感欣慰！

我及全家均甚好，勿念。

松涛情况如何？甚念！

他没有军衔？见了面，代我问个好。

好！

克家

1988年9月18日

郑曼问好！

同时收到郑曼大姐的信：

世宗同志：

首先祝贺你荣获上校军衔，这是你为军事文学做出贡献的结晶，值得珍惜。听说授衔后要改为文职干部，这也是国家军队体制改革的需要吧，当然，在部队多年，离开部队正规建制有点恋恋不舍，望多从大局考虑。

你来信中提及《新华文摘》转载你和魏巍同志通信一文，我没有出上一点力。《新华文摘》和我原单位是两个编辑室，他们的选载情况，我从不过问，更何况我早已离休，每月只到社里开一次支部会，和他们已很少联系了。

松涛同志身体如何？很挂念，这次授衔没有找到他的名字，很觉怅然。可能你们有各种规定吧，像李瑛同志好像也没有授衔，也没有得到功勋章之类。其实作家、诗人是最高的称誉，是一项极不易得到的桂冠，你说是吗？

祝

笔健！

郑曼

1988年9月18日

我在《新华文摘》上看到转载《解放军报》发表的我和魏巍关于诗的通信，我想起以前曾听克家说过郑曼大姐在《新华文摘》工作过，就想是不是郑曼大姐把这通信转发了呢？写信一问才知不是。

1989年1月19日

收到袁鹰（田钟洛）的信：

世宗同志：

　　你好！新年伊始，祝你今年创作和事业丰收，身体康健，百事如意！

　　你托梦岚转来的嘱咐，她早已告我。你要的照片，正好新华社一位同志寄来一张她在五次文代会上为我拍的照片，我自己觉得还可以，拍摄者则甚为满意。就将这一张赠你留念吧。（书上能不用最好不用。因为以我们目前的印刷条件，效果一般都不好。）

　　看到你和魏巍同志关于新诗现状的信，我是很同意你们

1988年10月25日在平型关战役指挥所，当年战场尽收眼底（右三魏巍、右四某部军长刀从洲）

的看法的。我现在很少读新诗，自己也久已不写，有时虽也有担忧，也只能怪自己落伍了。

祝

撰安！

田钟洛

1989年1月14日

1989年9月3日

收到张志民的信：

世宗同志：

你好。

收到你的诗选，谢谢。书印得很好！这些年你是多产的，而且质量不错，为你高兴！

忙于看病（骨刺影响走路），正在治疗。

全家好！

志民

8月29日

收到魏巍的信：

世宗同志：

你的《诗选》收到。

谢谢你，并祝贺此书的出版。这是你在文学道路上取得胜利的标志。

祝你获取未来的更大成就。

　　祝

秋安

魏巍

1989 年 8 月 27 日

1991年7月4日

　　晨6点多一点，从北京开来的53次特快列车到达新北站。我进站台里去迎接白羽一行三人，到站迎接的还有朱文斌、魏宝贵两位副部长，司令部办公室的贾凤山副主任。白羽及老伴儿汪琦均穿着运动服、旅游鞋，连他俩的帽子都是运动式的。他们一行

1989年4月回郑州故乡，寻找旧城墙，这里是少年放歌处

1989年4月在郑州惊闻胡耀邦去世，4月15日在巩县竹林村参观，在农家看胡耀邦追悼会实况转播

1989年在郑州家乡故居前与夫人刘秋华（故居原为两间，1952年着火烧了一间，还剩一间半。惨淡的记忆同这间特别阴暗的屋子连在一起难以忘记）

1990 年 9 月在
克拉玛依听油泉

1990 年 9 月在
西路军失败前血战
之地倪家营子察看
战场遗址（红军当
年据守的汪家墩，
土墙上面仍旧弹痕
累累，陪同者左一
为 55 师作训参谋）

1990 年 9 月在
玉门为青年石油工
人签名

大小包裹共11个。

白羽步履稳健，但显老迈，主要是上下楼梯走台阶吃力，要人扶。他说两腿半月板都有损伤，按摩师治好了他的神经，但伸屈腿做得太猛太多，给张爱萍做30下，给他做50下，损坏了他的腿。

省作协主席金河也到车站迎接，一起到金城宾馆东楼，1978年白羽任总政文化部部长时率队来沈阳召开北京、沈阳两军区文化工作会议时，就住在这东楼023号房间，曾雍雅在这儿住了半年，刚搬走，白羽这次来，又安排在这儿了。隔壁022号房间，上次魏巍住过。

与十年前比，此楼显得破旧，因有新金城宾馆盖成，这个楼就尤其陈旧。因无电梯，上下楼，虽只二层，白羽也极吃力。

军区刘精松司令员于早7点45分就到了白羽下榻的023号房间，他在早8点上班前赶来看望这位军中老作家。宋克达政委、黄渐鸿主任、王清涛副主任也在8点前赶到。刘司令、宋政委等首长见白羽时都先恭恭敬敬地敬了个标准的军礼。我对刘司令员说："首长的批示批得很好，为我们做工作创造了方便的条件。"

上午9点半，省作协马加、谢挺宇、方冰等来宾馆看望白羽同志。这几个延安的老同志，说着说着就到了中午，马加等人热情邀请白羽及夫人到北陵附近一家海外风味餐厅吃饭，这里环境很优雅，他们回忆延安往事，也开不大不小的玩笑，方冰说谢老有一恋人在日本，活活被拆散了，老人们这时变成了顽童。

晚5点半，军区艾维仁副政委来宴请白羽一行。艾维仁讲到抗美援朝战争他18岁当连队指导员时，打入了汉城（注：现为首尔市），听说刘白羽来到汉城采访，他说那时他是小人物，不可能见到白羽同志。他说刘白羽给他们团写了一首团歌，现在他仍记得，还会唱。席间，白羽兴致勃勃地和艾维仁唱起了这首歌，一句一句忆起了当年往事。

1991年7月5日

上午去办赴哈尔滨的软卧车票。

参加省报告文学年会，见到祝乃杰、林正义等老友。

军区副司令员江拥辉是白羽的旧交，江副司令员去世了，白羽和夫人去看望江副司令员的遗孀刘淑。刘淑见到亲人一般哭诉江拥辉生病和去世的情形，战友的状况令白羽的心情极为难过。刘淑流着泪，白羽的眼圈儿也红了。

从江宅直去新乐遗址参观，白羽心情仍未缓过来。

下午，我安排白羽去北陵，在北陵辽阔的松林间，坐在草地上，休息，说话，我看白羽沉痛的心绪有所好转。

与白羽夫妇共进晚餐，有报社记者欲访白羽，遵其嘱为其挡驾。

魏巍来到沈阳，打电话给我，我赶到玫瑰大酒店1702房间看望他。

1992年4月7日

下午去速滑队，向军区撰写叶乔波事迹材料的班子成员介绍我所知的乔波，因我整理过乔波的日记，我写过乔波的报告文学，写过乔波电视专题片脚本，还有大量素材没有用上。

1991年10月5日王震副主席听取文艺界现状（从左至右，王震、熊复、魏巍）

今收到河北人民出版社责任编辑李良元寄来的臧克家主编的《毛泽东诗词鉴赏》，这是16开的精装本，银灰色封面，有多幅毛泽东照片，我的文章《大与小的比衬，庄与谐的统一》收入其中。我翻看一下，颇感荣耀，因为此书有太多的名家为其撰稿，如王季思、唐弢、向明、碧野、莫文征、杨金亭、丁国成、魏巍、郭风、丁芒、刘征、杨子敏、邹荻帆、张志民、杨光治、赵朴初、姚雪垠、李瑛、张爱萍、周振甫、丁力、刘白羽、端木蕻良、冯牧、尹一之、朱子奇、钟敬文、吴奔星、王希坚、古远清、吕进、魏传统、李元洛、西彤、施议对、石英、阮章竞、郑伯农、纪鹏、葛洛、萧涤非、程光锐、吴嘉、郭沫若、冰心、叶君健……

1994年9月12日

省《妇女》杂志的赵阳、赵烨邀请我和惠娟同她们一起到北京找些名人组稿或采访名人。我答应了。她们让我和惠娟坐软卧，她们自己坐硬卧。

今天早上到京，住在全国妇联招待所。上午我们到张光年家采访。

光年听说《妇女》杂志发行30万份，说，那肯定是很受欢迎的了。光年多年办报办刊，他给我们讲了他的一些经历。他说，我一辈子不断办报办刊。1933年我就办。自己办了个《鄂北青年》，那时我20岁。我问是铅印的还是油印的？他说是铅印的。有朋友赞助，结果赞助了两期，就没钱了。我惊讶地说，那时就搞赞助啊！说到这刊物，光年说，这刊物我也没有了，上面我写的文章也没有了，找不到了。北师大的老师编的资料上的文章，

1992年4月回延安

1992年8月受东北农场总局邀请，访问北大荒，摄于自牡丹江赴绥芬河途中

1992年在壶口瀑布

1992年在哈尔滨纪念抗美援朝与杨成武夫妇（右四、右三）、马玉祥（右二）、李玉安（右一）、井玉琢（右五）、王宿启（左三）在一起（左四魏巍）

我只提供个线索，都是他自己跑去，找啊，北大图书馆、清华图书馆、杂志堆里去找啊。当然，近几年的文章，我都有。过去的，"文革"前的，他帮我找。"文革"中，我两次被"抄家"，好多材料都没了。有些材料还给我了，根本没打开。多少年的稿子，有没发表过的，还给我的稿子上也乱画，这也发现"反动"，那也发现"反动"。说到这儿，光年笑了。赵阳的爸爸赵阜原是辽宁日报社总编辑，"文革"中也被批斗。赵阳说，那时文艺界领导能活下来都是不容易的。光年说，就是嘛！我们直接受江青"审查"，我这个人不大爱生气，可是被冤屈，就气得不行，气的结果就是得癌，两次动大手术。"文革"中若发现癌，就没治了。赵烨问，张老家庭状况怎么样？光年说，我爱人是搞音乐的。在戏曲音乐研究院工作，叫黄叶绿。马可是主任，她是副主任。我写篇文章发在《中国作家》上，是对我们住过的那个胡同的回忆。我是1945年底到北平的。

　　说到光年同志生命中的惊险经历，他说，那时国民党蒋介石与龙云有矛盾又有勾结。有特务透露，说他们上峰拟了个名单，在我的名字下面写了"捕杀"两个字，说要对我下手，让我快跑。我混在李公朴夫人的亲戚中逃走了。那时国民党军队贪污，吃空额。检查时，缺人，要补上。南方的要回北方，给多少钱？几万块钱，到机要部门、通信部门。我管收音机，每日战况，收集跟八路军打仗的战况。经十万大山，过镇南关，到越南的海防，后又经中国四海到东北。从那里到天津、北平。到东北时，洗衣都是日本人洗，抗战胜利了。

　　说起当年的婚礼，在北平的本司胡同。临走前结婚，以前到处跑，婚礼成了一个政治活动。张恨水还写了文章发在《文汇

1994年4月北京三家店铁路中学学生到家中座谈。一个男孩子为魏巍演奏志愿军军歌

1994年4月在八大处家中给六一小学的孩子们讲亲身经历的抗日故事《火烧炮楼》

报》上。张家口、延安都沦陷了，不能不走了。走之前，结婚，当时北平白色恐怖，用结婚典礼实现朋友们大聚会。那是1946年秋，就在本司胡同。范文澜发了电报，他让我到北平来，在北平也是办刊物，民主同盟的刊物北平版《民主周刊》。赵阳说，张老，听说您25岁就写出了《黄河大合唱》？光年答，是，就25岁。赵阳问，您现在还能听到吗？光年说，经常有寄来录音带的。最近有人从美国带来一包材料，报道了在那里演唱"黄河"的反应。到温哥华聚会，去年有两度，分别在纽约和温哥华。前年是在澳大利亚演唱。国外华侨感动得厉害。在国内不觉得怎样，在海外，人们思念祖国，思念家乡，思念黄河，有委屈感、自豪感，很复杂的。

赵阳和赵烨约张老写篇回忆"黄河"问世的文章，光年笑笑说，不写了。许多报刊约我写这样的文章，我都不写。因为"黄河"主要是音乐艺术的成就。那个时候我带个演剧队就在山西，我在黄河边上酝酿一首诗，写黄河。到延安，我左臂残疾，新中国成立后也不好，报了残疾。那是在游击区，骑马，从马上摔下来，摔到了沟里。走到延安去。这时演剧队同志也一块去。我和冼星海在上海、武汉都合作过。到了延安又见面，他向我要歌词，那好吧，就把这"黄河"拿去吧。我当时有了腹稿，膀子肿得好大、好粗，下地就疼，躺在边区医院窑洞的炕上。日本鬼子投弹，在洞里是安全的。炸弹也没法把大家从洞子里抓出来。说到这儿，光年开心地笑起来。他说，对大家是一个考验吧。我在窑洞里口授，由护理我的同志笔录，录好我看一下，稍微改一下，时间来不及了。到底感觉是真实深切的。在黄河边上嘛。400多行，5天就写出来了嘛。星海是6天写出曲子，因为还要写伴奏、配器。有的乐器延安没有，还得改。

光年把"黄河"的创作归功于那时的民气。他说，中国是讲民气、文气的。民气总是要反映出来的，不是通过这个人就是通过那个人，不是通过这个作曲家就是通过那个作曲家，总要通过人反映出来，这是必然性，而通过我和星海反映出来是偶然性。他说，那时，星海恰在延安。在武汉我们大半年住在一起，还有另一个作曲家张曙，后来张曙被炸弹炸死了。我们大半年在一起写了不少的歌曲，但写不出"黄河"来。在黄河边上，不一样了。半个世纪了，《义勇军进行曲》《到敌人后方去》……唱一唱，就像回到了那个年月中去了。

赵阳入境地替他说，这段生活将永远难忘。

光年说，是的，像唱苏联歌曲。说完，他停顿了一下，无限感叹地说，大半个世纪过去了！

光年问我，你是不是来领奖？我说不是，上次来北京是。我说了我要到烟台，那里国防大学有一处滨海南泥湾，是一个叫王友香的部队干部开创的，我要去采访他，写他。光年说，我去过两次烟台，我那个《光未然歌诗选》就是在那儿编的。文联在那里有个创作之家，我在那海边住了一个月。

赵烨问，儿孙们有搞文艺的吗？

光年答，三个孩子都在国外。老大是搞艺术的，在这边歌剧院搞舞美设计，没活干。到那边有活干。在加拿大莎士比亚中心，经锻炼，小有名气。有电视和报纸的专题、专栏介绍他。儿媳给国内电视剧配点音。老大叫张安戈，新中国成立后生的，前一阵子带小孙子回国来，刚走两星期，搞交响音乐。老二张安迪，经几年插队，从"土插队到洋插队"，很好玩的。我女儿过几天回来，让她看一看《文汇报》这篇《从土插队到洋插队》的文章。她在东北生产建设兵团，在萝北，16岁就去了。我那时关起来了，要求见一面，送送女儿，不答应。几次请示，层层请示，最后不知哪一级答应了，准一小时的假，我去了，她已上车要走了。她去美国，现在在加拿大搞翻译工作，在悉尼电视台，《红楼梦》电视剧就是她翻成英文字幕的，她丈夫小龙考了博士生。老三张安东在悉尼，我那本研究资料上有照片，张安东摄。写毕业论文，分到《人民日报》文艺部，在那儿工作半年。反自由化反到我这儿，要从张安东手发批张光年的文章，他不干了。就要拿证书了，不干了，不要证书了。他写的小说受到王蒙的称赞，张洁的小说，他翻译，在伦敦出版。现在不搞文学了，搞画，搞霓虹灯广告设计，收入好些。今年年初回来。光年说，这些孩子都不在身边，我和老伴儿年纪都大了，可他们如留在身边，都会参加到苦闷青年的行列中去，非常苦闷。不如到外面去，有所施展。能够自立了，隔一段回来看看。

赵阳问到张老的老伴儿，光年说，老伴儿快70岁了，退下来三四年了吧，不止，60岁就退了，搞点业务，搞点家务。现在我没有离休，我在中顾委，这一坨人十年，不算离休，叫退居二线。从1985年算起。四次作代会，我说，从现在起，这个门我不进了。你们去我那儿，欢迎，是朋友。当然，我自己有我自己的计划。一个是写作，《惜春文谈》，后面的几篇，有人打电话说，我先从你后边看起。因为这几篇都不能发表，收到书里了。当时报上不能发。有一篇写致王蒙的信，有《文汇报》说他《坚硬的稀粥》影射某某人，我写这信，不给发表，在香港发表了。我说这影射完全站不住的，胡说八道的。十四大时，我作为20年代老党员的特邀代表出席了大会。

文艺界的是是非非一时是弄不清的，留待历史给以公正的评判吧。

下午，我们赶到北京西山大院别墅区513户拜访魏巍。一进院，魏巍热情地招呼：喝点水，喝点水。我这个地方的缺点就是太远。我说，若不是魏老用车接我们，进院还得找两小时。魏巍说，我叫司机2点50就到那儿等你们了。我和惠娟把赵阳、赵烨介绍给魏巍和他的家人。赵阳说，魏老身体好，满面红光。小时我们在课文上就读到过您的作品。魏巍问二赵哪个大学毕业？什么地方人？赵阳说，我没上大学，"文革"误了，后来上业余大学。赵烨说，上的是南开大学，读中文，家在天津，有机会跟胡老师来看您，高兴极了！魏巍说，非常欢迎！魏巍说到上次是

1986年去北大荒农场回来，半夜到沈阳，这中间，草明那个会在鞍山开。1991年去过一次，那是去哈尔滨，与《谁是最可爱的人》里写的李玉安、井玉琢二人见面，他们的营长叫王树齐。每个人说一段话，到绥芬河口子看了一下，就回来了，在沈阳住玫瑰大酒店。我说对，您还打电话给我，我去玫瑰大酒店看过您，那是被请来做报告。

　　我问魏巍，在《地球的红飘带》之后又写了什么？他说，写了两本书，一本是纪念毛泽东百年诞辰，邵华和毛岸青主编的一套"中国出了个毛泽东"丛书，出了30本，都组好了，他们来，要我写一本，我就答应了，写了一本《话说毛泽东》，有12万字；再一本，是这几年主要是1992年、一部分是1990年写的杂文，我本来有个书名，可是当代中国出版社编时叫了《魏巍杂文集》。我问，那年我们一起到抚顺战犯管理所参观，想写抗战题材的，写了吗？魏巍说，那个长篇写了一点了。从1992年动手，1993年因《话说毛泽东》停了一年时间，今年又接上了。赵烨问，一直写，每天都写啊？魏巍说，时光有限，有限的时间里，再写出一部作品来，我自认为是最后一部。赵阳说，那不可能，您身体好着呢！魏巍说，写抗日战争和解放战争时期那个年代的青年。赵阳问，有书名吗？魏巍说，没有。我问，这一段社会活动多吗？他说，有一些，没意思的话就不参加了。有一个西方经济学研讨会。我觉得对当前改革社会有益，就参加。经济学也和文学一样，两边观点不尽一致，都是内行，没有人能统一。没有人认为股份制是现代形态，资本主义国家股票也不都上市。参加会增加知识。有的人道听途说，装成内行。关于私有化、公有化，赵阳说，您是搞文学创作的，对经济发展这么关心呢！魏巍说，如不认真学学，一些新名词就把你唬住了。赵烨说，魏老，您最早是写诗，现在有多久没写诗了？魏巍说，去年，还是前年，出了一本《红叶集》，是文联出版公司出的，开始讲包括李瑛其他几个人，送几百本书，不给稿酬了，同不同意？我说照这个办吧！后来，也没给几百本书，因没剩下这么多书，说还是给你钱吧。我收罗收罗，收了一些，都是新诗，有几首尖锐一些，《诗刊》《人民文学》发的。写母亲的一首，《诗刊》发的，在《人民文学》压了很长时间。主人公是抗战中间认识的，去世前，我去看她，写了这首诗，自认为有感情的。还有一篇《我驮着21世纪前进》，朱子奇写的评论。我驮着小孙子走，名字起得很大。我说，这是晚年的写照，标题很有味儿。魏巍说，孙子小学二年级了，写他时才5岁，他在幼儿园时写的。

当我问起是不是在断断续续写那个长篇时，魏巍说，到今年年底可能写一半。我又问，《地球的红飘带》写了多久？魏巍说，重走长征路后，写了一年半。重走时身体还不错。那是很宝贵的一段。分两次走的。赵阳惊奇地问，把两万五千里又重走一遍啊？魏巍说，没走过的，走了两头。走过的就没再走了。自己回想这一段，这一段路还是应该走的。风景很壮观。在二郎山上，看山路很险，大渡河下面就是一条线。山下红花，在雪线下面，叫绕天红。我说，我是1986年3月走的。魏巍说，我在你前面，1984年和1985年。风光特别好，特别美。住军分区，人武部，吃饭交伙食费，风气好，像回事。没有大吃大喝。赵阳问，您这辈子是不是都和兵打交道？魏巍说，就是，我没有离开过部队。赵阳说，所以和战士有感情，写"谁是最可爱的人"。我问，《东方》写了多长时间？魏巍说，写了九年。1959年写起。

中间1962年编战史，又到越南去。合到一起，时间长，纯写时间五六年。《东方》是1977年写完的，后来又补了写彭德怀的几万字。

我们吃魏巍家的枣，觉得特别甜、脆。赵烨问，你觉得当代最可爱的人是谁？魏巍说，哪个时代都有最可爱的人。当代最可爱的人，还是工人、农民、解放军和广大知识分子。一句话，真正的劳动者，包括体力劳动者和脑力劳动者，才是最可爱的人。靠投机取巧、靠其他不正当手段致富的人，是微不足道的。

1994年9月29日

《妇女》杂志的赵阳和赵烨到家做客，她们感谢我帮她们与高洪波等一些作家取得联系，今后这几位可以给她们刊物写稿子，并带她们一块儿采访了魏巍、张光年、袁鹰等著名作家。

今天恰好是我和惠娟结婚25周年纪念日，与二赵共同庆贺。

1994年11月2日

《羊城晚报》的芮灿庭来组稿。

收到魏巍寄赠的两本书。

收到臧克家的信：

世宗同志：

热情的信及散文，读了之后，倍感亲切。

多年来，多次为文鼓励我，给我打气，极为感动。

近期参加90岁的3次活动，高兴又极为疲累。

你，年轻有为，能跑能写，前程万里！

握手！

克家

1994年10月29日

郑曼大姐写了一段话：

我半年来太累，前一阵更紧张，一歇下来，就十分疲劳，这两天病了，恕我就此打住，问你全家好！

郑曼

1994年10月29日

1998年12月10日

约好了，上午9点半到10点半到李瑛家拜访。峭岩带车来接我，因有领导人从这条街通过而戒严，我只好从南池子宾馆走到北池子十字路口。

我们一起去李瑛家，在黄寺总政宿舍院门前，想要买本好一点的挂历，却没有买到，只好空手进李瑛家门。

李瑛给我们沏茶倒水，和我们谈得特好。说到我写的一些前辈名人的文章，李瑛说，文章写得好，很有价值，既是史料保留，又有现实阅读价值。李瑛说到克家，94岁生日时去看他，他在床上躺着，对这位老诗人充满敬意。

李瑛说，社会上一些人对我不太了解，总觉得我是一帆风顺

1995年5月同《中流》主编林默涵同志

1996年8月同东兴林场采伐工人坐在树干上合影

1997年5月在《小说联播》座谈会上同浩然说知心话

1997年11月4日参加纪念十月革命80周年大会（右二魏巍）

的，没受过挫折和坎坷。我在《黄昏与黎明》后记中写了一生有12年没写东西。这12年，"文革"10年，1955年"肃反"，和公刘、白桦、沈君默、黄胄等关在八一厂莲花池；1957年总政文化部老部长陈沂被打成"右派"，报纸上批陈沂，说我态度不好，划不清界线。他的两个秘书也跟着吃瓜落，吴秘书被打成"右派"，我被打成了"中右"。1957年批陈沂后陈沂下放去了北大荒，我到福建沿海漳州三十一军下连当兵，戴着个"船形帽"，炮击金门，大炼钢铁，大写诗歌。一次军训，总参一位下放的参谋讲地雷常识，讲地雷性质，拿起地雷分解，摆弄摆弄，不小心突然爆炸，当场炸死两个人，包括这个参谋，血溅了我一身，伤了六七个人。这个团的副团长兼参谋长后来是北京军区副司令、司令员王成斌上将，每年都与我联系，与我交谈。王颖是"文革"中来的，韩作荣是"文革"后来的，他们借到文艺社帮助工作，留在这儿了。他们几个都是实事求是保我的。有人就表现不好，"文革"中"造反"，上蹿下跳的。我在大学时的作品，有一些找到了，去年北大校庆，我写了我的大学生活，8000字，还没发表。

李瑛说，解放战争那一代学生没多少人了。回忆那段生活很难忘，想念北大、北大的红楼，写了文章在《人民日报》等报刊上发表，写到沈从文、朱光潜、游国恩、俞平伯、冯至等当时的老师，当时教我们的八九个老师。我在北大入了党，不能随便暴露，暴露就得走了。我与这些老师关系非常好，我是1948年入党，老师们不知道。印传单，解放区的东西，我寄给沈从文、冯至，他们不知道是我寄的。我穷，念不起书，就打工，帮图书馆整理卡片，搞家教，赚点钱，交伙食费，印传单，写文章，串

1998年4月在开封看望大嫂，在大街上照全家照

联。不与本班、本系的人联系，我与外校地下党员联系。我在学校坚持办文艺社、新诗社，通过社团团结一批同学，合并成新文艺社，后改为"五四"文学社，担惊受怕，国民党抓人，有的人被迫害了，有的人暴露后跑到解放区去了。新中国成立后，中国文联、中国作协在沙滩办公，这是我们在学校时游行、集会、贴墙报的地方，每次去那儿开会办事，都会想起当年的学生生活。曾在红楼上课，现在是红旗杂志社，红楼是文物保护单位。

李瑛说，我喜欢那时的北大，今年百年庆典，谢冕找我，我说我不了解现在的北大，写了诗，前面有话，献给我熟悉的北大。我1949年就随南下的部队走了，刘白羽组织大学生跟四野各部队南下工作团。我待20天就出发了。解放河南、武汉、江西、广州、海南岛……解放完海南岛，我被调到总政来，1950年冬12月，我又跟白羽去了朝鲜前线。总政派出了解朝鲜作战情况。我跟白羽到1953年停战，北大搬燕京，听说我回到北京，北大校长办公室给我来信，说1949年你的毕业证书和一个学位证书，已给你保存四年了。当时我就在文化部当秘书，有两个秘书在部长办公室，陈沂部长，刘白羽副部长。陈沂曾任四野后勤部政委，授衔才是少将，应是中将的。

李瑛1988年授衔前半个月退下来。他说，当时我还做下来人员的工作呢。下来后写不少东西，写了7本书。唯一遗憾是没怎么到部队去。本来一辈子写部队，十七八本书都是写部队的。白羽来这儿聊天，他80岁还到戈壁滩，获茅盾文学奖，但总政没有表示。我这一辈子得了一些奖，包括鲁迅文学奖、诗刊奖等，总政从来没有说什么。1996年周克玉邀我到西北去，看看兵站，看看昆仑山，写点东西。陈永康陪我，带着医生护士，到西安，走青海青藏线，写西北高原。今年10月号《人民文学》，有几首小诗和一篇文章，对人和自然的赞美，写我为什么要到大西北去。

没谈够，时间到了，只好告辞，李瑛要送我们下楼，我们再三婉拒，他才在楼上和我们招手而别。

从黄寺直奔魏巍家，西山北京军区大院，很远，到那里已经是11点多了，半道上我给魏老打了电话。

魏老仍很健朗，谈吐清爽，热情得很，听说我们要字，让公务员和老伴儿给铺开宣纸，写了几幅，一幅给我，一幅给峭岩，一幅给王健，一幅给峭岩司机。

回来路上，我们在一家小馆吃了午饭。

下午我去张光年家，他和夫人都在，我们谈了一些事。他赠给我他的《文坛回春纪事》（上下册）和《光未然诗存》。

回到宾馆，李翔请吃饭，我给海泉留了条子贴在门上。

海泉找我回来，他送我去火车站，乘53次回沈。

在车上读《文坛回春纪事》，读到1982年张光年因无钱买药，得等到开工资才能买药，中国文坛的巨将们在一起聚会，每人交30元他交不起，而谎说自己有事而没有去。读到此处，我感慨多端！

后来，我又约峭岩一起访问魏巍。魏巍做每一件事都很认真，他谈起一位老同志写长篇小说《潜龙吟》，他说确实写得不错。这位老同志曾组织小部队参加八路军，曾和魏巍一个骑兵师，后到二炮工作。他夫人和儿子抱一大包书稿来了，放在桌子上，魏巍看了很长时间，为其乡土味所感动。魏巍给他写了3000字的序言，在《文艺报》上发了。

魏巍说，写完《火凤凰》基本上就休息了，心脏有点毛病，住院好好治一治，从动脉里插了个管子，从荧光屏看哪里通了哪里不通。

我们请他给写字，他马上说，可以！可以！还说我这里有宣纸，问写多大，太大挂不了，小中堂？给人感觉非常专业，心细。他想给我题一首魏传统的诗，他说，魏老有首诗，他的意思和我的很符合："寒梅无媚骨，喜报春消息。众乐郑卫声，琴不改心曲。"他说这个可以，问我行不行？我看意思可以，还不错啊！他说到魏传统的正直，说四川有个县，升为市，在人民大会堂开会，让他讲几句祝贺的话，他拿话筒走到前面，问其领导："你给教师发工资没有？你给他们打白条没有？过去在苏区，那么困难，我都给他们发工资，你为什么给他们打白条？"就是这个特点。我说我参加长征笔会，1986年我走长征路之前和程步涛等人去过他家。

魏巍说，今年去南街村，写篇东西在10月号的《中流》杂志上发表了。他们真正做到了共同富裕。他们共有16亿资金，共有3000口人，两个文明建设成果显著。"中国出了个毛泽东"丛书，这个村买了许多套，我和毛新宇及其新婚媳妇一块去签名。毛新宇出了一本书《朱元璋研究》，在那个村开了个大会，气球坠的标语，他们村有毛泽东的塑像，别处已很少看到。

说到走长征路，魏巍说他分两次走，半年左右。走到天川，把脚崴了。

说到正在编文集，广东教育出版社出版，定下10卷，350万字。长篇小说三部曲，诗和杂文各一本，其他的还有散文、传记等。臧克家写来《给魏巍》："军旅文苑半生过，巍乎辉煌人与文。风风雨雨见清标，堂堂十卷现精神。口占四句赠魏巍同志。"贺敬之写了《致魏巍同志》："一、群山巍巍耸群峰，魏巍矗立势峥嵘。百年人民文学史，君在亿万民心中。二、太行红杨上甘松，东方破晓击晨钟。世纪问答谁可爱？笔绘地球飘带红。三、清流几见浊流涌，夕阳翻作朝阳升。我访三门遥致敬，中流砥柱思君容。1998年9月20日于三门峡。"

与峭岩约好，他来车接我和海泉去看望贺敬之和柯岩。因为是寒冬的夜晚，我们迷了路，在白沙沟附近转了几圈，最后打电话给柯岩问路，她竟在大冷天穿着睡袍跑出来给我们引路。她开玩笑地说我和峭岩是"笨蛋"。

前不久，11月底到12月初，柯岩到意大利去了七天，闪电式的访问。他们给柯岩颁发了蒙代罗奖，是给中国作家的特别奖，对中国人民非常友好。她说，意大利比北京暖和一点。去了威尼斯、佛罗伦萨。以前去过东欧、阿拉伯、朝鲜、越南，多是别人不愿意去的地方。在意大利，看了大竞技场，上头缺一块，说是外星人搞去了。艾青的诗中写过。魏巍也去过。

贺敬之说到刘文玉研讨会，他说我和柯岩不能去，写了个贺信，从报道才知道同时还开了个阿红的研讨会。我说，阿红的会是在刘文玉的会之前开的。贺敬之说，阿红的会一点也不知道，你回去替我向他道歉，我与阿红不是很熟，见过一次，1988年在本溪的一个诗歌大赛上，听说他身体不好，请你回去代我问候他。若干年前，刘文玉还是小伙子。他感叹地说，转眼百年，一个个都老了！

柯岩说，人生苦短艺术长。在意大利感慨多，意大利雕塑那么逼真，像刚创作完的一样，那时工具也不先进。

峭岩说，米开朗琪罗在一个小教堂里画《创世纪》，花了三年工夫，朝天画，天天那么画。

贺敬之说，前一段，自柯岩两次手术后，搞了个小"拉练"，到了大连、青岛、杭州等地去了一下。有活动，是中国人口教育发展促进会、国际人口基金会的活动，贺敬之是顾问，柯岩是理事。柯岩介绍了这些活动的内容。美国人讲，人要对社会负责，人健康，社会才能健康。一个人要对自己负责，这就是人与动物的区别，一个人要对家庭负责，这就是一个好人。如果你对社会奉献而不索取，你就是一个社会的主人。到杭州，是参加电视创作研讨会，浙江和中国作协联合搞的。还参加了茅台诗会，也是说这些。时髦的东西是肤浅的。西方的垃圾拿到头上当成桂冠，不觉得"埋汰"？这是东北话。我们先到了遵义，后到了茅台。贺敬之说：决定戒酒就是这次在茅台。酒是好东西，野曼、徐放、杨山几个老大哥，几乎是强制性的，说你不能再喝酒了，你不能再喝烈性酒了！几个老大哥开会式的，坐在那儿说到下半夜一两点，就为他喝酒的事，这还能喝吗？不喝了。这就是难忘的"茅台夜话"。这是继十七年受批判和"文革"期间受批斗之后，唯一一次"围攻"。所以不能再喝酒了，他们劝我，从此我真的不喝了，戒了几个月了，柯岩对我说，你少喝点。我是喝白酒的，低度的不喝。我喝酒的历史长，从十几岁青少年开始就会喝，擅酒。在延安，过春节时，喝酒。主要是日本投降消息传来那天夜里，那酒不知喝了多少，载歌载舞又喝酒。我平时一次喝半斤，没事。我喝酒只醉过一次，那是张家口撤退，心情非常不好。我和号房子的人住在一个酒店里，喝75度白酒，喝得很多，没有菜，只有大葱，还有葡萄和牛奶，烈性酒，心情又是那样郁闷。我喝醉了，到第二天早晨才醒过来。

敬之说，"文革"后期，中午、晚上，有人送的景芝白干，他和柯岩喝得很得意，喝得意了就唱起了陕北民歌。敬之就出了一个对子的上联，"敬之喝景芝观景致"，这对子谁也没对上，后来是柯岩把它对上了，正好一个日本人叫谷井，喝古井贡酒，还要到南京看古镜，好不容易联系到一起，就是这个谷井小姐喝古井贡，又要去看古镜，"谷井品古井看古镜"。这是非常妙的一个对子！

敬之说起他喝酒的鼎盛时期，总喝衡水老白干，67度，河北同志给他送这个酒，一般人不敢喝。访意大利，大使馆文化处招待他们，在每个地方都到中国餐馆。他喝酒闻名，文化处同志准备了茅台，他说他不喝，拿了回去，喝了点韶兴酒，烫了烫。

柯岩说，1983年全军诗歌创作座谈会，是在重庆诗会后开的，我在会上讲，顾工就坐在我对面，我说，顾城和梁小斌都是非常有才能的，不是一般有才能的，可是这样发展下去是会自杀的。顾城管我叫阿姨，我批评他，他说小甲虫身上的花纹，比国徽还感动。我说，顾城，你不能这样讲，你这样讲，烈士要扇你耳光的。那时挺好的，我和他可以交流，我说你这样下去要自杀的，后来真的不幸而言中了。青春诗会17个人都是我们请来的，不容易的事，请艾青谈诗，写诗不能光懂诗，还请画家黄永玉来讲，请音乐家来讲，还带他们听王朝闻讲美学，多好啊，没人听！我一个人听，他们到外边，到面包车上打扑克。我问："你们怎么回事？"他们说："不要听他们的！"桂林诗会，我发了个言，所有的人听我发言，众目睽睽之下叫我讲，桂林发言我没让发表。有人不屑于表现"自我"以外的一切丰功伟绩。桂林诗会我没准备发言，散会前一个半天，让我发言，发言也没记录，桑恒昌说他有录音。

1998年12月12日

肖楠到家取走了解说词的稿子。

王健用车接我到他新居去看，房子在市政府的后面，很宽敞，一个大厅有36平方米，三间住房，两个阳台，有厨房和洗手间，都很大。王健请人来设计，装修得等到开春吧。

1998年5月访问南街村，同毛新宇、郝明莉夫妇在毛主席像前

今天我应约去讲课，到沈阳市图书馆的四楼，给一些大学生和文学爱好者（其中有白发老人）讲《重走长征路与长征诗的创作》，先请大家听了一盘王刚朗诵的我写的长征诗的录音带，接着我讲了近一个小时，又直接回答了大家的提问。在市场经济迅猛发展的今天，仍有这样多钟情文学与诗的人。

王健同我一起回家，我把在京请李瑛、魏巍、峭岩给他的赠书和魏巍给他题写的"志存高远"的条幅给了他。还有解放军出版社出的《东方巨人毛泽东》一书给他，我有两本，不同版本，我把最好的那一种给了他，我知道他对毛泽东有很深的感情。

小治先一家来了，小外孙给我们带来了许多快乐。

惠萍邀明天去她新开的饭店吃饭，说今天夏子章和李北峰他们都去了。

1998 年 12 月 17 日

收到魏巍寄来他写的条幅。

宣传部支委会研究机关搞展览的内容和形式，刘念光副部长让我当"总设计师"，让金东平和线云强分别搞文字和图片布板。

应邀去五爱市场服装大厅四楼参加《五爱街》电视剧的首映式，见到编剧木青和导演黄净伟，我向他们表示了祝贺之意。

1998 年 12 月 22 日

铁岩来我家送来了《诗潮》明年第一期的全部稿子，让我协助他把把关。我看头一篇程步涛的诗就有问题，整整丢了一页，我立即打电话给步涛，他在电话里把丢的那一页补了，我记下来并打出来贴在后面，若不就出大错了！

上午打印出邓荫柯写的《新诗绝句》的前言，可是一停电全没了。

给克家、白羽、魏巍、敬之、柯岩、李瑛、光年及一些老友寄了贺卡。

1999 年 1 月 8 日

从早上起来没动地方，一铆劲儿打出了 5000 字的《属于东方的魏巍》，至近中午 11 点。

昨晚很晚了，守林来电话，说他那篇抗洪报告文学写到预备役部队时，有引起不同意见的地方。

全套两卷《文坛回春纪事》都读完了，非常长见识。

和惠娟下午去太原南街海尔专卖店买回一个洗碗机、一个

1998年魏巍夫妇与孙子魏嵘在周庄

冰柜。

东惠来电话，北京开会的事已定，下周五晚上从沈阳去北京，我和他两个人。星期天上午9点开会，半天就完。他明天来沈填入中国作协的登记表，中午请我、邱长发和兆林吃饭。

1999年1月12日

请小刘和小项去北站给我和东惠预购了15日去京的54次硬卧车票。

打印出去北京开会汇报的发言提纲。

给沈阳日报社送去了他们约我写的关于魏巍和李瑛的两篇稿子。

1999年1月20日

早上到沈阳，小项小刘去接我。

收到魏巍的改稿，立即打出来，送沈阳日报社。

与张毅通话，才知昨天晚上，张丹、张毅请客，他们辽宁电视台里的三位台长参加，请丁玉学书记及纪委的同志，请我和铁源吃饭，说是为了拍好那个《党旗美》的音乐电视。

1999年1月21日

早上接朱东惠，在永平美食吃自助餐，然后送他到去辽阳的大客车上。

处理中国电影家协会权益保护委员会的来函，关于一部电影编剧署名问题的纠纷。我与中才研究起草一回函，署创作室的名，说明这个剧本我们没有审查过，创作和拍摄过程也了解不详，调解署名问题应是制片人做的事。

请军区梁光烈司令员为我主编的《决战松嫩》这本书题写的书名送到了我这里，我请军区书法家欧阳明利在这个基础上润色补修一下，以便制版。

去沈阳日报社取回他们借去拍照制版的魏巍的几本书。

写魏巍的文章已在《沈阳日报》昨天第11版上发表，我送的改稿晚了一步。为这事我写信向魏巍道歉。他曾建议标题《属于东方的魏巍》改为《属于人民的魏巍》。

罗继仁来电话，关于程步涛诗开头的几句要改，我打电话给步涛，他正忙着开会，让我"代劳"。罗继仁说王滨的脑子里长了什么东西，需要做手术，编稿这摊活又交给老罗了。

收到由金东平转来的艾前进送来的佳木斯军分区的《代表祖

1999年12月看望国际主义战士韩春、阳早。家里朴素得没有可以称为豪华的东西（左一孙瑞林同志）

国迎太阳》专题片一盘。

黑龙江张文治来电话说拍我的专题已做出，先在黑龙江播，再给辽宁的《北疆兵歌》节目播出。

收到龙彼德寄来的书。

给《科学中国人》杂志回函，寄去补充的个人小传。

2000年4月22日

洪忠党副馆长来我家帮我检查微机的毛病，他说是我操作有误造成的。

打出几篇给王新弟《鹤城晚报·名家十日谈》栏目写的"我熟悉的名人"，有写刘白羽、李瑛、浩然、魏巍、贺敬之、柯岩、王晓棠等人的。每篇在1500字左右。

海泉从上海来电话，前些日子有上海一个风云榜获奖，他们去领奖，这次是为一个模特大赛做助威演出。

2000年5月10日

上午与惠娟、王健去黄寺访李瑛，恰李瑛在家。

在他的客厅里，我们谈得很轻松、亲近。李瑛讲到某地搞一"诗墙"，请他他没有去，小雨被中国作协派去了。李瑛说到自然景观被人破坏是很遗憾的事情。李瑛的品格确实很高，一般事情对他引不起兴趣，觉得是浪费生命。我们告辞时，李瑛坚持送下楼，74岁的人了，健步如青年人。

我们从黄寺去西山八大处，从西门进去，有魏巍派的车在前面领路。魏巍夫人刘秋华大姐热情接待我们，切了白兰瓜，还端上别的水果。魏巍显老态，眉毛很浓、很重，谈到我最近的创作，听说我去年出了四本书，他用了"祝你胜利"这一军事术语。

魏巍夫人秋华大姐拉我到走廊里，告诉我，《魏巍文集》出来了，本月20日在京开研讨会，希望我参加，我说我真的为此而高兴而感荣幸，但20日恐怕赶不回来，我要去南方几个地方，如回不来，我会发贺电的。

秋华大姐要请我们吃饭，一再挽留，我们还是告辞了。

在西山午饭后，我们坐小郭车去刘家窑（方庄南）看温云提给海泉介绍的要租的房子，房主是一位外交官，驻外参赞，一层三室一厅，每月1200元，进屋后，包括看楼外的环境，感觉不很好，外交官70多岁，擅说。海泉不同意动了，他说现在的房主有准租证，而这位外交官的公房是没有准租证的，没有证，就不能

229

保证住得长远。

晚上，康晓辉告诉我，李学智和夫人从湖北飞回来，在西直门总政招待所住下了，大家要聚一下，我赶过去了，张铁健和夫人也去了，还有刘善兴。学智谈神农架的神奇；铁健谈到总政工作的感受。

我回到海泉住处不到5分钟，海泉也回来了，我们三人快乐地谈天说地，惠娟给海泉收拾衣物，准备他明天去天津演出的衣服。

2000年9月8日

惠萍从北京回来，道军开车拉惠芬接她，到我家送来从北京捎回的《魏巍文集》10卷，讲了海泉的一些事情。惠芬把录像机带了来。听说海泉的电灯泡太大，接线板也不好用，我和惠娟去大西电子市场买了接线板和一些节能灯泡。

2000年5月20日魏巍创作历程暨《魏巍文集》研讨会（从右至左：吴冷西、高占祥、魏巍、邓力群、郑天翔、王忍之、翟泰丰）

为海燕结婚准备一首小诗。

给王刚写信，他正在主持央视的《朋友》节目，我把我和松涛、宗皓、鸣久等写的同题文"朋友"寄给他，也许对他会有启发。

去沈阳北站找到站长鲍思学，请他批两张后天惠娟和我去北京的12次车票。唐冰说票很不好买，我找了副站长王杰，她说只有一把手批票，我便直接去找了鲍站长，鲍站长很痛快地给批了字条子。

2000年12月12日

与惠娟去北方图书城买贺卡。给京城的几位文坛老人和友人克家、白羽、魏巍、李瑛、敬之与柯岩、光年、浩然等寄过去了，以表我的敬意和想念之情。

下午在《辽宁日报》大酒店，举行《沈阳晚报·政法专刊》座谈会，《政法专刊》是市公安局办的一张挂靠《沈阳晚报》的小报，李宏林是他们的顾问，他召集一些朋友与这张报纸加强联系，写稿，到场的有韶华、周兴华、董文、杨集才、刘恩铭、孙晓华和我，会后聚餐，遇一战友韩英信，在专刊当摄美部主任。

梁喜文来电话，他看了《沈阳日报》，得知"绝句"出版，表示祝贺；他说到他今年工作突出，单位报了他一个二等功，因他的技术级别高，功的等级也高，不知能否批下来。

2000年12月21日

上午到邮局给魏巍寄了书，就不准备去他家造访了。

早餐和午餐都与海泉一起吃的。

2000年9月为纪念抗美援朝战争胜利50周年接受电视台记者采访

　　下午3点多，打的去海泉的公司——弘通商务楼。见到了他的同事：袁涛、杨威、韩旭和张云。了解了他的工作环境。不一会儿，黄征来了。黄征开切诺基拉我们去丽都，他的车给我印象最深的是有很棒的音响设备，可以放碟，听音乐，效果特别好。他放了他参与创作的杨钰莹的一盘新带，很好听。

　　在丽都大酒店，公司包了一些活动项目，网球、台球、保龄球、乒乓球等。我们第一次见到陈羽凡的父母。他父亲陈永贤，是海军的科技干部，与我年龄相仿，好像大一岁；他母亲毕玉秀是一位非常热情的人，好像是一个单位的工会干部。我们两对家长在一起说起孩子，有说不尽的话。袁涛一直陪我们唠嗑。我们还见到了公司的老板，他是个台湾人，面容清俊，穿着简洁时尚，给了我充满活力的印象，他对我们四位家长非常客气。

在楼下一个很优雅的环境里进行自助餐，大家一起提前过了新年。

我们和海泉先回家了，在一起谈得极充分。后来，海泉又被同事叫回公司，他后半夜才回到家。

2002年12月20日

去邮局给克家、白羽、魏巍、李瑛、敬之和柯岩等人寄新年贺卡。

雪后第一次开车，到铁西七路杏花村酒店门前接董俊启，这位老战友最早搞家装，已有20年历史了。我请他看看我房子的装修，他认为大体上还可以，从美术角度谈了一些意见和改正的办法。

2000年在丹东鸭绿江桥同志愿军老战士合影（右自左为马玉祥、魏巍、张玉春、林源森）

2001年春节给傅崇碧政委拜年

开车去看妈妈。

惠娟与海英去新联营消费，说是店庆最后一天打折。

我做了炸酱面，全家五口人聚餐。

收到朱晓红爸爸朱贯中转来的大连吕若曾捎来的诗集《枫韵》，我读了后觉得写得很不错，文笔不凡，只是选材窄了一些，另外诗的切入口都太大。

2003年6月14日

昨夜下起了大雨，早上仍未停止。约好了惠娟的老姐妹们来访，今天能否来成了未知数。早上8点多雨仍未止，张昭荣来电话，说下刀子也来，我和惠娟都很高兴。9点多一点，门铃响了，她们到了，有张昭荣、李桂芝、杨光、孙佩芬和王春芳。她们说起许多话题，仿佛永远也说不完。我和惠娟早就准备好了做的饭菜，惠娟陪她们唠，我上灶炒了八个菜。

饭后在院里边参观边说话。惠娟刚毕业时就和张昭荣在一起工作，并和她在一个寝室住。我那时到寝室看惠娟，常见昭荣这位家在山东曲阜、耿直而爽朗的大姐。

海英给我带来了人民日报社寄来的征文获二等奖的证书，带来了佟玉成的诗集《把心给你》。

今天收到了贺振扬寄来的《文学风》，上面有我的《雷锋情》组诗。同本刊物上还有柯岩、杨润身、叶文玲、陈淀国、屈兴岐、刘益善、孙春平、王绶青、叶文福、胡笳、柯愈勋、魏巍、袁鹰、孟伟哉、杨啸、白航、高洪波、王跃文等知名作家、诗人的诗文。我看了黄新中国成立的开篇文章，感触很深，这位省委宣传部部长真是作家的知心人，他讲的如果不是照稿子念的，那么这个人的知识水平很高，学问很深，一定是个读书人，是个儒官。

2003年8月12日

今天我出席《臧克家全集》首发式，一早打的到中国作家协会大楼，人家还没开门上班呢。我在外面转了一个多小时。给同吾打电话，他还在路上。不一会儿，松涛和钱振中来了，我和他们一起到七楼见高洪波，洪波尚未到。我们正疑惑间，洪波到了，还是那高大的个子。我们进了他的办公室，茶几上和桌子上堆满了各地寄来的书刊和信件。

刚过9时，我们上到十楼，我最先看到郑曼大姐，她一家人都到了，大儿及儿媳，二儿及儿媳，大女儿及女婿、外孙女菁菁，二女儿及女婿、外孙女文雯，唯克家老师在医院病床上。我在休息室意外地见到了魏巍、朱子奇、刘征和李阿龄夫妇、曹彭龄、吴泰昌、朱先树、李小雨、叶延滨等。范咏戈拿着今天的《文艺报》找我，说报上登了我的《克家的手》，给我带来了两份报纸。他们发表这首诗真是时候。吉狄马加主持会，宣读了贺敬之的贺信，陈建功代金炳华宣读了讲话，翟泰丰即席讲话，很动感情，高度评价了这12卷大书。同吾做了学术发言。挨着同吾的是雷抒雁、韩作荣和我，这边是叶延滨、李松涛、丁国成等。刘征念了他写的一首词献给克家。苏伊就书的编辑出版做了说明。时代文艺出版社张秀枫讲了话。之后散会。

松涛约在中国作家协会对面的一个酒店吃饭，作荣、同吾、吉狄马加、祁人等人都到了。中间，刘梦岚来电话，她说她今晚和宋世琦一块去五台山。她给一本五台山的书做终审，人家请她去。

回到家，海泉正吃午饭，仍高烧38度多。公司的杨威来陪海泉打完点滴，海泉开着一辆赛车和杨威走了，他们要到北影厂会合羽凡拍摄莱卡风尚大奖主题歌的音乐电视。羽凡推荐海泉去一位名中医那儿扎银针，据说很管用，在那儿，海泉还拔了火罐。

晚饭后，黄传会带车来看我。我们没去茶馆，也没去龙潭公园，就到龙潭饭店院内乘凉消夏处的凉棚下，喝着雪碧，扒水煮的五香花生和毛豆，我们唠得很投缘、很尽兴。

2003年12月29日

和惠娟开车到机关办事。凡洪不放我走，约我和他，还有洪山一起吃饭。我们一起到王厚元饺子馆吃了饭，说了很多的话。

洪山的孩子发烧，小梁在医院守护着。洪山今晚还要到北京送稿子，他下力气写了一篇稿子，有信心争取上《人民日报》头版头条。

收到魏巍的信：

世宗同志：

你好。

11月14日信早收到。

你写了许多热情的话，令我感动。我已很多年不写诗了。偶尔写一两首旧体诗也不成体统。今年9月登泰山曾写了一首诗，抄给你随便看看吧。

我仍十分关注着你的诗作。当前我们的诗笔一定要接触现实生活才行，不然就没有生命了。你住在东北，住在沈阳，工人的遭遇一定会引发你许多感触吧。我想是可以写出震撼人心的诗篇来的。当然有一些可能不好发表。不过先放一放也好，总是会有出路的。

新年将到，祝你有新的收获。

祝全家好。

魏巍

2003年12月24日

魏老附来他的《登泰山》诗：

八十三龄登泰山，

仙舟送我升云端。

237

绝顶未见众山小，

天街下望云漫漫。

壮志未随年俱老，

忧国仍宜心放宽。

战斗道路本曲折，

且学岱岳立世间。

2003 年 9 月 5 日

明杰晚上来家帮助看电脑，他把打印机接通了，把鼠标换成新的了，但我正常打字的文件却找不到了。想让他再回来，他正给人家补课，得挺晚。那就明天再说吧。

2004 年 2 月 18 日

我起得早，海泉也准时起来了，我们俩吃了简单的早餐，由海泉开车，我们去八宝山。海泉的车窗上有中国中央电视台的一张标识，我们又有讣告，警察让我们把车开到里面来了。

灵堂里的大横额上写着一句诗："有的人死了，他还活着。"花圈很多，更有区别于别人的是，在灵堂外面拉着绳子悬挂着几十位诗人写的悼诗和挽联，白纸飘飘，墨字如涛。诗人们的悼念是情意深长的。

同时举行追悼会的还有一位京城的领导。而克家这面的人更多些、更文些，自动悬挂起的诗的挽联，很大一片，令所有的过路者都不得不驻足浏览。

灵堂里的背景音乐始终是《黄河大合唱》中的那曲《黄河颂》。

在长长的队伍里，我见到了李瑛、魏巍、袁鹰、峭岩、韩作荣、严阵、龙汉山、张同吾等太多的熟人，李存葆等也来了。贺敬之、邓力群也来了。中央领导曾庆红、李长春、刘云山、王刚、陈至立、刘延东等都到了。在行礼告别时四人一排，我和海泉在一排上，三鞠躬后走到克家亲属面前，我拉着郑曼大姐的手，我们拥抱在一起，大姐看见了海泉，苏伊还对海泉说了声："谢谢！"在臧克家病危期间和逝世后，胡锦涛、江泽民、吴邦国、温家宝、贾庆林、吴官正、罗干、吴仪、乔石、李瑞环、刘华清、李岚清、荣毅仁、宋任穷、李铁映、何鲁丽、许嘉璐、顾秀莲、肖扬、巴金、迟浩田等以不同方式表示慰问和哀悼。

新华社记者和央视记者见到海泉从悼念大厅里出来，便拥上去采访。海泉说了些什么，我没有听见。这时我正与魏巍说话。

10点零5分，我们开车出了八宝山。

回家路上，海泉和我去做车的维修保养，等待的时间里我们上网，找到"羽·泉地带"，看了歌友们的帖子。这里免费供应盒饭，我们没要。海泉说艳子已做好了饭菜等我们回去。我们近下午1点到家，艳子炒了四个菜，最有特色的是骨棒西红柿汤，据说骨头熬了四个小时！

参加了告别克家师的这个重要的仪式，了却了我一大心愿。我买了当天返沈的飞机票。海泉凌晨才睡，早上起得太早，头疼，没休息好。我们在居所附近一家饭店吃了晚餐，海泉开车直接送我到机场。飞机晚点半个小时。

在沈阳的亲人惠娟、海英、承均和治先都到机场接我来了。那边海泉送，这边这么多人接，我感到家庭的温馨。

回到家打开海泉给的大提包，拿出一件件衣服。其中一件黑衣兜里有2万块钱！夜里给海泉打电话告诉他，他正和袁涛、羽凡等商量事，他说："是吗？"那是去参加一个网球活动人家给的，我说下次去北京给他带去。他说："嘿，不用，你们花吧！追加到给你们的旅游基金里吧！"

2004年6月15日

易玲从司令部带车到我家，送来了她的诗集《是夜无风》的书稿，请我写序。

与惠娟到邮局给罗继

2004年访问大庆，为铁人纪念馆题词：铁人精神气壮山河，大庆工人功昭千秋

仁、邢德铭等同志寄书，然后去翰文书城，见到其总经理刘立伟，并一起到"八百碗粥铺"吃了午饭，我们都不喝酒。

今天收到魏巍同志的信：

世宗同志：

你好！

很高兴收到你的新书《烛光》。出这么一本厚书，没有让你花钱吧？现在出书是很不容易的。

随着兴致翻了一翻，不由得就看了好几篇，看到你的惠娟、你的海泉，很好，很好！我虽去了你家，但没有见到过他们，请你代我向他们祝福，问好。

你把写我的那篇收进去了，也使我很高兴。

以后不要称我为"尊师"了，回想起来，我对你并没有什么帮助！你年富力强，今后还是多出力吧！靠你们了！

祝

全家好。

魏巍

2004年6月6日

另附言道："我的详细地址是：（略）写政治部也可以，事实上是一个，都是收发室转。邮编100041"

张瑞来电话说到他帮我找的这家公司装修上有些问题，觉得很对不住我。我说大面上还是可以的，只是污染严重，不环保，让我特别头痛！

2004年12月15日

上午9点开会，会址在中国现代文学馆，我赶到那儿还不到8点，工作人员刚刚陆续到达。"贺敬之文学生涯65周年暨文集出版研讨会"就在这个馆的多功能厅召开。会议十分隆重，有200多人到会，我发现打印着我名字的牌牌放在前面一排，而没有许多我的前辈诗人，也没有文玉、光荣兄的名字，这是怎么回事呢？我为此深感不安，后来才知这是大会安排有限数量的发言人在前面。我被列为下午发言。中宣部部长刘云山发来贺信，副部长李从军到会，作协党组书记金炳华从头到尾参加了会，我熟悉的老诗人魏巍、李瑛等都到了会。我在座位上与他们打了招呼。从沈阳来的文玉、光荣兄也来了。他们是昨天坐了一白天火车于晚上到达北京的。文玉带来了以他和我的名义请李仲元先生书写的两个条幅，一开始被会议的工作人员给挂反了，后来纠正了。这就是"琢龙雕虎昆刀橼笔""既师亦友霁月春风"。上午的会由陈建功主持，下午换成了高洪波。下午洪波点我发言，我即兴地宣读了我的稿子。

我在学生时代就是贺敬之诗歌的忠实崇拜者，我最近翻出1961年的一个笔记本，上面我清晰地抄写着泰戈尔的《在我生日的水瓶里》、冰心的《繁星》、闻一多的《口供》、冯至的《蛇》、郭小川的《望星空》、保加利亚诗人保泰夫的《瓦西里·列夫斯基的绞刑》……可是抄得最多的是贺敬之的诗，有《回延安》《桂林山水歌》《三门峡歌》《欢呼红色宇宙火箭》和《我看见……》，这些诗都是我背诵过的。

我是揣着我喜爱的诗集走进军营的。还记得1963年4月中旬，我们部队在吉林省永吉的大山里进行国防施工，我从连首长订阅的一份《中国青年报》上读到贺敬之的长诗《雷锋之歌》，当时真的是欣喜欲狂，翻来覆去地念啊，背啊。连续几个早晚，我就把它全背下来了。夜里，当我持枪站在哨位上，这首诗一节一节，像一波一波的海浪在我的胸中涌起。那个时候，我觉得那平时令人觉得恐怖的夜风也成了最优美的音乐，那漆黑如墨的夜空也成了最美丽的底片，我一遍遍地怀着感激，在心中默念着这个虽然距我非常遥远却让我感到知心和亲近的名字：贺敬之！

我第一次荣幸地见到贺敬之，是1965年11月23日。那一年，我因在连队坚持业余写诗，出席了全国青年业余文学创作积极分子大会。那天晚上，人民日报社文学艺术和副刊部邀请出席会议的部分部队代表到人民日报社做客。我们乘车来到王府井人民日报社大楼的三楼会议室，贺敬之、傅真等六位编辑热情地接待了我们，贺敬之还讲了话。我记得他特别称赞了部队创作的小话剧《烧煤问题》和《一百个放心》，并未谈诗。那时我孤陋寡闻，对他了解甚少，只知道他是人们景仰的诗人，并不知道他在戏剧和其他方面的成就和贡献。

1972年冬，我在北京为《人民日报》赶写一篇稿子，所住总参四所就在煤渣胡同，离贺敬之的住处只几步之遥。那一年的9月，人民文学出版社再版了他的《放歌集》，书店早已售光，我很想得到一本，就给他写了封信，说明了自己的心情；没想到第二天他就派人把书送到了我住的房间，还附了一封信，信上说他在干校留守，因爱人患病，这几天才回城里照料，十分忙乱，不能面谈，表示抱歉，信的后面说："《放歌集》一册奉上，请批评指正。"他写信用的不是人民日报社或中国作协、中国戏协的稿纸，而是1971年8月北京市电车公司印刷厂出品的在当时最常见的400字红格稿纸。可以想象29岁的我，一个特别崇敬贺敬之的诗歌爱好者，获得这本由他亲赠的书时激动的心情了。26年后，我捧着这部诗集又请他再次题签，成为我珍贵的收藏。这是我最喜爱的一部诗集，里面的《回延安》《西去列车的窗口》《三门峡歌》《桂林山水歌》，包括《放声歌唱》《十年颂歌》和《雷锋之歌》那样的长卷，我都反复吟咏和背诵过。

1975年至1976年两年间，我在人民日报社文艺部帮助工作，报到的头一天，我惊喜地发现我的办公桌左上角一个废置的装稿件和函件的铁丝编的文件筐里，全是贺敬之批阅过的稿件和信件，而此时，贺敬之正在首钢"执行"江青、张春桥、姚文元的"批示"："长期下放，监督劳动"呢。

3年后的1979年1月，粉碎"四人帮"之后，中国作协委托诗刊社召开了全国诗歌创作座谈会，在那个会上，我又一次见到贺敬之同志。他在16日的会议上发了言。他说，非常高兴参加新中国成立以来诗歌界这次空前的盛会，本想自始至终参加会，客观原因不能允许。他说，获帆同志出题叫他谈谈艺术民主的问题，仅就这一两年来接触到诗歌创作方面的情况随便谈谈。他说，艺术民主和贯彻"双百"方针是一个问题。贯彻"双百"方针一直成个问题，直到现在，都在探讨、斗争，在理论和实践上都没真正解决。他说，要繁荣诗歌，不贯彻"双百"方针，不搞艺术民主，是根本不可能的。他说，我们国家没有政治民主，或者说政治民主很差；没有艺术民主，或者说艺术民主很差。社会主义民主遭到严重破坏，无产阶级专政就不能巩固。他鲜明地指出：现在有没有极端民主化、无政府主义？有的。但至今，主要问题，还是"双百"方针不能贯彻。"四人帮"流毒远没有肃清，有的账不能算在"四人帮"、林彪头上，过去就有，官僚主义压制民主。他说，有的人在"四人帮"时受压的，恢复工作了，他是好同志，也反对"四人帮"，本人受过压，一谈民主很不高兴，说报刊上老谈民主，什么意思啊！我们受压，刚工作，应树立威信，就把矛头指向我们了。指向你们的不足嘛，指向你们的错误嘛，应该做到的而没做到嘛！为什么人掌权的问题一直没解决，特别是文化艺术领域有许多这样的表现，过去是"四人帮"掌权，现在我来领导就行了？不是换人就行了的问题，是根本领导方法的问题。他说，建立社会主义的艺术民主，还是要进行长期的斗争。敬之同志举了一个例子，诗刊的一个朗诵会被腰斩了。他说无非是诗里有自己的看法，我是鼓了掌的，很激动的，含着眼泪听的。事实证明，这些诗内容没什么不对的，当然这些问题还是不简单。也不用给提这些问题的人上什么纲。要允许诗人在诗中讲自己的政治主张，只是看他是否代表人民的意愿。他说，我们诗人的思想、观点，对什么人负责？对党的领导和对人民负责的一致性，通常情况下，是一致的，当我们国家政治生活不正常而发生不一致时，党和国家有了曲折时，比如林彪、"四人帮"篡夺了一部分领导权时，应该怎么办？我认为主要的应对人民负责。在这种情况下我们要服从真理。天安门诗抄的作者们是真正的勇士，他们用政治、艺术的大无畏精神给我们做出了榜样，坚持真理要勇于承担风险。我们党我们国家要允许作家这样做，以后再不能搞"文字狱"。接着，敬之同志还谈到了歌颂与暴露、歌颂与批判的问题，实现了艺术民主，我们的作者应有什么准备等问题。他讲到他在极度困难的状况下能够活下来，是在首钢劳动，老师傅、年轻工人，他们给了他信心和力量。清明节，他病重住楼道里，一个屋八张床，老师傅围坐成人墙，还有人大声说话在掩护，给他读天安门诗抄，冲着他耳朵一句句念……他感慨地说，要想自己的思想和主张正确，还是要与人民贴近，要和群众心连心。最后谈到艺术修养时，他谦虚地说，乔木同志讲了，还是要提高艺术性，不仅是青年同志，也包括我，艺术上太差劲。需要多方面的学习，营养要丰富，要善于吸取，不要偏食，小孩儿偏食就长不健康。乔木提出向"五四"以来的优秀诗歌学习，这很需要。我自己如果没有"五四"以来前辈诗人之作，没有抗战中我喜爱的诗人之作，我一个字也写不出来。田间、艾青，特别是艾青，他90%以上的作品我都能背得出来，开朗诵会，不用拿稿子。但毕竟我的知识面太窄，营养太少，又不懂外文，对外国的作品只能读翻译过来的。他痛切地说，迫切需要学习。

贺敬之同志的这次讲话，我在本子上密密麻麻地记录了18页。这个长篇讲话，令我感到了他的坦诚和睿智。

1982年早些时候，我们军区抗敌话剧团创作、排演了大型话剧《彭大将军》，并奉命赴京为党的第十二次代表大会的代表演出。我当时在军区文艺科工作，随团进京做宣传、联络工作，我曾托人请敬之同志和柯岩大姐来观看演出。敬之和柯岩很给面子，百忙中抽空来看了演出，还帮助我们请了《剧本》杂志的主编于雁军到场。演出结束后，敬之同志兴奋地走上舞台，讲了很长一段话，对这个戏的成功表示祝贺，并对这个戏的社会意义给予了很高的评价。我当时记录了他的讲话，在军内外报纸上做了报道。

大约是1986年我参加总政解放军文艺出版社组织的"长征笔会"重走两万五千里长征路，行前在北京集合，我在拜访臧克家先生时，他同我谈到闻一多，谈到王统照，随后他说到他佩服的两个诗人，一个是郭沫若，一个是贺敬之。这是出自我国诗坛泰斗之口的评论，可见贺敬之在诗坛的地位。

1999年9月，敬之同志到辽宁朝阳地区考察之后，要经沈阳回北京，他打电话给刘文玉同志，并让文玉同志转告了我。在沈阳的两天里，文玉和我陪着他细致地参观了"九一八"历史博物馆和沈阳邮政局百年文史馆，看了怪坡，会见了诗友。一天下午，我们陪着他去看望一起参加过延安文艺座谈会的文友马加，马加重病在身，有些脱相，说话木讷，毕竟九十高龄了啊！在分手时，在那个离客厅几步远的楼梯口，马加突然背诵了敬之的两句诗："几回回梦里回延安，双手搂定宝塔山……"这情景令在场的所有人都惊喜不已！我在中学课本上读到的这首《回延安》，影响之深远，是无法预测的。

贺敬之优美的诗篇已融入了我的生活。2000年，我走近向往了几十年的桂林山水，我是高声吟诵着"云中的神啊，雾中的仙，神姿仙态桂林的山；情一样深啊，梦一样美，如情似梦漓江的水"这美妙的诗句进入真实的桂林美景的。见了伏波山，我就吟诵"伏波山下还珠洞，宝珠久等叩门声"；见了老人山，我就吟诵"招手相问老人山，云罩江山几万年"。第二天一早乘车到了桂林码头，登上了开往阳朔的豪华舒适的"花轿"号游船，午餐时，要了清蒸漓江鱼、油炸漓江虾，特别是上了一小瓶三花酒，说到这酒，我又吟诵起来："三花酒掺一分漓江的水，祖国啊，对你的爱情百年醉！"

今年晚春，我把新出版的散文集《烛光》寄给了敬之同志和柯岩大姐，并告知我正在着手进行几十年日记的整理工作，全部日记整理出来大约有200多万字，出版时将分《中师时代》《军旅生涯》和《文坛风景》等数卷，总书名为《岁月如诗》，想请敬之同志题写该书的总书名。敬之同志在回信时用潇洒的草书写道："尊著《烛光》及来信先后收到，谢谢赠书！柯岩正赶校她急待印的长篇小说，我也因眼病，故未能很快通读你字数颇多的全书。仅就读过的若干篇来说，感到甚好，是优美的散文，又具有史料价值。分写我们的两篇，令我们十分感动，是友情的记录，是同志的激励。只是有些过誉之处，令我们愧不敢当了。《岁月如诗》书名寄上。祝夏安。"我注意到这宽大的红格轻宣信笺是"荣宝斋"出品，愈加令我感到珍贵。

在国内，几乎没有哪一位诗人能对自己诗的风格进行如此巨大的变革和丰富的尝试，非常民间的信天游式的《回延安》和非常欧化的楼梯式的《放声歌唱》，都同样获得成功，受到读者的喜爱。

年轻时，敬之是擅酒的，十几岁就会喝。在延安，过春节时喝酒，敬之的酒量很大。有两次在记忆中喝得特别多，一次是日本投降的消息传来那夜，不知喝了多少，载歌载舞又喝酒，十分尽兴；另一次是张家口撤退，和号房子的住在一个酒店里，没菜，有大葱，心情沉闷，喝的又是高达75度的烈性酒，一下喝醉了，第二天才醒过来。敬之不愿喝低度酒，在他擅酒的极盛时期，专喝67度衡水老白干。"文革"后期，敬之在首钢劳动，中午晚上都喝一点山东产的景芝白干。有一天，他喝得很惬意，他的夫人、诗友柯岩也正在逍遥，喝得也很畅快，就在一起唱陕北民歌。唱着唱着，敬之就出口一个对子的上联"敬之喝景芝观景致"，当时在场的人都想对，可谁也没对上；后来是机敏的柯岩把它对上了。一个日本人，叫谷井的小姐，喝古井贡酒，还要到南京去看古镜，柯岩就来一句"谷井品古井看古镜"。人们都为这副对子的谐趣而兴奋。这是敬之一则美妙的酒事佳话。1998年参加茅台诗会，敬之遭到一次很凶的"围攻"，几位年长的老大哥野曼、徐放、杨山在他的房间坐到后半夜一两点钟，你一句，我一句，告诫他这个74岁的病号不能再喝酒了！这是一次深情的茅台夜话，敬之戏称是继"十七年"受批判和"文革"期间受批斗之后唯一一次严厉的"围攻"。他真的听了劝,不再喝或少喝酒了,就连1998年12月去意大利访问,大使馆文化处的同志知他擅酒,备了茅台,他依然没有端杯。

每每重读贺敬之的诗作,兴奋、惊叹之余都会顿生望尘莫及之感。一个时代的大诗人,我们当然只能遥遥望其项背!

在会议上遇到久违了的贾漫、杨啸、桑恒昌、雁翼、雷抒雁、纪鹏、张志忠、王恩宇、贺振扬等兄长和朋友。见到了蔡诗华、王久辛、孙新等年轻的朋友。我还接受了《文艺报》记者任晶晶的采访。

与李晓桦沟通后,他张罗原军区文化处的同事大聚会。海泉和艳子开车把惠娟送到解放军文艺社,我也从文学馆赶到那里。我们先到朱亚南家做客,然后到附近一家酒店聚餐,有亚南两口、文斌两口、晓桦两口、我们两口和国柱一口。我们在工作单位时是那么和谐、那么亲密,如今虽有退休的、继续工作的、干个体的,但仍觉亲近无比。晓桦虽经商下海,但仍对文学十分关注,对文坛的了解比我们还要深透。他仍是忧国忧民,化解不开的政治情结。

2005年1月4日

妈妈说,原来住在和平大街的那个胡姨曾几次来看她,并指着墙上羽·泉的那张宣传海报说,非常想得到一张。我今天特意给妈妈送去一张海报,请她转给胡姨。胡姨也近80岁了,这样一个老人专为这件事跑那么远,本身就够感动人的,她的孙子又是那么喜欢羽·泉,我应该满足他们的意愿。同时给妈妈送去两本《难忘的父爱》,留给来妈妈这里的兄弟姐妹们阅读。

接到延吉部队钟良林、孟庆荣的打印贺卡，我给他们寄去一本《烛光》。

打老日记。把1991年接待刘白羽的两个月的日记打完了，打到1994年赴京看望张光年、魏巍、袁鹰等人的日记。

2005年1月22日

收到魏巍贺卡：世宗同志：寒雪梅中尽，春风柳上归。祝创作丰收，阖家欢乐。魏巍2005年1月18日。

下午去妈妈那里，把妈妈的床单、被罩、枕巾等要洗的物件取来，给洗一洗，晾干，再送回去。恰惠萍和道军从丹东回来，还有惠君和惠芬，商量了妈妈生日的一些细节，包括谁主持，通知哪个亲戚。

2005年2月22日

早饭后，成琦来家，说桂红的儿子是学烹饪的，在瑞士打工一年，会英语对话，希望能在沈阳、北京的星级涉外酒店上班，他把有关资料送来，希望有合适的地方能推荐一下。

今天的《沈阳日报》上刊登了郭春旭写的《贺敬之贺胡世宗写〈烛光〉》，里边引了贺敬之、魏巍等人信里的话。

和惠娟到南京街环球运动商城换惠娟的运动服。出门时，已下了雪，我在很滑的门前很重地摔了一跤。

收到北京出版集团寄来的尹世霖主编的《校园精彩朗诵诗》，里边选了我四首诗，分别是《远航鸟的歌》《寒号鸟的歌》《关于鸟儿的思考》和《筑成我们新的长城》。书印得十分精致，是2005年1月版、2005年1月第一次印刷。书中还有高洪波、金波、樊发稼等人的诗作。我的诗是选得较多的一个。

2005年4月18日

惠娟自己开车和院里伙伴一起去南湖花卉市场买花土，却没有买到，原来卖花土那家没有货了。

收到河南宜阳卢伟宗寄来的他的两本长诗《咱们的毛泽东》和《周恩来之歌》，都是魏巍题写的书名。他在信中说："寄去新出的粗浅之作一套，以表达我对您久已有之的仰慕之情。同时，也请您提出宝贵意见。作为您的知音，很想拜会您，以便畅叙交流，得到真经。无奈山高水阔，很难成行，只好待以后了却夙愿了。"

今天风和日丽，天气晴好，妈妈下楼在会馆前的广场走了几圈，坐在椅子上与人聊天，说起如何做得好豆芽。

2005年6月26日

全省昨夜12点出高考成绩。今早打电话打到焦凡洪家，问焦子考得如何。焦子的妈妈告诉我，她考了623分！这真是太好的消息了，回想起焦子平时很少参加没有必要参加的活动，不张扬，总是默默读书，我写了一首贺诗给她：

埋头攻书不皱眉，
经起百炼与千锤。
有钢用在刀刃上，
于无声处响惊雷。

2005年与孙女魏林晚

> 耐得寂寞成大业，
> 焦子出类又拔萃。
> 喜报权当新战表，
> 再梳羽翼朝前飞！

焦子是我所见的以读书为快乐、为最佳生活方式的孩子之一。她报考了山东大学，那里是臧克家的母校，当年的第一任中文系主任是闻一多先生。

昨天，广州军区联勤部某分部副政委卓名信来电话说他准备出第三部书，想让我找一位名气大些的作家或诗人为他作序。我想来想去，给魏巍打了电话，他女儿魏欣接的，转达之后，很快就同意了这件事。

应邀赴辽宁大剧院观看《沈阳晚报》20周年报庆文艺晚会

"激情飞扬"。刘禾给了四张票，我和惠娟邀了吕永著和王淑华两口与我们同去。在贵宾入口处，见到梁利人和陈波等报社的领导，他们热情地与我握手寒暄。市里刘迎初、王世伟、王玲等领导，全国晚报协会、省新闻工作者协会、东北一些晚报老总等和编辑、记者、读者1200人出席了庆祝活动。晚会前面的讲话都很精彩，晚会的节目丰富多彩，激情飞扬，内蒙古巴林右旗乌兰牧骑艺术团跳起鄂尔多斯的舞蹈优美动人；杨振华和金炳昶的相声特别有群众性，早在改革开放之初，他们二人的相声在揭批"四人帮"、促进人们思想解放进程中起到了推动的作用、轰动的效应，如今他们二人老当益壮，仍活跃在舞台上；报幕人刘峻、杨松介绍我和我写的《有一个日子，披上彩虹》，介绍朗诵者是辽宁电视台导演、制片人、东北大学大连影视学院院长王小颖，沈阳军区前进文工团一级演员刘艺，辽宁艺术职业学院副教授徐丽雅和沈阳音乐学院附属艺校声乐系的学生逯林，他们的朗诵为本来不很出色的诗增加了光彩。晚会上还看到范继红、李成、钟萱等人的演唱，最令人感动的是腾格尔的《天堂》《蒙古人》等本色的演唱，一看就是大家风范，与众不同，没有任何做作的表演，却异常动人心弦。沈阳杂技团和沈阳体育学院的杂技、魔术和健美操、搏击操令人感到青春力量的强大。

王爽过来与我们说说话，还介绍了晚报的一位主任编辑谢学芳。

在走出剧场时，巧遇校友杨洪浩，他把他夫人和从加拿大留学回国探亲的女儿领过来与我们见了面，我送给他女儿两张羽·泉签名的新碟。

2005年6月29日

惠娟与淑华、维样乘超市接客车去了世纪联华，没想到将要回来时天降大雨，我与惠娟用她新配的手机联系一下，知道她们乘12点从世纪联华发出的接客车，我在12点10分打一伞、携两伞到小区大门，恰好车到，车上只有她们仨，我给了她们一人一把伞。

海英来电话说，治先发烧，老师让领了回来。治先要来姥姥家，我们欢迎他。承均把他送了过来，治先脸有些烫，精神还蛮好的。他姥给他熬了姜汤，喝了一大碗。

广西桂林分部副政委卓名信来电话与我商量请魏巍老人写序的事。

吴琼打来电话，说是他儿子那本长篇小说再版时要加宣传封套，希望我写两句话，我写了两句，电话传了过去："字里行间跳动着青春的火焰，篇篇页页书写着人性的美丽。"

2005年6月30日

给魏巍老人寄去卓名信的两本书和我代他起草的一个序，并附信道："听魏欣说您答应为卓名信同志写序，我非常高兴。卓名信同志是广州军区联勤部某分部副政委，是领导干部中的一个先进典型，难得的是他业余时间酷爱文学创作，写了许多诗和散文诗。前两本书，第一本的序是广州军区创作室副主任节延华同志所写；第二本书的序是我写的。名信同志仰慕您的为人和您的大名，想请您为他第三本书作序。书稿日前将打印完毕，再寄您。现将前两本书寄上……我一切均好，小王也很好，海泉、海英也好，请勿念。"

今天吴琼让一位上尉干事来家取我的亲笔签名。

惠娟带治先乘一超市的接客车去超市逛逛。回来中午在会馆，我给治先要了他喜爱的肉末酱茄条和炸小黄花鱼。会馆在放着羽·泉演唱会的歌，服务员王晓倩说羽·泉的歌她全会唱，还想去北京参加羽·泉新专辑的首发式呢！

2005年7月4日

一早起来，惠娟煮了海泉搁置很久的就要过期的辣白菜方便面。

与康晓辉通了电话，我们说了许多事。他问我在北京待几天，他要找时间与我会面。

与佘开国、刘立云又说军区报告文学稿酬事，他们说已办完，卡在财务，因过时了，领导会协调这件事的。

与魏巍通话，他还没有接到我两天前从沈阳发给他的特快专递，本打算过去看望他，又怕打搅，就没去。他说收到邮件后给我回音。

与七色花通话，她和她的对象还有黎子都从湖北到北京来了，我们约好到东直门簋街共进午餐。在那里还见到了北京的恩熙和北京歌迷会的赵燕乔和她从北京西站接到的一个名叫叶子的歌迷。叶子是天门的，为了将来能采访羽·泉，报考了电台主持人，她现在就在天门电台工作。这是一个活泼、热情的女孩，喜形于色，溢于言表，很可爱。七色花是一个稳重而老成的姑娘，她比海泉大一点，她非常有礼貌，非常懂事，待人处世周到老练，给人印象很深很好，她的对象也非常淳朴、单纯、可靠。我单给他要了一瓶二两装的白酒，我见他还能喝，又要了一件。赵燕乔给人印象也很好。她们歌迷之间并不认识，但她们很团结，到北京来的，由北京的歌迷接待，像接亲戚一样。如果要评价她们：七色花善良、朴实、聪明，百闻不如一见；黎子很老实；恩熙很活跃；叶子很热情；燕乔很清秀。叶子说她父母原来对她追星不理解、不支持，后来看到一些电视播出的专访，父母理解了，也不反对她追羽·泉了，只要电视上播出了羽·泉，立即会告诉她。她妈妈还在拖地时边拖边唱羽·泉的歌《彩虹》呢！

我和惠娟正与歌迷们聚餐，海泉来电话了，问我们在哪儿，吃没吃饭。我们说正与七色花等人吃饭呢，他表示很惊讶，让我代他问候歌友。我把电话交给七色花，七色花很高兴，海泉告诉她，开完首发会，羽·泉就到武汉去签售新专辑。七色花和叶子、黎子这几个湖北歌迷听了很振奋，她们表示要马上回到武汉等着与羽·泉见面。有的要来北京玩一玩的也不准备玩了。我说你们还是应该按计划该玩就玩，来北京一回不容易。我给七色花和黎子带来了沈阳演唱会羽·泉签名的海报，给燕乔和叶子一人一张签名照片。

晚上要到龙潭湖公园去散步，在院里遇见物业项目经理王荣秋，小伙子很热情地与我们打招呼，他听说我们住处防水不好，地板损害一大片时，立即与我们上楼来看。他看了水泡的地板，我们托他帮助解决一下这个问题，他说这是举手之劳。

龙潭湖里十分雅静，我们垫张报纸坐在湖边，纳凉、聊天。夜空中飞翔着许多带彩灯的风筝，小灯一闪一闪，装点得夜空异常美丽。

2005 年 7 月 16 日

和惠娟到久林居老同学崔文琴家聚会，今天来的有班主任刘文忠老师，有廉秀荣、安德胜、鲁松会、刘桂兰、黄凤俊、吴惠贤、徐佩兰、屠燕茹、张国栋、吴宝珍、刘兆义、王凤玉、崔春冬、郑英姬等同学。我们在崔文琴新居走到惠友饭店共进午餐，崔文琴尽地主之谊。同学和老师相聚很愉快。说了许多难忘的事，特别是郑英姬说到去韩国打工的辛酸感受，她本人是一个中学教师，到韩国给一个中学教师做家政，心里的滋味可以想象。但她说到韩国先进的理念和人际关系，从来不歧视打工者，就是家人吃水果，你不在，也要给你留一份等你回来吃。主人对她也说"请"，"请你来一下""请你吃饭"。崔文琴说到她如何拼搏，如何教育孩子，在这点上与丈夫保持一致。但儿子睡下了，到儿子身边吻一下，儿子醒来依然板着面孔。两个儿子都上了大学，也都有出息了。

收到魏巍的信：

世宗同志：

您好。

遵嘱已对你起草的序言改了几个字，签名寄回。请收。

并祝全家

暑安

魏巍

2005.7.4

稿子不必寄来了。

你我该做的事，何谈报答！

收到永贤大哥寄来的报刊资料和光盘，光盘中间折断了，非常可惜。

收到裴伊伊的信，她说她在过去的一年里没有太用心于功课，只在临考试时有一点紧张，她已决定复读一年，准备明年考上一个好一些的大学，父母都支持她这样做，他们的决定想必有道理。

2005年7月17日

给魏巍回信。用特快专递给卓名信寄去了魏巍的序文，并写了一信。给《日记》杂志汇去100元钱，购买《重走长征路日记》从之一到之六的6期刊物各三份。给裴伊伊回信，支持她复读一年，并寄去了羽·泉新专辑图片小册子一本。给陈永贤大哥寄去我拍的羽·泉的《三十》发布会的光盘资料。

给沈阳日报社的杨春燕送去与丁玲的合影照片及《丁玲文集》，还有我的稿件。

到白山出版社李一平处送去军旅歌曲《当兵的人》的资料。

接大哥来家。大哥找我有事情，我估计不是妈妈的事，就是海光的事。果然是海光的事。大哥心里放不下这件事，海光生活的变异发生在今年5月。我说这是生活中十分正常的事，海光的选择一定是有道理的。海光是懂事的好孩子，平时对奶奶最孝顺了，时不时就去看望，给奶奶零花钱，给奶奶买好吃的。他的思考和选择不会有错。不必为此而烦恼。大哥说了事情的全过程，与我说说，他心里就好受些了。

2005年8月22日

一早5点整，车子开出海泉居住的院落，十几分钟后上了京沈高速公路。在漫长的寂寞公路上，我们的娱乐只有反复播放的《三十》专辑。来回4次，每次7个半小时，4次就是30个小时。在30个小时里听《三十》这张CD，可以预想到会听熟、听烂，几乎每首歌都会哼唱，不仅一次大声喊着唱："这样的夜里我容易喝醉……"

在滦县和盘锦吃了早餐和午餐。

下午3点半到家。还是家好！

看到《沈阳晚报》和《辽沈晚报》上刊登的羽·泉将来沈举办歌友会的报道，位置很突出。分别是林娜和乔睿写的。

收到魏巍的信和王晓棠的信。魏老的信主要是对卓名信同志因他作序而表达感激，他认为不必，他说："现在作家出书不容易，出本书要花不少钱，岂能再多出？"他退还了卓名信同志给他的报酬。

晓棠寄来一张贺卡，还附寄来一张6月21日的《北京青年报》，天天副刊的头题是《树上还有几只鸟》，这就是最早我们相识时，20多年前，她朗诵我的诗《关于鸟儿的思考》的意境。她在卡上写道：

世宗友：

接贺卡后本拟即复，奈何虎头蛇尾——早先的印象，年下的，尤其是您温馨、诚挚的祝福，使我想静下心来写，却差了念头，就此延误下来，您的贺卡是1月7日寄出，1月9日到京的，过了新春，成为我的心病了。

在2005年6月21日的《北京青年报》上，读到了一则《树上还有几只鸟》，心中一喜——总算碰上了向您改正错误的机会。于是，下决心留作"八一"节给您贺节的小礼品以博一灿。哪知又拖到了8月2号才得提笔，实在不该。乞谅。

今年是电影百年，给我们电影界带来欢喜，也带来繁务，加上自己要做的节目，所以整天忙进忙出，但有一点，始终惦念未给您及时复贺年卡的过失，还有不少朋友的，好在能改正就是好同志。

就此恭祝您及全家顺心。

王晓棠
2005年8月2日晚

2005年8月28日

赶写出明天在方冰纪念会上的发言稿。

在我人生的旅途上，特别是青年时代，在几个重要的转折点上，都与方冰老师相关。

初中毕业前夕，沈阳第二师范学校举行招生演出，晚会的压轴戏是诗歌表演《王二小放牛郎》，满台英雄气催人泪下，颇具艺术才华的二师学生们扮演了王二小、群众、八路军和日本鬼子全部角色。这场成功的演出特具诱惑力，是我和几个同学决定报考二师的重要动因之一。

考上二师的1959年，我买到一本魏巍编的《晋察冀诗抄》，那本书里选入方冰十首诗。我把这本书背到了军营，背诵了田间、陈辉、方冰写于抗战年月的许多脍炙人口的诗篇。我全文抄写了方冰在我出生的那一年即1943年，也是他29岁那一年写出的《三月的夜》，把它寄给了未婚妻。因为诗中写了一对恋人，男的要参军，女的来送行。男的问："我报了名，要走了，你想我吗？"女的答："我想你！"男的疑虑地说："你想我？"女的说："你要是老守在家里，我就讨厌你了！"简洁的四句对话，两个人物的心理活动和思想情趣就惟妙惟肖地展现出来了。我是用方冰的诗来巩固我的未婚妻对我入伍这个决定的支持。方冰在诗的末尾写道："三月的夜，你是多么香啊，你是多么健康而甜蜜地在呼吸着啊——子弟兵快要入伍了。"在方冰的诗中，夜是"香"的，而且在"呼吸着"，这种没有感知的感知，大胆泼辣的想象错位，尤其是写于60年前，是多么难能可贵啊！

在我的印象中，方冰老师是严厉的，又是慈祥的。严厉，是指对社会上假丑恶现象，对这些东西，他绝对是义愤填膺、疾恶如仇的；慈祥，是指对群众、对读者，特别是对我们这些晚辈的文学爱好者和习作者，他是那样温和、友善、亲切。

我写出组诗《鸟儿们的歌》以后，怀着忐忑的心情寄给了阿红老师，阿红老师将它发表在1980年5月号《鸭绿江》显著的位置上。方冰老师很快给我写来一封信，信上说："我把你的《鸟儿们的歌》读了好几遍，它给了我一次真正的诗的艺术享受。这是一组很好的诗，是《鸭绿江》上——也可以说是目前的各地文艺刊物上少见的一组好诗（见面时再详谈）。我非常兴奋，祝贺你！希望你写出更多这样的好诗来！"他还说："请你时常来谈谈，我是需要向青年人学习的，《鸟儿们的歌》就是我学习的很好的材料。后来居上，这是历史的规律。否则，人类就不会有进步了……再一次祝贺你！紧紧地握你的手！努力！多写！不要害怕，不要有什么框框，不带枷锁才能有好诗。"这字里行间，跃动着他那颗虽近年迈却苍劲、炽热的长辈的心。我当即回信向他致谢，不久我们见了面，我又当面感激他对我的鼓励，他说：

"我读到一首好诗，一天都为这个作者高兴，像吸进了新鲜的空气；读了不好的诗，则一天都不高兴，像嚼了肥皂似的。"

我与我熟悉的、尊敬的工人诗人刘镇和晓凡谈起方冰老师时，都共同感念他真诚的扶植，晓凡的《灿烂的青春》和刘镇的《红色的云》都是方冰写的序，表现了他对这两位工人诗人创作成绩的首肯和褒奖。方冰从不好为人师。他与晚辈交往时，总是平等待人，毫无架子。有一次，雷抒雁来沈阳，住在我家，天已经很晚了，方冰老师闻知后，打着手电筒，徒步在药王庙路转了许多弯子，最后转到我们的大院，爬上五层楼，找到我家，松涛、秋群等我们几个晚辈诗友望着已是古稀之人的老诗人，一时感动得不知说什么才好。还有一次，叶文福来沈阳，方冰老师闻知后，立刻让我和松涛陪同他去看望，也是在晚上，我们找来找去，最后在一个狭小的胡同里，在罗继仁同志的家里找到了叶文福。他们二人的手紧紧相握，方冰说："你让我读到一首好诗！"反应机敏的文福感动地说："你让我见到一位平易近人的诗坛长辈！"

在（20世纪）60年代初，当年近半百的方冰老师在自己的鬓角上发现第一根白发时，他把它看作是"第一片凋落的花瓣儿"和"绿叶上的初霜"，他提醒自己，快握住时间的缰绳，把这时间的野马抓紧，他写道："波涛似的岁月，向我的身后奔去，又迎面向我奔来，它一点也不等待……"而今，这位喜欢穿一双素色胶鞋的"拿火的人"已经作古八年了，他把这警策的诗句留给了还活着的我们。让我们在脑海里浮现着老诗人的容貌，抓紧时间的缰绳，让我们在未竟的人生道路上盛开鲜花吧，这是对我们敬仰的老诗人最好的纪念！

2005年9月28日

连续几天早上在做操前踢毽子，这样运动量大些，周身是汗，接着做操，非常舒坦。

在《文艺报》上看到《吟诵佳作忆克家》的报道，在克家百年诞辰将到之际，北京举办了"诗魂永存"的诗会，有十几位艺术家朗诵了克家的经典诗作。报道中说贺敬之、魏巍、李瑛等人出席了诗会，特别令我高兴的是郑曼大姐也出席了，还有她接受采访的照片。我给苏伊打了电话，她说她母亲身体和精神都好，还说那天在会上朗诵了十几首她爸爸的作品，还有演唱京剧的，还有舞蹈的，形式很活泼。主持人是总政话剧团的演员，主持过"巴金之夜"等晚会。苏伊说到文雯上了初三，正是考高中之前的紧张学习阶段。苏伊还说到海泉第五张专辑的宣传在北京的影响。我请苏伊向郑曼大姐，向文雯和她的爸爸问好。

在同一张《文艺报》上读到王眉的文章《最后的告别》，在文中看到刘白羽亲笔写的《心灵的自白》这最后的遗嘱，这遗嘱写于2003年1月11日。读后令人感慨万千。这样一个革命作家，到了生命的最后日子——其实还有两年多呢，早早就把后事安排了，明确说，遗体交给医院解剖，如尚有有用的器官能给人一点生命力，是最好的事，不举行遗体告别仪式，不发讣告，不登报，遗体火化，骨灰与妻子汪琦同志的骨灰一道投入大海的汹涌波涛……我给白羽的秘书汪新伟打了电话，他在部里办公室，这两天就忙着"落实"白羽遗嘱中第七条：将手稿、书、写作的桌椅及文具，获得的奖章、奖状，保存的各种艺术品、字、画、所有的照片，全部交给国家——中国现代文学馆。新伟说我给寄去的报纸都收到了，将编到白羽的纪念文集里。

2005年10月14日

我早上起来把给戴默的诗改了一遍，用电子邮件发给张秀梅，让她转发军网给戴默。一早，张秀梅打来电话，说那首诗今天已经见报了！太快了！

看到《沈阳晚报》上发表了外孙治先的诗《秋天》，非常高兴。他的诗我只添了个"啊"字。我发表处女作时15岁，海泉发表处女作时12岁，治先是8岁。他在被妈妈接回来的路上打电话告诉我，他月考全班第三名，而数学在全学年组考了个第一名。

海泉和艳子来电话说近况。

收到魏巍亲自包装写邮址并在书上题签的《人民作家人民爱——魏巍的故事及对他的评说》。

收到七色花寄来的载有羽·泉在武汉活动报道的报纸数张。

与步涛通话，他告诉我，我写李新泉的那篇报告文学已发表在《中国人才》第九期上了。

2005年10月26日

收到魏巍的信：

世宗同志：

你好。

10月16日信收到。

你收到的那本书，是别人编的，主要部分是以2000年那次会的材料，我没仔细考虑，把你过去的写我的几篇文章忽略了。编者说，还要印增订版。你可以把过去写的那几篇复印一下寄给我。麻烦你了！

祝

全家好。

魏巍

2005 年 10 月 20 日

在《文艺报》上读到有关巴金同志遗体在沪火化的消息，还有任晶晶等人采写的许多作家缅怀巴老的话，深受感染。我是一个无缘与巴金接触的晚辈，但巴老的作品在我学生时代就打下了深刻的烙印。因我在师范学中文时，在现代文学课里，讲到茅盾、巴金、老舍等作家，我读过他的《春》《秋》《家》，他曾到过朝鲜战场采访，写下了《团圆》小说，后被改编为电影剧本《英雄儿女》，激励着一代一代的青年人崇尚英雄。巴老本人就是英雄，他是那种沉默胜金的英雄，他从不张扬，从不卖弄，从不说假话，他的人格和人品是中国作家的榜样。我永远敬仰巴老。

2005 年 11 月 28 日

接到初中时的老同学于秀英的电话，说今天同学们相约去看班主任张成玉老师。可是我担心后天出席省报告文学评奖会前不能做好准备，就谢绝了。她说老同学杨玉振、高彩文、李桂花等许多同学都去呢。我真是想去。可是去得大半天的时间，我真舍不得，担心评委会开会时说不出什么来。

惠娟要开车去看我的岳父岳母，因前一段各村都防护拉铁链子阻挡外来车辆入境，防禽流感，就没有回去。前天听说阻拦解除了，我抽出一个多小时和惠娟往返徐家林子一趟，看望了80岁的岳父母，带去了一些食物和水果。岳父母的小屋烧着一个小铁炉子，还很暖和。我们去了，岳父往炉子里添了一把短短的柴棍儿，火一下就旺起来了。

在网上看到海泉去台北了，一打电话他还在北京，正忙着做中国移动的歌，准备12月一个大型晚会做最后压轴的节目。

开发区公安局局长、政治部老战友曹力钧打电话来问我有时间否，想与我谈一谈。我开车过去，谈了半个小时，他有摄影的雅好，在新疆、西藏拍摄了一些风光作品，也出国去加拿大等国家拍摄过，想出本作品集，让我帮助出出主意。

接杜守林电话，转告总政要编一本纪念刘白羽的文集，约我们军区四个人的文章，其中有我一个。

晚上加班看参评作品。宏林打电话来说他从三峡回来了。

收到张文苑副社长从北京寄赠的由他和刘钦明主编的一本大书《相逢相思在战场》，书名由魏巍题写，书中记述了十九兵团政治部文工团在西北战场、华北战场和朝鲜战场的难忘经历，特别令我感到珍贵的是有十几篇诗文，描述了巴金在朝鲜战场采访并与志愿军官兵在一起的情形，十分难得！

2006年1月9日

应程步涛之约，为《中国人才》杂志撰写高玉宝的文章，约7000字。步涛还让找高玉宝的照片，我找到了几张。

与惠娟到铁百附近买贺卡，给李瑛、魏巍、郑曼、王晓棠、李麟昭、李光祥、高玉宝等老师和朋友分别寄去。

2006年1月28日

今天是除夕。

收到魏巍及其夫人秋华大姐寄来的贺卡。

收到贾方亮寄来的贺卡。

收到无数朋友发来的短信，开始我还不知我的短信已涨满，承均告诉我后，我删除了阅过的，就不断有新的发进来。对群发的贺岁短信我基本不回复。我也从不群发短信。

海英一家三口到老婆婆家过年去了，我们和海泉、艳子四人一起共进晚餐。饭前，我们到凉台上放了一长挂鞭。海泉点燃的，我们几个躲到远一点的地方。惠娟做了烧黄鱼，我做了木耳肉片和豆芽韭菜干豆腐细粉两个菜，其余的都是买现成的熟食，原说要在会馆订几个菜，后来没有去订。我们打开一瓶喝剩下的茅台，海泉说不能喝了，因为时间太长了，我要打新的，海泉说喝红酒吧，我们把前天打开的那瓶欧葳堡分别倒在四人的杯中。海泉说有没有雪碧，我去找，没找到，惠娟找来一个有大半瓶的大瓶雪碧，打开后，没有沫，也是放时间太长了，没敢喝。

我们说了很多的话，海泉给出题，让我们猜，是智力测验。三个开关，三盏灯，只许进屋看一次，怎么确定哪个开关管哪一盏灯？还有大沙漠里一具死尸、一根火柴、几个箱子，没有足迹，没有一丝风，怎么讲清这是怎么一回事？我说是直升机超重，扔下来了，贴边儿；海泉说是热气球超重，开始扔箱子，后来扔人……他说这是李霞考他的一个题，他很快就猜对了答案。我们还说到他们在北京生活方面的一些事情。

海英他们在近夜12点时回家来，我们共同煮了两锅三样馅的年饺子，热气腾腾。

海泉等照例看《家有九凤》光盘。

2006年6月1日

一早送惠娟到西站，她要去胡台，乘郊区客车，5元一张票。

我在早8点半赶到姿兰公司，李辉早就在了，等了一会儿，王维良也来了。我们三人一起往下进行在电脑上改样子的工作。进行得很顺利，也有个别的材料需要调整，前调后，后调前，这是免不了的，只要动一张照片，后面调好的内容都得变，特别是照片的双数页和单数页，那有很大不同的。

中午，我请维良、王妍、王璐和李辉吃饭，维良怕我多花钱，领到三千里冷面店，可是这里人满为患，根本没有座位。王璐提出到附近一家笨笨连锁店，真是物美价廉，六个菜，六碗饭，一共是72元钱。

晚上回到家，收到魏巍寄来的书刊。书是作家出版社出的《人民作家人民爱——魏巍的故事及对他的评说》。主编是刘贻清、剑萍、余飘。这本书的第二版收录了我的两篇文章：《大时代的"司号员"》和《属于人民的魏巍》。在第二版（增订版）的后记中还说："另外还有魏巍同志的老战友、原沈阳军区政治部创作室副主任胡世宗的两篇文章和工人诗人王学忠的诗三首。这两位同志的作品，为本书增色不少。"随书还寄来了一本《中国解放区文学研究》今年第一期杂志。魏巍写来了一封信：

世宗同志：

你好。

新书已出，今寄上，编者有两处竟把你的大名搞错，实在是大不敬，请谅。

另寄《中国解放区文学研究》一册。

祝全家好

魏巍

2006年5月22日

2006年8月5日

一早上网看我的博客，有栾人学的留言，为此我很高兴。我发了两个博客，其中一个是纠正前一个博客的错误的。

找到有关《沉马》的资料，给解放军出版社总编施雷写了封信：

2006年6月6日在纪念中国红军长征胜利七十周年为长征沿线中小学生赠书（右二魏巍、右三贺敬之）

施雷总编辑：

您最近很忙吧？身体好吧？

我因在网上读到《解放军报》记者曹慧民和雷从俊写的长篇文章《长征，震撼心灵的历史细节》，并看到曹慧民"强烈呼吁《沉马》再版"的帖子，我非常有感触。《沉马》是20年前解放军出版社给我出版的诗集，这是我1986年重走长征路所写的一本诗集。这本书问世后，曾有许多评论，其中最主要的是：

1. 刘白羽：开拓诗歌的远征之路——读诗集《沉马》，发表于1988年3月29日《人民日报》；

2. 魏巍：到底谁疏远了谁？发表于1988年3月2日《解放军报》；

3. 晓雪：时代需要这样的诗——读胡世宗的诗集《沉马》，发表于1988年8月19日《光明日报》；

4. 黄国柱：被凝练了的历史情思——序胡世宗的诗集《沉马》，发表于1987年6月号《文学自由谈》；

5. 刘镇：诚实的和强悍的——读胡世宗的《沉马》，发表于1987年12月21日《辽宁日报》；

6. 孙浃：《沉马》谈"沉"，发表于1988年8月号《当代诗歌》；

7. 周涛：关于《沉马》，发表于1988年5-6月号《诗潮》；

8. 刘文玉：致《沉马》作者，发表于1988年5-6月号《诗潮》；

9. 晓凡：走向成熟，发表于1988年5-6月号《诗潮》；

10. 李松涛：有思索，才会有更生，发表于1988年5-6月号《诗潮》；

11. 未凡：有所突破与出新，发表于1988年5-6月号《诗潮》；

12. 罗继仁：走出自我，在新路上开掘，发表于1988年5-6月号《诗潮》；

13. 曹慧民：辽宁诗坛举行《沉马》研讨会。

此外还有阿红、张同吾、高洪波等人写的评论，一时没有找到。

我想我出过的书很少有这样多的人来评论。这本书虽然很薄，却在我的创作生涯中是有分量的。辽宁电台和中央人民广播电台都播出了《沉马》诗朗诵的节目，我这里有一盘儿，寄给您，有空儿听一听。

另外，在诗集《沉马》之外，我后来又写了一些有关长征的诗，分别发表在《人民日报》《解放军报》《解放军文艺》《诗刊》《诗潮》《西南军事文学》等报刊，这是《沉马》出版时没来得及编入的，十分遗憾。如发表于《人民日报》副刊头题并获奖的《长征——史诗》，如发表于《解放军报》上的那首《那顿饱饭》，以及《小屋里的圣母》《将军的返还》，发表在《诗刊》上的《鼓皮》，以及今年纪念长征胜利70周年新写的几首长征诗，如果有机会再版《沉马》，我想把它们都收录进去，会让这本长征诗集更为丰富多彩。同时也删去一些艺术质量较低的作品。如果能再版，可以把刘白羽等人对《沉马》的评论放在书的后面，作为附录。

如果能再版，我想把封面好好做一下，现在这个不是很理想。

如果能再版，我不收取一分钱的稿酬，并且自己购一部分书。

这是我最近想得最迫切的事情。我想我两次重走长征路，在重走长征路成为时髦的今天，我那时的重走是非常扎实的，收获也是非常大的。最近参加全军安排的各大单位长征晚会的创作，我把《沉马》拿出来，军区文工团和军区文化部的领导非常重视，把《沉马》诗集中主要的诗作都改编成了文艺节目，有的改成女子集体舞，如《向着火红的小果子》，有的改成男子集体舞，如《雪葬》（这首诗李默然和王刚都选中朗诵过），有的改成独唱歌曲。并让我根据《沉马》的思路，参加了总策划，并担任晚会总撰稿。

施总编，我真的希望在纪念长征胜利70周年的大日子里，贵社能再版我的这本《沉马》。盼得到您的支持！

晚上，治先单腿驾着滑板，在会馆前的广场上游刃有余地玩着。他滑得特别好，可以用脚踩后轮刹车，让高速行驶的滑板突然停下来。

海英从吉林松原返回沈阳，与承均在晚8点回到家。

2006年11月21日

收到魏巍的信：

世宗同志：

你好！

"八卷"大书收到，堂皇之至。谢谢。

待抽空慢慢读再写意见给你。在当前形势下，此书是如何出版的？令人惊奇，你是花了钱，他们是否给你稿费了？

祝

丰收！

魏巍

2006年11月16日

此次文代会，你未来，是我意料之外，许多人也未来，令人奇怪，不知怎么搞的！

其实没有什么奇怪的。我这个作家，从来也没有参加过作代会。在以前，我当文化处长时，当然要安排真正从事专业创作的同志赴会的；从事专业创作后，我是副主任，上有主任，主任去了，不能副主任也去，那不都成了头头赴会了。

这一次作代会，我真的想去，因为从未参加过，也想去看看从全国各地来开会的作家诗人朋友，可是当我知道有这个会时，会都开了。我并不知道作家代表是怎样产生的，从来也没有人征求过我这个作家的意见，连口头征求意见也没有。一个作家能不能写出好作品，并不在于参加没参加代表会，一个作家有没有影响，也不在于参加没参加代表会。我这样说，人们一定会说是吃不到葡萄就说葡萄酸。我还真不是吃不到葡萄的人。

下午应邀到七宝山饭店出席《诗潮》杂志创刊20周年纪念会，到会100多人，许多诗友是平时很难见到的。大家嘘寒问暖，异常亲近。

纪念会由市委宣传部文艺科科长主持，于连胜致开幕词，李松涛、宋晓杰、宁明代表诗人和读者讲话。

刘文玉和李秀珊作为刊物新老主编讲了话。文玉记忆力真好，讲了刊物创办的来龙去脉，同时讲了办刊的艰难和坎坷。省委宣传部副部长郭兴文即席讲话，讲了观"潮"看到的几点，很有新意。我和坐在我身边的李宏林对此十分赞赏。宏林告诉我，下月初，我将与他同去阜新讲课。

会上，由晓白、文涛和杜桥等人朗诵了古今诗作。还有市总工会合唱团演唱了文玉和木青作词的歌曲《迎宾曲》《毛主席走遍祖国大地》和《哈瓦那的孩子》。我发现了合唱团里有一个小贺，是我们一个小区居住的。

会上赠送给大家每人两个带字的杯子和一本纪念册，在精品回放里，我看到有我的一首诗《草地和〈西游记〉》，还有海泉14岁时写的那两首发在刊物上的诗《告诉我自己》和《江中》。

吃饭时，打电话给王健，问他为什么走了，他说他在送王向峰、牟心海和阿红。他们都没有吃饭。我找来录音的崔童鑫和侯雨含，她们也不在，回台里做节目去了。我给一些老大哥敬了酒，也给小贺敬了酒。我用的是可口可乐。姚莹、秋群、裴春锦都来给我敬酒。裴春锦敬酒时把他的白酒洒了我一身，让我觉得也酒气飘香了。

2006年11月24日

今天的《沈阳日报·万泉》副刊上发表了庞铁明写的一篇文章《〈胡世宗日记〉：一页也不空白》，文章写了我如何让记日记这件事坚持下来，他写得很随意，却很充实。

到市集邮协会张新中国成立处取到上次预订的五套珍贵的加绢邮票，另外预订了明年的各种邮品。

遵晓辉嘱，到机关保密室全凤义处，把给康晓辉的书托他通过保密系统邮走。

把给张丰、苏丛、张春启的书让张丰取了去。

中午来不及回家，在海洁包子铺二楼，请来王健、王璐、李辉共进午餐，王维良因要打乒乓球，王妍因要接待客户，都没有到。后来王妍接待客户竟巧得和我们邻桌！

到北方传媒霍起处，见到他正忙着往新的传媒大厦搬家的事。他给我要了一壶茶，我和传章说了一会儿话，我们便到沈阳日报集团的四层沈阳网办公处，周杰主任和王立成副主任在那儿接待了我们。徐光荣和解明早就在那儿了。我们应沈阳网之邀做客。由王传章主持。这个节目叫作"胡世宗讲《胡世宗日记》"。我们从下午2点谈到3点钟，一个小时，很随意，很活跃，谈得主人很满意。

晚上回来，我看到了沈阳网上这个视频节目。

收到张云晓的长信，有六页，写了他去北京见到贺敬之、柯岩、魏巍、钱光培、饶洪桥、李家许、程步涛、朱亚南、张同吾、叶延滨、李小雨等人的情况，他说三个出乎意料：顺利、热情、收获。

老部长说我的日记书有63处写到他，他称我的日记是"鸿篇巨制"，是"智慧的宝库"。他的话给我以鼓励。

信中，老部长孜孜以求的精神充溢纸上。他对他现在写的诗很不满意，在努力寻找新的"突破口"。

白晓明的司机王丹来取走了给韩光和张烈英的书，他们明天回辽阳，就给带过去了。

2006年11月25日

阴雨天。

去看望妈妈，给妈妈带几个新的大苹果。

和惠萍、道军玩了几把扑克，请他们和妈妈一道吃啊美丽饺子馆的饺子。妈妈要的是羊肉馅的。

接到李瑛的信，说收到了我的八卷日记书，因前一段参加作协会去了八天，回来看到包裹单，过期三天了。他说先告知一下，细看书后再写信来。

看到《前进报》上登载了我的日记书召开座谈会的消息。

张云晓老部长的信如下：

世宗：

我已从北京回来。

10月31日退给你的报纸（挂号）收到否？

在京十几天，看望了几位老首长和老战友，拜会了贺敬之部长和柯岩老师、魏巍同志、钱光培老师，军报的饶洪桥副总编，李家许、程步涛、朱亚南诸领导，中国诗歌学会张同吾秘书长，《诗刊》的叶延滨主编、李小雨副主编……出乎意料的顺利，出乎意料的热情，出乎意料的收获。

您的《日记》查到写我的多达63处，都拜读了，顺便也读了其他的，如去海洋岛张家楼（第九户），去南海，去黑河……这样的鸿篇巨制，是智慧的宝库，要慢慢学。从已读到的篇什中，我最受启发的一点，是您随时随地注意学习，积累知识。如在去海洋岛的船上，了解浪的种类，去南海的船上研究海与洋的关系……有知识的人，都是会学习的人，会用脑子的人。

卷2的869页有这样一句话："曾一起工作的首长和部下如果关系融洽，就会成为长久的朋友。"这是1983年4月26日的日记。距今已过去24个年头。您是我的一位好同志，好朋友，好师友！20多年来您为我做了您能做到的一切。出版《红色旋律》小王都上阵搞校对，这是多么真诚的友谊啊！感激不尽啊！

在上封信中我说：现在唯一的苦恼是诗的质量上不去。虽然出了6本小册子，却都是在一个水平上，您曾在信中希望我"突破"，但迟迟做不到。现在属于我的时间越来越少了，为了走出低谷，我定了提高诗的质量的4个指标：1. 减少直白，增多诗味；2. 写出的作品能全部或大部发表（特别是能在大报刊发表）；3. 发表的作品能得到读者和专家的肯定；4. 在以上基础上争取有一两件获奖作品。

质量不是"突击"出来的，也不是短时间可以提高的，因此，我定的这些目标永远达不到，但我也永远不放弃追求，直到死而后已！

关于改诗的问题，我认为柯岩老师做法最好，她给我的两封信，复印件您那儿都有。她不仅具体准确地指出问题，而且帮助修改。《红色旋律》的"序诗"后半部分就是她改写的。因她身体欠佳，推荐梵杨老师给改，他放下自己的长篇改了一年半，全部改完了。内容上我又有改动。文字经过他加工润色好多了。他说他当年给一些人改诗，后来有些成了名家。荒草改《高玉宝》也是很好的例子。您受李瑛当年当编辑的影响，定型了，而且您确实太忙太忙，我不苛求。我前面说了您对我做了能做的一切，非常感激！上面说的，只是不同看法，交流认识。刘文玉改的那一首，他打电话问我："你追寻什么？"我说："追寻丢失的革命传统。"他就那样改了，文字上有很大变化，基本精神是对的。

实话实说，不对的话指教！祝冬安！全家好！

老伴儿问候！

云晓

2006 年 11 月 20 日

2007年3月31日

昨夜阴雨。雨后的空气格外清新。我一早起来就到广场散步，在广场走圈儿，很快乐。边走圈儿我边背诵自己熟悉的名家的诗，如魏巍的《登雅典卫城》《最美好的晚餐》，还有古文如《小石潭记》《归去来兮辞》等。魏巍当年访问希腊，头脑里有社会主义和资本主义的界限，写这些诗的时候带有强烈的批判色彩。所谓义愤出诗人是也，只是这观点是否十分准确有待研究。但从诗艺讲，魏巍的这些诗写得真是感情真挚，构思巧妙，诗句优美，令我叹服。

海英一家下午 1 点多回来过周末，治先刚上完课，显得很疲倦。我们两个穿着厨师服给他们煎了猪肉韭菜馅子。饭后一会儿，治先就要做作业，接近晚饭时，他才做完作业，自己放卡通录像光盘看。

我全天整理羽·泉的录像资料，竟找到不同样的光盘 99 张，准备到南湖电子市场去复制若干套。这是最重要的资料了，非常宝贵。亏得陈永贤大哥给我们不断寄资料来。

2007 年 4 月 22 日

收到卓名信从广西桂林寄来的他的新著《我从军歌中走来》，这是魏巍同志写的序。前几天，卓名信专为此打来电话，他曾出车祸，住了一年医院，现在手不能写字，所以寄来的书是他委托下属寄的，还不能签名，等手再好一点，能写字时，再签再寄。他非常感激我帮他联系魏巍看他的书稿，并为他的书写了序。

收到歌迷刘海霞（小胖）寄来的羽·泉剪报资料，这是她多年积攒下来的，听说我在整理羽·泉资料，就寄来了。还收到歌迷赵燕乔的信，说到自己努力工作，也要像羽·泉那样做一个出色的人。

2007 年 6 月 25 日

收到云南晓雪兄用漂亮的毛笔小楷写来的信一封：

世宗兄：

皇皇巨著日记八大卷和两份有关报刊都收到了，非常感谢！

袁鹰同志的序写得很好。首都评论家们的文章和消息我也早已看到。读了《四百万字的生命长征》，我才知道你有这么好的儿子，这么幸福美满的家庭，衷心祝贺你！

八卷日记，我当认真拜读。已有那么多的诗人作家评论家写了很有分量的评论，我再写，当然要有点新的角度和体会才行，盼能宽限一些时日。

这些年东北到云南旅游的人不少。欢迎你们全家方便时也来云南走走，云南近年旅游业发展较快，可去的地方很多。祝你

身笔双健，万事如意！

晓雪

2007年6月14日

收到河南王金魁寄来的一本《书简》小刊，编印得极为俭朴而高雅，我在这本小刊上读到许多大家如冯其庸、张允和、王光美、方成、魏巍、周海婴、屠岸的书简或信息。所以我说这小刊不小。刊物主编亲笔写信约我为其写些东西，我当适时回复。

海宁短信和电话让我为《铁军》专题片写两百字的篇头语，我给写了。

2008年2月27日

一早出站打的到后现代城住处。简单洗漱后，打的到大望路地铁车站，在复兴门倒车到和平门下车，下车即是红野住的97号楼，9点40分进入他的家门。秋川和红野夫人张增慧，内蒙古作家杨啸的儿子小菲早上到京，他代表他爸爸吊唁浩然叔叔。他从小就曾在浩然家长大，那时只有几岁。他姐姐与秋川一般大。红野家小客厅被布置成浩然的灵堂。摆满了花圈和挽联。浩然的彩照慈眉善目、宁静安详，据说开始放一张小一些的照片，被花

询问孙子魏崃学习
情况

魏巍对孙子寄予厚
望，魏崃牛津大学毕业后
从事金融工作

魏巍的孙子魏崃和孙
女魏林晚

圈挡住看不见了。

进门后，放下手拎的小包，我站在浩然的遗像前，恭恭敬敬地鞠了三个躬。

不断有人来吊唁浩然，许多是外地的，还有一位浩然的司机，年纪已经很大了，进来就说浩然的好处，说永远也不会忘记。

春水从文联机关回来，手拿着明天参加吊唁的名单，还有捐花圈的名单，那是很长的一排名单。有很多挽联、挽词写得非常动人。春水说《北京晚报》发消息说26日上午10点在八宝山与浩然告别，许多人昨天就去了，在那儿碰到红野才知道改时间了。我说应该给《北京晚报》打一电话，请他们帮助告知一下。春水给《北京晚报》的刘畅打了电话。还有一些挽词是否应抄出在告别大厅前悬挂出来？春水让秋川打出来，发给北京作家协会主席刘恒。刘恒就是写了《菊豆》《秋菊打官司》《贫民张大嘴的幸福生活》等在观众中有非常深刻印象的作家。他接替浩然任北京作协主席，他对浩然非常尊重。

无锡有一个费冷英，中学时代给浩然写过一封信，浩然给回了，她专程从无锡跑来，找到红野家吊唁。还有一个叫何维玉的，曾在书市看到浩然签名售书，与浩然合过影，听说浩然病了，找了四年，刚找到，就听到了噩耗，伤心得不行。

春水手里有个名单，李瑞环、张百发、倪志福、陈昌本、高占祥、贺敬之、魏巍、玛拉沁夫、何鲁丽等，很多人为浩然献了花圈。

我看到很多人发来的唁电，其中有上海市作家协会的，还有上海作协主席王安忆个人的，她是这样写的："惊悉著名的前辈作家浩然先生不幸逝世，不胜悲恸。浩然先生终身辛勤耕耘，创作出许多脍炙人口的作品，为我国文学事业的繁荣和发展做出了重要贡献。谨此表达我深切的悼念。晚辈王安忆2008年2月21日。"唁电中还有"张志民之子晚辈张旗敬挽浩然老师您走好！你的老九哥、我的父亲张志民在等着和您谈古论今呢"。北京日报报业集团的唁电是用浩然的作品名字穿起来的：

> 浩然正气为苍生
>
> 乐土活泉已圆梦
>
> 金光大道艳阳天
>
> 喜鹊登枝杏花雨

中国大众文学学会是一副挽联：

> 扎根农村巨笔写巨著
>
> 心系人民赤子献赤心

我看到春水拿着的三河悼念浩然的实施方案，将为浩然在《苍生文学》上发纪念专号；浩然的文艺绿化工程要拍专题片；他的住处"泥土巢"桃园小区二层小楼永久保留，书房、会客室的摆设保持原样，成为展室；在市文化中心办独立的"浩然文学馆"，作为青少年爱国主义教育基地；在人民公园内，铸造浩然铜像，供人们瞻仰参观。

红野从八宝山回来，说原来《北京晚报》刊登了26日上午与浩然告别的消息，很多人都去了，到那知道改为28日了。红野和春水的手机被发进来的唁电短信爆棚了，都有一二百条。原说送给我一套后来三河主办出版的《浩然全集》，春水领我看了，她说编印质量很差，给也要给精装的，稍好一点点，精装在三河，我说我下回来京再取吧。张增慧上街买了几样熟食，下了一锅切面，她打了两样卤。我就在他们家与几个孩子一同吃了午饭。

在红野家我待了4个半小时。与东方通了电话，她与大宋官窑的苗峰伟请我在央视附近玉渊潭路的茶室饮茶说话。今天是苗峰伟的生日，东方让苗的司机给苗买了一束花，还买了20张《北京晚报》，报上报道了"青歌赛北京赛区冠军诞生"的消息，东方获得了民族唱法的冠军，报上有东方穿军装的照片。他们俩晚上约了来京出席十七届二中全会的某大区首长及秘书聚会，他们说到的两位首长，我都非常熟悉。

与陆海宁联系，她正弄抗雪灾的节目，周六播出，时间很紧张。与刘学努联系，他正与政委谈话，他从明天开始就从外科调到院里纪检部工作了。

我独自一人在住处早餐的地方吃了晚饭。海泉和艳子在9点多钟开车接我。海泉参加央视抗雪灾的春暖晚会，铁路、电力各系统都有领导到场，表彰一些单位和个人，压轴演出是羽·泉演唱的《翅膀》和《彩虹》。海泉和艳子领我到一个很讲究的健身场所，我们三人同做足疗，海泉在中间，我在他的右边，我们可以轻声聊天，聊了两个多小时，聊得很透，他说到近期的安排，也说到创作和创作以外的许多事情。他是很有头脑的。我们回到家时，都是下半夜1点钟了。

2008 年 3 月 24 日

上午参加社区业主代表会，我被聘为业主委员会的"智囊团"成员。原来业主委员会的林作岩副主任被物业聘为经理。

天飘雪花而不停，落到地上湿莹莹，大地树木和道路，全无白色雪消融。

下午 2 点半，任区档案局长的育葵带车接我到他新供职的档案局参观，并与局里的工作人员座谈。这个崭新的档案局令我十分惊奇。大气、宏伟、前卫、时尚，那个规模巨大的铁西新区沙盘，让外宾都感到罕见。我还看了这里保存的档案资料，参观了多功能报告厅，铁西新区机关工委书记崔宜华和副书记宋洋专门赶过来与我会面。我们一起进行了畅快的交谈。我谈了自己写日记的体会，他们几位的发言，还有档案局的工作人员的发言都对我给予鼓励。我知道档案工作是"对历史负责，为现实服务，替未来着想"，我还在网上查到全沈阳市的档案工作 2007 年十件大事，有一件是铁西的档案工作，而其余九件都是全沈阳概括的。崔宜华书记与我一见如故，他曾在笃工街道办事处工作，与在那个街道的沈阳重型机器厂工作的英宗弟弟有过很好的交往和友情。宋洋副书记脱口说出了我写的《我把太阳迎进祖国》的一节，她爸爸是抗美援朝的老战士，她有军人情结。给育葵做副手的副局长王健大学学的是经济系，但做档案工作 16 年了，非常熟悉业务，人很诚朴和肯干。李波和梁阜立都是军属。李波负责家庭档案这一块，她希望把我的有关档案做好，我说我会积极配合。陈颖是办公室主任，她丈夫是《辽宁日报》著名的记者曲波，曾在丁宗皓领导下工作，越说越近了。从我到档案局，苗智勇就跟随着拍照，他是不错的摄影师，司机赵天凯接我送我，非常辛苦。他说他喜欢羽·泉的歌。崔书记在我们共进晚餐的酒店要了当天的《时代商报》，上面有北京奥运火炬手的名单、简要事迹介绍和照片，名单有赵本山、郎朗、杨利伟、王军霞、刘翔、胡海泉、金霞、冯骥才、葛优、张靓颖、李宇春、桑兰、李永波。这个消息我们没有从海泉嘴里听说，他没有在电话里告诉我们，我们因此为他骄傲。

晚上回到家，我给海泉打电话确认火炬手的事，他正在录音棚忙着录歌，他说是啊，我说你怎么不告诉家一声，他说这也不是很稀奇的事。他还说到近期忙的事情，28日要到无锡演出，29日到上海参加风云榜活动，因为他们2007年没有出新专辑，所以没有奖，但主办方邀请他们表演重要节目。30日仍在上海参加一个欧宝莱的发布会，他们为欧宝莱化妆品写了主题曲。欧宝莱要赞助他们5月25日在上海的演唱会，现在正在准备演唱会的事情。

收到魏巍同志寄来的两本书：《魏巍文集——续一卷：新语丝》和《魏巍文集——续二卷：四行日记》。上次在北京与峭岩相聚时，峭岩说到这"四行日记"出版事，这四行之一是二次赴朝，四行之二是赴越，四行之三是长征路寻访，四行之四是石油战线巡礼。曾在解放军出版社放了一些时间。魏巍把自己的日记本给了峭岩，峭岩让人打印出来，又经魏巍整理，排出书样，但一直没有批准出版。现在中国文联出版公司作为中国文联晚霞文库出版了这两本书，印制很好，封面下半是魏巍近照，书的前面几页是道林纸的老照片。两本书的扉页上，魏巍分别题字"世宗同志惠正"和"世宗同志存念"。大信封口袋也是魏巍亲笔所写，只是在北京军区政治部的下面写"魏于301医

魏巍与郑天翔在人民大会堂纪念毛泽东、周恩来、朱德逝世30周年会议上

2006年在家中

院"几个字。上次听峭岩说魏老住进了医院，不知什么病，病情怎么样。

2008年3月25日

一早去看妈妈，惠萍和道军昨晚就住在这儿了。

读魏巍新寄来的书，最让我感兴趣的是他第二次访问朝鲜和访问越南时的日记。这些珍贵的资料，如果不是当时记下来，肯定会忘记的。从日记中看到魏巍是如何细心采访的，看到他是如何热爱朝鲜人民和越南人民的。日记中还写到巴金等人在两个战场的活动，也是非常宝贵的。

为马慧丽《日月心语》座谈会而张罗，给每一个被请到场的专家打电话，接电话的专家无一拒绝：刘兆林、牟心海、彭定安、王向峰、马秋芬及几家报纸的编辑记者。我把有关情况告诉了王文良，他说等马慧丽回来研究一下具体日期和地点，再给这些专家送书。

在《文艺报》上看到头版显著位置发表的《晓雪选集》座谈会召开的消息，很为他高兴。晓雪是一位勤勉的热情的歌者，他写的诗、散文、评论都真挚而清新，令人喜爱。

2008年3月28日

早上起来觉得左腹肋下疼痛难忍，打电话咨询机关门诊部董霞主任，她说让去查一查。饭后与惠娟开车去了。做彩超，做心电图，验血，大体没有什么问题，我自己怀疑是踢毽踢扭着了，但也可能是胰腺炎。为了排除这个可能，需要到总院做血电分酶的检查。这是要空腹的。做也只能明天去做。

回来路上吃了加州牛肉面，惠娟买了些蔬菜送到妈妈家，惠萍和道军在，他们对我说，最好去查一下，看是不是胰腺的毛病，能排除最好。

与惠芬通电话，关于买房子的事，她认为房子太大，住不起，现在交款有问题。南京街的房子尚未作价，拿不到钱，买这个房子成问题。

给魏巍、晓雪写了信，投到邮筒里了。

2008年4月28日

在去长江万里行之前，我就与铁西区机关工委书记崔宜华和副书记宋洋约好了，我接受他们盛情的邀请，在"五四"前夕与区机关的青年干部见一面并座谈一下，就理想和事业等问题进行互动交流。

今天下午终于有时间安排这件事了。宋洋书记接我到铁西工人会堂的一个很大的会议室，完全是很随意地在一起聊天。作为"主讲人"，我介绍了我从小喜爱文学，喜欢写诗，如何向往抗日战争时期的诗人、革命烈士陈辉的为人和为诗，他的许多诗，我都在学生时代背诵过，如《为祖国而歌》《平原已经黑了》《卖糕》《伊甸园之歌》等，他曾任过区委书记，武工队政委，在一次与敌人遭遇时，拉响了腰间的手榴弹，与敌人同归于尽，牺牲时年仅24岁！我想做他那样扛枪的诗人、握笔写诗的战士。他是我的榜样，是我的偶像，用今天的话说，我是他的"粉丝"。我背着载有陈辉诗的《晋察冀诗抄》入伍了，在部队的大熔炉里成长、锤炼、写诗，我把小时的爱好变成了终生的事业。今天我与青年朋友主要说的是，一个人在一生中，心中要有大目标，眼里

2000年5月10日，胡世宗探望魏巍、刘秋华夫妇

左起：王惠娟、刘秋华、胡世宗、魏巍

王惠娟与刘秋华

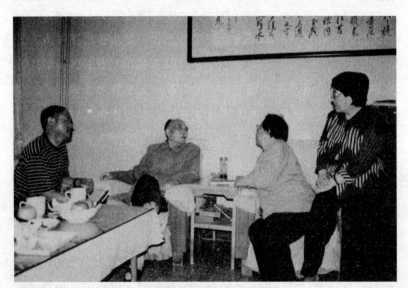

左起：胡世宗、魏巍、刘秋华、王惠娟

2007年8月，在家中为3岁孙女魏林晚亲笔书写识字卡片（左二魏林晚，左三儿媳王曼曼，右一刘秋华）

要有小目标。心中没有大目标，就会鼠目寸光，缺乏远大的理想，常常会迷失方向；而眼里没有小目标，又常常会好高骛远，不切实际，不愿或不屑做好眼前的工作。就像我这次长江之行。千里万里无论多么远，一定要怀揣着这个大目标，就是你要到达的那个港口，但每前进一步，你都要盯紧那一闪一闪的航标灯，不远一个，它是切近的，让你在到达大目标前不要撞山，不要搁浅，这又是最管用的，你不可能一步就到最后要到的码头！

在座谈时，财政局的程青、科技局的赵琳、统计局的王硕、环保局的付丹丹、政协的朱敏等，都从不同角度提出希望我回答的问题，我尽我所知说了我的观点和意见。档案局的王健和李波都发表了自己的感想。宋洋副书记做了小结，称赞了我的勤奋、执着和坚持，我想做到这几条，无论对人生和事业都是有助的，我努力去做了，但未必做到位了。

今天我还见到了档案局局长逄育葵、机关工委办公室主任孙达博和团委书记崔明珠，及档案局摄影家苗智勇。孙达博和崔明珠都当过兵，他们所在部队我也很熟悉。

崔宜华书记把我送到家，一路说到他在凌空街道工作时接待有关领导的特殊经历，那是很难忘、很感人的，他是很憨厚的一个人。

我非常感激这个活动，让我把我自己走过的路重新梳理一番，归拢一番，同时又结识了一些新朋友。我很感谢大家给我提供这样一个平台，让我有机会把我走过的人生和创作道路，我的经历，我的感受，向大家做一个汇报。

胡世宗与魏巍在北京一次会议上

魏巍看望松骨峰战斗英雄连队官兵

我在讲课的时候，欢迎大家提出想让我回答的任何问题，请随便写条子递上来，我在这儿不能一一回答，可以用其他的方式，比如电话、短信、邮件回答。

我是地道的铁西人，住在铁西齐贤街南七路英凯里第八栋小平房，先后在铁西笃工小学、位于铁西的第二十二中学和当时在铁西保工街的沈阳第二师范学校读书，我是从铁西应征入伍到部队的，1978年调回沈阳，在沈阳军区政治部当过文化处处长、创作室副主任，退休后，又回到铁西新区，在铁西卫工街道所属的一个小区居住。

我从小就喜爱文学。我发表处女作《给阿拉伯小朋友》时，还戴着红领巾。我日记里记载着我学生时代梦见诗坛泰斗臧克家的情景。十几年后，梦想成真，我不仅见到了臧克家，还与他成为莫逆之交、忘年之交。我与臧克家有数十封书信往来，在《臧克家文集》第十一卷里，还收录了给我的四封信。

我想我一定要当一个最基准的兵。学无线电发报也是兵，在机关门口站岗也是兵，给首长当公务员也是兵，在卫生队打针也是兵，可我要当的是扛大杆枪的兵。我的理想实现了，我在步兵团的步兵连里当了步兵。因为我心里有陈辉这个榜样，所以我全身心投入部队这个大熔炉里锻炼自己，凡是一个兵应该做的，我都要做并要做到最好。我当战士，当副班长，当班长，当排长，我连续三年被评为五好战士，荣立三次三等功，我在连队写诗，出黑板报，受到连长的队前点名表扬。

1965年，我出席了在北京召开的全国青年业余文学创作积极分子大会，受到周恩来、朱德等党和国家领导人的接见并合影留念。

在这个大会上，中宣部副部长周扬做主题报告。他在报告一开始就引用我的一段话，他说，正如一个部队作者所说，一个革命战士，无论什么时候，什么地方，都应该找到自己的阵地，这个阵地不光是狼牙山的悬崖和上甘岭的坑道，而且也是我们头脑里的高地。

我一路走下来，想着远大的理想，向着切近的目标。做好每一件事，写好每一首诗。

1980年我在边防线写了一首短诗《我把太阳迎进祖国》。词作家朋友张名河说这是一首好的歌词。就有作曲家谱曲，歌唱家演唱，被评了全国"五个一工程"奖，还被收入中学语文课本。这是新时代青年士兵的楷模向南林最喜欢的一首歌。

1980年底我去西沙，来回47天，写了80多首诗，笔帽都掉到大海里了。在那儿我写出了《椰子树像什么》，曾由王刚、田华朗诵，有谢冕、王向峰、金河等人评论。

1984年我上老山前线两个月，写了一本《战争与和平的咏叹调》。其中的一首小诗《一句口号》受到高洪波、张同吾等人称赞。

1986年我参加总政组织的长征笔会，第二次重走两万五千里长征路。我今生重走两次长征路，写出四本书，其中有诗集《沉马》和连队战士读物《铁血洪流》。刘白羽、魏巍很多名家写了评论，央视做了专题节目，军区文工团把《沉马》改编成话剧。

1979年到1980年，我写出组诗《鸟儿们的歌》，在诗坛上引起反响，认为是思想解放的号角。

我们文学创作就是生活的记号，我们要为艺术而献身。尼采在他的《悲剧的诞生》一书中说过："……思想家以及艺术家其较好的自我逃入了作品中，当他看到他的肉体和精神被时间磨损毁坏时，便感到一种近乎恶意的快乐，犹如他躲在角落里看一个贼撬他的钱柜，而他知道钱柜是空的，所有的财宝都已安全转移。"这话说得极为深刻。我深为信服，常常用来提醒朋友们。

一个人来到这个世界上，总要留下点什么，精神的，或物质的。我说：我们生存，我们做生存记号。我们生活在一个世界，我们创造另一个世界。

我觉得写日记是一个好习惯，读书和背诵也是非常好的习惯之一。

2008年4月29日

收到魏巍的信：

世宗同志：

你好！

来信收到，知道你已收到我寄赠的新书，我放心了。

我仍在301医院，在康复中，勿念。

云晓不知近况如何，我要了两次电话，均不通，不知如何。他的地址我也不在手头，望你告我，以便给他寄书。回信仍寄到我家。

祝

你全家好。

魏巍 2008年4月22日

手机号（略） 你让云晓回个电话来也可。

今天中午出席李宏林召集的报告文学学会部分会长会。我通知李占恒和姚利鹏参加。今天顺路送维样去北京，本来惠娟要开车送，淑华也要去，我先开了一段到我们会议的地点迎宾东阁，惠娟接着开到北站。

到会的有邱长发、孙旭辉、杨集才、张晶、张国梁、季志敏、吴佳铭、曹丽薇、唐冰、姚利鹏等，占恒为了来开会，在公交车上把手机丢了！国梁和旭辉在长途路上车出了小毛病，所以到晚了。

　　餐会上，宏林说了他的电视剧的事和辽阳等地希望写报告文学的事，大家研究了省报告文学学会纪念成立20周年的诸项活动议程，我主动承担编书的任务。让姚利鹏和李继伦等编写学会20周年大事记。

　　宏林建议让我来做会长，我和大家都反对，我说，如果宏林不做了，我退出省报告文学学会！我明确地表明了我的态度。大家也赞同我的意见。

　　收到丁国成寄赠的《诗学探秘》一书。

2008年7月5日

　　早上4点钟忽然醒了，好像梦给了我创作的提示，马上到写作间打开灯记下了李国华诗的灵感。不一会儿，又有几句冒出来，又起床打灯记下来。就这样，在早饭前，我已经有了诗稿的

2008年5月，魏巍住院期间，迟浩田赴医院看望

雏形。

早饭后就把李国华的诗写出来了，接着很快写出了周红的诗。我修改两遍发给了郭兄。

郭兄给予了鼓励，同时让我好好歇一下，我说在定稿前我要再修改，他说那就明晚前把改稿发给他吧。

收到甘肃山丹文联萧滋云寄来的今年第三期《日记》，上面有四页是我的《在抗震的日子里》日记摘抄。

收到郑晓凯寄来的《辽宁作家》第四期，发表了他约的我整理的《浩然致胡世宗的四封信》，配发了两张照片。

这期《辽宁作家》改成大本，很有正儿八经杂志的模样，不再是小小内部刊物的样子，开本大方，装帧典雅，版式活泼。而且更主要的是内容有太大的变化了，作品评论和作家印象都很有内涵，于德才和李霞的文章都很深入，作家博客也很有新鲜感。文坛聚焦和文坛信息的信息量很丰富，新书架放在封三，彩页，不用多说什么，一目了然，各书的封面就是最好的报告，而要了解其内容和质量，以后作品评论见。这样一本会员内部刊物办到这个程度，是令人欣喜和鼓舞的，捧在手上，就有一种亲切感，打开看，篇篇让你有收获。做到这一点，实在不是容易的事。松涛的四首诗写得凝重而乖巧，让人读了不仅感动，同时深受启发。总之一句话，咱们作协的这本刊物，有了新的面貌、新的风采，期望它越办越好！

到邮局给郑曼大姐和魏巍部长寄了载有我写的《灼人的克家》小文的《辽宁日报》，同时给萧滋云汇款购买第三期《日记》杂志，想送给文中写到的朋友留个纪念。

天晚时下起了雨，开始是零星小雨，后来越下越大。我在没

2008年在301医院住院

虽然已届高龄，仍然通过网络了解世事新闻。

魏猛、王曼陪魏巍在北京八大处午餐后闲聊

魏巍在读书

周末午餐后家人闲聊，图中小狗叫小熊，是个聪明的黑背，每天傍晚陪老人散步

魏巍在写作（胡世宗 摄）

魏巍夫妇和儿子魏猛

下雨时去看妈妈，妈妈和保姆刚从外面转了五圈回到家来。在房间里打开门和窗子，空气与外面的一样新鲜。

我开着窗子，在房间里写作，在电脑前工作，时而感到小风在背后轻轻吹过，很舒服。

今天在沈阳电视台公共社会频道，又看了一遍那个"七一"诗会的播出，就又看到了吕晓禾朗诵我的那首《我在汶川入党》，他朗诵得非常激情，有气势。杜丹发来短信，祝贺这首诗的成功。

2008年8月26日　星期二

勉强早操，没有做完就下来了，觉得感冒后体力不支，不能过于勉强。

打开今天的报纸，一行醒目大标题令我心疼：《写"最可爱的人"的人走了》。这是《沈阳晚报》的午夜新闻版，消息说作家魏巍于8月24日晚在北京去世，享年88岁。我脑子里映现了与魏巍交往的一幕幕情景。我很小的时候就读他的作品，我是带着他编选的《晋察冀诗抄》来到部队的。这一本诗，我在学生时代就熟读过了，有许多都背诵过了。它们给我思想的营养，给我新鲜的诗歌血浆。

第一次单独与魏巍接触，是1977年我在解放军文艺社帮助工作，曾到魏巍家组稿，那时他住在北京军区西山19号楼的一楼，他正在修改后来获茅盾文学奖的长篇小说《东方》的校样，他放下手里的工作，热情地把我让到客厅的沙发上，给我倒了杯茶水。他聊到1938年入党时的介绍人、我二妹的老公公张立达（原名张绍闳），谈到延安时朱德总司令晚饭后爱打篮球。我告辞时，他戴上帽子把我送出门。

　　1978年10月，总政召开沈阳、北京两军区文化工作会议，魏巍作为北京军区文化部部长随总政文化部部长刘白羽同来沈阳，我作为沈阳军区一名接待人员，与魏巍同志有亲密的交往，我把我多年保存的他的《黎明风景》等诗集拿来请他题签，早晚常陪他在院子散步，有时还走到老道口大铁桥处，他打听皇姑屯车站在哪儿，与我说起张作霖等历史人物。他与我谈到怎样才能把诗写好的问题，谈到他是怎样参军的，怎样到延安的，谈了郭小川及他与郭小川的亲密友谊。会议组织参观故宫那天，我和张澄寰陪着魏巍部长乘一辆吉普车去沈阳市第六中学周恩来总理读书旧址参观。有一位女教师看到过魏巍的相片，她一个同学的爸爸与魏巍合过影，她认出了魏巍，接待人员把我们热情地让到了休息室。当他们得知魏巍的名字和张澄寰的身份（张是郭沫若的女婿）时都惊喜万分，加倍热情。在我们参观过程中，六中老师请来了区委宣传部的蔡友，给大家照了一张合影。回来路上，车拐到省政法干校，魏巍见了当年考他并批准他参军的一个老同志王敏求，他们有40年没见面了。这位老人坚持热水洗脚40年，身体非常之好，每天上午看《资本论》，下午读诗。他还让魏巍帮助他看一下他写的诗。会议期间，还参观了一个玉器厂，魏巍看得仔细，时常俯身相问，看生产的玉佛、天女散花、嫦娥奔月、各种花卉鸟兽……原料是岫岩玉，产品很多都出口。我们还观看了辽宁省新长征美术展览和摄影展览。当晚，马加、方冰来看望魏巍，我陪着一起说话，他们说到在延安和在晋察冀的许多趣事。在1979年1月全国诗歌创作座谈会、1979年9月解放军文艺社召开的文学创作座谈会等多次会议上，也多次见到魏巍同志。

一次魏巍为写抗日战争时期的长篇小说《火凤凰》从北边半夜一两点钟路过沈阳，我去接站，并在第二天陪他去抚顺参观战犯管理所，他在战犯管理所里问得很细，有许多资料，他都一字一字记录下来。

我的书柜中有魏巍题赠的他创作出版的几十本书，包括三卷《东方》《地球的红飘带》，其中最珍贵的一套，是十卷精装本的《魏巍文集》。

我的抽屉里有许多封魏巍的来信，还有每年他寄来的贺年卡。2005年作家出版社出版了《人民作家人民爱——魏巍的故事及对他的评说》，其中收录了我写魏巍的两篇文章《大时代的"司号员"》和《属于人民的魏巍》，寄我这书时，魏巍还附一信，信上说："新书已出，今寄上。编者有两处竟把你的大名搞错，实在是大不敬，请谅。"这是在目录栏里，把我的名字中间的"世"字，印成了"士"，他竟这样认真细致。今年3月，魏巍出版了《四行日记》，即二次赴朝、一次赴越、重走长征路和石油战线巡礼。这部书有非常重要的历史价值。他还打电话来说，要给原沈阳军区文化部部长张云晓寄书，找不到联系电话和新的地址，让我帮助联系一下。

今天收到江西高校出版社戴萍编辑特快专递送来的一本样书《中国精神》，从封面、版式、诗的编排、字体、字号，都很讲究，很精致。可与当年柯岩编的那两本《与史同在》比美。

身体仍不佳。晚饭后，推妈妈转了三圈，妈妈要回去吃药，保姆就推她走了。我自己转和与惠娟转时，背诵魏巍的《登雅典卫城》《最美好的晚餐》……我熟悉的魏巍的诗作，我默默地

魏巍的书

《魏巍文集》

魏巍65周岁自寿

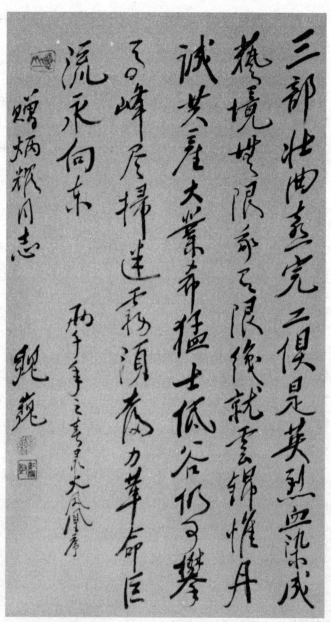

三部壮曲赞一完二俱是英烈四梁戍

艺境世限耶不限後就云锦帷丹

诚其产大业帝猛士低谷仍了攀

云峰尽扫連天极须高力华命巨

流水向东

赠炳耀同志

魏巍

魏巍赠炳耀同志手书

307

背，大声地背，我好像在给魏巍背一样。我多少次在他面前给他背诵他的诗啊！如今，背诵他的诗，也是对他最好的纪念方式之一吧。

晚上，接到《沈阳日报》文艺部记者李彤的电话，她说许多作家都让她采访我，她也是为魏巍去世的事打来的电话。我说我已与晚报联系了，也采访过了，她说没有关系，是同一天见报，不会有冲突。

2008年8月27日　星期三

今天早上，惠娟去给我买报，《沈阳日报》没有买到。我们又去西站买到了。《沈阳晚报》发表了关力制写的报道《胡世宗回忆与魏巍30年的深厚情谊"他值得我们永远怀念！"》文章分三个小标题，"曾到魏巍家组稿""30年前带魏巍游沈城""坚持'属于人民'"。配发了我和魏巍的合影，还有魏巍写给我的一封信。这家报纸在头版右下角有这文章的预告，发了我和魏巍的彩照，"军旅诗人胡世宗追忆魏巍"，左下角是刘翔走向会场的彩照，"昨参加总结大会刘翔露面"。今天的《沈阳日报》在16版发表了整版纪念魏巍的文章，大标题是"当年纵笔朝鲜行，一篇大作天下闻"，有魏巍简介，有文学艺术界深切怀念魏巍的综合报道，两篇主要的采访都是作者李彤写的，一篇写杨大群的，一篇写我的。大群在朝鲜战场上也是战地记者，魏巍管大群叫杨大个子，他个子比较高些。

一天在床上躺着，惠娟给熬了姜汤，我盖两层被，捂出了汗。躺在床上读峭岩写的《魏巍——走向燃烧的土地》，这本书记述了魏巍的全部生平故事。

惠萍和道军带来一个新保姆，我起不来床，惠娟代我过去看了看。这个保姆年龄偏大，差两岁就60了，她本人就需要人照顾的，却来照顾别人，有点不妥。

2008年8月29日　星期五

半夜咳醒，睡不着，一看才2点半，打开电脑看魏巍去世的反响。绝大多数无比敬仰魏巍的为人和为文，看到中国作协主席铁凝到魏巍家的灵堂吊唁并说了自己对魏巍的崇敬。有反对魏巍的，是因为魏巍及一部分老干部攻击电影《集结号》，批评这部影片不分正义非正义战争等。我觉得魏巍的观点不一定都正确，我也并不完全赞成魏巍的全部观点。无论文艺的还是政治的，但我们的国家需要有不同的声音，无论文艺，还是政治，千篇一律有什么好处啊？一点好处也没有，想要千篇一律也是不可能的。理解，宽容，协调，和谐，是我们追求的社会生活的目标。

惠娟与我商量，让小姚去海泉家，给海泉当保姆去都行。今天要问问海泉找到保姆没有。

一早电话联系大哥、惠芬、惠萍和道军，大家都同意小姚回来。惠萍说，与新保姆合同写着三天试用期，现在三天未到，可以解除合同。那就再好不过了。

去理发，取款——《辽宁日报》"胡世宗专栏"四篇的稿费。买到1984年到2008年历届奥运会开幕式光盘。

惠萍和道军来，见地板没有擦，昨天什么样还是什么样，洗手间也没有擦，惠萍炒菜，新保姆做饭，她昨天的锅碗都不洗，锅里尚有剩粥，就往里放新米要做饭，惠萍直接地说，你这也太

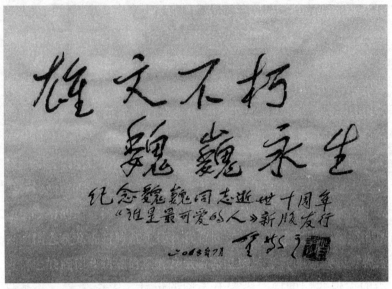

贺敬之先生的题词

给儿子魏猛题写陈毅诗句

著名画家刘宇一先生创作的以魏巍重走长征路为题材的油画

著名画家罗工柳的画作（复制品，1952年罗工柳与魏巍同赴朝鲜前线）

魏巍手书他最喜欢的毛主席词

埋汰了！保姆说，你嫌我埋汰？还没有人这样说我呢！你嫌我埋汰我还不干了呢，你另找人吧！惠萍就坡下驴地说，那你下午就走吧。保姆说原来那家还让我回去呢！这样就定下来了，一块吃了个饭。饭后，惠萍和她一块儿去坐公交车，我送她们到大门口。

和妈妈说到即将来的保姆，妈妈记不太清楚。

下午休息一会儿，有短信频繁交流，睡也睡不着。

起身打电话给魏巍家，接电话的是一个小伙子，他让他母亲来接听。接听的是王曼曼，她是魏猛夫人，是魏巍的儿媳妇。她家在沈阳，父亲是我们军区话剧团的老人儿，那一年，他们新婚，魏巍还写了信让他们带着信从北京来看我。魏巍夫妇来沈，我陪着去话剧团会亲家，亲家锁门，我领着他们在话剧团副团长李新华家坐了半天呢，李新华夫人十分热情地接待了我们。我问了魏巍去世的一些情况，说了我感冒不能前去参加追悼仪式，非常遗憾。曼曼说他们想到了通知我，已代我送了一个花圈。我很感激。我说过一段再去北京看望秋华大姐和你们。曼曼说他儿子21岁了，十分喜欢羽·泉。我说我会带羽·泉的礼物给他，他叫魏崃。

接到刘禾电话，她告诉我，她父亲、老诗人刘文玉近况不佳，从7月入院就没好过，胆也不行，要摘除，打开才知道是胆癌晚期，活不多久了。她想到我是文玉的老友，不能不告诉。我要去看望，她再三不让去，说去了也没有意义。她坚持不告诉我住在哪儿。

我为不能赴京参加魏巍的葬礼感到非常不安！一位朋友在短信中对我劝说："其实你不用太不安，心到神知，不见得走形式。去的人不一定都悲伤，不去的人不一定不悲伤。反正他也希望你身体健康。你们那么好的友情，他会理解。还是在家里在心里悼念吧！"

2008年8月30日　星期六

今天是魏巍出殡的日子。我在遥远的沈阳，默默祝他一路走好！

我打出一篇稿子《怀念魏巍》，给《沈阳日报》于勤发去了，同时发表到我的博客上了。

药不在贵，治病则灵。按照院里贾宝秀和刘秀娟告诉的，我买了甘草片，只五元钱一瓶，昨天半夜咳嗽不止，就含在嘴里四片，一夜睡得挺好的，今早起又含了四片，觉得状况好多了。

家人张罗在妈妈住处吃羊肉串，我带病和惠芬去山东堡商场买了八斤好羊肉，人家还用刀按照你怎么吃法给你切成小块儿，好大一堆！我又买了花生和毛豆，回来让凤权煮了大家吃。惠萍家有钢钎子，英宗和惠芬穿羊肉，这是很费时间的事。大家把帐篷支在院子里，可以防晒。在支的时候，没小心，把李勇的右大脚趾砸出了血，我到门口的护士站买创可贴，这么近，干脆让李勇来消消毒，包扎一下吧。我和李勇来包扎了，感觉挺好。英宗把炭火用报纸和木条引着。没有斧头和利刀，英宗和凤权用铁锹头等物品劈了一些木条。烤串的事仍由惠萍承担。一切进行顺利。妈妈吃不得羊肉串，别人给她两块羊肉，她嚼了一个小时，也没嚼烂，只好吐掉。

海英带治先在3点半来了。海英3点下班。海燕家的乐乐，海霞家的顺顺，都愿意和治先玩。

约好的保姆小姚从大石桥乘车来了，下午3点多到达。她是全家人都盼望的一个人，她给家人留下了很能干、很善良、很尽心尽力的印象。只是妈妈与她对立，两个人为很小的事争论对错，小姚只干了一个月，不舍地走了。她前天打电话要求回来，所有人都表示赞同。妈妈早不记得与她有什么争论了，也不记得她在咱家当过保姆。

2008年8月31日　星期日

一早上网看昨天送别魏巍的报道，得知铁凝、高洪波、李瑛前去八宝山与魏巍告别。上千人冒雨送别这位老人。网上报道军事文学评论家朱向前说，魏巍的《谁是最可爱的人》是新中国军事文学的开山之作，而他的《东方》则是这个时代的终结之作（大意）。

得知刘文玉患胆癌在医大二院住院，我今天咳嗽稍好一些，便和惠娟赶去二院的干诊科看望。文玉的病房在二十层的34号，我们去时，恰好文玉的女儿刘禾，还有他的小儿子和大儿媳都在。刘禾每天每顿饭都做好送来，一般是排骨汤或鸡汤，到这儿再热一下。今天文玉的状况好了许多，他坐了起来，两臂搭在床边的桌子上。人已变化太大，脸小了一圈儿，且显黑，两只脚肿得像圆滚滚的白萝卜。刘禾说已经好多了，前些天，两只手也是一样的肿。文玉见我们来非常高兴，他说我是他的老朋友、好朋友、无话不说的朋友。问完文玉兄的近况，我说了我最近忙些什么，说到两个人，一是张云晓，一是郭曰方，这两个老人都是癌症，都坚强地战胜癌症，活了下来，特别是张云晓，经受了疾病的大折磨，仍勇敢地生活、写作，文玉说太了不起了，太了不起了！他说他也要与病魔做斗争。我们告辞时，刘禾把我们送到电梯口，刘禾的心思明显沉重，只有她知道她爸病情何等严重。

治先今天到育才学校少儿部报到。我和惠娟一早就到海英家，给治先买一盒德芙巧克力。承均去了工地，海英煮了湾仔饺子。之后，我开车与惠娟、海英一起送治先到校。位于浑南开发区21世纪广场附近的东北育才学校正门前排了起码有百辆小汽车，都是送孩子来开学报到的。这个学校对于我们来说很神秘。治先在这儿上小学四年，我们接送无数次，没有一次获准进入校内，都是在大门口接送。大铁门是关着的，家长一般是没有权利进入的。今天借了送新生的关系，允许家长随学生进校。校园里非常宽敞和美丽。家长和孩子们在学术中心前等候，3点钟准时，治先的班主任梁老师来了，这是一个精干的小伙子，戴一副眼镜，治先告诉我，梁老师爱人也在本校，教物理。27个学生都到齐了，梁老师领着学生包括家长参观。先到了国际中心，治先他们这个班就住在这个四层楼上。他们班叫22班，恰好是22个男同学，分住在三个宿舍里，4C06到08。每个宿舍的门上有打印的名单和床位。治先在07号宿舍，他挨着门，八张床七个学生，他在下铺，上铺没有人，是空床。床上有给学生预备的被褥、枕头、床单、被套、蚊帐、脸盆、整理箱……我们四个人一起把它们归拢安排好，家长们都忙得一脸是汗。走廊里有公用磁卡电话机，洗手间洗手水管有冷热水两种。每个学生在宿舍里有一个铁柜，放杂乱东西的，钥匙自己保管。

在22班的27个新生里，只有治先和另一个同学是在学校住过的，其余的都没有住校的经验。从这儿去教学楼，即学术中心

2008年8月30日八宝山魏巍告别仪式　　　　前来告别的人群

花圈和悼词

国际共产主义者寒春　　　　花圈和等候的人们

清华大学学生的横幅　　　　悼念的人们

吊唁的人们

小学生来家中吊唁

人民群众送来的花圈

生前好友看望家人

老友看望

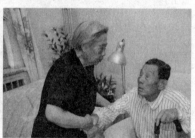

老战友金宗义抱病吊唁

毛新宇前来吊唁

铁凝慰问家属

楼，很高大宽敞。22班教室里乱乱的，是毕业班同学们走时留下的那个样子。桌子和椅子横七竖八，有一桌子上堆了一大些杂志，多是英语辅导之类，每个学生有两个书柜格儿，两个同学一个铁柜，带锁的。

从教学楼到餐厅，餐厅很大，这个少儿班与高中学生一个餐厅，他们自己一个窗口，免得抢不过高中的大同学。

然后到操场，篮球场，足球场……正在建的游泳馆和羽毛球馆说是明年上半年可投入使用。

走了一圈回到了住处，老师要安排学生打扫卫生，先是宿舍，再是教室。家长就可以回去了。我们送海英到保工街加油站后回了家。我先去看望妈妈，特快专递送来了中央人民广播电台经济之声马黎给我邮来的三本《新鲜早世界》，因为封面是我拍照的。

今天给朱亚南打电话，说了近况，也说到魏巍去世人们的怀念。亚南编的军队文艺工作大系中还写到魏巍的《谁是最可爱的人》，这是历史上很重要的一笔。

电话打到魏巍家，是魏巍的外孙马箫箫接的，我问昨天与魏巍告别的情形，他说许多人去了，如贺敬之、高占祥……许多人不认识。还有一位美国客人，他来到这儿令人很感动。北京军区政委、政治部主任、副主任都到了。我问到秋华大姐的身体状况，他说还可以。昨天也去了，多数时间是坐着。

与海泉通话，他在上海，一直忙，要忙到9月9日才返回北京。他说到上海演唱会大约是10月中旬，沈阳演唱会还不知确切时间，回到北京问一下就知道了。他说他身体很好，要参加在上海的几个活动。

2008年9月1日　星期一

今天是社区科普大学开学的日子，上午9时在会馆三楼举行开学典礼。王险峰校长主持会，社区翁艳书记、教务长王德富和新老学员代表等在会上讲话。我是大学的名誉校长，要在会上讲话。我认真做了准备。我讲了健康的重要，一是昨天看望刘文玉的感受，二是对魏巍去世的追悼。我还在会上讲了魏巍的为人和为文，背诵了他的《最美好的晚餐》和《登雅典卫城》，表达了我对魏巍的深切怀念。

大哥和大嫂过来看妈，妈打电话给我，我马上过去了，我和大哥到会馆买了手包冻饺子，回来煮了吃。

惠娟与同伴田为民及刘秀娟去游泳，回来很晚，没见到大哥和大嫂。

晚上在广场看到妈妈和保姆。因感冒未好，今天没有推妈妈在广场转。

二楼邻居来告知，明天辽宁电视台《新北方》来介入我们这个门洞一层楼住房办临终托老所的事情。全院的人都知道了，明天要来声援。我给《新铁西》的王贺和《辽沈晚报》的栾俊学打了电话，他们说没有特殊事也过来。

在央视看到中华情——麻城的大晚会，羽·泉演唱了《辛弃疾》，之后有当地一名角上台给他们演唱地方戏，让他俩学唱，很逗乐儿。之后，他们又演唱了《哪一站》。台下羽·泉歌迷很多，摇旗呐喊，为他们助威。这是重播，昨晚看到一次了。

看到栾人学发来的邮件，通知我写川藏汽车兵的诗的时间期限是10月份，他仍在新疆呢，策划一个大晚会是很麻烦的事情。

接到韩光的问候电话。

2008年9月2日　星期二

今天《辽沈晚报》刊用了我写的《读魏巍的书》，我讲到对于已故作家的最佳纪念方式就是读他的作品。作品，是一个作家赖以存在于世的资本，也是这个作家人不在了，却继续存在于世的证明。

今天是全院的居民集体行动的日子。我们楼下一家房主把房子租给了一家人，这家人开办了临终托老所，拉进来20来张床，两天来已经进来六个病危病重老人。全院人心齐，坚决要制止这家人如此不顾法规，在住宅区内办商业用的托老所。今天，辽宁电视台《新北方》栏目组、沈阳电视台《直播生活》栏目组都举着摄像机来了。有200多居民聚集在小桥边，业主委员会王险峰主任一直在最前面。其他业委会委员没怎么看到。社区书记翁艳开始说上面有规定，政府工作人员接受采访必须在办公室，物业林作岩经理也在办公室等待记者前来，群众有些不理解，有些愤怒，很快有人去找他们，他们也不顾什么规定到群众中来了。他们对记者把问题和处理问题的经过讲得很清晰。有的居民对他们发火，其实没有必要，我们都是一家人，都为了一个目标，干什么要你争我斗的？他们也很努力，也很辛苦。太责备他们是委屈他们了。我约的《辽沈晚报》的栾俊学和海涛也赶来了。他们到我家里，与王险峰、林作岩谈了谈，在楼下也与居民代表谈了谈，又去奉达公寓养老院采访。我们这边的开办者是奉达那边的亲戚。那个开办者原在老年病院护理病人五六年，自己有经验，也有病人来源，她想自己开办一个这样的托老所，三隆的环境又不错，她在几个地方都没有办成，人家都不让办。三隆这家房主对她说，可以办，没有问题。她才借了一笔钱，交了租金，打了房间隔断，买了床，没想到刚开始就遭到抵制。她也委屈地哭了。翁艳书记与《直播生活》栏目组的两个小伙、一个姑娘耐心做这个承办人的工作，她想通了，既然大家反对，她就不在这个地方办了，她答应撤出，但给她一定的时间，一个月的时间，她要找地方，要把人搬出来。翁书记让她当场写承诺字据，记者帮助她写，她签了名。我请栾俊学和海涛及司机在附近的李先生牛肉面一人吃了一碗牛肉面。我回到院里，翁书记正与王险峰、林作岩说工作结果。这时，这位承办人骑自行车进了院。大家让她一道与居民说一下承诺的事。结果，居民们都嫌一个月的时间太长了，限她三天搬出去，否则后果自负。她也同意三天搬走了。

待3点多钟，我下楼去随大家打太极柔力球的时候，见托老所承办人用小车拉了两个老人走了。还有四个，估计在三天内能彻底搬利索。

2008年9月3日　星期三

昨天下午没有上网，今天才看到于勤的邮件，得知我的《怀念魏巍》昨已见报，可是我忙忙乎乎没有看到。今天再去买报已不现实。只好打电话嘱海英和英宗帮我找两份，好给魏巍家人寄去。

受吕永著、沈忠义两家的委托，我带着大家的身份证到《沈阳晚报》读者俱乐部办理12日和13日去旅游的手续。顺便把惠娟及几个同伴捎到游泳馆。办理旅游的人真多，我怎么着急都要等待。回来又到游泳馆接她们。她们去爱客家购物，我在车里安安静静地阅读报纸。

下午参加社区的选举委员会的选举。

昨天和今天，辽宁电视台《新北方》播出了我们小区抗议一个租住房屋的业主办临终托老所的举措，今天的《辽沈晚报》也发表了栾俊学和于海涛写的稿子。据说今天又搬出了两个托老的病号，只剩下一个人了。群众的眼睛是亮的，群众的力量是大的。

2008年9月4日　星期四

给魏巍儿媳王曼曼寄去了辽沈地面上有关纪念魏巍的报纸，还给她儿子魏崃寄去一本海泉的书。

惠芬和凤权过来看望妈妈，并为妈妈做红烧肉等好吃的。

与二炮技术总队李明副政委通话，他前不久刚从抗震前线归来，在前线几个月的时间，他们部队是最晚撤离的。他说到高海华被任命为某基地政治部主任，他有可能接任政委，也可能因年龄原因接不上。他说到24岁的女儿李箫有了对象，是一个26岁的飞行教官，也在洛阳。他说到李麟昭的近况，仍在301医院住院治疗，化疗。还与李明用短信联系，对抗震的报道非常关注。我不敢打扰他，担心他因与熟悉的亲密的朋友联系会激动，对治疗不利。

我曾推荐李明赴英参加世界军乐节活动的日记给《日记》杂志，稿子被肖滋云总编辑弄丢了，我请李明重新发来，再给杂志寄过去。

于勤问我杨大群的联系方式，我问了徐光荣，光荣说我写解明的长稿已发排，很快就印出来了。

与王健通话，他说他去北京采访了廖静文先生，开始他对称徐悲鸿的夫人为"先生"很不理解，但徐悲鸿纪念馆里的工作人员都称静文女士为先生。王健告别时，廖静文先生特别到楼下来，在徐悲鸿的雕像前与他合影留念。

我给晓凡发邮件，说到我对纪念魏巍的一些感想，他回话给我：

世宗：

所言极是！问题是偏偏在这时出现了一大批盲目认为自己不仅一贯正确而且全面正确的正人君子，自我陶醉中专门挑刺儿放大指责光荣的历史人物在某一时段某一点上的缺憾或不足，借以显示自己的圣明高大，这种人特多，脸皮又特厚，只好见怪不怪了。

读过你关于魏公的几篇文字。你我思想相通：从心底敬重曾经以其作品人品给我们以光照和营养的所有的文化人。这方面你有深厚的资源，都写出来，认真出本书，会成为文化史的真实存照。易中天大师悼浩公的几十个字，掷地有声，那么朴实真诚，那么客观公正，那么充满深情，足见文化人的良知和良心！此事应当急事先办，早写快出，不知以为然否。我并不认识易，单从这件事，足以使我更加敬重其人品！

我身体很好，只是太懒散了。

晓凡

2008年9月4日

中秋节快到了，马慧丽让她的司机给我送来了两盒月饼、一箱南果梨和两箱饮料。

2008年9月5日　星期五

晨打完太极后有雨。看沈阳电视台的《直播生活》重播昨天的内容，有我们院儿众人齐心抵制业主出租房办商业托老所的事。

郭姐要我写的那首《三隆，我的家园》歌片，我到街上复印了一张。

到邮局，给魏巍老伴儿刘秋华大姐寄沈阳相关怀念魏巍的报纸。给《书简》杂志主编王金魁寄他让写好的实寄封，上面让我写了"江山代有才人出，各领风骚五百年"。给鲍尔吉·原野寄了一本《东北文学五十年》，这本书是吉林省社会科学院文学研究所编的，里面有写原野的散文部分，他说他没有看到，恰好我有多余的，就寄给他一本。《日记》杂志萧滋云主编说有一个高三学生黄婉笛想要一张羽·泉签名照片，今天给老萧寄去了。

邮局有中秋节寄月饼寄思念的业务。

月饼圆圆，月饼甜甜。

中秋节转眼就到了。想起小时候，家里生活困难，过中秋节时，家里一个人分不到一块月饼，常常是两个孩子分一块，而父母却连半块都吃不到。如今，像不必过年才吃饺子一样，月饼也不必中秋才吃，平时月饼和饺子想吃就吃，一点也没有问题。

中秋来了，我想念着居住在京城的几位熟悉的老人：一是臧克家老师的夫人郑曼，二是魏巍老师的夫人刘秋华，三是老诗人贺敬之和柯岩两口子，四是诗人、散文家、编辑家袁鹰，五是老诗人李瑛。臧克家和魏巍生前对我十分爱护，他们的老伴儿对我也是关怀备至。贺敬之、柯岩、袁鹰、李瑛，都是我从小就仰慕的诗人，他们的诗作伴着我在文学路上的成长进步，我庆幸自己长大后与我景仰的他们有很长时间的亲密接触，让我感到终生荣耀。我第一次见到李瑛是43年前，在全国青年业余文学创作积极分子大会中间的一次部队诗歌创作座谈会上；在30多年前，我到解放军文艺编辑部帮助工作，每天就与李瑛对面桌坐着，他给我言传身教，令我受益匪浅；他还为我上老山前线写的诗集《战争与和平的咏叹调》作序，几十年来从未间断过联系；1975年袁鹰曾与我同走红军长征路，我在《人民日报》学习和帮助工作的两年间，得到他很多的帮助，2006年我整理出版了46年的408万字的《胡世宗日记》，就是袁鹰为我写的序。这部日记，是贺敬之亲笔题写的书名，我在读书时和在连队当兵时就背诵了贺敬之和柯岩的大量诗作。这几位老人都80多岁了，我对这些老人的崇敬是终生的。

在中秋节到来前夕，我寄了五份月饼到北京，我希望这些可敬的老人能品尝到我的敬意和谢意。

另外，我给我在沈阳第二师范学校中文班读书时的班主任刘文忠老师也寄了一盒月饼，恰好在中秋节和教师节的前夕，表达我对老师的一片感激之情。

月饼圆圆，月饼甜甜，它带去的是我深深的情谊和衷心的祝愿！

安安静静地读《读者》第十八期，用五分钟时间匆匆读了王开林的卷首语《总有一条道路抵达心灵》和路易丝·德里斯科尔的诗《握紧你的梦想》。

海泉从上海打来电话，他去电视台接受采访的路上。他说10月11日上海演唱会，11月8日或20多日沈阳演唱会，可能在某个大学的体育馆里搞，坐7000人左右，接着还有天津、武汉、南京等地的演唱会。明年四五月份之后，还会在几个城市搞演唱会。海泉说他8日去内蒙古演出，9日回京，11日、12日去成都、宁波、上海。9月会很忙。海泉问我们的旅游计划，希望我们躲开黄金周、节假日去新疆游玩一次。

集才电话说李宏林召集会议，想在这个周日，我说可以，后来找李占恒，占恒去了黑河，我建议等占恒回沈阳再开，反正我们几个没有上班的，都在家，不在乎周日不周日。集才也是这个意思。

读今天的《辽宁日报》，读到王充闾的《喧腾的辽河口》，这是发表在8月28日《人民日报》上的，当时我读了就非常振奋，我认为只有充闾能写出这样高水平的散文，他站得高，他思想水平高，他表达的技巧高，换另外的人，很难写到他这个份儿上。我打电话给这个版的责任编辑许维萍，称赞她很有眼力，转载了这篇散文。维萍说，哪是我有眼力啊，这是省长陈政高在《人民日报》上看到这篇散文，批示请《辽宁日报》转一下的。

2008年9月6日　星期六

静读毛边的《书简》杂志，其中陈忠实与从维熙的通信令我开眼，得知从维熙《走向混沌》长篇小说内涵丰富、深刻，陈忠实说"这样的阅读许多年没有发生了，即使世界名著中的小说也没有产生这样令我多次闭眼气不能出的噎气感觉"。陈忠实还说："你把这样一部作品推到中国当代图书馆的书架上，其他什么东西都可以不在乎了。"这样高的评价，也许有熟人间的鼓励和客气，但我想一位成熟的作家是不会轻易这样高地评论一部作品的。我很希望有机会读到这部作品。从这本杂志，认识了一位不平凡的高寿的历史学家蔡尚思，是读了王春渝的文章后了解这位伟大学者的。

与北京军区政治部原副主任张庞通话，互致问候，同时说到对魏巍的怀念。张庞说石祥在《解放军报》上发表了怀念魏巍的文章，还在《北京日报》上发了整版的怀念文章。我非常想早一刻看到。张庞说他离开官场就已对官场淡了，但他说他还没有入文学圈儿，这个圈儿他没有进来，若即若离的状态。他在电话里说到对魏巍的崇敬，几次与魏老的交往，非常难忘。我们说到共同的感怀。

打出浩然给我的信，还复印了魏巍给我的信，准备寄给《书简》王金魁主编。

晚霞和落日都非常美，我推妈妈转了一小圈儿，天就打雷，阴云移到头顶了。我们赶紧往家走，大雨点就砸下来了。妈妈戴着宽边儿帽，没有浇到。

怀着很大兴趣观看残奥会开幕式，但期待没有奥运会那样强烈。两个奥运，同样精彩，是主办方的承诺和愿望。两相比较，各有不同。

奥运会开幕式是让人震撼的和无比宏大的，在这个开幕式上，有许多亮点令人难以忘怀：巨人脚印、击缶倒计时、山水卷轴、光影和平鸽、太空人驾临、绿色鸟巢、天籁之音、彩伞上来自世界的2008张笑脸、抗震小英雄林浩与高大的姚明牵手入场、李宁飞天点火等，多令人感动啊！

残奥会开幕前的中午，胡锦涛主席宴请八方贵宾，席间演奏了《迎宾曲》，这首歌的词是刘文玉写的，我为他感到自豪。

残奥会的开幕式，很精致，很完美，也很令人感动，我认为残奥会更让人记忆的是它的童话色彩，那个300多位聋人姑娘表演的舞蹈《星星，你好》，洁白的舞裙，坚毅而美丽的脸，给人留下极深的印象。我称赞残奥会的点火方式，这是一位残疾运动员侯斌坐着轮椅一下一下拔绳向上，一直拔到近40米的高空，一手拉紧绳子，防止滑下去，一手举火炬去点着主火炬。通过屏幕的特写镜头，人们可以看到侯斌坚定而用力的样子，这真正是"手工操作"，一不小心会滑落下来，如果体力不支，就爬不到适当的高度，点火就会泡汤。但侯斌成功了！韩红和刘德华演唱的主题歌很不错，如果单从演唱声质上看，韩红唱得比刘德华更好些。总的感觉，残奥会的开幕式更像一个大晚会，一个节目一个节目地演出，稍感零碎，没有浑然一体的完整的构思，与奥运会的开幕式比较，不如奥运会大气、整装。我认为张艺谋更胜张继钢一筹，尽管张继钢也绝顶聪明，张艺谋在驾驭大型室外表演方面，更有经验，也更老练！

残奥会会旗进入会场时，后面两个执旗手是坐轮椅的，推轮椅的是两个女士，一个裙装，一个长裤，非常不协调，这样一个细节为什么没有人注意到？为什么不统一一下？她们在场内走了那么长时间，演练时没有发现吗？这是残奥会开幕式一个细节的失败。

2008 年 9 月 8 日　星期一

上午惠娟开车去胡台看望老人，我因翻阅川藏线的资料，没有同去。

接到袁鹰的电话，他说收到了我寄去的月饼，太让人感动了，我说只是一点心意；他说他也没有什么回寄给我的，我说不必，收到就好，我告诉他我还给谁谁寄了。

与友人短信联系，最后通话，说到老人的健康问题，经常查一查，是必要的。

找出建军 60 周年时解放军文艺出版社编辑出版的一套"当代军人风貌"丛书，其中有总后勤部卷、成都军区卷、兰州军区卷，特别是成都军区卷中的杨笑影和叶小玲写的《西部奇路上的中国军人》，这篇长达 90 页的报告文学，为我写青藏高原汽车兵的诗提供了很充分的素材。

收到魏巍女儿魏平寄来的两本《魏巍》，这是写魏巍生平的一本册子，分为参加革命、抗战时期、解放战争、抗美援朝、新中国建设时期、抗美援越、"文化大革命"、新时期、永远和人民在一起、坚定的毛泽东思想捍卫者、终生坚信马列、诗人、战士、魏巍文集总目。

收到洪三泰寄来的一本他的新著——4500 多行的长诗《神州魂》，是他在抗震救灾的日子里写就的，由李瑛写序，我曾在《文艺报》还是《华夏诗报》上看到讨论这部长诗的消息，我很高兴这样快就收到了他寄来的书，我正想向他要呢！

陪惠娟去买她需要的胃药，顺便给妈妈买了几样东西：白糖、醋、虾仁、甘蓝。晚上推妈妈转圈儿时，与妈妈说到电视上看到的一个老人，把房子给了老大，如今她不想在老大那儿住，要到老二家来，老二家说你把房子要回来就到这儿来住，两家都不收留她，她很无奈，哪儿也不能去。

2009年9月29日　星期二

双娟和崇达来看惠娟。

今天是我和惠娟结婚40周年纪念日。海泉早早就发来了祝贺的短信。我本来想与惠娟去一个地方度过这个日子，但下午要参加沈阳市文联和于洪区委宣传部"今夕月更圆"首届丁香湖中秋诗会，我想我带着惠娟一起去吧，让她也散散心。

出发前，接到范咏戈给我特快专递寄来的他的文艺评论新著《化蛹为蝶》，作家出版社出的，印制极精良，全书35万字。这是一部内容丰厚、思想敏锐、情感深邃、文采闪烁的文集。书中收录了他评论我的日记书的大文，这是他在2006年北京《胡世宗日记》座谈会上的发言。范咏戈曾在总政文化部负责评论工作、担任解放军文艺出版社副社长和《文艺报》总编辑多年，他见识广博，思想敏锐，异常勤奋，著作颇丰。我与他相识在20世纪70年代，大约是1976年吧，他调到解放军文艺社工作的第一天，恰好我在解放军文艺社帮助工作，我们自然就相识了。几十年来，我们彼此真诚相待，友谊深厚。我要好好拜读他这部新书，争取写出一篇读后感来。

赴丁香诗会，我去得早，诗友陈巨昌比我到得还要早。于洪区委宣传部一位副部长赵辉与我联系，他开车引导了我的车，这个活动在丁香湖管理处的二楼举行。

诗人牟心海、白长鸿、李秀珊、解明、徐光荣、郎恩才、未凡、马宝山、王立春、赵立军、高东昶、韩永昭……都到了。

会议由于洪区委宣传部副部长杨红主持，李秀珊介绍了诗稿征集状况和评审状况。市文联一位副主席王荣彦宣布了获奖名单，我的组诗《我心中那片丁香湖》获得唯一的一等奖，牟心海、李轻松获二等奖，未凡、王立春、齐世明获三等奖，其余均获优秀奖。市文联主席白长鸿为我颁发了获奖证书。他谦虚地说，胡世宗是我的老师，今天是学生为老师颁奖。在诗会上，大家分别朗诵了自己的作品。我第一个朗诵了组诗中的一首《水面黄花》。

会上，发给大家由于洪区委宣传部编印的"今夕月更圆"首届丁香湖中秋诗会作品集《碧水丁香湖》。

与惠娟回家休息一会儿。惠娟提出给我买老人头皮鞋，这是"预谋"很久的一个计划。李学智曾在1984年送我一双老人头，我穿了12年，很舒服。十几年了，就想再买一双这种鞋。她说，这个纪念日，我给她买了钻戒，她也一定要给我买一件纪念品。恰好我想和惠娟出去吃晚饭以纪念我们的红宝石婚，就开车去了新玛特老人鞋专卖店，用丁香诗稿获奖的奖金1000元，加上《鸭绿江》杂志9月号的200元稿酬，购买了自己想要的皮鞋。

回来在家门前的玉龙食府吃饭，我们俩对坐着，要了两菜一汤，两菜是炝甘蓝、爆炒蹄筋，汤是氽白肉酸菜粉条汤。我们要了一瓶啤酒，服务员问要哪一种，说有青岛纯生和青岛淡爽，我们问了价位，纯生10元，淡爽6元，我们说要淡爽，因为我们喝不出它们的区别，不是差钱。主食我们要了一盘糖饼。我们说起40年来我们这个家衣、食、住、行的巨大变化，颇感欣慰。

晚上，海泉打来电话，问我们这个结婚纪念日是怎么度过的，细细地问了在哪里吃的饭，吃的是什么。他期待着国庆节假日里回家与我们相聚。

收到了2009年第九期《新民文化》杂志，上面刊登了我写的散文《怀念魏巍》。

很高兴见到高艳和刘丹在我博客上的留言，高艳是远方未见过面的文友，刘丹是惠娟生病时同室病友的孩子。

与田永元通话，他没有按计划去我推荐的长江全程游。他说刊载我的《又见邓友梅》散文的10月《鸭绿江》杂志已印出来了。

夏子章电话说他昨天刚从俄罗斯访问归来，他这次是参加军事代表团出国访问。

2009年11月22日　星期日

在网上查得《时代商报》有一篇与众不同报道羽·泉为奥巴马演唱的文章，经与一家报摊儿联系，他们答应帮助找一下，我说我要五份。因为过去几天了，成了旧报了，很不好找。昨天，报摊儿来电话说找到了，我一早步行40分钟到西站报亭把它们买了来。这是《时代商报》记者顾耘萍写的稿子，配了一张照片。

在去报摊儿的路上，我背诵着贺敬之、陈辉、郭小川、魏巍的诗，这样就不觉得路远了，也没有浪费这一节时间。

我忽然想到了两件事，给海泉发了一个邮件：

　　海泉：17日晚的演出是一个辉煌的里程碑。既已过去，就更往前使劲吧！

我有两个建议：一是你们再接活儿，如果演唱给奥巴马演唱的那两首歌，岂不让大家更为期待？大家都想听听你们给奥巴马演唱的什么歌，特别是那首奥巴马喜欢的美国歌手的歌曲，那是一首什么歌。

二是我有一个大胆的创意，即用动漫做羽·泉的歌，如同动漫做曲艺小品一样，这一定会特别有新意，而且可以做一盘动漫羽·泉经典歌曲发行。找一家特靠谱的动漫公司合作，会是一个开创性的工作。

另外，关于17日的照片和录像资料，务必抓紧拿到手里，这是永远的骄傲，无比宝贵！

老爸22日晨

张忠和的儿子张凤鸣把孟祥棣送我的沈阳出版社出的他的一本书《文化散片》送到了我的小区保安室，一位保安把书送到了我的家来。这本书是今年初夏祥棣请凤鸣交给我的，过了几个月才送达。因为凤鸣一直要请我吃饭，我一直推托，我不想让凤鸣破费，便把送书的事拖到了今日。这本书由王传章作序，是祥棣在《沈阳日报》做记者时撰写的稿子部分汇总，写到当代文艺界许多名家，如曹禺、李默然、小泽征尔、殷承宗、马三立、郑小瑛、陈爱莲、赵本山……有珍贵的史料价值。笔涉如此多文化名人，是一本很好看的书。

收到峭岩寄来的他的一部16开本的精装大书《他们感动了中国——不可不读的诗篇》，这是国际炎黄文化出版社出的。以革命先烈和英模们为献诗对象，其中写到八女投江、小叶丹、方志敏、毛泽覃、王尔琢、王若飞、韦拔群、史沫特莱、左权、白求

恩、刘志丹、刘胡兰、向警予、李大钊、杨开慧、杨靖宇、赵一
曼、闻一多、斯诺、张学良、瞿秋白、鲁迅、叶挺、董存瑞、巴
金、王进喜、刘英俊、向秀丽、华罗庚、苏宁、邱少云、杨利
伟、雷锋、张海迪、黄继光、李向群、焦裕禄、梅兰芳，还有张
艺谋、邰丽华等，这是一部特殊的英雄和历史人物的赞歌，特别
难得的是每一首诗后面"诗歌背景墙"有被写者的照片或画像，
有准确、稍详细的文字介绍。封面的书名题字，好像是从毛泽东
手书中摘出来的。

峭岩附信写道：

胡世宗同志：

您好！您编选的《爱的月光》我已收到，今天才从邮局
取回来，当即翻读，您选了我的六首诗，是我所感动的。老
友情深，再次感谢！

以上是我学打字时的一篇日记，还很不熟练，这些天我
正熟悉，每天两三千字，慢慢会好的。与您每天万字之比，
我落后不及。

今寄上我的新作《他们感动了中国》，是向新中国成立
60 年献礼的，有的报刊选发了，也发了消息，请您指正。

祝笔健、体健！

峭岩

2009 年 11 月 9 日

峭岩寄来的他的日记如下：

2009年10月15日与胡世宗通电话，他于前日寄来《鸭绿江》杂志，上有他在北戴河见到王蒙的文章，王蒙在翻阅他刚刚出版的《精短军旅爱情诗选》时看到我的诗，王蒙说他认识我，我在军艺文学系任主任时曾请他讲课，留下的印象深刻。世宗与我年龄相仿，前后脚入伍，1965年一同参加全国青年创作业余文学积极分子大会，又一同参加全军诗歌创作座谈会，我到解放军出版社后，还约他写过几本书。我们同是诗人，有着灵犀的感应，习性相投，我俩走得较近。其间一同访问过臧克家、刘白羽、贺敬之、柯岩。难忘的是1986年我们曾作为军队作家代表团成员访问江西老区，我是团长，历时一个月，走遍了瑞金、井冈山等地。他出版了《胡世宗日记》，我以为他会记上一笔，但不知何因遗漏了。他也曾为了我写过一篇小传《热心肠的诗人——峭岩》，有万字之多，收在他的专著《当代诗人剪影》里，使我感恩萦怀，今天回忆起来心中热乎乎的，战友之情深过大海。电话里他称赞12日《人民日报》发的我的那首诗《祖国，请您检阅》，他说很激情，很有诗味，称我宝刀不老。我们彼此彼此，他的诗文遍地，比我发得多，影响大。我很佩服他培养了一个歌星儿子——胡海泉，羽·泉组合享誉全国，几乎占据了所有乐坛舞台，这是世人公认的，作为战友我很骄傲。几次公开场合人们谈到羽·泉组合时，我都情不自禁地站出来说上几句，以我们是战友、是知己而自豪。世宗是很要强、很刻苦、很有创新精神的人，他说从今后他要"挂锄"了，写他愿意写的东西。我想，他又有新点子了，不知是放什么"原子弹"了，我满怀期望他的惊天大作问世。

峭岩兄的信和他的日记，让我非常感动。他对我的认可，对我的赞许，对我的期待，都让我在前行时，感到身边有亲切的目光在注视，是那样温暖……

读今天的《人民日报》，副刊的头题是很大篇幅的陈先义评论丛书《星火燎原》的文章《留给后世的红色基因》，我当即打电话向他表示了祝贺之意。在这篇文章边上是国务委员陈至立为记述谢晋导演的书《为电影而生》写的序。在《读书管见》栏目里有一篇鲁先圣的文章《读书是风雅乐事》，文中把读书说成是"隐身的串门儿"，是"拜师访友，而且这种拜访，不必事先打招呼，也不怕惊扰主人，翻开书就进了门儿，可以常去，时刻去，如果不得要领，还可以不辞而别或另请高明。只有剔除了读书的某种功利色彩，剔除那种为了黄金屋和颜如玉甚至为了换取官位等去读书的目的，才可能获得读书的境界，才可能取得读书的快乐。"这文章写得真好！

王立宁和小那给惠娟捎来了一件"创能"安琪儿按摩腰靠，吃过晚饭，我们把它给惠娟套上，把唐玉峰送来的头疗机也安上，再用海豚红外按摩棒按摩她的背部，治先用手机来录像，我学着谍战片里拷打被捕人员时的口吻："你是延安的、重庆的，还是南京的？"惠娟答："我是东京的！"我说："你投降不投降？"惠娟问："投降怎样，不投降又怎样？"我说："投降就继续给你弄这些；不投降就撤掉这些待遇。"把海英他们逗得直乐。治先把这条彩信发给了他舅。晚上海泉来电话说看到了这条彩信，很逗！他说他在昆山呢，在上海附近，明天回北京。他说昆山也很冷，前几天在广东一个偏僻的县，也冷，都得穿羽绒服。

陈冠旭短信告诉我，我给他寄的羽·泉新专辑光盘收到了，我请他代转王玉祥一张，他说照办。

2009年12月25日　星期五

我们与老沈两口共进早餐时已是8点多了。他们有起早的习惯，早6点多就醒来了，怕惊动我们；而我们也是怕打扰了他们的休息，没敢太早起来。双方都客气，致使开饭晚了一点。

我把魏巍的信件打出来了，有6000多字，如果加上附言可能得8000多字。在为魏巍的信写附言时，查找了很多资料，包括卓名信的书、出版社及出版时间，包括两个版本的《人民作家人民爱》。有的资料查找特别费劲，一时找不到，很着急。

我用了几个小时打出了读马宝山诗集《春天的礼物》的评论文章，有2000多字。

田永元约我明天与他一道去鲅鱼圈，有一个诗歌活动参加一下。我们都不能驾车去，说好了乘坐空调大巴车去。早8点10分的车，从沈阳站发车。

收到马宝山的邮件："世宗兄：天寒岁暮，收到您花费那么多心血评论我的作品的美文，感情真挚，发自内心，让我感动，真是喜出望外。能够真实地、真诚地赞赏别人的文字，尤其是对一个名不见经传的作者说好，这对于一个文人来说，是一种品德，是大家风范。吾兄就有这种风范。叫人感佩、敬仰。对兄这篇文章，做了一点个别文字的修订，不一定合适，请酌。余不赘叙。顺祝全家新年快乐！"

2010年1月13日　星期三

到农业银行给岳父母取养老金，第一次在服务员的引领和指导下用取款机取款，感到非常方便。取款后给老人送了去。

收到王晓棠的贺卡，写着诗一样的句子：

> 谢赐吉言，
>
> 灿然。
>
> 2010年，世宗又一峰巅。
>
> 贺于
>
> 2010年1月7日，北京雪晨

读今天《人民日报》副刊头题发表的鲍尔吉·原野的《人生语丝》，受益很多，其中有这样的句子让我感动并铭记："恐惧像风一样，到处都有。帮助别人消除恐惧反映出人的高尚。我们靠在别人肩上不至于恐惧，而我们小小的肩膀也可以成为别人的依靠，或者说许多小小的肩膀构成可依靠的力量。""土地谦卑而生长万物，小草谦卑而遍布天涯。"

从今天开始整理评我日记书的文章，剪贴或打印。进展顺利。基本搞完了，还有几篇尚未到手。

育葵差司机小赵送来了一箱冻苞米，送来了他给我保存的有我稿子的《沈阳日报》和《人民日报》，顺便把李波打完的李瑛的信件捎过来了。李波把信件都编了号，也把没有信封的和缺页的挑出来了。其中还有放错了的，比如有雷抒雁和周鹤的，也因信封相近而误当成李瑛的信了。

收到赵秀忠的邮件。他代人向我邀写名家的稿子，发表过的

位于上海福寿园的魏巍塑像揭幕，众多志愿军老战士前来参加

也可以。是河北传媒学院的校刊吧。我给他寄去了写丁玲、刘白
羽、李瑛、贺敬之、柯岩、袁鹰六人的剪影小文，他读后竟给予
我极大的鼓励：

　　　　刚才一口气欣赏了老师的《中国文坛巨人素描》，沉浸
　　在高级的精神享受之中，为老师精彩的文章击节赞叹！

　　　　单是六篇素描的题目就令人惊叹。海样的白羽、机敏的
　　丁玲、磁性的贺敬之、赶路的袁鹰、儒雅的李瑛、强悍的柯
　　岩，对六位文坛巨擘的把握和评价太精准、太恰切了！没有
　　对这些大家的探幽入微的熟悉和洞察，没有老师与这些大家
　　的神交和相知，没有老师独具的判断和慧眼，没有老师对语
　　言的驾驭功夫，何以有如此不可更改的断语！由此我浮想联
　　翩，想到是不是也给老师下个评语：值得骄傲的胡老师！丁

玲、贺敬之、刘白羽、李瑛、袁鹰、柯岩，这一个个令人仰视、如雷贯耳的大名，单是赏读他们的大作，就让人生无限的幸福和美好，而老师竟然与他们有那么多的交往、那么深的交情，这可不是每个人所能享有的幸运，因此，胡老师是值得骄傲的！由此，我也想到我也是值得骄傲的，因为我有一位值得骄傲的良师益友！

文中对六位大家的描写太精彩、太有价值了。特别是许多细节，不是每个人所知悉、所拥有的。而这些细节虽然只是细节，却能闪射出人间的大爱、社会的大美、人类的大智，让人读后有情感的大感慨、心灵的大启迪、真理的大彻悟。像刘白羽对唐诗研究的造诣、出门带的十来个旅行包、仙逝前的慷慨捐赠，像丁玲关于代沟的高论、关于小说《心祭》的独到见解，像贺敬之对"五四"以来前辈的景仰感激、老师坐在贺老坐过的办公桌上办公的情景、老师到延安和桂林情不自禁地吟诵出贺老的名句的细节，像袁鹰在累渴交加时坚持赶路的精神、笔名与真名的情节，特别是那只神奇忠诚几通人性让人感动得要落泪的老黄猫，像李瑛写给亡妻的缠绵委婉的诗句、对时代的紧紧追随、对诗人的独到理解，像柯岩强悍原因的探究、"文革"中柯岩的强悍，等等，太好了！太令人喜爱了！如果不是读老师的这些文章，作为一个文学者怎能获得这么珍贵的资料！谢谢老师！谢谢上天安排我结识了老师！

还有给我深刻印象的是，老师对背诵名诗名句所下的功夫和对名诗名句的诵而不忘，也让我佩服。人说熟读唐诗三百首，不会作诗也能吟，于胡老师处始深信也！我虽然学的中文，也背诵过一些名诗名篇，但比起胡老师来我不及其十分之一也！何况，这些年由于工作性质的原因，与文学有些渐行渐远，因此在对我有恩的浩然老师和胡老师面前，我真是有些惭愧。不过所幸我又与老师重新有了联系，使我与文学的距离再次地拉近了。

我已与艾主编联系，他得知您这么快就寄来了这么多珍贵的稿子，高兴得不得了。他不太会用电脑，我已把文章打印出来今晚就给他让他先睹为快（我们住一个院），另外我还把关于日记书的评论和您的几篇博文也打印了一份让他看看。

就写到这儿吧。就写到这儿吧。

我回复给他：

秀忠：

谢谢你这样快就通读了我这几篇小文。读了你的邮件，让我有一种喜遇知音之感！你对我的小文，评论得头头是道，甚至比我更了解这些小文的长处在哪儿。我很是感激！我实际上还有写张光年（光未然）、魏巍、臧克家、艾青等人的，都是这样的套式，这样的结构，这样的语言。的确，我与他们之间的交往年头之久，友情之深，是令我永难忘怀的。以后，如果需要，我再把那些篇找一下，都在我电脑里存着。谢谢你的推荐！我把你的邮件读了好几遍，你的记忆力和语言都令我感佩。祝好！

胡世宗13日晚8时

2010年6月14日　星期一

海泉电话，去新疆，同那里的文化厅厅长、电视台台长见面交谈。

海泉说，16日去青海公益活动，19日到大连，欢乐中国行，如果可能回沈阳看看爸爸妈妈，还有赞助治先留学的事。南非看球，争取与羽凡一同去。

铁西区委宣传部司机把《铁西神话》书送来一包，32本。顺便把"铁西颂"诗歌大赛征集作品打印本送来，让我审看。

张云晓老部长打来电话，说军区让他出席一个会，他要准备发言，问我说些什么好，希望我有空儿时去总院与他谈谈。他现在在总院，换心脏支架。

军区政治部组织部来电话，说徐洪刚来到沈阳了，军区政治部主任王洪尧是"铁军"老部队的首长，首长老部队来人了，首长在大连，要求机关接待好，下午徐洪刚要来拜访我，我说下午2点可以。

我准备了三本书，《新诗绝句》《胡世宗诗选》《烛光》，送给徐洪刚。

找出了写铁军电视专题片时的手稿几十张，徐洪刚就是要收集这个手稿准备办师史馆用的，他专程来此，从锦州过来。

铁军宣传科干事康保平从北京打来电话，请我替他好好接待徐洪刚，他说徐洪刚不仅是他的领导，更是他的好朋友。我说没有问题，放心好了。惠娟专门去市场买了西瓜和樱桃。

下午3点多，徐洪刚在军区组织部干事崔汉振和铁军师组织科蒋中雷的陪同下，来到我家。徐洪刚与照片上的那个英雄徐洪刚相比，略显胖了一点，但仍显得很年轻。他是中校军衔，胸前佩戴着许多立功的小横牌牌。

落座后，徐洪刚首先向我赠送了一块包装特讲究的铁军师纪念表，他说早就知道我，因为他喜欢文学，特别是诗歌，在军内外报刊上读到我很多的作品。我说你也写了不少的诗和散文，还出了诗集和散文集啊！他笑笑说，我写的东西很粗浅啊！

惠娟在倒水的时候笑着说，你一点不像我想象中的英雄啊！

徐洪刚笑笑说，我没有长三头六臂是吧？说得大家都乐了。

徐洪刚勇斗歹徒的英雄事迹家喻户晓，被收入小学课本里，成为全国人民学习的榜样。

徐洪刚问我到他们师去过没有，我说写《铁军》时因为太匆忙，任务太紧急，我只在中央电视台的制作间里看资料，看片子，然后由央视给我找到北京军区一个宾馆住下，每天用笔记本电脑敲字，不熟悉的事情要问，打军线问铁军，问济南军区，问央视。电视专题片播出之后，我有机会去洛阳，参加二炮某工程技术总队的纪念活动，我写过《神秘之旅》，他们就请我出席这个纪念活动。铁军师师政委周和平听说我在洛阳。邀请我到师里做客，参观了一些连队，还请我吃饭。

洪刚说还曾看到我的一沓诗画贺年卡。我写的诗，聂义斌作画。是辽宁美术出版社出版的。噢？这个他也知道？也看到过？

我们还说到洪刚的家乡彝良，我曾两次重走长征路，一次上老山前线，都到过那里，洪刚说再去，与他打个招呼，他在家乡有很多好朋友，可以接待我的。

徐洪刚问起当时是济南军区还是军、师请我去写的，我说都不是，是中央电视台，是陆海宁导演，她刚在一年前做了我一期纪念红军长征胜利70周年的"电视诗歌散文"专题《不可忘却的长征》，由瞿弦和等朗诵了我的《沉马》等几首长征诗，反响很好，她坚持请我来写这部专题片的稿子。

接着就说到主题，铁军师要办师史馆，在征集资料，我曾在2007年为7集电视专题片《铁军》撰稿，他们希望得到我的手稿。我说恰好我找到了这些手稿，原来以为全是用电脑写作，不会有手稿的。可是当我找到那一大沓铁军资料时，竟然有我写的手稿50多篇！

我把手稿拿出来，徐洪刚认真地兴奋地翻阅着，他在一页我的手稿上发现了有关徐洪刚的文字，指着说，这里写到了我。我说是的，这是第几集呢？

徐洪刚说，原来也考虑到可能电脑写作不会有手稿，那就让我抄几页打印稿，也是可以的，也算没白来。

第1集是《和平使命》，第2集是《铁流滚滚》，第3集和第4集是《铁骨柔情》上下，第5集是《铁血丹心》，第6集是《铁军雄风》，后面第7集《铁军印象》，是八方人士谈看了《铁军》片子后的反映，里面还采访了我写这部片子的感想。徐洪刚真没有想到会有这么多的手稿原件，他说这是个意外的惊喜！

心诚则灵啊！

徐洪刚、卢大伟、卢娜……

片子里插的几首诗的原稿，也都是手写的。

许多打印稿子的纸边上，还有我的一些修改的文字。

我找出了中国国际电视总公司出版发行的中央电视台2007年作为中国人民解放军建军80周年特别节目的《铁军》系列光盘，

徐洪刚和随行的蒋干事都说没见到过，特别是封面，很特别，我把这个光盘送给了他们。徐洪刚嘱咐蒋干事给我填写一张收藏证书，蒋干事写好后给了我，可是徐洪刚看了后，觉得写得太抽象，不具体，在他的指示下，蒋干事重写了一张，上面写："胡世宗首长：您的7集电视专题片《铁军》的撰稿手稿被济南军区红军师师史馆永久珍藏，特发此证。"下面是落款和年月日。大红的收藏证书封面上有"八一"军旗、长城和"振铁军雄风，创英雄业绩"的字样，徐洪刚特指了封面上的编号"00502"号。他说，我们从500号开始征集，您实际上是2号。我说，这对我是一种莫大的荣幸！

洪刚提议我手持这个大红证书与他合影，我们在一起看手稿时，崔干事和蒋干事也拍了一些照片。

我们还唠到写诗的一些事情，唠到抗洪救灾的一些事情。我知道他和他夫人的电梯缘的美好佳话，问他孩子多大了，他说13岁了，叫徐泽林，他补充说，这个好记，反过来就是林泽徐（林则徐）。真逗！

洪刚参观了我的住房，我说是儿子孝敬给买的，他还到我家大平台上看养的花，种的蔬菜，他说这是他见过的非常适合居住的好房子。

徐洪刚给我留下一张名片，上面有铁军臂章，头衔是"全国第五届十大杰出青年""中国作家协会会员""孙膑书画院名誉院长""洛阳书画院副院长""71282部队政治部副主任"……名片背面，有出版作品《徐洪刚赵小竹书画集》《生命礼赞》（诗集）、《徐洪刚散文集》《我在铁军》（励志传记）。我说你的邮箱可以用吗？是不是军网的？他说不是。我说这样发邮件就方便些，不涉及保密的事。

他们是从锦州过来的。今天上午去了法库，刚回到沈阳，就到我家来了。去法库也是为师史馆的事跑很多地方。

我请徐洪刚在我的本子上题词，他写道：

世宗老首长：诗人的情怀，忘年交的友谊。

徐洪刚

2010年6月14日

洪刚在我家墙壁上臧克家、刘白羽、艾青、丁玲、贺敬之、魏巍的字画前站了许久。

洪刚还看了我的36平方米露天大阳台，看了上面的花和蔬菜。

洪刚听说我曾四次自己驾车往返北京和沈阳之间，称赞我的身体真的很健康，精神真好。

晚上在院里走圈儿，有推销威海海边房子的。而且可以去看房，来往火车、船票还有在威海住宿吃饭的花销每人500元，大家很动心，说是就算旅游一次也是可以的。说好这周五就走，我说不行，17、18号我都不行，大家说那就往后推吧。

看荷兰和丹麦足球比赛。

在网上与新结识的朋友居寒聊天，她除了自己开瑜伽馆，做瑜伽，特别是雪地瑜伽，还有民风民情的摄影和现代派的诗，都很有品位。看来了解一个人是不容易的，也是很容易的。居寒推荐我看苏兰朵的博客，我浏览了一下，确是一块宝地，需找时间细看。苏兰朵的诗和散文，都是很有品位的。

海英一家回来过节，一块看腾讯网的《海泉世界波》。重看有两位嘉宾唐笑和吴健的那一期。

观看世界杯日本与喀麦隆比赛，日本队进了一球，给亚洲人争了光。

2010年7月14日　星期三

一早约宁明想出来散步。宾馆的大门锁着，找不到拿钥匙的人。我和连胜从打扫卫生的老头走的后门出来了，碰上松涛。与松涛一同在海边散步。松涛的身体恢复得很好，走路很快。他说他的二儿子桥桥在北京工作，也结了婚，没在沈阳办。他与桥桥一块步行上街，桥桥直喊跟不上他，还是坐车吧。笑源还没有结婚。松涛说连省妇联主席都给介绍过对象。我说前不久翻出海泉小学的日记，写到笑源和桥桥到家串门的事，很有趣。松涛说，等笑源结婚时把海泉日记手迹放映出来，是一个策划上的亮点。

宁明追上来，与我们同行。

杨莉丽发来短信："大朋友好！新的一天开始了。我的内心还萦绕着昨天的喜悦。若能留下来，在这个美好的季节，和你的朋友多住几天吧！"

陈淑波也发来短信："您好胡老师，昨晚能有幸与您和宁明老师夜游鲅鱼圈，那短暂的幸福时光，我倍加珍惜，无限温暖。这份情意，既厚重又浪漫。让我夜不成眠，仿佛是美丽的梦境。我把您的笑貌音容，与这次意外的相聚，牢牢地刻在心里。您的鼓励就是我前进的动力。与老师相见，是缘分也是我的福气。今后我会更加努力。真心期盼能再相见。"

上午参观。在一块路边大展板边，工业区副主任赶来给我们讲解三大块宣传板是怎么回事，助手给他预备了麦克风、扩音机，还有指挥棍儿。这样一个细节让人感到他们工作作风之细。这个工业区是2006年10月批准筹建的，北边以熊岳河为界，南边以大连瓦房店浮渡河为界，西边是渤海湾，东边是长大铁路线。共有296.3平方公里，总人口10.92万人。有可停泊30万吨油轮的港口，这样的大油轮相当于是油轮中的航空母舰，世界共有3艘50万吨的油轮，但不能行驶远海，远程行驶的只有30万吨的。这里有港口物流。说到国家战备储备油，美国可用两个半月，我们国家只可用3天。这是战备稳定最重要的资源。否则，没有了储备油，飞机、坦克、军舰，全是废铁了。这里有石化产业区，要落户的企业很多，去年至少拒绝了30多个小化工项目。主任说，小化工上了项目有百害而无一利，环境污染，火灾……主任说，我们留出空间，迎接大化工和经济化工的到来。工业区占了大片农民的土地，农民失业了，这里举行免费培训，让他们及时上岗工作。

主任介绍的三大块板，一是港口物流新区正在崛起，二是石油化工板块蓄势待发，三是白沙湾黄金海岸。他着重说这是三篇"文章"。第一篇文章是边海旅游。有20公里的海岸线。历史记载，这里是八仙过海后定居的地方，所以名为仙人岛。八仙从蓬莱成仙，过海后到达这里。这里还要开展冬季旅游。这个海湾，有银龙，有金凤。金凤回首，银龙摆尾。传说是银龙打败黑龙的地方，龙的鳞片变成了沙滩，凤的羽翼变成了森林。宋朝这里就有龙凤寺。还要搞游艇俱乐部。第二篇文章是建32平方公里新城。每个建筑都要成为艺术品，用形象规划学指导建设。第三篇文章是辐射到10个乡镇，形成大旅游格局，发展特色产业。主任自信的介绍让人感到这里充满了生机和活力。

我们上山俯看了港口，那些管线，有原油的、成品油的、水的、煤气的……颜色不同，粗细不同。

在路上，松涛说到宋勇巨贪与相关受贿的一些顶头上司的事。说心海还是从文好，从政容易被污染。宋勇曾是很优秀的共青团干部，前途远大，却沾上了贪字，把自己彻底葬送了。我还认识他的夫人崔云虹，在沈阳出版社工作，也是一个很好的人，我熟悉的写《报春花》的那位著名剧作家崔德志的女儿，没有想到在这样的环境中，他们把持不了自己，坑掉了自己。

回来的路上，松涛说他的房间洗手间没有手纸，解手竟撕开纸拖鞋的面……我说不可能吧，我说请心海做证。我们去松涛房间，我打开了那个手纸箱，有啊，它是需要从上面掀开的，不是从底下掏的。这样的宾馆怎么可能不预备手纸。

中午饭后就返回沈阳了。连胜带了车来。松涛预约了坐他的车，这样可以直接送他回乡下那个家。萨仁图娅说也要坐这个车回去。我本来想搭这个车的，见已有两个人了，再多一个就要挤了。连胜说不会挤的，他愿意并欢迎我坐他的车。他的中华车后面可以坐三个人的。松涛也说你和我一块走吧。这样我临时决定搭这个车回沈。扔下的只有心海、永元和《鸭绿江》的会计小田了。他们买了下午2点的大客车票。原来李秀文说找车送到沈阳，因李秀文没有来，也就作罢。

在回返的高速公路上，在疾驶的小车里，我们从光盘听了连胜与电台播音员共同配乐朗诵的诗作。我背诵了我崇拜的抗战时期的诗人陈辉的《为祖国而歌》。车上三个诗人听众听得十分投

1999年春节魏巍全家福

2008年7月，魏巍新著青年座谈会

人，他们非常赞赏，都为陈辉的诗所感动。他们说在当今诗坛上能写出这样好诗来的人不多。我说，陈辉24岁英勇牺牲，那么年轻，在战争的环境里，写出这样的诗太不简单了。松涛说，舒婷的诗也受了这诗的影响吧！他还建议在18号的朗诵会上，让我朗诵这首诗。连胜说，应该叫它"历史上的红诗"，在刊物上好好推荐一下，写你的感受。连胜让把这首诗发到他的邮箱里，他要好好学习。我开玩笑说我事先说了，我朗诵是收费的，一个人5元。他们也开玩笑说，可以给5元5角啊。

小车直接给我送到小区大门前。车上带来了主人赠给我的两小箱海蜇食品。

郑宏园长电话邀请我明天参加他们的聚餐。

收到白帆寄来他主编的《星光诗刊》和他的一封亲笔信：

胡世宗先生：

您好！

久闻大名，知您是沈阳军区的一位军旅诗人，但您的诗和您的大名早已越过"沈阳军区"，飞向全军，飞向全国，甚至飞越国界。只是遗憾时空的隔阂，使我们至今未曾谋面。但是，当我收到您寄来的20多年前的大著《当代诗人剪影》，感动得几乎一夜未眠。因为这本在当今书店里无法再买到的书，记录和描写了当代诗坛响彻云霄的20位诗人的名字、才艺和业绩。原来，他们在我心目中是灿烂的星斗，璀璨却遥不可及；今天，读了这本书，他们便成了我眼前的灯火，亮丽又可亲可敬。尤其是臧克家、李瑛、杨星火、公木、雷抒雁几位诗人，曾在1994年"三星杯"全国诗歌大赛中出任评委，那次大赛臧老是评委会顾问，贺敬之是评委会主任，魏巍、杨子敏（时任《诗刊》主编）是副主任，林默涵是组委会主任，许多诗坛大家是评委。所幸那次我的诗《读毛泽东书法》荣获三等奖第一名，应邀进京参加颁奖大会，见到了本次大赛的全体评委并合影留念，而且在一起就中国诗歌现状和走向进行了座谈，亲身感受了这些前辈诗人的谦和、大气的风采，特别是老诗人公木、杨星火、柯原、周良沛等和我们在一个讨论组，谈得非常融洽。杨星火对我的观点和诗歌很推崇，很赞赏，后来我们成了忘年交，一直保持通信，直到2000年她不幸病逝。1996年，她还帮我出版第二本诗集《白帆诗选》并亲自作序，对我鼓舞很大，她是一个善良、崇高、无私的人，她收养藏族孤儿的事迹很感人。她走了，留下几部诗集和一首被臧克家记住的歌《太阳和月亮》。

读了您这本书，使我又回到了16年前，大师们的音容笑貌仿佛就在眼前。如今，他们虽然相继在岁月的风中凋谢，但他们的精神永远鼓舞着我们写下去，直到生命终点。这就是我将16年前的一幅老照片放在《星光诗刊》封二上的用意，也许，与您26年前出版《当代诗人剪影》的想法不谋而合。

胡老师，您书中的大诗人是我的楷模，我会认真保留珍藏这部书，闲暇时翻阅，以励心志，增强写好诗的自觉性。还希望将您自己的大著寄来两册学习，望支持！

《星光诗刊》是我们新诗学会创办、集资出版的一本诗刊，已出版4期。今寄赠您两册，望多加指点、批评、宣传。

因我们文联还有个刊物叫《星光文学》，是综合性的纯文学刊物，近期正在审稿，望能惠赠大作，以示鼓励与支持。

前段工作太忙了，迟复为歉。望于百忙中回复。

祝

体健笔丰！

白帆

2010年7月1日

晚上在院里走圈儿时，带上了1986年魏巍赠我的《魏巍诗选》，主要想复习背诵过的《登雅典卫城》，那时诗人带着满腔的热情写诗，也戴着政治色彩的眼镜看世界，因而他看到的是所谓"资本主义"的贫穷和没落，其实未必是真实地本质地反映了社会本来的面貌。但诗人的那颗诗心和写诗的技巧、诗的语言，仍是可以学习的。"我多么想歌唱你海水的碧蓝，它多情地轻托着渔人的风帆……"简直是太美了！我入伍前在念书时听铁西区文化馆牟崇民朗诵过这首诗，记忆深刻。

惠娟说海泉今天来过电话，说在南非一切顺利，没有发生什么不好的事。回来很忙。可能17号回沈阳有一场小型商演，可以回家，这真是太好的消息了。

2010年8月7日　星期六

早晨在院子里活动，石祥告诉我，当年第一次全军文学系列评职称，全军各大单位创作室主任是评委，王中才对大家说，胡世宗的一级职称今年别让他通过，明年再说。石祥是评委会主任。其他评委都听从了来自沈阳军区的评委中才的意见，最后只有石祥一票赞成。石祥对全体评委说，这一票是我投的，我要对得起世宗老弟。明年再评就上英语了，对于世宗就更难了。记得中才临去北京开评审会前，军区政治部分管文化工作的副主任张传苗专门把他找去谈话，而且让我一个人在场听着，就是交代他去北京开会，要确保我的一级职称过关。他当首长面也答应了。可是……

其实，这件事当天我就知道了，是参加其他系列评审的瞿琮打电话对我说的，说别的单位都是自己人向着自己人，你们单位王中才明确让大家把你的一级拿下来，岂有此理！瞿琮问我，你怎么得罪了中才啊？一个创作室的，正、副两把手，怎么会这样？当时我以为瞿琮不是文学评委，他会有误听误传；过了这么多年，这件事得到当事人石祥的再次验证，那就是铁板钉钉了。可是……我早已与中才达成了谅解，他这样做一定有这样做的理由和苦衷。我也不必问个清楚了。

石祥对我说的第二件事，是魏巍临终时，石祥在他的床边。他嘴里一直念着两个人的名字，一个是峭岩，一个是我。这让我深深地感动。在他临终时我没能出现在他身边，至今是一个大大的遗憾。

上午，在宾馆的国际会议厅出席"全国诗文名家抚顺行暨松涛文苑落成庆典活动"启动仪式。许多人都来了。连高龄的杨大群都拄杖而来。高洪波握着我的手说，两件东西给你带来了。我知道，这一是我让他写的书法，另一件是我要的他的《中央党校日记》书。我说我开完会就去你那儿取。

在启动仪式上，抚顺市委书记刘强生动地介绍了抚顺的人文地貌及经济社会发展状况，讲到清发源地的优势，雷锋的第二故

魏巍

乡，讲到对全国诗文名家前来的热烈欢迎之意。他说，抚顺煤矿，留下的是大坑，运走的是煤炭，输出的是光明。全国洗衣粉的一半原料产自这里，全世界六根蜡烛中就有一根原料产自这里。高洪波有准备的即席讲话，很到位。谢冕在讲话中，讲到他对李松涛和我的美好印象，特别讲到他是1976年与我在《人民日报》相识，讲到他和我与松涛同去圆明园的往事。这是他最困难的时期。我还记得他从家骑一辆自行车，给我们俩各借一辆自行车，我们三人骑着自行车去圆明园，看残败的荷叶，满地的落英。我们在圆明园的残垣断壁前留影。谢冕讲，松涛在财富、权力方面不具备任何优势，但在人品、才华方面是一流的。他说，抚顺用这样非常隆重的方式表达了对诗人的敬意，令人感佩，令人难忘。在张同吾讲话后，市长王阳向松涛颁发了抚顺市文化顾问的聘书。省委宣传部常务副部长宣读了部长张江的贺信。松涛在讲话中感谢各方人士对他的关怀、支持和帮助。

仪式结束，分坐带号的车，一个车队奔赴位于高湾胡家沟的松涛文苑。路不怎么好走。到了附近，有彩旗插在路两边，还有高悬的彩色竖幅标语。院小人多。这是松涛整修、重新盖楼后我第一次来。院子里有草坪、石板路，有葡萄架，有刻着"松涛文苑"的巨石。剪彩仪式开始不一会儿，焦凡洪打电话告诉我，他的车来接我了。今天蔡斌、高姗夫妇回到抚顺，明天就返京，中午在一块聚一下，还请了陈永良。昨天我收到蔡斌短信，说他的副师待遇解决了，向我报喜。今天我能当面向他祝贺，是一件好事。我一直步行走到很远的大道上，凡洪派军分区郭立宏秘书前来接我到市里一个饭店，见到了蔡斌和高姗，还有他们的女儿。凡洪在此地当常委，正在抗洪紧要时期，他日夜在前沿值班；陈永良在此地当交警支队队长，也很忙。我们在一块说了很多话，互相报了平安。

郭秘书带车跟我回沈阳家中取日记书，有几位特别好的朋友需要把书亲自带走。到家匆匆10分钟，取了日记书几套。首先赠给王新弟。

晚上回去参加市里的宴请。宴会后，我随高洪波到他房间，取得赠书一本及给我的条幅。我对条幅不是很满意，条幅上没写我的名字，洪波说，封面上写了。我一看，确是写了。洪波与我老朋友那种亲切交谈。他谈到不参加中国诗歌学会的活动。同吾让他做副会长，他坚决不做。我问他，《诗刊》的事管吗？他说大事管。比如这一期《小雨报》上有周良沛的专访，周良沛在访谈中有伤别的诗人的话，虽不点名，但很多人知道是在说谁。这就不利于和谐。洪波拦挡了这篇专访发表，说可以发表他的诗嘛！洪波还与我说到祁人与同吾的事。我感谢洪波为张云晓入中国作协亲自批示办理的事。当时我写信给他，他嘱中国作协创联部立即办。他说，这是应该的，红军诗人，凤毛麟角。他说张云晓入中国作协是他的夙愿，也是为中国作协增了光。

我与洪波正唠着，聂鑫森推门进来，见我们在谈话，就撤出了。一会儿，他又推门进来，洪波让他坐。他让洪波给小雨捎一个纸袋的稿子，还有两条新茶，其中一条是给洪波的。他说到小雨在南方办诗会，请聂鑫森讲课，并请他给一女作者看稿子，他看到后半夜两点，因为不是三四首，是120首。

谢冕建议邓荫柯把头发染一染，现在太白了。邓荫柯对谢冕说，他的头已经染无可染！

他的话，把大家都逗乐了。

2010年9月2日　星期四

转眼就进入9月了，一年的大半就过去了，太快了！早晨快5点了，怎么天还黑黢黢的呢！嗬，原来天短了。老百姓的话多么生动：天短了！天是有长有短的啊！天短，早起一点，不就延长天的长度了吗？这样一想，我又把一句老话翻过来说了：成事在天，谋事在人啊！

中秋节快到了，邮局在办理邮寄月饼的业务。我给袁鹰、李瑛、贺敬之和柯岩邮寄了月饼，就在杨士邮局办理的。他们说下月找个离节日近的日期再邮，让节前邮到就行了。前几年可以给臧克家、刘白羽、魏巍等邮寄，现在他们都不在了。

收到山东沂水魏然森寄给我的一部新小说《错位》。这是今年8月群众出版社出版的一部新时政长篇小说。书的腰封上写道："一部融合了官场、情爱、复仇、悬疑等时尚元素的畅销小说，也许是本年度最好看的一部新时政小说。"书的扉页上写着"请胡世宗老师教正　然森2010.8.25"。我接到书当天就读了很多页，确是非常好看，读者是会喜欢看的。我在光明网上，看到该网记者与然森的对话，谈的就是小说要好看，这很重要。随着，我到然森的博客上去看，他写了那么多好的博文，观点鲜明，文字犀利，也是很好看的博文。包括对新版《红楼梦》、对韩寒、对范冰冰等许多敏感的话题，他并不回避，单刀直入，说得很有道理。

2010年9月28日　星期二

一早，给杨向宇打电话，了解他的情况。他是在阜新入伍的，在各报刊发表有100多首诗，军旅诗占一半左右。我请他把诗整理一下，给我发过来看看，如果能编入军区诗歌丛书最好了，将对他有莫大的鼓舞。

今天上午，社区和业主委员会、春光艺术团举办国庆演出，院内的业主多是老人孩子，成了主要观众。演出有大合唱、小合唱、男女声独唱，还有舞蹈、京剧选段等多种形式，乐队竟有11人伴奏。惠娟参加了大合唱，合唱队演唱了我作词、作曲的那首《低碳生活每一天》。居民们自娱自乐，共度佳节。演出之后，在新装修的五隆元大酒店办了三桌庆功宴，顺便也庆祝那天去参加省市低碳宣传日的演出成功。三个桌挤坐了61人！好几个人自带了白酒，我们那桌就有四瓶，有洋河大曲，有古井贡，老祁特意去买了一瓶好酒拿上来。王松年主持大家即兴表演，很多人都被点名上去演唱，我觉得乐队老杨和合唱队小贺，还有田卫民家的于仲义唱得都特别好。还让我上去赶鸭子上架，我唱了一曲《我把太阳迎进祖国》。我们桌的王德富和几位都在敬酒时特别"飘扬"了我，让我感到难为情。

我为散文集起草了后记：

我的这本小书是我的第十二本散文集，收入了近些年我的散文作品近60篇。

第一单元：军旅情怀，有对连队生活的回忆，有对军营人物的缅怀，有对军旗的赞美，有对英雄的描画。

第二单元：岁月感悟，多是生活里的随想。其中，《微笑是一把神奇的钥匙》是我的一篇较早的作品，被列入《名家美文赏读12篇》和方圆主编的"60位名作家和青少年共同阅读"。《收获灵感和感动》被收入现代教育出版社编辑的语文教材中，在网络上广为传播。《岁月漫忆》与《我与诗的巨变》，均是应好友、沈阳市铁西区政协副主席金文之约，为其编辑的《铁西文史资料》而撰。有几篇小文，记述了我退休后把自己融入所在小区的群众文娱和健身活动之中那种如鱼得水之感。《写给自己的墓志铭》，是我在赴武夷山的旅途中，应《沈阳晚报》金丽之约，参加晚报墓志铭撰写大赛，写在横跨黄河、长江的列车上，这篇小文获得了大赛唯一的一等奖，奖品是一台45寸数码彩电，而我自己为之欣喜的并不是得了一个奖、一台彩电，而是用这篇小文的百余字概括了我的人生感悟，也是我大半人生的小结。因此我自己非常喜欢这篇小文，我认为这是发自内心深处的一篇即兴的得意之作。许多人抄写下来，甚至背诵下来，这给予我极大的鼓励。

第三单元：文坛素描，多是在《辽宁日报》张大威、许维萍给我开的专栏里发表的短文，稍长的几篇则是田永元约写发在《鸭绿江》杂志上的，也有发在其他报刊上的。前面数篇曾有《河北传媒研究》《春风诗人》《山海潮》等多家报刊相继转载。我曾与之交往过的我国文坛巨人，我都曾写过长文，短文只是截取他们给我留下那个印象最深的镜头。其中刘白羽、丁玲、臧克家、魏巍、光未然、浩然等人都已先后远离我们而去，重新收录这几篇短文到这本小书里，表示的是对他们永远的怀念。

第四单元：观演随笔，是2010年5月在沈阳举行的"沈阳军区首届'北疆兵歌'业余文艺会演"时，我与魏宝贵、邬大为、铁源等几位老同志被军区宣传部邀请参加观摩。这次会演，会演办公室编印了数份《简报》，上报军区常委、政治部副主任、总政宣传部、前进报社，下发各参演单位，增发各评委。我受宣传部刘洪军部长、李军副部长和文化处张春启处长的邀请和委托，对每台晚会专写一评论随笔。经常是一天下午演一场，晚上又演一场，下午那场演完了就快到晚餐时间了，我要在晚餐前这个把小时的夹空里，打出自己的评论随笔。当晚演出前，在首长和评委看演出的桌子上，就摆上了这份《简报》。晚上看完另一场演出，我连夜打出又一篇来，第二天发到各大单位代表队演职人员的手中。有时下午看完演出回到住处，梅干事就在我的房间门外等候拿移动硬盘复制我的稿子。我感到紧张和振奋，但这匆匆忙忙间写就的随笔，记录了军区业余文艺演出的盛况和取得的优异成果。如今读来，内心感到无比舒畅、欣慰。

这本小书能加入军区作者散文丛书之中，是我的荣幸。

我写诗，写散文，写报告文学，写评论……好像是什么都能写，其实就像在运动场上那种报了铅球、铁饼、百米、跳远……什么项目都参加，却哪一项都没拿到好成绩，都没入名次的运动员一样。我在参与中获得了快乐，我想这就足够了！是不是呢？

整理散文集的书稿。

2010年11月22日　星期一

昨晚写出三首海东的诗，今晨又写一首，共四首，发到《鸭绿江》杂志的邮箱里了。

送惠娟坐地铁去看牙。

到机关，郭宝山社长让戴墨给我找了10本《军区思想文化名家纪实》画册。

两次去韩光办公室，门开着，却无人。

看到《沈阳晚报》记者魏雯发来她采写的报道稿，觉得写得非常精到简要，我没有任何意见。她写道：

> 和著名军旅作家胡世宗聊收藏是一种享受，访者如此，受访者亦如此。只见他随意拿起一页发黄的信笺，只要有个开头，就会天南海北天文地理滔滔不绝地谈下去。在他精彩的讲述下，信札，这种人们随心所欲创作的"小品"，便展示出其"尽精微"而"致广大"的特点，更让人得以从尺素之间窥视历史风云、人情世态……对收藏信札已半个世纪的胡世宗来说，这项收藏还让他有了感受历史、保护文化的新领悟。

> 时至今日，胡世宗收藏的信札大概有几千封了，退休后，他最大的爱好就是翻看这些老信件。虽说是最普通的信件，它的价值却不仅一纸文字那么简单，每封信，都蕴藏着一个故事在里面。胡世宗有封藏了38年的信，薄薄的信纸，承载了他与诗人贺敬之的一段友情：1972年冬，在北京总参四所为《人民日报》赶稿的胡世宗，距贺敬之的住处只几步之遥。当时，他很想得到一本贺敬之的《放歌集》，可书店已经售光了。

> "我求书心切，就给贺敬之写了一封信，说明了自己的

心情。没想到第二天，贺敬之就派人把书送来了，还附了一封信。"胡世宗说，"信上写，他在干校留守，因爱人患病，这几天才回城里照料，十分忙乱，不能面谈，表示抱歉。"因为这封信，两人由此结缘。

类似的名人信札胡世宗还收藏了许多，有刘白羽、臧克家、魏巍等作家和诗人，还有王晓棠、田华、叶乔波等演艺界和体育界的名人。对他来说，写信人名气大小不重要，而信中字里行间流露出的真感情，才是最宝贵的。像臧克家给他的信中谈诗的所谓"深"与"浅"，刘白羽谈王国维的意境说；张光年谈中西文化比较，魏巍谈下岗工人的写作……都极具智慧和独到见解。"西方人把信札称为最温柔的艺术。这些信件出自名家手笔，不仅有历史的文物性和学术资料性，也有艺术的代表性，是写信人个性张扬的产物，见信如面的感觉就是如此了。而且，电子邮件异常发达的今天，这些手书信札尤显可贵。"他说。

2008年，《艳阳天》的作者、著名作家浩然去世，孩子们要整理他的书信集出版，这可不是件容易事。胡世宗接到浩然女儿的电话，回家翻找，竟找到了45封，近3万字，他赶紧打印出来，给浩然的孩子们邮去，这令他们喜出望外。这些信，有浩然创作鼎盛时期写的，有"文革"后徘徊、苦闷时期写的，也有立志奋起，在历史新时期长篇力作《苍生》问世时写的。研究作家浩然和中国当代文学史，这些信都是十分宝贵的资料，从中可以看出时代的变迁，写信人的苦乐悲欢和人生际遇及其感慨，很多都是历史长河中充满人生意味的文化瑰宝。

"无论名人还是普通人，给我的信札我都一律收藏。其实，普通人的信札并不一定普通。"胡世宗说，他还收藏着军内外大量文学爱好者的来信，他们在信中谈及对文学的酷爱，对时代的解析，对成功的渴望，内容十分感人。"有的最早给我写信时还是默默无闻的业余作者，如今得了国家级文学大奖；有的最初给我写信时还在当战士，现在已是国家级文学期刊的常务副主编。"1972年，一个朋友在给他的信中说："北京也不行了，也要肉票了，北京市民每人每月发二斤猪肉票，不过，他们家两口人四斤肉可以供给我买来熬油带回东北……"这样的信虽普通，却是时代的见证。

在别人的博客上读到海泉说的他们新写的一首歌《我的青春我的城》："被挤进充满人肉味儿的地铁车厢/所有人集体逃开刺眼的阳光/我们躲在地下 高速流淌/向这座城市的静脉/回流向心脏//昨夜的酒醉现场像是个沙场/大家高呼再干一杯像是集体殉葬/酒醒了梦未醒 头昏脑涨/埋头在人群之中/我身在何处 要去向何方//昨夜的酒醉现场像是个沙场/大家高呼再干一杯像是集体殉葬/酒醒了梦未醒 头昏脑涨/埋头在人群之中/我身在何处 要去向何方//还能逃哪儿去呢/除了上班的地方/这城市是我的吗/而我又是谁的呢//是被（我）自己骗了吗/还是圆不了当初说的谎/如果这儿不是我的城/我的青春她去哪儿啊//没有留不下的城市/没有回不去的故乡/我能去的和想去的/到底在不在同一个地方//没有留不下的青春/没有回不去的过往/让我痛苦的让我思念的/还是不是那个姑娘//很多痛苦要自己来承受/很多泪水要往心

里流/没有退缩的理由//留不下的城市/回不去的故乡/我能去的和想去的会变成同一个地方//没有留不下的青春/没有回不去的过往/让我痛苦的让我思念的/还是那个姑娘"。

晚上应汪诚之邀，到位于兴工街七马路的韩都聚餐，到场的还有董伯杰、赵九魁、育葵、刘东刚、金文、侯占山、刘晓东。侯占山去市里参加文化产业的会，来得晚一点，刘晓东送孩子上课，也来得晚了点。大家吃着烧烤，喝着老龙口酒，愉快地聊着。金文发现汪诚手机上有儿子的照片，要过来看。汪诚说起她的儿子，内心有极度的快乐。她说，给儿子讲抗日时的事，儿子问多久了，她说很久很久了，几十年前的事了。儿子联想到听过的久远的事，就说，那时有恐龙吧？还有一次，她带儿子晚上回来，见很多人烧纸。儿子问这是干什么。她说是给死去的想念的人烧的。儿子对保姆说，等你死了，我会烧很多好东西给你……令人哭笑不得。汪诚对我说她儿子喜欢钢琴和画画。我说一个人对后代的贡献就是发现他的爱好，这是最重要的。汪诚用我相机拍照，比别人拍得好，取景绕过了菜盘子，大家都让她给拍照。

金文说起她编的文史资料的事。她还讲她女儿的故事，有自己的主见。散宴后，金文女儿豆豆开车来接她，她们俩把我送到家。

2011年4月22日　星期五

应邀参加下午在陆军总院宾馆一楼会议室召开的军旅散文座谈会。总召集人是葛江洋。他是一个热心人，是一个热情奔放的人，也是一个有办法的人。

参加今天会议的有省散文学会常务副会长兼秘书长王雪丽、常务理事王瑞起、副秘书长邢德铭。部队方面和军旅散文作者有刘国强、梁军、王顺宝、卢建华、林朝胜、徐文涛、刘洪林、李放、葛江洋、戴墨、张宝库、高万升、蔡书成。原定来的贾凤山和韩光在北京出席会议和集训，原定到会的张永前、胡有升、宁泉溪、董伯杰、蔡力佳、陈齐贵、刘利华没有到会。

王雪丽讲到散文学会的一些事情。邢德铭讲到编辑《辽宁散文》杂志的情况。王瑞起讲到国内散文创作的一些状况和写散文要把握的一些要点。瑞起讲得很专业也很深刻，发人深省。王雪丽说我是她最早认识的军旅作家，20年前她作为一个文学爱好者参加一个文学活动，我给她一本《鸟儿们的歌》，给她很大的鼓励。邢德铭讲到他大学毕业在黑河部队时与我的联系，他发表在《黑水》杂志上的处女作，是我用铅笔给他改过的。还讲了我怎么为他第一本书写序。

会上，宣布了我和贾凤山为军旅分会的名誉会长。我在讲话时，说到我熟悉的几位散文作家，刘白羽、袁鹰和魏巍。1991年11月，刘白羽曾赠我一部《刘白羽散文四集》，这四集包括《红玛瑙集》《芳草集》《海天集》《秋阳集》，白羽在扉页上写了一行字"世宗同志：30年心血请你存念"，令我难忘。白羽主张散文要美。他说："散文美何在？我以为散文最可贵的品质是纯（纯朴、纯真、纯净、纯度……）"他说："散文的发展的关键，我以为最主要的是散文家与人生与自然的融合、抽象，并赋予新的生命。"他说："美是散文的特色，但问题并不至此而止。根本是这美是唤起人崇高，还是引人卑下，这才是对作品，对作家的无情、严峻的考验。"我讲到军旅散文。解放军文艺出版社曾出版过两个选本,一是1949至1979的,一本是1979至1994的。前28年的选本是从全国散文作家中选写军事题材的作品,后18年的选本是选穿军装的散文作者写的散文,散文题材不仅限于军事题材。后一本是白羽写的序言。我想起白羽对散文一直讲过的,引用过的刘勰的话:"深文隐蔚,余味曲包。辞生互体,有似变爻。言之秀矣,万虑一交。动心惊耳,逸响笙匏。"意思是文字深湛含蓄的作品,曲折地包含着无穷韵味,语言的寓意,可以产生言外的深意。千万次构思所得到的警句,会震颤读者的心灵。

我们军旅散文源远流长,早就形成阵势。从20世纪30年代到抗日战争和解放战争,一直有充满革命英雄主义和乐观精神的散文问世。好的散文应有生命的兴奋与焦灼,要展示作者的精神和魂灵,反映生活的浪潮与历史的漩流,闪烁人格的光芒和时代的光芒。我们今天的军旅散文,应表现军营的脉搏,展现军人的胸襟与情怀。

我说到白山出版社已出版的我主编的黑土地军事文学丛书的散文卷10本。说到给《沈阳晚报》沈水美文版的"百姓家史"所写的点评。说到对大家的期望。

瑞起送我一本新书《凡人闲语》。这本书是著名作家肖复兴作序。王顺宝送我《心路墨香》上下两本,这书由军区司令员张又侠题写书名,黄献中政委作序。这本书不是文学作品,是顺宝的思想和工作随笔。他是学美术的,他的国画很不错,这部书的封面就是他自己设计的,很淡雅别致。

今天的活动办得很成功。我发短信向葛江洋表示祝贺。他回

晚年的魏巍

复我："谢谢老师的鼓励！首先要感谢您的加入，没有您的声誉和影响是不会有今天的场面的！以后有机会我们还可以多搞一些其他活动，比如去某地采风，约一些'对路'的朋友，大家一起交流和创作。"我对他说："希望你也多写些作品。你的生活经历和阅识，是其他一些人不能比的。你不要埋没了宝贵的财富啊！""在浮躁的世风中保持沉静的品格。你那么多的经历不文学化地回味出来，太可惜了！张罗事情也是必须的，但一定要有自己的作品！切记！"江洋说："是的，我的确感到常常无法静心。我一定记住您的指教，坚持写出自己的东西！谢谢老师的勉励！"我说："千万不要用忙碌来成为自己松懈和懒惰的理由。不写出好东西，就是对自己的人生不负责任。"

会后在宾馆就餐。戴墨给我带来了《前进报》，其中有今天的，头版右下角发了我写的那个《我把党来比母亲》征文的一篇，只不过编辑把我的文章标题改成了《党员·党费·党性》，不知为什么这样改，许是新闻性和主题性的需要吧。戴墨还带来了她组的版的大样，有我的《三红歌》，版面特别漂亮，是吕雪华设计的。回到家我细看了整个版的诗文，有张立江、朱九勤、蔡书成等人的文章，头题的吴明录写的《牧牛人》特别好，写共产党员包庆玉被发现、被宣传和生存状态。我只是看到主人公的孩子是抱养的这一句，觉得这是主人公的隐私，可以隐去的。我立即给戴墨打了电话，说了我的想法。如果包庆玉及家人已经习以为常，就没事了，如果不是这样，希望能删去这句话。

夜读《读者》杂志，卷首语是作家麦家写的《向着天分努力》，他说："天分是不足以成事的。""当你发现某种天分洋溢，请攥紧它，如同攥紧你的生命。然后朝着它不朽的方向前进。"

这篇文章的核心观点是对"勤能补拙"做出个性的分析。他说："固执地补拙等于南辕北辙，等于哪壶不开偏去提哪壶，等于发现天分之后偏偏逆向而行，等于自己谋杀自己。人倘不能循天分而动，则越是坚持'补拙'，越是自我损耗，伤害也就越大。可偏偏我们的教育就是要追求'全面发展'的美名，学中医的英文不好，不能毕业；工程师记不清流派，不能继续深造……字典燃烧，哲理哭泣。唯有愚蠢和狡黠笑得开怀。"他最后说："是故，坚持还是固执，这不是修辞的问题，这是生存还是死亡的问题，而关键的第一步，在于认清自己。"我赞同他的观点。

2011年8月22日　星期一

一早与惠娟在深圳的大街和小巷穿行散步，这儿的绿化真好，这是其他城市很少能看到的。在人行道边上，有很宽的绿化带，绿化带的树木长得特别茂盛，也许是因为这儿的雨水充足的关系吧，就像原始森林一样，没有可以把脚伸进去的缝隙，也就没有人来祸害。

自助早餐仍是丰盛的。在早餐时，接到了姜宝才的电话，他说他今天在凤凰网的首页看到我做客《鲁豫有约》的视频，说他要给《人物》写篇有关我的文章。我问他那部《头颅》长篇小说怎么样了，他说写完了。我最关心他这部作品。我说你们关于黑龙江省方正县那个拓荒团的碑的事，弄得不错。他说也是冒着很大风险的。

晓凡要来访，我提前到223路公交车特区报社站等候着。晓凡从公交车下来，我们把他领我所住的房间，惠娟烧了开水，沏了红茶。我们聊得很开心。在他提议下，我们打的到深圳书城，这是非常大的一个购书的场所，我没见到过比这儿更开阔的书店。

我在这儿看到了一本新版的《毛泽东诗词鉴赏》，没见到过的，里面有我的文章，却从不与我联系，也不给样书。我买了一本。还买了几本可以给海泉新书做样本的书。

我给瀚文买了一本他喜欢的《脑筋急转弯》，给艳子买了一套《天才宝宝孕育方案（0到3岁）》，这是广州中博影视有限公司出品的。

今天深圳图书馆闭馆，因为大运会要闭幕了。有不少人用自助方式借书，很先进。我们还到深圳音乐厅去参观，有钢琴教授和销售，也有演出预告。

我们本来想在读者餐厅共进午餐，可人太多了！我们找到这楼里一家很大的面点王，要了两个小菜，要了两个面，还有两瓶啤酒。我们在这儿边吃，边喝，边聊，十分惬意。我们聊了辽宁文坛，聊了全国诗坛，聊了生活和创作的一些事情。说到茅盾文学奖引发热议的事，他说现在看已经很公平的了，仍有人不满。我们聊到晋察冀的诗，那个年代的田间、方冰、邵子南、陈辉、魏巍……那些诗那么朴素，那么贴近生活。晓凡说，他写蒙古族民兵连长，就受了晋察冀诗的影响。他说到刘湛秋说的一句："半个世纪的风霜在头上，半个世纪的友情在心里。"真的是这样啊！我们说到共同熟悉的十几个人，几十个人。邓刚、陈巨昌、刘兆林、林岩、金河、朱庆昌、田永元、邵永胜、刘秋群、郑小凯、方冰……

接到海泉电话，他今天从北京飞深圳，大约4点来钟到我们住的公寓。

接到育葵电话，他说下周二有个活动要请我参加。

海泉打来电话，说他下飞机后在路上堵车，可能有突发事件，他和司机想法绕道过来。

回到房间，没有人，我到三十五层健身房去，惠娟和瀚文正在这里呢！我们在观景台看深圳风景，西面云下有雨。我们玩一会儿乒乓球，还有台球，我举了一会儿哑铃。

海泉下午2点半就下了从北京飞来的飞机，因从机场进城的高速公路拥堵，无法进城，他绕了两个多小时才到。我把打印的诗稿交给他，把从书店选出的书的封面和版式样子给他看。他似乎没有看得上的，觉得都不太行。

我们到一家小小贝壳的中国精品菜馆共进晚餐，他的朋友郑增锦总经理也赶了过来。我们没有喝酒。

我们准时在7点钟离开公寓，海泉头疼，一直没好，这是多少天没有睡过好觉带来的吧。他坚持要送我们去机场，怎么说也不行。到了机场他帮我们办理了所有的手续，直到我们排队进入安检，他才离开。他说在大连是一个品牌的活动，将在武汉和深圳共三个地方进行，在深圳将是27日。

今天，海泉对瀚文说，我当大马让你骑，好不好啊？瀚文快乐地说，太好了。海泉说，你知道吗？这种骑大马的游戏，是我小时候，你爷爷让我骑他身上，这样传下来的啊！我们三个人都笑了，哈，当年我小，也是骑在我爸的背上啊。有些民间民俗的做法就是这样一代传一代传下来的啊！

海泉最大的期望就是今晚能睡得多一点，要自然醒，不是闹钟或手机给叫醒。自然醒已成奢望。

我们准时登机，却因空中管制不能按时起飞，飞机待命，发了餐饮食品。还好，只晚点半个小时，我打电话让海英不必来接我们，她说还是要接，不管多晚。

飞机在午夜1点钟降落在沈阳桃仙国际机场。海英进航空楼来接我们，承均开车在外面守候。他们把我的车开到了沈水湾二环入口处，停放在酒店门前，这样我们一块到那儿，我把车开回家，他们开车去沈阳北站接治先从吉林坐夜车来的同学。治先和同学在车站等待。明天治先的英国校长到沈阳。

千里万里在外，总不如回家好！到家了！开窗放沉闷的空气，屋里顿时清新而凉爽。

喝杯牛奶，吃两块小点心，冲了个澡，安然入睡。

2012年1月1日　星期日

新的一年开始了！

收到亲朋好友太多的祝福短信和电话了。

上午9点30分，接到高玉宝兄的电话，他向我和全家人祝贺新年快乐，同时也打听惠娟和海英还有海泉的消息。问海泉结没结婚。我说他36周岁了，该经历的都应该经历了。

高玉宝说，2011年对于他很重要，这一年，他没有进过医院，这是值得骄傲的。是啊，玉宝兄是一个老病号，一年里没有进医院真的是奇迹了。

不断有朋友的短信拜新年。我的战友张楠发来四句原创的话："走了圣诞，来了元旦，可以扯淡，不做坏蛋！"我回复他："故乡沈阳，飘落雪花，时时牵挂，楠子老华！"楠子，即张楠；老华，即董文华。

在QQ信箱里读到刘爱娥写于2011年12月31日深夜2点的一

首诗，标题是《我多想绑架时光老人》，副标题是《写给著名作家胡世宗老师和夫人》，前面的小注是："22年前，我冒昧从山西五台去沈阳见到了仰慕已久的胡世宗老师。他40岁开外，英姿勃发，魅力四射，给我留下了很深的印象。尊夫人也如一轮满月，高贵典雅。一晃22年过去了，通过网络，与恩师取得联系，目睹照片，恍若隔世，沧桑写满了那俊俏的脸庞。望着他们的身影，我掉泪了。思绪翻江搅海，夜不能寐，遂起身将心思写了出来。"全诗如下：

　　　　我要质问时光老人
　　　　为什么让他伟岸的身躯不再挺拔
　　　　为什么让他满头青丝换成了白发
　　　　为什么让他俊美的脸庞刻上皱纹
　　　　为什么让她娇美的容颜褪去光彩
　　　　为什么让她康健的身体染上疾病

　　　　如果可以交换
　　　　我愿用青春换来他皱纹、白发
　　　　用美丽换来她浮肿的脸庞
　　　　用我发达的大脑换来家人不再为她担心和害怕
　　　　让他伟岸的身躯依旧挺拔
　　　　永远魅力四射放着光芒
　　　　让他们健健康康有大把大把用不完的时光

　　　　祈求上苍

让我带走吧 带走吧

带走那善良人不愿要的东西到海角天涯

让健康、智慧、青春、美丽永驻人间

我要让时光倒流

让逝去的生命回归

从此不再有失去亲人的哀号和悲伤

新的生命可以诞生

但人到中年必须定格为永恒

岁月可以流转

但不可以刻上衰老的年轮

如果地球实在装不下

那我们可以复制一个地球

在地平线上

这是一片真情实意的表达，我们深深地感激她。

下午与惠娟去大商新玛特和铁西百货公司，想看看有没有适合我穿的上衣，可是我们转了好久，觉得没有合适的，想在《艺术人生》做客时和书的签售时穿一下，不行就在北京借海泉的什么衣服临时穿一下吧，不买了。

与朱亚南、程步涛、陈先义、石祥等多人电话交流。亚南的腿脚仍不怎么好，外出走路有问题。程步涛说，等我到北京，与他一起找雷抒雁聚会聊天。石祥说，我们都到了老年的边缘了。90岁的剧作家胡可说，我们这一页就翻过去了。石祥接他的话说，也留在了史册上。胡可说，这话很温暖人。石祥说，自己的两个儿子、两个儿媳，都是上校。他老伴儿70岁了，还返聘301

医院体检科。他说他很满足。他说你我在连队写黑板报，走到今天这一步，很不错了。石祥说，评论家雷达与他说，参加作品研讨会，有时一天参加两个，没什么真的想说的，有的还不能说真话，很没意思。举办研讨会的人越来越多。石祥说他在北京总遇到这种会的邀请。他还说到中国新诗学会的情况。说到会长人选的情况，说到张同吾、雷抒雁、祁人、程步涛、李小雨等人，说到老诗人贺敬之和李瑛，说到已故诗人魏巍和柯岩。还说到峭岩写遵义的长诗不容易。石祥评价说"诗心雕龙"，因为是大题材，不是"雕虫"。说到峭岩出身贫苦，主要是用功，刻苦，才有今天。

晚上看浙江卫视新年歌会，有海泉唱歌，还有罗志祥、潘玮柏、谭咏麟、刘欢等人的演唱。

看到晓凡的邮件："晓凡谨向世宗、惠娟恭贺新年，祝二位年年身心两健，轻松快活更有作为。感谢你寄来晚报和文史资料，你的文字再现了那个相对灰暗年代里我们的青春的火焰！几十年来任何时候我都感谢并尊重文学和真正为文学付出辛劳的人。"我回复："晓凡兄：我们也热诚祝贺你和嫂子新年更开心！沈阳天冷，很少外出。在家打字，每天繁累，没办法的事，又给春风赶雷锋的书。3月出版。给寄晚报，只是片段，是选载，挺有纪念意义的。往事真的如烟飘去了，未来在我们把握之中，像一匹跃动的马……快乐，再快乐些！"

2012年4月9日　星期一

早上打开电脑，收到歌迷朋友寇晓敏的视频资料，得知昨晚第十二届音乐风云榜年度盛典隆重举行。汪峰获最佳男歌手奖，田馥甄获最佳女歌手奖。陈奕迅、王菲《因为爱情》（电影《将爱》主题曲）获最佳影视歌曲奖。在票选单元，周笔畅获最受欢迎女歌手奖，韩庚获最受欢迎男歌手奖。最受欢迎新人奖给了炎亚纶。最后颁的是"评审会特别大奖"，尚文婕获"主席奖"，海泉获"音乐榜样"大奖，齐秦获"乐坛特别贡献"大奖。我发博客对海泉获奖表示祝贺。

在网上读到段子数条，有的很有意思，如："你永远看不到我最寂寞的时候，因为在看不到你的时候才是我最寂寞的时候！""心中有敌，天下皆敌！心中无敌，那自然就天下无敌了！""只要女人肯出手，没有男人能逃走。""自己选择45度仰视别人，就休怪他人135度俯视着看你。""骗子太多，傻子明显不够用了。""一口吃不成胖子，但胖子确是一口一口吃出来的。"

李波发来后天讲课的主持稿，写得很好。我没有意见。

今天，崔春昌到我们院来，他为项冶出书写序，把序送来。他带着辽中民间文艺家李广仁和皇姑区的书法家张洪、赵学民到家做客，我给他们展示了我收藏的臧克家、刘白羽、艾青、贺敬之、魏巍、丁玲、张光年、浩然等名人的字画，他们非常欣赏和赞叹。李广仁送给我三本他主编和创作的书，我把自己写的书赠给了他们几位。

抚顺市委宣传部黄迎伟短信告知，焦凡洪的司机回去后，把给几位同志的书和光盘，请郭干事送到了宣传部，他们都已经拿到。

在《光明日报》上读到西安政治学院教授张理海的文章《激活被遮蔽的信仰》，这是他对雷锋精神的时代解读。从中得知全国在2005年有学雷锋小组260万个，学雷锋志愿者有3000万人，目前全国成立了43万个志愿者组织，常年参加活动的有6000万人。文章说到雷锋精神是对中华传统美德"仁而爱人"的传承，是对"博爱利他"精神的融汇。

2012年6月7日　星期四

今天是高考第一天，从广播和电视听到看到，某地一位女教师领取回659个准考证步行几百米的时候，遭歹徒抢劫，她为了保护这些准考证头部被钝器击伤……这位老师真的很令人尊敬，我想更为感激她的，应该是这659个考生及其家长。而我同时想道，领取这么多的准考证，这样的大事，学校为什么不多派一个人去呢？为什么不派车去呢？如果学校没有车，为什么不打的去呢？什么事是学校的大事呢？在高考即来时，659个学生的准考证是多么重大的事情啊！可是，竟然让这样一位教师去领取，而且是女教师，没有任何保障，这样做对吗？是应该的吗？

读新一期《神剑》杂志，读到张爱萍将军的夫人李又兰的回忆文章《我的家乡情结》，读到了刘慧对作家徐贵祥、王海鸰的专访。我与这两位作家可以说是相识的，多种场合见面，也一道出席过会议。可是读了这两篇专访，似乎对他们了解得更多一点了。特别是徐贵祥写出《历史的天空》，王海鸰写出那么多受读者和观众喜爱的爱情小说、电视剧，是从何处获素材和灵感的，是如何从生活中体验出写作意旨的。

上午10点15分，收到高玉宝的特快专递，他回复我，在那个漂流书上写上了他的三条留言。一是微笑故事："我57岁那年，6月，心情特别好，总是微笑。因为我有孙子啦！一天我给孙子报户口，派出所女同志微笑问我：同志你孙子叫什么名？我微笑着说：高兴！她停了一小会儿又问我：叫什么名？我还是微笑着说：高兴！她着急又微笑地问：我知道你有孙子高兴！我问他叫什么名。我还微笑地说：他叫高兴！派出所同志们听了，都大笑起来！"还有一条："微笑是一扇窗，能让他人感知内心的坦然；微笑是一条门，它可以接纳整个多彩的世界！"这一条署名为莫树吉和高玉宝两个人。莫树吉是写《真人高玉宝》的作家。还有一条："微笑是心灵中最美的图画，最美的灵魂，对任何从微笑，都是真善美的。"我感激这位85岁老大哥这样热情回复我的希望。他昨天电话说他收到我寄去的这本书，一宿没睡，很激动，也很想写几句自己满意的话……他电话里说到这个给孙子报户口的故事，我说很好，很好，写上去吧！

在惠娟的提议下，我们今天请社区经常帮我解决电脑问题的金英、史潇楠、韩宇昕到保工街的春饼店吃午饭，以表达感激之情。在博客的留言里见到了姜红伟的留言：

尊敬的胡老师您好！您寄赠的珍贵资料题词收到了，实在太感谢您的大力支持和帮助了。看见您的大著，仿佛又回到了80年代阅读您的诗歌时的美好情景，令人难忘，至今想起来依然很美好！希望老师继续支持我，谢谢，常联系。祝您身体健康、创作丰收！

另有一个留言：

胡老师：我是吉林陆军预备役炮兵师第二团的团政委，叫戴俊马，可以说我是唱着《我把太阳迎进祖国》这首歌在部队成长起来的，我也是位诗歌爱好者，平时也涂鸦点，向老师致敬！

我给他们二位分别写了回复的话。

《辽沈晚报》的乔睿给我发短信，说今天高考语文卷子有作文，想找几位作家和读者也写一下，问我有无兴趣，能否答应写一篇？我说可以啊。从春饼店回到家，我就开始写，用40分钟时间写了《孰轻孰重》的小文，发给了乔睿，她看了连说写得好。

晚饭后，接到魏巍儿媳王曼曼电话，她在北京做文化公司，做了很多项目，包括电视片，我看过的《多彩的贵州》就是她制片的。她现在为贵阳高新技术开发区20周年做策划，想邀请海泉写一首歌，并在7月20日请羽·泉现场演唱。我请她与经纪人赵亚默联系。我想先告诉海泉，海泉未接电话，不一会儿打过来了。他正在排练中。他说他根本没有时间写歌。如果邀请他们演唱，可以与亚默联系，我说你先跟亚默说一声，他说不用，说一下电话号是你告诉的就行了。

晚上参加大院的集体操舞之后，给祝乔写了两篇小稿，一是《大院的画家》，一是《高玉宝漂流的微笑故事》。

大连莫树吉推荐一位魏建萍写的诗，寄了来，让我看。我回复，待我有空时就拜读。

2013年1月29日　星期二

到邮局给一些朋友寄书刊，其中有魏巍的家人王曼曼，给宋文书老师寄日记卷一，学生时代的生活那一部分，还有《沈阳日报》黄志勇、《沈阳晚报》高阳等。

到乐购购物，因昨天北陵中心发了张购物卡，结果在结账时说，这个卡的款子还未到，只好付现金了，多亏兜里还有钱，否则就出洋相了，那就只好把选好的货物放下了。

今年郭德纲上春晚，这是好事。我曾那么喜欢他的相声，觉得他无拘无束，很放得开。只怕他上春晚束缚自己太狠，左顾虑，右顾虑，就达不到随意随性表演的效果了。

接近晚上的时候，李辉告诉我，春风文艺出版社把条码和版权问题都解决了，就可以打样子让社里开准印单了。我打电话给责任编辑姚宏越，他说他的同事下班了，明天上午可以办。王妍为封面和环衬的颜色，还有页码字体字号及隔线的粗细与我斟酌。

姚编辑说，他们申请书号时用的是"胡世宗编著"，批下来的也是这五个字，现在变成"胡世宗编"，有出入了。原来贺敬之题写书名时写的是"胡世宗著"，这是不准确的，应是"胡世宗编"，至少是"胡世宗编著"。我便请冯少玲从无数的书法字中选出与贺字相近的"编"字，现在既然提出要与申报的署名一致，就把已废置的"著"字再加上，放在"编"字之后。因为说"编著"也可以，我这里有我自己写的很长的"生日日记"部分，当然是"著"了。李辉把重新改过的样子发给我，我看了觉得不错。

最近每天晚上看电视连续剧《捍卫者》，故事情节紧张，演员素质很不错。题材稍显陈旧。

2013年2月3日　星期日

一早便醒，想开车回家，但还要把治先送到英语教学的地方，把承均送到他与朋友聚会的家中。我们一起吃过早餐后出发，到家都9点了。

在路上，预订了除夕那天的晚餐，并电话预订了初二家族聚会的正兴宾馆北京厅的饭局。于宏斌政委帮忙订上的。于宏斌曾在正兴宾馆任总经理，后到金山宾馆任总经理，现在是正兴宾馆政委，大校军衔。

收到原在46师任副师长、在黑龙江省军区任参谋长的高潮的贺卡，他现在任沈阳军区装备部部长。给他回复了一个贺卡。

收到魏巍儿媳王曼曼寄来的年糕，回复贺卡并写信。

近晚，邀同院邻居王中白和苏云萍两家一同聚餐，到附近的丰汇园自助火锅店。这家店很火，环境优雅、敞亮，服务周到，食品丰盛。每位59元，开店优惠49元，65岁以上老人35元。只是一个人的小火锅只有16位，其余的都是4人或多人火锅。所以要想占有小火锅必须早去。小火锅吃起来你会感到更方便些。

2013年3月28日　星期四

一早与惠娟去市集邮协会，张建国给我准备了许多邮品，我在原来预订的基础上又增加了许多。

到铁西区委大院，把给王石文和李继安的书送到。

应邀到铁西区民政局，贡平局长和王永举副局长与我谈在他们这个地方建立"胡世宗工作室"的想法，去年就曾说过这样的意思，我觉得我没有更多的时间和精力做这个事情，如果投入不多，会愧对他们的期待。他们说知道我很忙，我不一定在这儿坐班，只要偶尔过来，有时间就过来，自己创作也可以在这里进行，对这边的老年大学和社区文化给照顾一下，举办一些讲座什么的，就可以。

中午他们俩要请我吃饭，要去一个酒店，我说坚决不可以，如果吃饭，就到一个小馆，我开车拉他们到了我常去的本溪羊汤馆，他们觉得挺好，都不喝酒，汤热，心也热，吃得很舒服。

魏巍儿媳妇王曼曼来短信："世宗老师：非常感谢您赐书，我当时打开就看——您是个勤奋的、有才华的、懂得感恩的、热爱生活的、永葆青春的人。您的珍贵品质，在当下，已经很稀缺了。向您致敬！曼曼。"

2013年8月4日　星期日

晨起打太极，时间因天短改为早6点了，不是5点半了，但仍会在那个时间提前醒来。今天有三位老师带领打24式。石老师主要是讲吸气和呼气，还有就是要连成一气做，不要分节停顿。袁老师带着大家打一套从未做过的混元24式，很柔软，很浑和，一气呵成，行云流水，很美。大家请她教，她说等天凉快时候再学这个，现在不适合。李莉张罗大家请这几位老师吃饭，大家都说没意见，看老师的时间吧。

一早与《辽宁日报》的王臻青编辑联系，她说她采写海泉的稿子将在下周二见报，她与杜娟主任说好了，一定要大版面报道。

与顺丰、中通、申通、圆通几个快递公司联系，多数周日都休息，不能取件送件。顺丰一小伙儿让我到门口，说两分钟他就到，他不能上楼。我到大院门口等了20分钟，他才到。说是货多，没办法。我是急着给海泉寄去这部书稿，否则我不可能耐心等这么长时间还不提意见。

将整理的书稿重新发给胡玉萍编辑。

海英一家三口回来，要到承均爸妈家吃晚饭，今天是承均的生日，我们给他一串琥珀手链，并打印了一句话："心似琥珀，透明晶莹。"

读打印的海泉书稿，第一部分可以分出两三个部分，政论随笔，游记，演艺感悟……

读第七期《辽海散文》，读到刘齐写的《沈阳大舞台》，津津有味，很是筋道。也读了初国卿的刊首语《"辽西派散文"之我见》，读了康启昌读刊的文章，还有汤士安的《马加馆里忆马加》、赵晨雨的《绿色的飞絮》。在"补白"里，不知哪位从我的《永生的魏巍》里选了一段话。

晚上依然在大院广场上参加跳佳木斯快乐舞步，身心都得到锻炼和舒展。

看《非诚勿扰》，新加了宁财神做嘉宾。

2014年6月9日　星期一

王丹发来石家庄嘉禾青岛啤酒节上羽·泉的演唱视频，从河北影视频道直播节目录下来的。《奔跑》《爱自己》《奋斗》《男人哭吧不是罪》《冷酷到底》《我要》《不弃不离》《最美》，完整地演唱了8首歌。他们俩唱得很随意，却十分卖力，两个人从头脸到脖颈都是汗光闪闪。羽凡的胳膊上流着汗水，他后来只穿白色的短袖衫，白衫紧贴着他的上半身，肌肉块边线都特别清楚。海泉依然穿着深色细小白线方格的西装。两个人下场前，羽凡提醒大家离开时要把身边的垃圾带出现场。这虽是很随意的一句话，却让我感觉说得非常好，环保意识，关心公共场所卫生意识，注意培养好的素质意识，都体现出来了。

与海泉微信，他说他回到了北京，今天下午帮邓超拍电影的MV。小妹发来给爷爷奶奶的语音，说喜欢新加坡的家。

市妇联张鑫给我发来那天开会的照片和录像。

皇姑区关工委崔凤芝主任要我的简介，不是文学方面的简介，而是生平履历那样的。

山雨新写一首歌词《我们军营美》，让我给看看，我在个别词语和韵脚上做了稍微的修改。

下午，到工行开发区支行取款。到招行给人民文学出版社打款，买《泉·最美》200本。朋友们要得太多，我的近千本书都只剩一本了！《时尚生活导报》本月15日有父亲节的活动，让我带几本这个书过去，出版社的书不会那么快到达，我只好先到沈阳新华购书中心买了5本。

到香江大市场取来定做的窗帘。

到茂业商场给惠娟买一双矮跟的皮鞋。到兴隆大天地买一冷风机，待治先回来可以用上。

接到峭岩电话，我告诉他，他给我寄来的12卷文集我收到了。我打电话，电话不通。他说那时他正在长白山里，手机不好使了。正是端午节前后。

我们说到魏巍，本来魏巍身体是很好的，可以活到更大岁数。只因肝癌晚期没有办法了。

2015年3月28日　星期六

一早醒来，见阴天，不能看到最好的日出，天很快就晴了。不知惠娟昨晚几点回来的。看到方婷发来信息，说，我们的邮轮直去雅典了。

早上去服务台上网，看到惠芬和海燕给我发的生日祝福。

有一些乘客质问为何要越过圣托里尼？有人说到埃及不去是杯弓蛇影，岂有此理！有的乘客说她约了亲友在圣托里尼见面，人家都赶过去了，你船上改变了行程，这是说不过去的。大家围着服务中心的小伙叶家闶说长道短，小叶一声不吭，他也不是决定事的人。如果是有过错，他是代人受过。小叶和这些年轻服务员，都是经过培训的，脾气都超好，不管乘客说什么，他们都老老实实听着。

早餐时，乘客们也都为邮轮更改航程议论纷纷。

为我的同胞感到汗颜：每次上岸日，就有许多同伴从餐厅带出各种食物、饮料，有的是糕点、面包、香肠，有的带各种水果，有的带多个熟鸡蛋，你不可能想象，一个人用盘子拿走六七只鸡蛋！今天早上，大家要喝橘汁，可是一位老兄带着两个大水杯，就是旅行用的那种透明的水杯，像一个小暖壶，众目睽睽之下，把公用的放在那里的橘汁大瓶拿起来，一个一个往自己的杯子里倒，直到倒满……唉！干吗要这样做呢？可不可以不这样做呢？

我想起了刚上船的第一周，到香港旅游。旅游大巴车按号排列在那儿。大家上车后，导游告知大家记住自己的座位，今天都按这个座位坐，免得乱套。我们在第三排的右边座位坐着。去了一个地方参观后，再上车时，我们的座位却被占了，是南方的老两口，我们站在他们面前，说这是我们的座位。我们在过道里站了好一会儿，导游也说，后面也有人说，他们只装作没听见，也不看我们。我们不知他们的座位在哪儿，车上一个萝卜一个坑儿，也不能随便去占别人的座位啊！还有一个女的，为上车抢座位，把稍有痴呆的老伴儿丢了。老伴儿呢，把一个手提小包丢了。她为了占着前面的座位也不动身去寻找老伴儿，让大家在车上静等了好久。大家劝她下车去找找，她舍不得离开这个靠前的座位，大家说这个座儿给你们留着，她才下车去，最后把老伴儿找回来了。

我们在船上生活这么久了，大家彼此都是认识的了。每回见到那两位占着别人座位不起身的同伴，见到那位为占座把老伴儿弄丢了的同伴，我都替他们觉得尴尬。

上午10点，"歌诗达·大西洋"号邮轮平稳到达雅典港，到达的标志是从海港防护堤的两盏门灯中间缓缓进入。

雅典是一个古老而年轻的城市，它是希腊这个欧洲国家的首都，位于巴尔干半岛南端，三面环山，一面傍海，西南距爱琴海法利龙湾仅有8公里，属于亚热带地中海气候。有两条河穿城而过，市内有多座小山。截至2008年，雅典人口为74万人，市中心人口仅25万；城市面积39平方公里，加上郊区共有412平方公里，是欧洲第八大城市。这是欧洲也是世界上最古老的城市之一，有记载的历史长达3000多年。有多位政治家、哲学家、文学家如苏格拉底、柏拉图、亚里士多德等诞生或居住在这里，它被称为"西方文明的摇篮"。雅典这个名字就是从智慧与正义战争女神雅典娜的名字挪过来的。这座城市共有276个住人的岛屿。我们下船的是第一港口，还有另两个港口。乘坐港口里的小汽艇可去其他各个岛屿。

街道两边最多的是橘子树，绿叶间闪烁着黄颜色的圆果子，每棵树都有许多果子，有二三十个橘子吧，就在人行便道上，却无人随意采摘。

　　我是年轻时或在学校读书时就知晓希腊雅典，那是历史和地理课本中的雅典。1964年，我读过我喜爱的作家和诗人魏巍（《谁是最可爱的人》的作者）访问希腊写的诗篇，如《登雅典卫城》《最美好的晚餐》等，我都是烂熟于胸、倒背如流的："我登上雄伟的雅典卫城，想起你希腊往昔的光荣，你那巴特农神殿啊多么壮丽，只可叹它的殿顶已经倒倾，我不想歌唱你的残堡和夕阳，只盼望你古老的土地腾起春光，总看那一处处夕阳染红残堡，只会引起我无限的哀伤……""我坐在餐桌前，是喜欢哪还是辛酸？今天是几个穷朋友，请我们赴这席晚餐……"在我退休后，经常在大院散步时背诵、温习这些诗作。魏巍在世的时候，我就曾背给他听。前几天说是到希腊报旅游项目，我就认了带"卫城"两个字这条"卫城和普拉卡之旅"，标号0841。今天如愿以偿，终于来到了这个我向往已久的神秘而真实的所在。

　　我们11号车的导游是一个希腊胖妞，长得挺好看，叫安娜。歌诗达派出在车上翻译的导游是程敏，她俩配合默契，安娜把要讲的给小程讲，小程就翻译给大家。我们乘车在市里穿行着，这是很经典、很端庄的一座古城，安稳祥和，内在丰厚。我见到码头上候客的出租车一大溜，全是亮亮的黄色，大小也几乎一样，很是规范，多是丰田和奔驰。

　　我们11点登上11号车，令人高兴的是沈阳老乡宋海盛两口、关志超两口，都在这个车上。

　　我们路过时见到蓝圆顶的教堂，正在新建的码头。街道上，禁左行和禁掉头的信号标志，与我们基本是一样的。

　　从码头到卫城有12公里路程。

　　我在路上看到有一座小岛离岸边仅几十米，蓝色海水，黄色岩石，深绿草树，远看那形状就像一个生日蛋糕。我突然想到我就要过生日了！明天二月初十就是我的生日，本来以为会在雅典爱琴海过生日的，没想到，今天要去圣托里尼的，明天才到雅典，可是我们的船由于技术原因，船舶延迟开船，需要到雅典配一个零件，就先行到了雅典，明天去圣托里尼。电话里，女儿海英开玩笑说，是不是专门研究的，为你的生日改了航线啊？圣托里尼是爱琴海诸岛中颇有名气的岛屿，距雅典110海里，被称为"爱琴海中最璀璨的明珠"，这里有世界上最美的日落，最壮阔的海景，这里是艺术家的聚集地，是摄影家的天堂，是蜜月旅游的圣地。人说，来这里的人太容易成为一名诗人或画家，因为人人都想尽自己所能来描绘那无边的美丽。我说，那诗人呢？是不是只好呆若木鸡啦？哈！明天，明天，我会在圣托里尼这个最美丽的地方，度过自己一个最难忘的生日！

雅典市中心的街道很宽阔，双向八道，而且笔直，双向中间有护栏，护栏中间有生长茂盛的棕榈树。

导游带我们来到一个著名的体育场。当年全世界第一届奥林匹克运动会就是在这里举行的。那一年是1896年！太遥远了！我们在这体育场外驻足观赏，沉思。据说，这个体育场给雅典甚至给希腊带来了无限的荣耀。而且2004年，这里又举办了一次奥运会。特别让我兴奋的是，海泉曾荣幸地成为雅典奥运会的火炬手。至今，海泉的家里还保存着这支有700克重的火炬呢！我在这周边发现好几个体育健儿的雕塑，这里是世界上最好的体育场之一。

我们看了市政府办公中心，看了几所大学的教学楼，看了庄严的教堂。我看见七层住宅楼上飘扬着希腊的国旗。

在一个街角，我看到坐在地上分发报纸的报摊摊主，就像我在沈阳街头的早上看到分发报纸的摊主一个样。

在一座建筑顶上，耸立着两座雕像，一是阿波罗，一是雅典娜。雅典娜永远是正装在身，她的雕塑、油画及各种艺术品，都没有赤身裸体的，也没有上身不穿衣服的。这就是雅典娜这位女神的尊严和神圣。

街上看到很多大理石的柱子，有的很新，有的很旧，那旧的却更值钱，都是古董文物啊！

我们在街上拍照时，忽然见一只特别好看的长着长尾巴的绿颜色小鸟，飞落在我身边的一棵树的树梢儿，让我十分感动，这是命运之神来传递一个又一个好消息吧。对于我，这一定是一个好兆头！

上卫城的路有两条，一条是走台阶攀登，一条是沿一慢坡散步到顶。我们选择了后者。我们踩着雨后的宽厚而平实的大理石一步一步走到了山顶。

到了卫城顶上，才知道雅典有多么大，四周环看太多太多的楼房，它们密集在一起，城市规模宏大得不得了。但这座雅典城，宏大而不混乱，整理得井井有条。

我们看了卫城这希腊最杰出的建筑群，看到了当年帕特农神庙的遗迹。

我在这卫城上常常一个人发呆，我沉入想象和思考。雅典是世界上最富有创造力的城市之一，我看到有大批的游客来到这里，包括这里的普通居民，小学生，情侣，互相搀扶的老人。人们摩肩接踵，到处都是持相机、手机、摄像机拍摄的人。在这里，每一个拍摄者都有理由成为摄影家和摄像家！而且在每一个角度拍照都是有道理的，都不会错！我们11号车上，就有挂着拐杖的，有多病体弱的，有年纪颇大的……他们也都登上了这雄伟的卫城。我还看到那杆旗杆，我记得魏巍的诗中写道："我面前有一支高高的旗杆，它兀立在几十丈高的悬崖之上，想当年格列索斯就从这里冲上城头，这就是他把卐字旗撕碎的地方！"我在这旗杆前拍了照。

在和煦的阳光下，在轻轻的海风吹拂中，我注意到被岁月磨得又光又滑的老旧的大理石缝中有青草在生长，有小小的花儿在开放。青草与小花，都是不凡的，都不是人为栽种的，草籽或花籽一定是被海风吹来的，或被海边小鸟叼来的。它们生长得如此茁壮，如此旺盛，开放得如此艳丽，犹如我们的生命……看到此景，更令我无比欢欣！

晚上，看南美艺术家表演的幽默搞笑节目，他一个人唱了一台戏，从踩高跷，到邀请观众上台与之配合，把钹拴在两腿上，一夹腿就响，把喇叭夹在胳肢窝，一夹就出声，手还敲打头上的器械，敲出声音，另一个打气筒打气，把头上的气球打爆！还有一个甩喇叭……他的精彩表演让大家享受到轻松快活的休闲，受到了热烈的欢迎。

2015年5月3日　星期日

天阴，看不到日出。

凌晨5点钟，在邮轮的左侧看到圣卡塔利娜岛，从这儿邮轮将会继续航行在圣佩德罗航道上。

在门口信筒里收到一封手写的信：

亲爱的胡叔叔：

书我已经开始读了，静静地、慢慢地看了起来，而且在做书中笔记。人生就是不停地迷失，不停地找回自己的过程，但重要的是要找到正确的道路，整理好内心，继续前行。"翅膀上披满阳光，就不惧险风恶浪。"我会照着您说的去做的。谢谢您的生日礼物！

祝您和王妈妈洛杉矶玩得顺利！

白鸿

2015年5月3日于船上早4：45

早上6点半，邮轮通过洛杉矶海港的港标，进入洛杉矶港口。

这里有喧闹的鸟叫，有太多、太多的海鸟聚集在这儿，不是成百，而是上千只！有起飞的，有停落的，有贴海面飞的，有在高空飞的，有排成一行的10多只，斜着飞过我们的邮轮，有单个儿飞的，你无论如何想象不到这鸟儿的叫声会汇成如此巨大的声响，声响起起伏伏，高高低低，似有位无形的交响乐的指挥在操纵着这支雄伟的乐队。让我看迷了眼，听迷了耳，不能不欣喜地融入这样一种极其美妙的实有的又是让人感到超现实的艺术的境界之中！

早餐后，船在当地领航员登船引领下，于7点半顺利地稳稳地停靠在洛杉矶90731码头。天仍阴着，却无雨，这就很理想了。

1542年，第一批到达这里的欧洲人，由一位葡萄牙探险家带领，宣布这个地区是西班牙帝国的天国。1781年洛杉矶成为西班牙殖民地。1818年，美国人首次到达这里。1821年，洛杉矶归属墨西哥。1846年，美国与墨西哥发生战争，墨西哥失败，后将加利福尼亚州割让给美国，洛杉矶成为美国领土。1848年，西部"淘金热"吸引大批移民来到洛杉矶。1850年，洛杉矶正式设市，同年加利福尼亚成为美国第三十一个州，而当时的洛杉矶人口仅有1600人。洛杉矶，又称为"天使之城"，是全世界文化、科学、技术、国际贸易和高等教育中心之一，还拥有世界知名的各种专业与文化领域的机构。洛杉矶地区是加州最大的经济中心，占加州劳动力市场的30%，产值为加州的三分之一，占加州零售和批发量的四分之一以上。洛杉矶港是美国主要的港口。好莱坞是传统的电影之都，今天片场和制片中心分布在好莱坞四周，也集中了许多唱片业者，由于同娱乐业的紧密关系，洛杉矶已成为主要的多媒体产业的中心。

美国在世界上是老大，它总是对外国人存戒心。我们一路上本来很简易的清关手续，在美国就变得十分严格。在纽约就这样很是麻烦。我们不到早8点就做好了下船的准备，但迟迟不能下船。数百人领完了号儿都让在卡鲁索剧场里坐等，我和惠娟领的是第六组。共11组呢。

剧场里放映着梁家辉等主演的电影《太极》，等到电影放映完我们也没能下船，心里干着急，急的是通过电话得知满锐兄嫂的车早就到了，却得无休止地等待！剧场又放映刘德华主演的《桃姐》，老年人的生活情境可见一斑。

8点50分，我接到姜宏丽嫂子的电话，说满锐兄要和我讲话。满锐说："我的世宗啊！终于可以看到你了！我们的车还有10分钟就到你们邮轮停靠的码头了。你出来会看到我用一拐杖挑着的一面旗，上面有一个'胡'字！一会儿见！"我说了我们要清关，可能等候的时间要长些。满兄说没事。

我们一直等到近中午11点才得以下船，还是长春的唐蕾把两张五组的票号给了我们，才稍微提前了一点。

出了安检的大门，立即就看到了满锐兄嫂。他们举着的"胡"字旗特别显眼，特别突出。我与他们亲切拥抱。几十年没见了，岁月把满兄的头发全都染白了！但他的精神仍很饱满，不像一个80岁的老翁。满兄说，他们的朋友从天津来这儿十来年的宋锐，和他在名字里都有一个"锐"字的人给我们开车。

我们上车离开了码头，我坐在副驾驶位置，我们的话匣子打开了就关不上了。满兄退休就来儿子满小雷工作所在的洛杉矶了，都19年了！

我们俩是在粉碎"四人帮"之后的1979年1月在北京西苑大旅社召开的全国诗歌创作座谈会上相识的，那个重要的诗坛聚会共有100人，艾青、臧克家、贺敬之、柯岩、光未然、冰心、魏巍、冯至、张志民、李瑛、邵燕祥、赵朴初等都出席了。胡耀邦出席我们的茶话会并即兴讲话，讲了两个小时。辽宁是我和李松涛出席的，黑龙江是满锐和苗欣出席的，吉林是公木和胡昭出席的。中国人民解放军军歌的歌词就是公木写的。因为我们都是东北来的，格外亲近。会后，我到哈尔滨，满锐到沈阳，都曾热烈聚会，而且联系不断。

满兄出国多年，心系祖国，情绕诗坛。他与我聊起近年先后去世的我们都特别熟悉的雷抒雁、韩作荣、李小雨……还有他熟悉的辽宁诗人阿红、刘文玉、厉风、牟心海也都不在世了，有的他知道，有的就不知道，如牟心海。他还问到李松涛、罗继仁、邓荫柯。他说他在网上查阅到每一位熟悉的诗友的情况，特别关心，为逝去的诗友哭泣，特别是作荣。我们说起每一位诗友的好处，赞叹不已。

那年，满兄在洛杉矶查到我出版了8卷本、400万字的《胡世宗日记》后，立即给我打越洋电话，我把书寄给了他儿子小锋，他回国经近20个小时折腾转机回到哈尔滨已是后半夜，立即连宿带夜地翻看，给我写来长信。由于他的建议，出版了一本26万字的《〈胡世宗日记〉评论集》。

说话间，近一个小时的车程走完了，我们到了满兄家。宋锐就开车先离开了。满兄的住处极为清静，房子很好，这是买了很多年了，原来是租房，一个月租金1000多美金，老这样给出去，什么也落不下，就下决心买了房。这房子有很大一个车库，并排放着两辆奔驰。宽松的地方放着生活杂物。我们在房屋一层吃着水果，喝着茶，水果有西瓜、樱桃、草莓、猕猴桃、香蕉……嫂子说，这几天来满兄就为我们到来这一件事准备着，天天在盼着！

我们参观了这个两层的住房，满锐指着一间大房说，你们下回来，就住这儿！

我为满锐兄带来了在邮轮上买到的意大利红酒和白酒各一瓶，有礼品盒包装，我还赠送给他一本莫言的书《给父亲的信》，并在书的扉页上写了四句诗：

> 天苍苍，海翠翠，
> 万里越洋见满锐。
> 久别幸会洛杉矶，
> 不须饮酒人已醉！

此外，就是一份今天邮轮上发的"歌诗达·大西洋"号的日报，赫然醒目的标题是三个字"洛杉矶"，这是很好的一个纪念。

我们参观了他们的小院儿，有一棵是大嫂买下房子时就买下并经营的水蜜桃树，说到了8月满满登登地结果子，可甜了，吃不完，就一筐筐送给邻居分享，尝尝。院子里还有柠檬树和无花果树呢！满兄说，南加州，早晚温差大，宜于植物生长，人家说，筷子扎到土里也发芽儿！我想说最早我们北大荒就是插根筷子也能发芽儿啊！我夸他健康，他说享受南加州的阳光。

我是从苗欣处最早获得满兄的联系方式的。满兄说他和苗欣两个人十三四岁时就相熟了，那时作为东北解放区中心城市的哈尔滨，其市文联在1948年创办了培养文学青年的"文艺学园"，他俩都是这个"学园"的成员，曾有幸聆听了多位革命作家和翻译家的讲课。

我们说到关沫南等共同熟悉的老作家。

我看到洛杉矶没有太多的高楼大厦，满兄说，这个地方是地震带。有人说，这几个月直至30年内将发生超过9级的大地震。所以一般不盖太高的楼。

我们说着话，嫂子说饿了吧，咱们去吃饭。事先我就说，在邮轮上，天天吃鸡鸭鱼肉，吃腻了，想吃麻婆豆腐，吃家里的饭菜。嫂子给我们开车，让我系安全带，她说在美国不系安全带要罚款160美金。而且不用找人，不用走后门儿，必须交罚款。在这儿生活很简单，不必动不必要的心思。婚丧嫁娶，不必随礼，我们到了一家他们很熟悉的中国餐馆，名叫"北方酒楼"。落座后便点餐。我看菜牌有沈阳乱炖、沈阳水饺……如回到家乡沈阳一样，在这异国他乡感到了家的温馨气息。原来这是沈阳大东区来的一个老板开的饭店，也经营很多年了，老板名叫马全贵。今天不巧他不在，他的亲属马传真在，与我合了影。

我们点了一品凉菜、麻婆豆腐、沈阳乱炖、尖椒干豆腐，我说足够了，足够了，满兄还要点，他又点了熘肉段。我阻挡他点下去，真的点多了是浪费。我们还点了四盘芹菜猪肉馅的沈阳水饺。要了三大杯啤酒，嫂子开车不饮酒。

菜量很大、很大，做得那叫一个地道。上船86天了，这是第一次吃到家乡菜，那个凉菜太可口了，太爽了！沈阳乱炖里的红烧肉和几种青蔬以及粉条都太棒了。这是友情的象征啊！满兄原要去一家海鲜馆子，听了我短信要求后，改到了这个家乡菜馆。

席间，我们还聊到熟悉的工程兵诗人和作家叶文福和陈淀国。

我们回到满兄家，又稍事休息。宋锐的车来了，我们开始了洛杉矶一日游。

在离开满兄家之前，满兄赠我和李松涛各一袋美国干海参，我坚决地谢绝了，因为我们邮轮不允许往船上带任何干鲜食品和饮料，满兄只好表示遗憾。另外，满兄给我准备了两个黑色的带拉锁的很大的软提兜儿。这真的是只有家人才这样想到的。我们在离开家之前，海泉打电话专门说让我们准备软提兜儿，因为86天的旅行，一定会买些东西，会增加很多分量。为此，我们到商场买了两个软性大提兜儿，恰好提兜儿上有"环球旅游"四个字。我们非常感谢满锐兄嫂对我们悉心的关怀和帮助，但提兜儿就不能带走了。

我们又乘坐宋锐开的车了。宋锐是一个知识面非常宽、记忆能力非常强、体贴别人非常细的人。我用了三个"非常"，一点都没有夸张，而且选择他为我们开车和介绍，更看出满兄的真挚和深厚的热情。

宋锐说，人无压力轻飘飘，草无压力绿油油。他开板儿说话就充满了哲理。他声称今天洛杉矶一日游由他安排和讲解。事实证明，他比任何导游和解说员都更深入地介绍了我们今天来到的这座城市。他开始就介绍了"洛杉矶"三个字所含有的大洛杉矶地区、洛杉矶县和这个县拥有的88个城市中的一个最大的城市这不同的范围和地理位置。

宋锐是天津人，他说从天津开车不到一个小时就到了北京，可是，位于加州南部的洛杉矶，一个小时你开不出城。加州位于美国西部，有3830万人，超过加拿大人口总和。在阿拉斯加州、得克萨斯州之后，加州是在全美国排名第3的大州。他还介绍了这个州盛产小麦和水果，是农业大州。在国际贸易上，亚洲60%的货物在加州上岸，高科技有硅谷，苹果牌手机就在这儿生产，电影业、旅游业还有军火制造，都特有名。

大洛杉矶有1264万人口，华人60万，占5%，全美国3.8亿人，华人364万，占1%。在美国，纽约是第一大城市，洛杉矶是第二大。第三是芝加哥。后面是休斯敦、迈阿密……这儿使用语言80种，官方语言是英语，其次是西班牙语。在洛杉矶，讲西班牙语的人占20%，墨西哥曾属西班牙，如果你会西班牙语，在这儿住宿、吃饭、到银行和邮局办事都比较好办。

洛杉矶最高建筑73层，310米高。洛杉矶高楼大厦少，是因为这儿处在环太平洋地震带上。1906年旧金山大地震，1994年洛杉矶北岭地区大地震，都很厉害。1906年那个大地震只有一个好处，给一直没有合法身份的人带来了摘掉"非法移民"帽子的机会，因为档案被地震引发的大火烧掉了，无法证实谁是偷渡来的，谁是没有绿卡的。

这儿从不下雪。

我们到了洛杉矶起源之地——小墨西哥城，这是从1781年就开始建起的。我们停下车，步行在小墨西哥城的街道广场，真的是人山人海，接踵擦肩，热热闹闹，欢欢乐乐。噢，原来今天是周末，墨西哥人很习惯过周末。这儿的教堂可以被租用举办婚礼，人在教堂里结婚，对于信徒会是一生的幸福和满足。

满锐陪同我们逛小墨西哥城，临时教我说两句西班牙语："谢谢"——"格拉夏斯"，"再见"——"阿辽斯"。

我们先后到了中国城和日本村，日本村也叫"小东京"，这里还有泰国城、韩国城、越南城……

中国城建于1938年到1939年。现在越南人做生意的不少，房价不高，治安不是特别好。最老的中国城在旧金山。

我们看到了曾出现在成龙主演的电影《尖峰时刻》里的那个福州饭店。我们到了中山广场，看到孙中山先生的小铜像。所谓小，就是不很高大。这是1966年华侨集资建立的。

我们远观了洛杉矶音乐中心，这是1964年建的。宋锐说，他是1963年出生的。我说我是1962年当兵的。音乐中心有三个表演中心，设计者是出生在多伦多的盖里，典型的解构主义，以雕塑呈现，七大艺术建筑之一。钛铝合金的外表，不规则的曲线，在不同时间、不同角度有不同的视觉效果。这个音乐中心成为洛杉矶新的地标。盖里是犹太人，犹太人在美国社会影响太大了，在各个大财团都有股份。他们有自己的宗教，从德国过来的比较富，从波兰和俄罗斯过来的比较穷。美国借款多在这些财团中借，从中国借款占总额的11%。

我们散步到喷泉广场，有仿米开朗琪罗的雕塑，象征着世界和平。

洛杉矶最大特点是气候好，是阳光地带，白云少，没有水汽。满兄说，他在这边住习惯了，近20年了，冬天回哈尔滨两次，两次得病，不敢在冬天回去了。

我们过一个游民地带，这里离城市救济中心很近，有不少小帐篷，各种颜色的，破破糟糟的，敢在这条路上住的，黑人居多，他们不找工作，靠国家和慈善部门救济，他们有洗澡的地方，有解手的地方，愿意这样住在街头。住在这里的人，不考虑明天怎么过，只考虑今天如何过。他们也不到邻街去捣乱。

我们来到斯坦普司球场，这是美国两支重要的篮球队湖人队和快船队比赛的主场。湖人队20世纪60年代来到洛杉矶，16次拿到总冠军。快船队从布法罗来到圣迭戈，1984年来到洛杉矶；1999年建这个体育场，能容纳1.5万人。这里可以举办各种比赛，包括冰球、拳击、冰上表演，也可举办音乐会和篮球比赛。

我们在体育场与几个球星的雕塑合影。

我们还去了洛杉矶会展中心，每年这里举办大型的汽车和电子产品的展销，还有动漫人物活动和公民宣誓等。

这儿附近有一个丽思卡尔顿大酒店，华人买下80%的股份，这是一个酒店公寓。

洛杉矶公交不发达，甚至很少见，打出租车更是不容易，几乎看不见。个人开私家车办事、出游。夏天酷热时，到处有冷气，你不是园丁，不是游客，不必到太阳底下去经受暴晒。这里多的是棕榈、椰子、密朗树。最有特点的是很高很高不是一般高的树干，上面挑一缕树枝树叶。每天风和日丽，每天都有大太阳，雨水很少。绿地要靠浇水，否则就死掉了。冬天下雨两三个月，从5月到11月，一滴雨不会下来。洛杉矶的水源一是加州山上的水，还有一条河里的水，自己无水。

我们到了叫好莱坞的这个城市，这是个盛产电影的城市。一年产500部，平均一天近两部电影。这儿聚集大批的制片商和发行公司。好莱坞式的和纽约式的互相看不起。李安纯手工打造的电影在这里很有影响。

参观原名叫柯达的杜比剧院。

在这里有电影、电视、舞台剧、音乐、广播五项明星的星星展出在人行道的地上。我们在2540颗明星的星星里，寻找到成龙和李小龙的，华人在这星星中只占这两颗，标明的是英文字。因为宋锐总来，他一下就领我们找到了。

我们把车停在地下6层停车场里的第五层，到一个楼层顶上，远望好莱坞山上的几个字母，这是1923年摆上的，原有13个，1945年变成现在的9个字母了。那每一个字母17米高。这山上没安灯，晚上或下雨就看不见了。2003年，投资20万元决心修好这几个字母。

我们去高地娱乐广场。我们在宋锐引领下找到了成龙和冯小刚的手印和脚印，还有他们的签名。

我们到杜比剧场，这是奥斯卡颁奖的地方，可坐3400人。看红地毯如何走，走的时候，两边的店铺就不开门了，如何用紫绒的帘子遮住。上面还有个能容2000人的餐厅，不知颁奖后是不是举行庆贺宴会，都请什么人参加呢？红地毯是阶梯式的楼道，两边有显示颁奖结果的记忆。从1927年的《翅膀》、1939年的

《飘》直到现在，比如最佳影片，1965年的《音乐之声》，1997年的《泰坦尼克号》，还有1997年前后的《英国病人》《勇敢的心》《与狼共舞》。据说1940年后才开始正式颁奖。

我们在琴键子一样的黑白阶梯上走，它就会自动发出音乐来。你不走了，它也没声儿了。

满兄说，好莱坞是美国文化的重要符号之一，几十年来，引领着世界文化的潮流，这个产业与旅游观光业一样，是城市建设的重要的标志。

满兄说，世界在深刻地变化着，中国崛起是挡不住的，中国自己要强是最好的。在其他民族面前，中华民族更要虚心，包容度更大，不强势凌人，哪个民族有长处就向人家学习，我们民族才会发展得更好。

我们来到比弗利山庄。这里是富人区，大小都上千万美元一套。这里，绿树成荫，幽静优雅，别墅都具个性化，有自己独特的色彩和规格。墙高高的，院门关得紧紧的。我们看了成龙的院落，某某某某号，透过门的铁栅栏，看到有一只狗伏在地上，有两只鹤的雕塑，颜色深，很动人。我们还看到迈克尔·杰克逊生前的住房，院门没有修饰。经常有人来献鲜花，鲜花就放在门前。还看了湖人篮球队中锋奥尼尔的住处。这里有几十户吧，每一户面积都不小。这些地方，主人多数也很少"光顾"，多半是由保姆和保安看守庭院。

在日落大道上看日落，也是很美的一景。这条路很长，也很宽。各种酒店、商场、酒吧、咖啡馆布满路两边，装饰各异。宋锐介绍说，哪个是重金属音乐，哪个是摇滚乐驻唱的地方，哪个是什么明星常去光顾的酒吧……他真的是如数家珍，而我却听得一头雾水，对这一行，我知之甚少，近乎盲区。因为这里明星偶现，"狗仔队"即娱乐记者常常前来。他们与酒店及咖啡馆或有私下联络，一旦重要明星降临，他们"长枪短炮"立即现身，他们要给提供信息的人信息费的。这里还有脱衣舞表演的小店，有同性恋者聚会的场所。那个蓝调酒屋，就是表现忧伤的美丽的蓝调音乐人前来一展身手的地方。

我们看到很多户外餐厅，宋锐说，冬天也这样子，他们冬天也在户外，不惧寒冷，点瓦斯炉。宋锐指着一个酒吧，说这是美国流行歌坛著名女红星小甜甜布兰妮成名前驻唱的酒吧。

在类似纽约第五大道的罗迪欧大道，看名品、名车、名人。有很多名人会出现在这里购物。

世纪酒店有一面美国国旗，有三棵高杆子树，那树笔直笔直地向上伸展。

我们还路过一个摩门教的教堂，这是一个非主流教派，据说有1508万人信奉。它的总部在盐湖城。曾与奥巴马竞选总统的罗姆尼就是这个教的教徒。

一辆低型改装的越野车从我们车旁飞驰而过，噪声大得吓人，它是自己改装了排气管儿，也有蹬滑轮的年轻人，在车子中间自由穿行。

宋锐说，美国是一个有争议的国家，经济发达，贫富差别不小；法律健全，犯罪率不低；科学技术发达，不科学的主张允许存在；对内民主，对外强权。不同文化、不同政治背景都可以在这里获得包容。90%的人有信仰，法律管理外界，宗教束缚内心——不做好事就要下地狱。

今天，满锐兄，特别是身体不强的宏丽嫂陪同我们俩，由宋锐开车并导游，游玩到晚上七八点钟，又送我们到"歌诗达·大西洋"号邮轮的侧边，让我们感受到诗友深厚的情谊，在短时间里看到了洛杉矶基本的面貌，开了眼界，学到了太多的新鲜的东西，得回去慢慢消化。

2015年5月18日　　星期一

早上有大片的乌云，但在日出前，很快就都散去了。日出时分，红日上面也有厚厚的云层，但给红日升空留出了足够用的空间，所以今天的日出也是很美的。

早餐后，与惠娟在十层甲板上散步，走了很多圈儿。惠娟想听我今天讲座都是怎么个讲法，我给她说了一个大概的流程，她表示满意。纠正了我几个字的发音，比如晋察冀的晋，我就读成"锦"，她告诉我，应读"进"。

上午在卡鲁索剧场，由搜狐邀请的青年摄影家王源宗展示他的摄影作品，他的作品主要是西藏拍摄和后期制作的《圣域》《西藏星空》，还有《我的环球邮轮行》，片子很美，令人陶醉。

接着，由我做《长征路与环球游》的诗歌讲座。大屏幕上打出这个主题，我走向讲台，讲台上有一个桌子、一把椅子。我说平时这是巴比罗老师和汪婷做旅游到达国家、城市、码头和景点介绍专属的桌椅，我如果坐下会忐忑不安，干脆就站着讲吧。这时听有人喊："请老师坐下！"我没有坐下，一直手握话筒站着讲了下去。

我望着台下一张张熟悉的、陌生的面孔，感到无比亲切，我们一起用80多天的时间见证了世界的奇妙、邮轮生活的美好，也结交了新的朋友。我说我先说两句话，一句是深深的感激，感激各位兄弟姐妹和年轻的朋友前来听我的汇报，我给大家鞠躬了。

第二句话，是说我这个讲座是自己申请的，我见到大家展示才艺，给了我启发和冲动，我想用这种方式与大家交流，给才艺表演秀增加一个新的品种。

我讲我的人生和创作就是在长征的路上。我从少年时代爱好文学讲起，讲到喜欢读诗、背诗，也喜欢写诗。从15岁写的第一首诗《给阿拉伯小朋友》的问世说起。我说到我喜欢的诗人臧克家、艾青、贺敬之、郭小川、魏巍、李瑛、张志民、光未然……我说到一个诗人的名字——陈辉，问大家知不知道。台下默然，表示不甚熟悉。我说我特别喜欢他的人和他写的诗，我给大家背诵了陈辉的《为祖国而歌》，这首诗深深震撼了我，使我志向不移地要参军。我如愿入伍，我是背着载有陈辉的诗的魏巍编的《晋察冀诗抄》这本诗选走进军营的。我立志要像陈辉那样，做一个扛枪的诗人，做一个写诗的战士。我到步兵团的步兵连的步兵班当上了步兵。我在连队里摸爬滚打，同时写诗反映战士的生活，抒发战士的感情，我写出了《北国兵歌》，我给大家背诵了一首《雪地行军》。因为坚持业余创作，1965年出席在北京召开的全国青年业余文学创作积极分子大会，见到了敬爱的周恩来、朱德、叶剑英、贺龙等党和国家的领导人并与他们合影留念。在这之后，我是怎么样更加勤奋地创作，1980年在东北边防写出了《我把太阳迎进祖国》的诗，发表在《解放军文艺》上，被铁源、士心、陈枫等作曲家谱了曲，蒋大为、阎维文、郁钧剑、魏松、任丽蔚、朱晓红、宋立民等多位歌唱家演唱。这首诗还被收入北师大编印的中学语文课本。

接着我讲了在南海西沙写的《椰子树像什么》，在老山前线写的《一句口号》。

我讲了两次长征路的经历和写的诗，包括《沉马》。我认为我对长征精神的理解最后就是两个字"坚持"。

人啊，在看来不可能坚持下来的时候你坚持下来了，就可能与成功不远了；在别人都放弃的时候，你没有放弃，就可能与成功不远了。

我讲了我半个世纪写日记的体会，这是文字的长征。这是自己与自己的对话，我们生存，我们做生存记号。日记就是生存的记号。

我手拿着一张比歌诗达卡大不多少的一张小小的便条，这就是我起草的汇报提纲。我从容、真诚地向大家汇报了我的经历和我的体会。几乎每一首小诗在我背诵之后，大家都报以热烈的掌声给予鼓励。我讲完之后，在大屏幕上放映了任丽蔚版的《我把太阳迎进祖国》MV，我介绍了任丽蔚是我们军区的歌唱家，国家一级演员，军区学雷锋金质奖章获得者，也是全国人大代表。我放映了中央电视台3套电视诗歌散文导演陆海宁制作的《不可忘却的长征》，这是当年为纪念中国工农红军长征胜利70周年即在2006年制作的，里面介绍了长征的历史，有我创作经过的讲述，有徐涛朗诵我的《雪葬》，有瞿弦和朗诵我的《沉马》，有晏积萱朗诵我的《向着火红的小果子》。由于"歌诗达·大西洋"号邮轮卡鲁索剧场的音响设备和放映设备都特别好，现场的效果真是非常之好。

在结束时，大家热烈鼓掌给我巨大鼓励，我特别强调，是高培卿和刘晓春两位朋友帮我从网上下载和整理图片及视频资料，我向她们表示衷心的谢意。我也非常感谢沈阳市档案局的马鹰处长和其他几位朋友，帮助我把讲座需要的视频资料及时有效地发到了我的电脑里。

是啊，我曾无数次做这样的汇报，在小学，在中学，在多所大学，在机关，在企业，在军营，甚至在老山前线的帐篷里，我也一样举办战地诗歌讲座，今天成功地在环球游的邮轮上举办了这样的讲座，并收到如此令人满意的效果，真的让我非常开心！

整个汇报完毕。很多人不愿走，把我团团围住，让我签名，与我合影，纷纷表达听了这讲座之后的感想。有一个男士说他们一家三口全来了，小孩子也带来了。他手里攥着一堆湿湿的纸巾，他说："看把我感动的！眼泪流个不停！"有几位当过兵的同伴姜汉斌、丁若愚、韩桂乐等来向我祝贺，说讲得太好了，诗写得太好了！我走出剧场，仍有人等着我拍照合影，有人向我打听哪里能买到这个光盘，哪里能买到这套日记书？有一个头戴彩巾的女士，大约60岁开外，她说她是海泉忠实的粉丝，没想到在邮轮上见到了海泉的爸爸，而且海泉的爸爸有这样优秀感人的作品，让她止不住地落泪。遵义一对夫妇杨昌蒲、陈策英专门来找我合影，老杨也喜爱写作，特别是他与我有共同的朋友、遵义的诗人李发模。

在午餐和晚餐的时候，不断有人来到我桌前向我道贺，他们纷纷给我巨大的鼓励。我真诚地感谢大家的鼓励。

有一对夫妇过来握我的手一再表示感谢。他们说我讲得太好了！而且说放映的片子中诗的朗诵者之一晏积萱就是他们的学生，他们还记得她小时的模样。

姜昆的弟弟姜威也在这条船上，他握着我的手说，你的诗写得真好，太有激情了，充满了正能量。他还要让我在他的手机上看他哥姜昆写的给母亲的诗。

惠娟说我讲得很不错，很感人。她可是很少这样给我评价，很少说鼓励的话，很多都是批评的话。所以在沈阳多场报告我都不敢让她来到现场，唯恐自己看到她坐在台下紧张起来。今天没有办法阻挡她来到现场，最后得到了她的认可，我很开心。中午吃饭的时候，惠娟竟然提出要两杯啤酒庆祝一下。我说，中午不喝了，晚上再说吧。她说也好。晚上我们要了一杯啤酒，两人撞杯祝贺并纪念。

惠娟下午两点去看电影《幸运星的错》，我去游泳。游到两点半。因为是在中部的那个泳池游，上面有伞盖，温度高，而且没有风。泳池里温暖的水荡来荡去，不安稳，就像真正在大海里游泳一样，却是极为安全的，水深只有1.34米。

下午3点到棋牌室集合，明天参加船员生活体验一天。先发放背心让大家自己往上面写彩色的字。

明天，明天，我将以船员的身份参加一整天的生活体验。

2015年11月9日　星期一

上午，惠萍和道军过来，他们给送来了专为王阳熬的中药膏，这是非常难得的重要中药，我们给惠萍1200元钱。她一般收这样的药费1500元，要收我1000元，我和惠娟坚持给了1200元。这是为王阳熬的药，我们再三与双珑说，可是王阳仍信服现在服用的西药。这个中药已经给无数人这样的病创造了奇迹。王阳不想用，说现在的药还有三个月时间呢。那就不给他了。反正我们早就说不用他们付费的。

中午，接到海泉从新加坡打来的电话，说他和习主席同一天从北京飞到新加坡的。当然不是同一架飞机了。他会在新加坡待几天。说瀚文学习非常好，成为学校向中国派出的交换生，将去上海和无锡学习。说王然明天就回重庆了，新加坡家事全靠艳子一人打理。艳子还报名参加南洋理工学校的学习，学管理。这当然是好事。海泉说，习主席访问新加坡，对于当地华人是福音。原来他们要做投资移民的，那就花很多钱。现在申请绿卡就好了，新加坡有了更加开放的态度。瀚文交换生活动后，将去北京，王然也从重庆去北京，艳子也可以过去。海泉说到艳子在新加坡举办舞蹈培训业务开展得也好。海泉近日将去美国参加一个创业颁奖活动，回到北京将开新专辑发布会，还要参加北大考试。海泉说，在东方卫视录节目，遇到金星，金星向他问候我好。说到1980年我们同去西沙的往事。我说金星的嘴很厉害，海泉说她直爽。海泉还说到又从胡玉萍编辑那里买了些自己的书，要送给朋友。海泉问到妈妈在干什么，十字绣吗？问到环球游和日记书的进展情况。问到我们的身体情况。问到沈阳的雾霾情况。啊，沈阳昨天的雾霾，全国都知道啦！

去开发区邮局取回刘永辉寄赠的书。另外邮走了给李瑛、袁鹰、贺敬之的信件。到杨士邮局取回报纸稿酬。

下午，金文邀几位好友到家做客，先到的是育葵，然后是孙常福开车拉着金文、白丽宏进院，我说这是四位主席，金文是区政协副主席，孙常福是区工会主席，育葵是工会副主席，白丽宏是区妇联主席。他们到家后，惠娟摆上了水果，送上了茶水。我们聊天聊地。过一会儿，区人社局副局长王永举等人也到了。

我书房里挂着的沈延毅和李仲元的书法作品，还有刘白羽、丁玲、贺敬之、艾青给我写的条幅，客人大加称赞。我说原来挂在这儿的臧克家和魏巍的条幅，赠送给沈阳市档案局了。

我们分乘两个车到我家附近的丰汇园餐馆，值班经理张云鹏忙前忙后帮助照看，他给我们预留了八个小火锅座位，我们这是自助火锅，而且一个人一个小火锅，自己想吃什么就去拿什么，很随意。我和永举都带去了红酒，大家喝得尽兴，育葵专喝啤酒。大家都喝得比较充分，话也说得充分。我们在一起就是朋友聚会。我给育葵和常福赠送了短诗选。

2016年1月15日

何建明在为《胡世宗日记》后九卷写的序《让生命的金桥永不中断》中写道：

有的人因为功绩或声望，所以活着或在位的时候，人们还能知道他。而绝大多数人，当他们失去生命或专长的舞台后，便再无人记住他了。

然而，一个人的真正生命，并不应该因为经历、业绩与专长的消逝而中断。它有很多的"继承者"，比如文字。生命因为有了文字而留下了永远的影迹。我们现在熟知的以前的每一位历史人物，大多是从资料典籍里研究和了解到的，帝王将相、才子佳人、平民百姓等，他们的生平和故事都是通过文字活灵活现地出现在我们眼前。例如，很多先秦的人物，我们大都是从司马迁的《史记》中了解的。同样道理，我们了解各个朝代的重要人物，各个时代的史料是很重要的参考依据。还有我们了解曹雪芹、李白，都是从《红楼梦》及相关的诗歌中去探究的。当然文字有很多种，如前所说的，有些是本人所写的作品，有些是他人所写的传记。除此之外，还有一种就是日记，这应当是最真实、最原生态、最能反映人物自身生活的重要文字形式。所以如果要在历史中去了解和研究一个人，读其日记自然是首选，由此可见日记的重要性。

胡世宗先生是我尊敬的兄长，一直对他怀有深深敬意。我们相识虽不早，友情却如同热恋时的少男少女，这恐怕与我俩共同的人生志趣和价值观有关。收到世宗先生的日记厚厚几大卷，又惊又喜：海量且宝贵！就像一部精彩的人生巨著！单单就字数而言，就是一座世界级高峰，前八卷400多万字，后九卷500多万字，而且这个字数每一天仍在不断增多，怎不令人称奇！许多人在回想自己的人生时已把很多事忘了，而世宗先生却将自己的点滴生活记录了下来，从最开始的青春少年，到现在的老年生活，看后如读一个人的历史，甚至能看到一个人的生命从一条小溪如何奔流成一条大河，并汇至一片大海……

世宗先生的日记内容显然对中国文坛是很珍贵的，具有不可替代的文学意义。通常我们研究以前的文人，除了他的作品之外，其他都是透过其点滴生活片语，而日记正是一个人岁月的事无巨细的永不消失的见证。很多时候由于资料有限，文坛的诸多有趣和有意义的人与事都被永远地尘封在历史记忆之中，甚为可惜，这也使得世宗先生的这十几卷日记显得极其珍贵。从中我们既看到了作者与他的亲朋、好友、同事等日常的往来，也不乏丁玲、贺敬之、艾青、臧克家、张光年、魏巍、刘白羽、李瑛等一大批文人作家的往事，这对于我们研究文坛老一代作家的许多不为外人所知的生活状态、思想情感等具有十分重要的作用。值得关注的是，这些日记在记录个人生活的感受的同时，也记录了近半个世纪以来文坛的一些重要事件、重要人物以及每个特定的时代，对我们研究每个历史时期的社会现象、文化思潮及文人动态都有帮助，所以我称之为中国文化宝库里一份珍贵的史料。他以个人的视角为当代中国文学史做了十分有意义的补充与丰富。

比文学意义更强的是它透露出的人生意义。日记是我们最忠实的人生旅友，记录的是一个人的原始的成长历程。能够每一天去写日记，不懈地坚持一生，并最终发挥出它的意义和效用，这也算是一个很有自我价值的事情。我们的一生中也许有过无数次的功劳、业绩、成就，有过无数次的印象深刻或不深刻的生活经历，也许在当下能够被自己所记住，但是事过境迁之后，你能想起多少呢？抑或是即使自己能记住，在离开人生的舞台后，又有多少人能记起你呢？写日记本身也许是一种自发的个人生活记录，正如世宗先生自己曾说的那样，当时记下的时候没有什么特别的感觉，但是当这种记录坚持了半个多世纪时，它俨然已经成为一个人的生命史。这让我想起了诗人艾青的一句诗："蚕在吐丝的时候，没想到会吐出一条丝绸之路。"短时间的日记也许多有"家长里短""生活琐事"等，可是能把日记坚持一生的，就有了更高一层的人生含义。此时，作者不仅是在用笔来写了，更多的是用人生经历和心理历程来书写，载体也不仅是在那一片片纸片上，更是在自己的整个生命里，甚至可以透过世宗先生的生命，让人们看到另一个生命的呈现。所以，读世宗的浩浩漫卷，其实它是活的人，活的历史，高于人的生命本身。

我们知道，写日记是一个人的日常生活的态度，这种态度本身就是一种人生方式的体现。体现人生的方式有很多种，作为一个文人，一个有责任感的作家，理应笔耕不辍，时刻行走在写作的道路上。这一次，世宗先生比许多人都行走得更宽，更远。很显然，他是在用自己的生活和情感及价值取向写作关于人生的故事。

我因此隆重向读者推荐：世宗先生的这十几大卷日记是一座位居高峰的生命金桥，它正随着时间的前行在不断变厚、变长、变固、变坚地连接着历史和未来，我们绝对要向它致以崇高的敬意，并连接这样的金桥，为自己的生命闪烁另一种光芒。

2019年1月1日　星期二

今天是2019年头一天。我和惠娟坚持做了推腹运动。

全天翻阅我从沈阳带来的我保存的魏巍的资料和魏巍的作品集。

开始写中国作家网和文艺报约写的文章。

下午，给李瑛打通了电话，保姆接的，然后喊："大爷，接电话！"看来是同一个电话号有分机，两边都能接听。李瑛响亮的声音告诉我，收到了我给他的快递，两本书和信。他夸奖我，看你的新书就知道你身体不错，否则不会有这样的书问世，但毕竟年纪也不小了，要特别注意不要累着。我说我正在准备出版《我与李瑛》的书呢，他说他没有什么值得写的，他说他给我的信，也没有什么太重要的内容。我说才不是呢，有很多重要的内容啊！李瑛说，他喜欢我写的文字，看了写刘白羽和臧克家两本书，觉得我头脑清楚，思维敏捷，写作上是多面手，写得多又好。

与刘文忠老师通话，他和廉秀荣大姐也是让我别太累。刘老师说，2018年你的成绩很大很大，2019年你悠着点吧，多歇歇！

重读《文艺报》上张西南写的《岳父日记中的彭德怀元帅》，感慨太多，西南岳父从年轻当记者在朝鲜前线见到彭总，直到参加庐山会议，再到参加为彭总平反的追悼会，日记太感人了！命运让这支厚重的笔记下了几个历史瞬间。我与西南通话，他刚从三亚回北京，我们一起说到二炮技术总队李麟昭，说到王中才，一定要保重身体。他还说到我新出的三本书，看到报道，看到我的日记研讨会的报道，说真了不起，给我鼓励。

我在这边没有鞋拔子，穿鞋挺费劲的，本来把三隆世纪城家的鞋拔子拿出来了，又不知误放什么地方了。今天给海英打电话，想让她在沈阳超市买一个，这边超市不认这个东西。海英说她今天元旦还在法院加班，根本没有时间。她建议我到京东看看，买一个。我到京东一查，有老多样了，金属的，木制的，竹子的，长的，短的，宽的，窄的……选了一个认购了。看很方便，立刻又把惠娟要买的电高压锅也买了，九阳牌的。

2019年1月2日　星期三

今天阴冷依旧，穿着毛衣同时套着羽绒服。

用大半天，把昨天开始写的魏巍的文章写出草稿来了。我没有急着给魏猛和中国作家网的编辑，放一天，再看看，改改再给他们看。写了4400字。主要都是自己写过的素材，现成的，重新组装一下。

《沈阳日报》书斋版，今天发了《家庭档案中的家国记忆》的评论，大都是在沈阳开座谈会的如徐光荣、张春风等人的发言，我发的视频感言及书面文字，他们摘编了一下。盖云飞给我发过来版面看到了。

突然接到《中国报告文学》杂志编辑魏建军的信息："胡老师好！您的这篇稿件李炳银老师说同意发表。让我跟您就发表事宜联系。"我回复："不是我的稿件，是全国著名剧作家、八次获全国'五个一工程'奖、央视《东方之子》专访的黑纪文先生写的，我推荐的。"今天用了不少时间与黑纪文、蔡和平及魏建军沟通、协调，蔡把他订正的那份稿子给我，我给了建军，还有一些具体交涉的事情，如要文中写的案子的判决书扫描件，还有赞助和购刊的问题，直到魏建军说"已编好排版"，我心中一块石头才落地。中间有一段时间没有音信，估计要退稿，我觉得这样就白张罗了，我正想找北京其他刊物联系一下呢，还好，炳银说可以发表，这才解除悬念。帮人帮到底，黑纪文是我认同的好友，他说的事，能办的一定要办成它。严格地说，这篇稿子，不是黑纪文要投给《中国报告文学》的，他原来是想给省市刊物，我读了之后觉得稿子特别好，在一般性的刊物发了有点可惜，应该让更多读者读到。是我主动要帮助联系《中国报告文学》杂志的。

与惠娟到博鳌市场和大超市，购买了一些蔬菜，还有速冻湾仔饺子及排骨、五花肉、鸡翅等，准备迎接英、泉、钧的到来！

2019年1月16日　星期三

今早我在朋友圈发了新的小照配小诗：

在我们俩的身后，
蹲着一只属兔的"猴"。
愿他练就七十二变的身手，
翻腾在瞬息万变的艺术的宇宙……

拍这张照片时，我不知海泉蹲在我们身后的树墩子上，更不知他调皮地做悟空状。看到照片，写作灵感突袭而至，令我想象到他艰难而奋斗的前程，希冀与祝福在心中油然而生。

昨天焦瑞联系我，想参加19日栾人学《祖宗海》发布会，她在省音乐广播平台上可以为这部作品宣传一下。我与人学说了，人学当然十分欢迎。

我到售楼大厅找王竣帮我在手机上预订了19日我和惠娟坐高铁一等座去海口的火车票，并告诉了孙永库。

上午，我把给《文艺报》写魏巍的稿子修改后给魏猛了，他说给《人民日报》，在《文艺报》发过后，争取再发出来。

徐怀中加了我的微信。我给他邮了两本书，主要是《我与刘白羽》，书中多处写到怀中部长，并有一张怀中与白羽在首届军艺文学系讲课的照片。

2019年1月18日　星期五

近读徐怀中同志1984年7月3日给我的一封信，信上提到我当时发表的一篇军事文学评论，我迅速找到了这篇35年前写的文章，因为没有电子版，我只好想办法重新打出来。我想起，这是春风文艺出版社当时办小说双月刊即《春风》文学丛刊，是该社资深编辑邓荫柯或祝乃杰向我约写这篇关于军事题材中短篇小说的评论稿，并说好写1万字，我真的就写了1万字。我想说，在这里需要重温的不是我的文论，而是当时我国军事文学呈现的喜人气象和令人难以忘怀的大好局面。我的文章主要评说到徐怀中的《西线轶事》和李存葆的《高山下的花环》对于当代军事文学的价值、地位和意义，同时写到朱苏进、海波、王中才、朱春雨、简嘉、刘兆林、唐栋、雷铎、乔良、李斌奎、方南江、李荃、刘宏伟、黄传会、李占恒、王海鸽、丁小琦、宋学武、宫魁斌等一干军事文学创作骨干和他们的作品，也提及了杜鹏程、吴强、曲波、冯德英、知侠、金敬迈、任斌武、齐平、林雨等人的军事题材作品，提及了魏巍、王愿坚、胡石言几位当时已年长些的"宝刀不老"的军旅作家。

我突然沉思起来，改革开放初期，那些在军事文学领域叱咤风云的人物，有哪些仍在一线冲击前进？有哪些已经落伍退隐？有哪些早就另谋生路？他们都在何方？还动笔吗？92岁高龄的徐怀中同志一直坚守在军事文学的前沿阵地，神志昂扬地为读者捧出了长篇新作《牵风记》，这给我们姓"军"的作家们一些什么样的思考和鞭策？这给读者朋友带来什么样的人生启示和激励？

2019年2月11日　星期一

接到魏猛电话，他说到《人民日报》领导的变化，说到新任总编辑是从某省调来的。他原想在《人民日报》上发我写魏巍的文章，文艺部要把稿子转给报社的《环球时报》，还说不准能不能发。我说那我看是不是给《解放军报》试一下啊。我今天与刘笑伟联系，他很爽快，说可以压至3000字给张书恒编辑。

我下午就全力修改压缩这篇稿子。我更考虑到军内的读者的需求，更有军事色彩。因为魏巍是军旅作家，《东方》是一部正经的军事题材长篇小说。我压到了3100字，发给了笑伟。我忽然想到在张书恒编辑手上有我写栾人学《祖宗海》的评论文章，这就是自己撞自己、自己挤自己了吧？

2019年2月20日　星期三

早上打完八段锦，就看到赵秀忠再次发来的推敲过的文稿，我想这7554字的大文，给哪个报刊合适呢？应该给范咏戈看看，他会知道给哪个报刊更好些。

秀忠一口气写了这么长的评论文章，带着自己的独特感受与见解，带着对浩然和我的一片深厚的感情。我想很难会有人在这么短的时间里写出这样长这样好的文章。

昨天收到李媛媛寄来的1月4日《中国国防报》，副刊上她从我的书中选了一首《听老赤卫队员唱〈国际歌〉》，同版上还有朱向前的一篇回忆徐怀中先生办解放军艺术学院文学系的大文《改革开放春天的文学记忆》，文章写得真棒，让人沉浸在那个年月里，军事文学及军旅作家在魏公村那一角落萌生发展的实况，都得益于徐怀中先生的睿智、宽厚、仁慈、开明、远见。读此文，令我回忆起我印象中和记忆中的军艺文学系，因为我们路过北京，或到北京开会，我曾向徐怀中主任推荐过文学系的学员，经常去文学系看望那里的伙伴和朋友，并在那里吃饭，参加他们的联欢晚会。我还曾到李存葆自己的单间宿舍里看他地上摆的电炉子上的煮粥的小锅，看李本深、刘英学、李忠效……

中午接到李媛媛电话，她告诉我，朱向前这篇文章不是转载的，是她首发的，是朱向前在一个座谈会上的发言，她觉得很好，在微信里看到，立即约朱向前整理出来。发表后，朱向前也很满意。

李媛媛随着说到约我写雷锋的诗，她说要随意，按我的意愿来写，在她看来，雷锋虽不是董存瑞、黄继光那样惊天动地的壮举，却能如此长久在人们中间引领着时代的前进步伐，很不容易的一个普通战士。

我今天全天努力写出了这首长诗的草稿，有200多行。

给赵秀忠发微信："我细看后，仍觉得写得非常之好！没有任何意见，只是有几个提法请再斟酌。一是前面说到我诗人作家，还有一个评论家的称谓，这个称谓是不妥的。我根本不可称为评论家，尽管写了点评论文章，那完全是两码事。二是说我是永远不老的常青树，永远不卸甲的战士，两个'永远'请去掉。三是写我游泳历险有一句想尽一（切）办法，似缺一个切字。四是称浩然和我两个恩师，称浩然可以，称我不妥，我只是在浩然指示下做了一点修改稿子的工作，根本不可能称为恩师。请再斟酌。别的没有意见了！再次谢谢你付出的巨大心血和劳动！"

陈泽宇告诉我，原定20日发我写魏巍的文章，改到25日发了。

2019年3月1日　星期五

接到李实编辑用微信告知："向胡老师报告：您的雷锋散文已上版，写得特别好，有很深的教育意义！"他说大体是3月3日刊出，届时给我寄报纸。他交代我："胡老师，刊登前最好别在微信上发，要不我版就成转载了。望胡老师多理解支持！"

我与李媛媛联系，她把《雷锋，我们需要你》上版的图片给我发，并把一节节的照片分别发来。我把它们打印出来，对照着给《沈阳日报》的稿子改过来，给于勤发过去了。

陈广生的儿子又新看了我的微信朋友圈给我发来信息，说："胡叔早，刚阅读了。近两天您一人发文，快超越整个发布会的稿件数了。"我说："这是我的老科长，我怎么做都完全应该，完全自愿！他去世时我在柬埔寨，未能赶去送行已经很遗憾了！如果当时我在海南，会闻讯赶回沈阳的。"我又说："推介会报道的文字，缺少感情，缺少高度。不强求他们了。有人宣传陈广生，有自己的理解。"又新说："老爸一生朴实低调，走得悄无声息也是他的品格……有人自发追思也是自然，演变成组织推介就不再单纯了……我在梳理父亲的人生轨迹，有些盲点找时间还要向您请教。陈所长和尤干事确实是最早的发起人，也是具体的执行人，初心、能力、热情、时事、回报是混杂在一起的。"我说这次我回沈阳之前，接到陈连望所长的电话，知道我写陈广生的文章给了几家报纸，他提出加上他或所里人员的名字，他说有报道任务，要完成。我说我写的都是个人角度出发，写我和陈科长之间的故事，如《我随老科长去南海》《陈广生为我写条幅》……无法加上另外的名字，加上去后不伦不类了。这样就推脱了这件事情。也许他们不太理解，或不太痛快。

广生老伴儿张赤大姐给我发来微信："你见报的文章我都认真看了，太好了，你太了解他了，写得真实生动。你是他的知己，我为他有你这样的战友感到骄傲。这样的朋友一生有一个就够了。"大姐又说："你的到来是对我们全家最大的安慰，再次感谢！"我回复说，科长健在时，我和他还有王笑竺科长去总院看望住院的张云晓部长，陈广生科长就指着我对张部长说，朋友真不用多，有一个小胡这样的就够了！张部长也说，是啊是啊！

今天我完成了辽宁省作协李海岩约写的百位清官之一姚崇的小文，有2200字。布置百位作家写百名清官，3月里交稿，我在这3月第一天就交了卷。

三隆社区还要我家三个月的收入和支出情况，要填表，我给刘干事电话里说了情况。她代我填写具体项目。

1985年9月的《解放军画报》上发表了我应画报社编辑之约，为我们军区的油画家柳青的四幅作品《泉阳河畔》《路》《粥》《上学》配的诗。我觉得柳青的作品本身就已经是诗了，只不过他是用色彩，并用自己独特的画风"写"出来的。

这里面最著名的应该是那幅写实朝鲜战场上朝鲜妇女给前线送弹药的《三千里江山》，这构思是深刻而鲜明的，这片土地上的人民怎样投入到战争里去，为什么能够胜利？构思之前之后，曾诞生同名的杨朔的散文和王曼丽的舞蹈，都成了各界的经典。

在2月27日"陈广生同志事迹推介会"上，喜遇我们创作室的老同志柳青和他的夫人话剧演员（曾任沈阳军区抗敌话剧团副政委）刘萤，我们欣喜无比！柳青当场赠我一本精制的画册，是辽宁美术出版社出版的，是我熟悉的战友、画家和美术编辑庄庆芳牵线并帮助出版的。这本书中的油画作品是柳青多年深入生活和精心创作出来的，是有相当代表性的佳作。这本书的序是作家李占恒所写，李占恒不仅文笔真挚、简洁，而且知人论画，说得十分透彻到位，一般人不会写出这样好的序，当然也是因为他们二位都是我们创作室（前身叫创作组）的老资格，他们的交往更多些，他们的交情真的不浅！

我更有幸的是，亲眼看到柳青在军区机关他的画室里创作《粥》的过程，是中国老百姓给已经放下武器投降了的日本伤兵递过一碗粥的情形。日本人应该好好反省自己的侵略罪过，中国老百姓的心是何等善良啊！

看到这本画册的朋友真的有幸了，而得到作者签名这本画册的我，当然尤其幸运了！

　　看到张曼（新浪辽宁记者）发来的"见贤思齐 遍地雷锋"第四期人物：著名军旅作家——胡世宗。她说："我在部队学雷锋、写雷锋。我们辽宁是雷锋的第二故乡。在这块土地上，应该有更多的人成为雷锋精神的传人。"张曼说："胡老师，这是新浪辽宁对您的报道，您是学雷锋号召人。"她还说："网友朋友们对您很喜爱，也很关注呢！""感谢您接受我们采访，祝胡老师每天笑容常在！"

　　我说："谢谢！我说得不好！你们会做，剪辑得好！"张曼说："胡老师，您客气了，您非常健谈，头脑思路清晰，回忆起过去的事情，还是历历在目，我们都很敬佩。看您还时常写写小诗，为您点赞！"我回复："哈！小照配小诗也被您关注啦？"张曼说："嗯，写得活泼俏皮很可爱呢！没事经常给您点点赞。"

　　读到张春雨在朋友圈的留言："世宗兄：您好！谢谢老兄分享佳作名篇。自从与您加微信以后，经常能欣赏和品味您写的诗歌、随笔、散文、征文、文学评论、传记文学（部分）、回忆文章等作品，每每阅读这些都深有感触。您的作品细腻入微，浸润心田。无论是叙事，还是写人，都桩桩有记载，件件有来由，笔笔有踪影，让人有现场感，增加了作品的感染力和吸引力。透过这些文字，折射的是您的有心、用心和细心。辛勤笔耕数十年一贯制，敏锐的观察力和厚积薄发的创作底蕴。所以，能写出鲜为人知、感人至深、令人信服、催人奋进的作品。比如，《我写魏巍》的上下篇。您在这篇文章中把魏巍写《东方》《谁是最可爱的人》等作品的时代背景、创作土壤、心理准备和素材积累等，都交代得十分清楚，而且，不是空洞的议论。时间、地点、人物、对话等，都是言之有物、活灵活现、环环相扣的实证。从中也可窥见您的创作何尝不是日积月累，刻苦勤奋铸就'高产'，数年'磨一剑'成就名篇佳作。另外，我从您的作品中还能感受到您的高尚人品，您无论是写魏巍，还是回忆陈广生，都充满一种感恩情怀。每发表一篇作品，都写上编辑和责编的名字，这种感恩与细微之处的人格魅力，比作品价值更难能可贵，比作品的含义更具社会意义。再次感谢您，为朋友奉献优质的精神食粮，让我们从中汲取精神滋养！张春雨2019年3月1日。"我让春雨把他的简况和照片发给我。

春雨回复："我是发自内心的敬佩感言。为您省事，我把简历写一下。我1968年入伍，1977年4月29日由哈尔滨警备区政治部宣传科干事调到沈阳军区政治部人民群众工作部《东北民兵》编辑部任编辑（当时，军区政治部为使机关干部多占点编制，把《东北民兵》人员列入《前进报》，统一纳入直属队编制，我们的命令在《前进报》第四编辑室）。1985年，我任《东北民兵》（后改为《东北后备军》）副主编。1986年调军区司令部办公室秘书一处做综合秘书工作（其间，为解决正团，命令下到群工部任民兵处处长，后又改为秘书一处正团职秘书），1990年任军区党委正团职秘书。1992年7月12日任朝阳军分区政治部主任，1997年4月任朝阳军分区政委，1998年12月任辽宁陆军预备役高炮一师政委兼任辽宁省军区政治部副主任（当年，预备役部队都是从下至上兼任）。2003年，在我即将达到最高任职年限时，主动申请转业。2003年9月至2008年10月任辽宁省文化厅副厅长，党组成员（2005年始兼任辽宁省文物局局长）。2008年12月，被国家文物局下属的中国博物馆学会聘为司库兼常务副秘书长，2009年中国博物馆学会更名为中国博物馆协会，被选举为中国博物馆协会副理事长兼司库，同时，担任国际博协中国国家委员会副主席。2011年，因妻子身体原因，主动辞去协会职务。以上是到军区机关以后至转业的任职概括。待我找找照片，发给老兄。"

晚餐后，散步到售楼处前面的大草坪，这里摆了69桌喜筵圆桌，今天这里有盛大的婚礼！我们见识了这里的民风民俗，见识了海南在这样的夜晚可以在室外举办如此隆重的活动。我拍了一些很有意思的照片，准备适时发朋友圈。

2019年3月2日　星期六

今天收到了陈泽宇快递来的《文艺报》（2019年2月25日）四份，让我第一次见到报纸上我的稿子《魏巍：为大时代吹响号角的人》，特别是让我读到了韩瑞亭所写的《终结与先行——〈东方〉在当代军旅文学中的位置》。这篇大作写得真好，对这部作品的分析相当深透。我们俩这两篇文章是一个整版，作为"茅盾文学奖获奖作家研究"专栏。责任编辑宋晗，陈泽宇为特邀责任编辑。

读到2版上刘笑伟关于军旅诗的大论《新时代与当代军旅诗的发展》。我特别赞赏两点，一是引谢冕精神向度之语："失去精神向度的诗歌，剩下的只能是浅薄。"二是关于军旅诗借鉴外国诗优秀成果，说到诺奖诗作。颇觉新鲜，有的放矢！

晚上与海英通话，她在那姐家，那源溶和王立宁昨天从英国回来了，今晚，海英和承均去立宁家聚会并共进晚餐。

2019年4月6日　星期六

昨夜睡得不实，起夜太多，嘴干，每次起夜都要喝几口水。

早上收到《解放军报》文艺部刘笑伟的信息，今天的《解放军报》副刊头题发表了我几千字的文章《史诗式的小说〈东方〉》。

今天我们预约与耀宗、英宗、惠芬三家六口在绿江春聚餐。预约明天与崇达、双娟一家人聚会。崇达电话说他们在丹东东港玩呢，明杰开车拉他们去的，今晚回沈阳。

英宗继续说到他在车间当书记时遇到的一些事情，是如何处理的，群众反应如何。我又一次动员他把自己的这些宝贵经历写成书，写不成长篇小说写自传，他说写出来没有人看。我说先不管有没有人看，这都是特别有意义的事情。

我在今天的军报上读到另一篇文章，作者江志强，标题是《一本飞翔了17年的书》，写的是魏巍的长篇小说《地球的红飘带》在部队里阅读、流传、辗转的故事，十分真实、传奇、动人。我把这篇文章转发到朋友圈，引发很多人感慨和共鸣。转发时，我写了如下文字："太感人了！这篇文章与我写的'东方'一文在《解放军报》同年同月同日同一个版上。我们写的是同一位令人敬仰的作家魏巍先生。这篇文章作者江志强写的这个故事竟然如此真实、传奇、动人！凡我的好友都读一下吧！也感谢责任编辑张书恒把这篇妙文推介给广大读者！感谢军报给广大指战员喜爱的作家如此高贵的应有的位置！"

我请聂晶把这个朋友圈文字转到了我的微博上。

与魏猛发微信："军报做得真棒，开始我没看到我下面这篇文章。在同一版上，这长长、宽宽的一大条。都是写咱们的魏部长的。而且他后面这篇文章佐证了魏部长的书在部队是怎么样受到欢迎。能把这样一本书，17年传来传去，粘了多少透明胶条儿。这件事本身说明了魏部长这个作家在全军指战员心里的位置。另外更重要的是，我发这样一个朋友圈，就是给军报的编辑和的文化部的领导们打气儿啊。咱们感谢他们做了这样一件好事。我们是正面颂扬的，我们应该颂扬这样一种精神。这次在李瑛的葬礼上，我又见到峭岩，好多熟人，包括韩瑞亭两口。韩瑞亭写那个发在《文艺报》上《东方》的评论写得好。他爱人李春芝就是解放军出版社的，都很高兴。"

2019年4月8日　星期一

早上，与惠娟去铁西新区，到工商银行取出几个月的工资，然后到招行，办理旧卡变新卡业务。新卡早到了，电话打到海南，我没有办法来取。现在可以取出了。

收到原完备八师秘书处秘书王广生的信息："每每念及您，我都不敢偷闲，虽至今无什业绩，却也未弃文字。您寄我的三部书，认真捧读完了，其中与浩然前辈的交往的精华部分，令我动容流泪。我是《读喜鹊登枝》《艳阳天》《金光大道》《西沙儿女》《一担水》长大的，我的故乡香河与三阿相邻，书中多处地点我都去过。这三部书，如您手里还有，我每部买100册。"我说："谢谢广生的鼓励！书我手上没有几本了，但出版社有，过完清明我代你与编辑联系后回复你。谢谢你的支持！"我又说："广生买这么多书是花冤枉钱！如果一定要买，我与出版社联系。"广生说："艺术无价，何况乃我师长的艺术。连同一套《胡世宗日记》，总计多少钱告我即可。"我说："日记我手上有。三本书出版社有。我问问。"我随后问了单瑛琪社长，她说让张玉虹主任问了之后答复我。

收到张春雨发来的信息：

世宗兄好！我响应您的号召，认真阅读了《一本飞翔了17年的书》，受益匪浅，略表感想，敬请指教。张春雨2019年4月8日

6日下午，著名诗人、作家胡世宗，在微信中热情推介和积极倡议，希望朋友们能阅读和他写的《史诗式的小说〈东方〉》发表在《解放军报》同一天、同一版的另一篇文章《一本飞翔了17年的书》。

这个感人至深、令人心潮澎湃的真实故事，记述了作者从2002买到心仪已久的书——《地球的红飘带》，到历经17年，无数人口口相传，争相阅读这部书，乃至2018年收到战友从海外寄过来的这部书的经历。

故事起伏跌宕，娓娓道来，真实可信，细腻感人。用广大的读者群和深厚的社会基础，从深层次上说明，《地球的红飘带》这部卓越作品，穿越时空，跨越地域，是立得起、站得住、留得下、传得开的感天动地、深入人心的鸿篇巨制。

《一本飞翔了17年的书》这篇文章，没有用更多的形容词直接评价、赞誉、推崇《地球的红飘带》，文章中没有引用聂荣臻元帅为《地球的红飘带》这部长篇小说写的序言，没有摘录作者魏巍卷首语的段落，也没有列举书中任何章节，而是把对《地球的红飘带》这部优秀作品的高度评价、深受广大读者喜爱的情景和在社会上产生广泛而重大影响的事实，蕴含在文章细节和故事情节之中。通过作者新兵连的教导员，下连队后的指导员，在不同场合、不同条件下，面

427

对不同群体，多次提到这部书的事例和作者内心受到冲击的感受，折射出这部著作的强大吸引力。通过作者一口气读了三遍，管理员、后勤班长和驾驶班长相继排号借阅，不到三四个月时间，机关半数以上人员陆续传阅了这部著作，以至到作者退役时，准备把书带走都不好意思张口等情节，使读者仿佛看到了一双双期待阅读此书的眼神，似乎触动到了一只只捧读著作的大手，进而体察受到强烈震撼的一颗颗滚烫的心灵。这一个个具有画面感的场景，一段段灵动又引人入胜的文字，展现出这部著作的巨大感染力。飞翔17年的书又回到作者手中，他惊喜地发现，遵义会议、四渡赤水、飞夺泸定桥等篇章的页码与其他篇章的页码在颜色上更深、更暗，纸张更为陈旧，被翻阅的痕迹更多、更频繁。这充分说明，战友们对长征途中的重要事件更为关注，一读再读，毫不厌烦。通过这些浸润到著作纸张中的指痕印迹，加之作者的一番联想，映衬出这部著作博大的影响力。她在广大读者口中传播，在部队官兵手中传递，在祖国的大江南北传颂。正如作者所言，她已经化作一颗闪光的种子，种在无数人的心田。我感到，这是这部优秀文学作品的感召力和穿透力的能量转化，这是伟大长征精神对人们思想的潜移默化，这是亿万人们家国情怀的释放升华。长征精神是我们中华民族特有的宝贵精神财富和传家宝，在新的历史征途中，必将转变成无穷无尽的思想动力，助推中华民族伟大复兴的中国梦早日实现！

感谢世宗兄推荐好文章，感谢《一本飞翔了17年的书》的作者，更感谢当代文学巨星魏巍以诗人的激情和历史学家的严肃精神，真实地、艺术地再现了长征这一人类历史上的壮举，使诗与史融为一体！

谁记录了历史，谁就会被历史所记载！

我把春雨的反馈转给了张书恒编辑，并请他转给刘笑伟主任阅，建议如果能发成读后感当是更好。

到三隆世纪城把我的老电脑、扫描仪、打印机都搬到凯悦来了。

到曹大姐家取了她给我代收的报纸、汇款单等。

到社区感谢翁艳书记，见到金英、楠涵和全屋的熟人。

回到家，下午给明江、张恩杰寄书。

请明杰来帮我看电脑，帮我购买了一个电脑显示器，500多元，从京东买的。

一位孜孜不倦、求知无境，一位笔耕不辍、勤奋不息的长者——魏巍

魏巍致我信函

19820729

世宗同志：

　　你好。

　　来信收到。今日从箧中选出一幅寄上，未知中意否？乞晒纳。

　　致

礼

魏巍

7月29日

　　胡世宗附注：1982年4月，中国作协与解放军总政治部在北京联合召开全国军事题材创作座谈会。会议休息时，我常与魏巍散步。他与我说起他写书法的事。我说方便时给我写一幅吧。这是魏巍给我寄条幅时附写的一封信。魏巍在这个赠给我的条幅上，写的是唐人李商隐的《夜雨寄北》："君问归期未

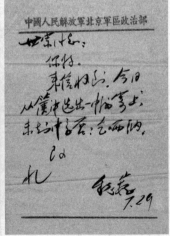

有期，巴山夜雨涨秋池。何当共剪西窗烛，共话巴山夜雨时。"
落款：1982年夏录赠世宗同志。

19850715

世宗同志：

你好。

《沈阳日报》的文章已经看到，谢谢你对《晋察冀诗抄》的热情鼓励。

今有我的小儿子魏猛和他的爱人王曼曼旅行结婚经沈阳，我要他前去看望你和张立达两家。他们在东北宜游览一些什么地方，也烦请你介绍一些熟人，给以指点和帮助。

此致

敬礼！

魏巍

7月15日

胡世宗附注： 我在《沈阳日报》发表了一篇评介魏巍编选的《晋察冀诗抄》的文章。我把报纸寄给魏巍后，这是他给我的回信。恰好，魏巍的孩子魏猛结婚，和妻子曼曼到我家做客，猛子把这封信带交给我。

19850909

世宗同志：

《当代作家评论》所发的稿子没有改也无大碍，就留到结集时改吧。你辛辛苦苦，一片热诚，又是行政，又是写作，还要弄点评论，够累的了。再不必为此事分心。不知此次整编，你的工作有变动否？猛子和曼曼已归来。他们说，你照顾他们好极了，热情极了，只是费去你不少精力。特寄上我诚挚的谢意。

《当代诗人剪影》已收到，还未来得及细看，暂时还提不出意见；但你对新诗、对诗人们的热情则完全应该肯定的。热情，是诗人最可宝贵的品质。

　　祝

秋安

魏巍

1985年9月9日

19851013

致张奋信

张奋同志：

　　猛子从东北回来带回你的信，也谈到你们两口子的情况，使我心里很难受。你们两人一起病倒，更是增加了困难，在这种情况下，也只有把心放宽一点，用共产党人的精神来克服了。

　　你在信上谈到的首都医院的张选才，我到首都医院去打听了一下，他们说，有个张连山，没有张选才，当时没有见到本人。我回家后给他写了一封信，蒙他答复，说他在这个领域并无此专长。不知你看报时是否看错了，或者是其他医院。如果需要找，你写清楚，我还可以再去打听。有什么需要我们办，你只管说。

　　人之一生有多少困难要克服啊！晚年也是这样。望采取乐观态度，积极探寻治疗方法，还要有适当的生活方式（听听音乐，看点东西），人体本身的战斗能力也有时会出现奇迹的。

　　此致

敬礼！

魏巍

1985年10月13日

　　立达同此。

　　胡世宗附注： 收到魏巍给我的一封信，他在信中让我转达给张奋一封信。张奋是张立达的夫人。张立达是一位老革命，曾介绍魏巍入党。魏巍一直感恩这对夫妇，信中细说了对老战友的关切和怀念，还有亲切的安慰，这是人间最宝贵的情意。张立达，是我妹妹胡惠君的老公公。

19860123

世宗同志：

　　早想给你写幅字，一时又未有好辞，故老是拖延下来。这次给你写了两句，仍是借用别人的，不过表示的仍是我自己的意思。权且作春节贺礼吧。

　　我的诗选已出，但尚未到手，随后奉上。

　　《诗潮》已收到，你热情介绍《诗抄》（胡注：《晋察冀诗抄》），许多同志都会感谢你。

　　祝春节好。

魏巍

1986年1月23日

　　附：魏巍儿子魏猛、儿媳王曼曼的信

19871231

胡叔叔：

您好。您在给我父亲的信中问到我们，我们非常感谢您的关心。从1985年至今已有两年多未见面了，很想您。去年我和曼曼在军报上看到您和军队的一些作家重走长征路的消息，我们都很高兴，当时就盼望能早日拜读您的诗篇。

我已于去年9月份毕业，被分配到《人民日报》海外版二版工作。海外版主要在海外发行，每天通过卫星线路把报纸的版样送到美国、日本、法国等地。海外版还是用中文，不过是繁体字。我所在的二版是言论专访版，主要是发一些杂文和介绍人物的访问记。海外版不知您看到过没有。过几天，我给您寄几份去。曼曼还有半年毕业。她的分配大致已定，是《人民日报》评论部。今年4月份，曼曼生了一个女孩儿，到现在为止，一切还

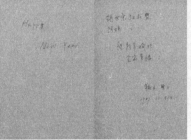

都比较顺利。

　　胡叔叔，近年来您也未到北京来过，什么时候能来北京，欢迎到我们这里做客。

　　于新年来临之际，谨祝您节日愉快，新的一年里有更多的作品问世！

　　问候阿姨及孩子！

猛子、曼曼

12月31日

　　胡世宗附注：猛子和曼曼分别是魏巍的儿子魏猛和儿媳王曼曼。他们1985年采用旅行结婚方式，曾到沈阳我家做客。他们将去大连、鞍山和长白山。他们去长白山的事，我给通化军分区政委王开余打了电话。魏猛给我带来了魏巍的信。过了两年，魏猛和曼曼又来信祝贺新春。结婚来我家时，曾带着魏巍写给我的信，这也是他们给我的一封信。他们当时可能不知道，我曾于1975年和1976年两年在《人民日报》文艺部实习和帮助工作，与《人民日报·海外版》的蒋荫安、解波等编辑都很熟，他们在海外版也发了我一些稿子，我也知道海外版的编辑、印制和发行的一些情况。

19880103

世宗同志：

年前寄来新诗集《沉马》及两封来信均收到。诗集置于床头，每晚读几首，甚高兴。你对长征如此情深，使我感动。我一定要读完并思考之。

《地球的红飘带》清样已校过，也许春节时可出。

出时即当奉上请你多提意见。人民文学出版社向我透露：他们想同部队建立些联系，例如从"红飘带"开始，能推销一定数量时可提供一定报酬，预订的书先付款者可打九五折。如建立了

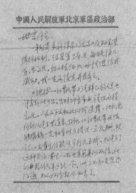

这种关系，其他的书也采用类似的办法。他们想到各军区跑一下。此事不知是否做得通，如不好做就不必去了。

《作家生活报》约稿事，待我找出好照片时，即可寄去。他们的约稿信我已收到。

这是今年写的第一封信，谨祝你在新的一年中取得更大的成绩！

祝全家新年好。

魏巍

1988年1月3日

胡世宗附注：1987年解放军出版社出版了我重走长征路的诗集《沉马》。我在重走长征路时，在遵义和一些地方，都听到魏巍曾经到访的信息。关于他腿脚负伤，中断采访，后来又重新接续来访的一些信息。这就是他为了创作长篇《地球的红飘带》而进行的艰苦细致的工作。而且，我在遵义军分区住的那间屋子，该分区领导告知，就是魏巍经过这里时住的。我感到这是一个不浅的缘分。我的诗集《沉马》是写长征的，当然首先想到寄给他。当时我代《作家生活报》的编辑同志向魏巍等几位作家约稿，约一张照片及亲自写的关于创作感言之类的文字。我把魏巍的联系方式告诉了《作家生活报》的编辑，他们也向他约了稿子。

19880111

世宗同志：

你好。

在你来信之后，《作家生活报》的二版编辑刘佳同志来了一封

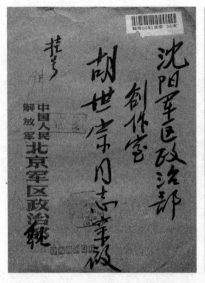
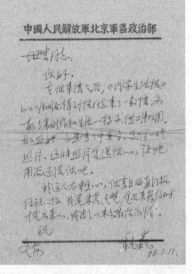

信，要一篇去年创作和生活的稿子，供二版用。故照她的意思写了千余字。另附一张照片。这张照片是送你的，让她用后还给你吧。

我这个人太粗心，你写的西直门招待所的信，我竟未看清楚，是后来复信时才看出来的，我颇以未去看你为憾。

　　祝

冬安

魏巍

1988年1月11日

　　附：关于《地球的红飘带》

　　1987年过去了。新年前夕，《作家生活报》问我："在过去的一年里，你有什么可喜可贺的事？"我的回答是，差堪自慰的事倒有一件，这就是了却了一桩多年的心愿——完成了一本描写中国红军长征的长篇小说《地球的红飘带》。人们说，伟大的中华民族有两个"万":一个是万里长城,另一个就是举世闻名的二万五千里长征。这两者在世界上都是独一无二的。红军的长征是我参加这支军队之日起就倾心和向往的。可是因为它本身非凡的壮丽,使我一直未敢举笔。从1983年起才下定最后决心。连续两年在长征路上做了实地考察,并做了其他方面的准备,总算在1985年5月动手了。到1986年12月写出了初稿,1987年又用了四五个月的时间进行了修改,终于完成。为着给伟大的人民解放军建军60周年献礼,就由人民文学出版社在《当代》增刊上发表了。现在单行本也很快就要出来。1987年是我参加这个军队的50周年,尽管我献上的礼物难称丰厚,对我自己也是些许的安慰。

这一作品的完成,应该说比较顺利。初稿只用了一年半时间,加上修改是两年。速度较过去的快。主要原因是精力集中。

过去我写《东方》时，干扰太多，开会啊，约稿啊，杂事啊，常常插进了许多临时性的东西。这回不然，我每天工作时间正常，上下午写作，晚上松一松，看看书报，保持持续的精力。其实写作的速度并没有加快，还是老太太坐牛车——慢慢地晃悠着，因为不中断也就快了。

有的同志问：《地球的红飘带》已经出版了，你那一把年纪也不小了，你还不满足吗？还要写吗？

我说，是的，确实不满足，确实还要写。因为我自觉还有热情，还有精力；我所亲身经历的那个伟大的时代——抗日战争和解放战争，那个哺育我的时代，我还没有反馈呀！我不愿靠虚名安度晚年，我还要拿出东西来。我对自己所走的道路充满信心，我在令人眼花缭乱的声色氛围中毫不惶惑地前进。

魏巍

1988年1月11日于北京

胡世宗附注： 这是魏巍出版长篇小说《地球的红飘带》后，应我转达的沈阳文联创办的《作家生活报》之约写创作谈的文章及其给我的一封信。他把这篇文章寄给我，让我看，电话里还谦虚地问，这样写是不是合适？需要怎样改动？1987年夏秋，我写给魏巍的信发自北京西直门招待所，那时我担任着第五届全军文艺会演评委，评委会主任是总政文化部部长李瑛，副主任是总政文化部副部长徐怀中，评委会设在总政西直门招待所，我在那里住了两个月。魏巍在信中说自己"粗心"，还曾在电话里跟我说，当时若看出我是住在北京西直门总政招待所时给他写的信，怎么也会约见我啊。

19880131

世宗同志：

你的诗集《沉马》收到了。我置于床头，每晚读几首。现在已经通读了一遍。应该说，这是一本优美动人、感情深沉和有一定思想深度的诗集。我实在为你的成就感到高兴。也许这是你的第五本诗集吧，从中看到你走的道路是正确的，你的步子是扎实的，你正沿着台阶一步一步地向高峰攀登。

首先，我觉得长征这组诗，写得真是不错。其中《打捞》《沉马》《听老红军唱〈国际歌〉》《寡妇村》《落叶》等篇，尤其写得好。《沉马》宛如一幅油画，典型地表现了长征途中的艰难，结尾处"萧萧晚风/吹亮了远方的篝火/天边残留着/一片马血样/鲜淋淋的晚霞"，益发使人感到悲壮凄艳，长留心头。《落叶》写的是将军还乡，把古朴的乡俗、革命干部与乡亲之间的关系写

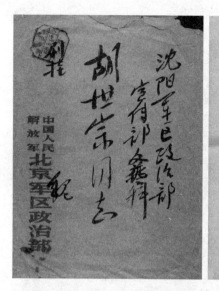

得相当动人。这些写在长征路上的诗所以这样出色，关键是作者的感情。这点，我们可以从《打捞》诸诗中找到答案。作者到长征路上去跋涉探胜，是为了去"打捞那些/金箔都无法与之相比的/亮闪闪的碎片/让这些碎片/和甲午海战的沉船/一齐陈列在/历史博物馆/对当代和后代的中华儿女/对未来的世纪/对整个空间/做长久的/无声的/却是强悍的/发言……"可见作者是怀着对长征这样的认识和感情踏上了长征之路的，并不是为了猎奇。怀着猎奇自然也可以写点文章，那就不是这样的诗了。我在《听老红军唱〈国际歌〉》这首诗中，认识到作者对革命前辈的崇敬和谦逊。诗篇说："这支歌/我唱得肯定会比这位老人/更标准，更动听/但我唱这支歌/却不如他痴迷/不如他赤诚——/让自己每一次脉搏的跳动/都汇入这浩荡的歌声/把这支歌的每个字、每个音符/都化为自己的生命……"看到这里，《沉马》中的长征诗为什么写得这样好，已经完全明白。现在仿佛有一种离开马克思主义愈远就愈时

髦的现象，而作者却要把《国际歌》的"每个字、每个音符都化为自己的生命"，这确实是太难能可贵了！

《金色的黄昏》这组诗也写得很好。其中《她依然是雇农的女儿》《"这老头儿行善……"》我最喜欢。这是歌颂老干部的。老干部绝大部分是好的，这个论断应该说没有疑问。但是有些事却违背常理。"文革"中打击的目标是老干部，粉碎"四人帮"，老干部行了一阵，为时不久，老干部又不行了，在文学作品中常常成为被贬斥的对象。现在在众多的不正之风中，还有"势利眼"这种旧社会的常见病，发展得也够瞧的了。你写的这些诗，对这些没有功劳也有苦劳的人，许会添几分温暖吧！

其他两组是写南海和边疆的，也都写得不错。其中我最喜欢的是《珊瑚岛有多美》《老兵留影》《一只水鸟》诸篇。《珊瑚岛有多美》这首诗写得精练，诗味足。《老兵留影》以士兵的口吻对摄影师说："请您把景儿取大些，再大些，别顾虑把我照得太小。"

因为"我本来就在祖国的宽广的怀抱"！这既是崇高的爱国主义的情感，又流露了战士的谦逊。《一只水鸟》最后说："水鸟把一切交给了大海/风涛声是它听不完的乐章！"这都是地道的战士情感。

现在报刊上诗的数量不少，但可读的佳作仍然比较少。一些诗离人民的命运愈来愈远，感情愈来愈窄，人民也就很自然地同它疏远了。而另一方面，对诗的各种各样的议论却很多。在这种情况下，我看诗作者特别需要清醒的头脑，对一切议论都要仔细鉴别，不要轻信；因为议论者本身是不负责任的。你在本书《后记》中说："我也希望不断打破自己创作上的'自我感觉良好'状态，任似乎可以自慰的以往沉没消遁，重新书写自己的篇页。"这话不知应当怎样理解，如果理解为要创新，要前进，要更上一层楼，这自然是对的。一个作者只要活着，就不能满足已经取得的成就，而要无休止地攀登，革新，向完美之境突进。但是这种突进，决不是让"可以自慰的以往沉没消遁"，因为事实

上它也不可能"沉没消遁",除非你换成一个人重新生活,或者实行不分是非的毫无原则的所谓"观念更新"。我觉得正确的办法,应当是冷静分析艺术实践的经验,肯定自己正确的东西,继续发扬光大之,而对自己的缺点和不足则设法改正和弥补。

以上意见不知是否正确,仅供你做个参考吧!

新春到,谨祝你取得更大的成就。

魏巍

1988年1月31日

胡世宗附注：这是魏巍对解放军出版社出版的我重走长征路的诗集《沉马》的评论,这封信与我给魏巍的信,一起发表于1988年3月2日《解放军报》,标题为《是谁疏远了谁?》《新华文摘》全文转载了我和魏巍关于诗的通信。臧克家读了这个通信后,专门给我写了信来,他说："看到你和魏巍同志关于新诗现状的信,我是很同意你们的看法的。我现在很少读新诗,自己也久已不写,有时虽也有担忧,也只能怪自己落伍了。"接着他称赞了我们通信中表达的对当代诗坛现状的评判和对当代诗创作的理念。

19880131

世宗同志：

此信写了些对诗集的读后感，如你感到可发表即发表。因你比较了解诗界情况，如何处理也由你处理。

有些句子如感不妥也可改动。

祝

春节好。

魏巍

1988年1月31日

上次寄你的转给《作家生活报》的稿子收到否？

胡世宗附注：这是关于诗的通信的上封信的一封附信。魏巍说"上次寄你的转给《作家生活报》的稿子，即《关于地球的红飘带》那篇体会文章"写得很好，是写自己的创作与生活，但对所有从事创作的人都是有启发的。《解放军报》刊登出了我与魏巍的通信，总标题为《是谁疏远了谁？》，是诗人疏远了读者，还是读者疏远了诗？

19890827

世宗同志：

你的《诗选》收到。谢谢你，并祝贺此书的出版。这是你在

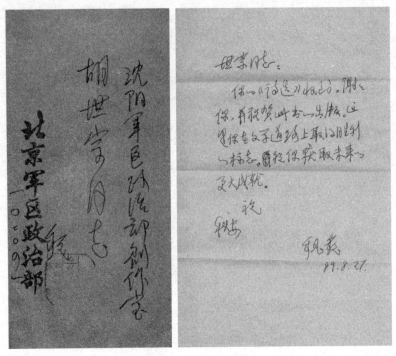

文学道路上取得胜利的标志。祝你获取未来的更大成就。

　　祝

秋安

魏巍

1989年8月27日

　　胡世宗附注：这是魏巍收到我寄去的《胡世宗诗选》后写来的短笺。《胡世宗诗选》1989年由解放军出版社出版。《胡世宗诗选》包括了"北国兵歌""南海诗抄""五彩硝烟""长征歌吟"等多辑诗作。

19980523

世宗同志：

你好。

新选短句，我没有意见。因遗忘复信迟了，请谅。

此致

敬礼！

魏巍

1998年5月23日

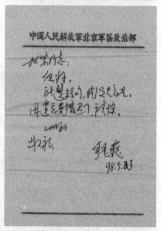

20031224

世宗同志：

你好！

11月14日信早收到。

你写了许多热情的话，令我感动，我已很多年不写诗了，偶尔写一两首旧体诗也不成体统。今年9月登泰山曾写了一首诗，抄给你随便看看吧。

我仍十分关注着你的诗作。当前我们的诗笔一定要接触现实生活才行。不然就没有生命了。你住在东北，住在沈阳，工人的遭遇一定会引发你许多感触吧！我想是可以写出震撼人的诗篇来的。当然有一

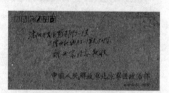

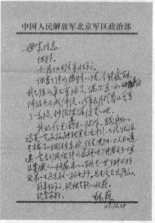

些可能不好发表。不过先放一放也好，总是会有出路的。

新年将到，祝你有新的收获。

祝全家好。

魏巍

2003年12月24日

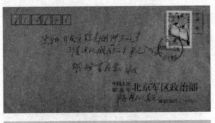

【附手书：登泰山】

八十三龄登泰山，

仙舟送我升云端。

绝顶未见众山小，

天街下望云漫漫。

壮志未随年俱老，

忧国仍宜心放宽。

战斗道路本曲折，

且学岱岳立世间。

2003年9月5日

胡世宗附注：在这封信里，魏巍向我建议诗笔接触现实生活，接触到东北、沈阳的工人际遇。他曾向我推荐一位产业工人王学忠的诗，并希望我能写些鼓励性的话。这是魏巍一向关注现实、关注底层群众生活状态的一个延续。《登泰山》一诗，是用钢笔书写给我的。

20040606

世宗同志：

你好！

很高兴收到你的新书《烛光》。出这么一本厚书，没有让你花钱吧？现在出书是很不容易。

随着兴致翻一翻，不由地就看了好几篇，看到你的惠娟，你的海泉，很好，很好！我虽去了你家，但没有见到过他们，请你代我向他们祝福，问好。

以后不要称我为"尊师"了，回想起来，我对你并没有什么帮助！你年富力强，今后还是多出力吧！靠你们了！

祝

全家好。

魏巍

2004年6月

6日

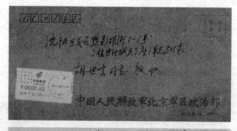

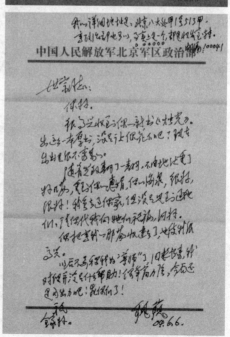

胡世宗附注：《烛光》是2004年4月我在

远方出版社出版的一部散文集，44.8万字，518页。书中第一辑"名人剪影"中收入《属于人民的魏巍》一文，文中我称魏巍为"尊师"；第二辑"人生感怀"中，收入《我的后盾王惠娟》和《对海泉成长的记忆》等文章。20世纪80年代，我和女儿海英曾陪魏巍与夫人刘秋华赴抚顺战犯管理所采访，他们路过沈阳曾来我家，那时我夫人惠娟上班，儿子海泉上学，魏巍未能看见。

20050704

世宗同志：

　　您好。

　　遵嘱已对你起草的序言改了几个字，签名寄回。请收。

　　并祝全家

暑安

　　　　　　魏巍

　　　　　　2005年7月4日

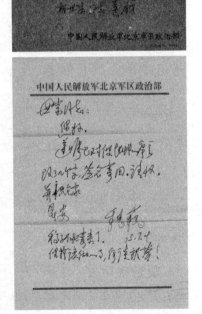

稿子不必寄来了。

你我该做的事，何谈报答！

　　胡世宗附注：我经广州军区政治部创作室副主任节延华介绍，与广州军区后勤部某分部副政委卓名信相识。名信是土家族人，大校军衔，爱好文学，有多部作品问世。我曾为他2004年7月出版的散文诗集《我的歌声向太阳》写序。卓名信从内心特别崇敬作家魏巍，渴望请魏巍为他新出的作品集《我从军歌中走来》作序。我向魏巍报告了，魏巍说他年纪大了，身体多病，难能阅读一部将要出版的书。他希望我代他写出一个初稿来。我向他汇报了我的想法，写出了《值得赞许的歌唱》这篇序，请他过目删增确认。这就是信中说的"你起草的序言"。以魏巍署名作序的卓名信的这部书，2005年10月由人民日报出版社出版。

20050721

世宗同志：

你好。

信收到。

卓名信同志前几天寄来2000元，这钱实在不能收。现在作家出书不容易，出本书要花不少钱，岂能再多出？何况序文是你写的，我只改了几个字更不该收了，因此已于今日下午将原款给卓同志寄回去了。你问问，他是否收到，让他来封信我就放心了。

祝

全家好，暑安！

魏巍

2005年7月21日

胡世宗附注： 卓名信的书出版后，为报答为他书作序的魏巍，便寄去了2000元钱。这是魏巍收到卓名信的汇款后写来的信。我按魏巍的嘱咐，过问了汇款的事。卓名信收到了魏巍的退款。从这样的一件小事可以看到魏巍为人处世内心的高尚和严谨。

20051020

世宗同志：

你好。

10月16日信收到。

你收到的那本书，是别人编的，主要部分是以2000那次会的材料，我没仔细考虑，把你过去的写我的几篇文章忽略了，编者说，还要印增订版。你可以把过去写的那几篇复印一下寄给我。麻烦你了！

祝

全家好！

魏巍

2005年10月20日

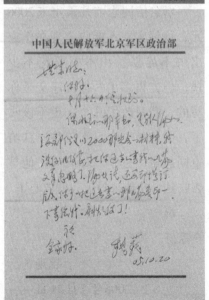

胡世宗附注： "收到的

那本书"，系作家出版社纪念抗日战争暨世界反法西斯战争胜利
60周年，2005年7月由刘赇清、剑萍、余飘主编的"魏巍的故
事及对他的评说"——《人民作家人民爱》。我翻看了这本书后
给魏巍写信说，此书并未收入我写魏巍的两篇文章，一篇是诗人
剪影《大时代的司号员》，另一篇是《属于人民的魏巍》。魏巍此
信让我把文章的复印件寄去，要收录到《人民作家人民爱》书
中，印增订版。

20060522

世宗同志：

　　你好。

　　新书已出，今寄上，编者
有两处竟把你的大名搞错，实
在是大不敬，请谅。

　　另寄《中国解放区文学研
究》两册。

　　祝全家好

魏巍

2006年5月22日

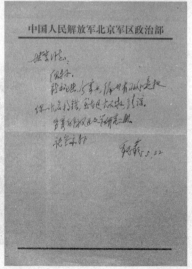

胡世宗附注： 就在上封信
写来半年以后，2006年5月，
新版《人民作家人民爱》印出
来了，仍是作家出版社出版，
此为增订版，两版之间，只差

了两个月。此信是夹在寄我书中的。封面与老版本完全一样，在封面照片上多了作家的签名。书由329页增至513页。我的两篇文章均收入第四辑中，目录上的作者"胡世宗"均印成"胡士宗"。给我的样书中，魏巍用红笔订改了过来。增订版后记中，还专门写到"另外还有魏巍同志的老战友、原沈阳军区政治部创作室副主任胡世宗的两篇文章和工人诗人王学忠的诗3首。这两位同志的作品为本书增色不少"。

20070106

世宗同志：

寒雪梅中尽，

春风柳上归。

祝新春身笔两健，

再起高峰！

魏巍

2007年1月6日

胡世宗附注：此为魏巍写在2007年新年贺卡上的短函。

20080422

世宗同志：

你好！

来信收到，知道你已收到寄赠的新书，我放心了。

我仍在301医院，在康复中，勿念。

云晓不知近况如何，我要了两次电话，均不通，不知如何。

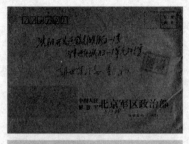

他的地址我也不在手头，望便告我，以便给他寄书，信你仍寄到我家。

　　祝

你全家好。

魏巍

2008年4月22日

（电话号码略）

便让云晓回个电话来也可。

胡世宗附注： 这是魏巍给我的最后一封信，此前他寄给我《新语丝》和《四行日记》两部新著。我回信告诉他收到了。他即给我写了这封信。信中他对病情的好转抱有信心，自称"在康复中"，没有料到4个月后，人就离世了，令人无限悲痛！信中说的"云晓"即红军诗人张云晓，曾任沈阳军区政治部文化部部长，与魏巍任北京军区文化部部长竟在同时。他们二人交情深厚，肝胆相照。

魏巍赠书

《地球的红飘带》人民文学出版社

《地球的红飘带》人民文学出版社

《地球的红飘带》人民文学出版社

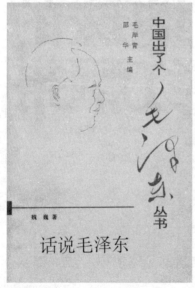 

《话说毛泽东》

《东方》

《东方》人民文学出版社

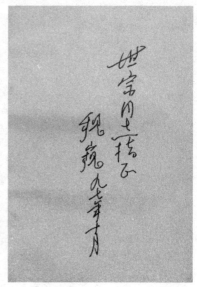

《火凤凰》人民文学出版社

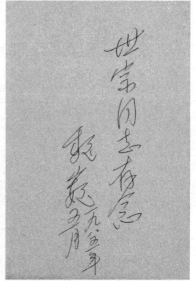

《晋察冀诗抄》

《黎明风景》作家出版社

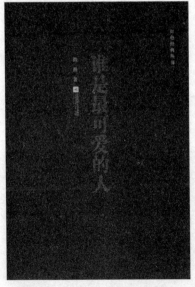

《谁是最可爱的人》江苏凤凰文艺出版社

《人民作家人民爱》作家出版社

《人民作家人民爱》作家出版社

《四行日记》中国文联出版社

《魏巍评传》作家出版社

《魏巍全集》河南大学出版社

《魏巍散文集》河北人民出版社

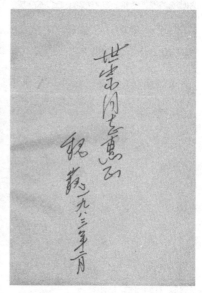

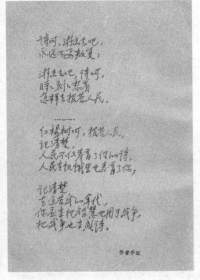

《魏巍诗选》解放军文艺出版社

471

《魏巍研究专集》解放军文艺社

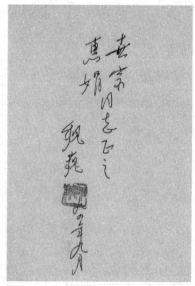

《魏巍杂文集》当代中国出版社

《新语丝》中国文联出版社

《走向燃烧的土地》

《幸福的花为勇士而开》华中科技大学出版社

《谁是最可爱的人》青海人民出版社

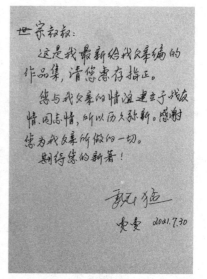

后 记

感谢春风文艺出版社照例接续出版我的"文化名人书系"的第五本:《我与魏巍》。

魏巍1920年诞生在河南郑州一个城市贫民家庭。他于1937年抗日战争爆发后,到山西前线参加八路军,后到延安,曾在抗日军政大学学习,毕业后赴晋察冀边区,他是党和人民军队哺育成长起来的成就卓著的人民作家。

2020年是魏巍百年诞辰,这本书原本应在这个时间节点出版的,后因新冠病毒疫情等原因,未能如愿完成这桩心事,这是一个不小的遗憾。

在此书整理编撰过程中,我得到了魏巍的家人特别是他的孩子魏平、魏猛、王曼曼、李唯同等人的全心协助,特别是魏猛在书前撰文并为大部分图片写了文字说明,得到春风文艺出版社社长单英琪、编辑部主任张玉虹、编辑余丹和文友王玮的大力支持和帮助,姿兰制版公司王妍、李辉等人对这本书进行了具体细致的操作,在此一并表达崇高的敬意和深深的谢意!

敬请读者朋友批评指正!

作 者

2021年7月9日于沈阳